Ralf Langroth

Die Akte Adenauer

THRILLER

Rowohlt Taschenbuch Verlag

Originalausgabe
Veröffentlicht im Rowohlt Taschenbuch Verlag, Hamburg, Juni 2021

Covergestaltung Hafen Werbeagentur, Hamburg
Coverabbildung United Archives / Siegfried Pilz / ullstein bild
Coverinnenkarte Peter Palm, Berlin
Innengestaltung Daniel Sauthoff
Satz Plantin bei Pinkuin Satz und Datentechnik, Berlin
Druck und Bindung CPI books GmbH, Leck, Germany
ISBN 978-3-499-00475-9

// PROLOG //

Freitag, 16. März 1945

Philipp Gerber pfiff *Warum ist es am Rhein so schön?*, während der kleine Konvoi durch die idyllische Landschaft rollte. Links lag der Rhein, rechts das Siebengebirge mit dem hoch vor ihnen aufragenden Drachenfels, darüber der blaue Himmel. Bilder aus Kindertagen stiegen in ihm auf. Ein Familienausflug auf einem Rheindampfer, seine Schwester Lore, die beim Herumtollen fast über Bord gefallen wäre. Gerber hatte sie gerade noch packen können. Ihre Eltern hatten es gar nicht mitbekommen, und beide hatten laut gelacht.

Doch die Idylle war trügerisch. Denn das Grollen, das unentwegt an seine Ohren drang, war kein Vorbote eines Gewitters, das, so heftig es auch sein mochte, letztlich immer vorüberging. Dieser verfluchte Krieg aber schien einfach kein Ende nehmen zu wollen. Die Alliierten waren schon weit gekommen. Sie hatten den Rhein überquert, den die Deutschen zur unüberwindbaren Verteidigungslinie erklärt hatten, aber auch das hatte den Fanatismus und den Kampfeswillen von Wehrmacht und Waffen-SS nicht gebrochen. Jetzt schossen die deutschen Kampfverbände vom rechten Flussufer auf die vorrückenden Alliierten. Das Dritte Reich lag längst in Trümmern, im Osten wälzten sich Stalins Heerscharen immer näher an Berlin heran, amerikanische und britische Bomberflotten ebneten ein Industriegebiet nach dem anderen ein, und doch schienen den Nazis Waffen und Munition nicht auszugehen.

Sie passierten ein zerbombtes Gasthaus. Ein Dach gab es nicht mehr, auch keine Fensterscheiben. Das Schild mit der Aufschrift «Zum fröhlichen Rheinwirt» hing schief über der Türöffnung. Der kleine Parkplatz davor war eine Trümmerwüste. Schon lange hatte hier niemand mehr gesessen und Bier oder Rheinwein getrunken. Der fröhliche Rheinwirt hungerte und fror vielleicht schon längst in einem sibirischen Gefangenenlager. Die fröhliche Melodie auf Gerbers Lippen erstarb.

James H. Anderson, der neben ihm auf dem Fahrersitz des Jeeps saß, sah ihn mit seinen klaren, blauen Augen an. «Warum pfeifst du nicht weiter, Phil? Das Lied klang lustig.»

«Eben darum.»

Jim lachte auf. «In dir steckt wohl noch irgendwo ein Deutscher, *Lieutenant* Gerber.»

«Vermutlich hast du recht, *Lieutenant* Anderson.» Jim war eine echte Frohnatur, und das war vielleicht die beste Voraussetzung, um einen Krieg wie diesen seelisch unbeschadet zu überstehen.

Ständig blickte Gerber sich um, hielt nach einem Scharfschützen im Hinterhalt oder dem eiförmigen Ende einer Panzerfaust Ausschau. In jedem Erdloch, hinter jedem Busch konnte ein versprengter Landser hocken.

Gerber war froh, dass auf jeden der beiden Jeeps hinter ihnen ein Browning-Maschinengewehr montiert war.

Jim Anderson nahm eine Hand vom Lenkrad und kratzte sich am Hinterkopf, direkt unter dem Rand des Stahlhelms. «Wie weit noch?»

Gerbers Blick wanderte zu der Landkarte auf seinem Schoß.

«Wir sind gleich da, Jim, noch etwa zehn Minuten. Ist dir der Krieg etwa zu langweilig?»

«Sagen wir, ich hab mich schon mehr amüsiert.»

Sie waren vor einigen Stunden in Köln losgefahren. Major Hiram C. Anderson, Jims Vater und ihrer beider Vorgesetzter, hatte ihnen ihren Auftrag erklärt. Dafür mussten sie zunächst auf die andere Rheinseite, aber das war nicht so leicht. Fast alle Brücken waren zerstört, die meisten von den Deutschen gesprengt, um dem Feind das Vorrücken zu erschweren.

Selbst die Brücke von Remagen, die trotz versuchter Sprengung erobert werden konnte, war nicht mehr passierbar. Die erlittenen Kriegsschäden und die Last amerikanischer Panzer, Transportfahrzeuge und Geschütze waren einfach zu viel gewesen. Ihr Konvoi war über eine Pontonbrücke gerollt, die amerikanische Pioniere in Windeseile neben der alten Brücke errichtet hatten. Nun mussten sie am anderen Ufer wieder ein gutes Stück nach Norden fahren.

Jim drückte das Gaspedal durch, trat aber nach der nächsten Kurve wieder auf die Bremse. Eine Straßensperre in Gestalt eines schweren M3-Truppentransporters, der quer auf der Fahrbahn stand. Daneben ein Jeep mit Browning-MG. Der Schütze zielte auf den zum Stillstand kommenden Konvoi. Soldaten mit Sturmgewehren lagen in Deckung und hatten ebenfalls auf Gerber und seine Kameraden angelegt. Ein bulliger Sergeant erhob sich, das Gewehr in beiden Händen nach unten gesenkt, und ging auf den Konvoi zu.

«Kameraden, hm?»

«So ist es», antwortete Gerber, während er den Männern in den hinteren Jeeps ein Handzeichen gab, die Ruhe zu bewahren.

Der Sergeant blieb ein paar Schritte vor Gerbers Jeep stehen und musterte ihn argwöhnisch. «Ihr tragt unsere Uniformen, aber keine Rangabzeichen. Was seid ihr für Vögel?»

Gerber zog seinen Ausweis aus der Brusttasche und hielt ihn dem Sergeant hin. «Können Sie lesen?»

«Ja, am liebsten *Popeye* und *Flash Gordon.*» Der Sergeant trat näher, warf einen Blick auf das braune Papier, auf dem Gerbers Name neben seinem Foto stand, darüber die Bestätigung, dass er ein Special Agent des Counter Intelligence Corps war, des amerikanischen Militärgeheimdienstes. «CIC, so, so», brummte der Sergeant und studierte den Ausweis. Geburtsdatum: 12. Juni 1916. Größe: fünf Fuß elf Zoll. Gewicht: 165 Pfund. Haarfarbe: Braun. Augenfarbe: Grün. Weitere Merkmale: dreieinhalb Zoll lange Narbe an der Hinterseite des rechten Oberschenkels. Daneben sein linker und sein rechter Daumenabdruck.

«Ich verzichte mal darauf, mir Ihre rechte Hinterseite anzusehen.» Der Sergeant griente und reichte Gerber das Dokument zurück. «Was für einen Spezialauftrag gibt es in dieser gottverlassenen Gegend zu erledigen? Hält sich etwa Onkel Adolf hier versteckt?»

«Es handelt sich um einen *geheimen* Spezialauftrag, Sergeant.» Gerber steckte seinen Ausweis wieder ein.

«Verstehe, Sir, nichts, das uns einfaches Fußvolk was angeht.» Der Sergeant stieß einen gottergebenen Seufzer aus und wandte sich zu seinen Leuten um. «Macht die Straße frei, Männer! Wird's bald? Hopp, hopp, hopp!»

Sobald das schwere Halbkettenfahrzeug, eine beißende Abgaswolke ausstoßend, von der Fahrbahn gerumpelt war, fuhr der Konvoi weiter. Fünf Minuten später erreichte er die kleine Stadt Honnef und verlangsamte seine Geschwindigkeit. Auch hier gab es überall Kriegsschäden, aber es war nicht so schlimm wie in den größeren Städten. Aus fast allen Gebäuden hingen weiße Fahnen: Hemden, Kissenbezüge oder in Streifen geschnittene Bettlaken. Vor nicht allzu langer Zeit hatten hier überall Hakenkreuzfahnen geflattert. Die wenigen Menschen auf den Straßen hielten sicheren Abstand zu den drei Jeeps. Noch war Krieg, und im Krieg hatten Zivilisten selten etwas Gutes vom Militär zu erwarten.

Ein kleiner, dürrer Junge stolperte hinter einer Hecke hervor und starrte den amerikanischen Konvoi mit großen Augen an. Ihm folgte eine junge Frau in einem löchrigen Wollkleid – Mutter oder Schwester? –, legte ihre Arme um das Kind und drückte es fest an sich. In ihren Augen stand nicht die Neugier des Jungen, sondern nackte Angst. Hastig friemelte Gerber eine angebrochene Tafel Schokolade aus einer seiner Taschen und warf sie den beiden vor die Füße. Die junge Frau bückte sich und hob die Schokolade auf. Hatte sich der Ausdruck ihrer Augen verändert? Er konnte es nicht mehr erkennen, als der Jeep um eine Kurve bog.

«Du hast ein weiches Herz, Phil», sagte Jim Anderson schmunzelnd. «Aber du kannst mit deiner Schokoladenration nicht ein ganzes Volk ernähren.»

«Weiß ich», brummte Gerber. «Aber ich fürchte, genau das kommt auf uns zu.»

Die Bebauung wurde spärlicher, und Honnef blieb hinter ihnen zurück. Nicht lange, und ein malerisch am Hang des Siebengebirges gelegenes Örtchen tauchte vor ihnen auf.

Anderson sagte in seinem stark akzentbehafteten Deutsch: «Ronndorf.»

«Rhöndorf.» Gerber grinste seinen besten Freund an. «Umlaut, Jim, Umlaut.»

«Steck dir deinen Umlaut sonst wohin!»

Andersons Deutsch war bei weitem nicht perfekt, aber es

war besser als das der meisten Amerikaner. Er hatte deutsche Literatur studiert, und seine Kenntnisse waren ausreichend gewesen, um ausgerechnet in der CIC-Einheit zu landen, die von seinem eigenen Vater kommandiert wurde. Wahrscheinlich hatte der Major dabei seine Hand im Spiel gehabt. Einsatzgebiet: Deutschland. Gerber als gebürtigen Deutschen hatte man derselben Einheit zugeteilt. Die beiden hatten inzwischen viel gemeinsam durchgemacht, und jeder konnte sich auf den anderen blind verlassen.

Noch immer grinsend, nahm Gerber eine Karte im größeren Maßstab zur Hand. Ein Haus in Rhöndorf war rot umkringelt. Er dirigierte Jim durch die schmalen Straßen nach rechts, weg vom nahen Rhein zu dem bewaldeten Hang hin. Viele Gebäude wiesen Spuren von Granateinschlägen auf.

«Dahin!» Gerber zeigte auf ein Haus am Hang, das mit einem grünen Tarnanstrich versehen war. Mehrere Dutzend Stufen führten zu dem Anwesen hinauf. «Das muss es sein.»

Zu dem Haus gehörte ein Terrassengarten, in dem ein paar Männer und Frauen offenbar nach Essbarem suchten. Auf Gerbers Befehl hielten die Jeeps an, und die beiden MG-Schützen sicherten das Gelände. Die übrigen CIC-Männer aus den hinteren Jeeps stiegen aus, hielten ihre Garand-Sturmgewehre schussbereit und folgten den beiden jungen Offizieren. Gerber und Anderson zogen die schweren Revolver aus den Seitentaschen und erklommen die Stufen. Die Menschen, die eben noch im Garten gewühlt hatten, waren verschwunden.

Oben angekommen, wartete Gerber, während Jim mit zwei Männern das Haus betrat. Er kam schnell zurück. «Leer. Da ist keine Maus drin.»

«Sie stecken da drin.» Gerber deutete mit dem Revolver auf eine massiv wirkende Tür, die offenbar zu einem in den Hang gebauten Keller führte. «Bestimmt ein Weinkeller, typisch für diese Gegend.»

«Jetzt wohl eher ein Luftschutzbunker Marke Eigenbau.»

Anderson hämmerte mit der Faust gegen die Tür. Als nichts geschah, trat er mehrmals dagegen.

Dann rief eine ältliche Männerstimme in rheinischem Dialekt: «Verschwinden Sie, sonst rufe ich die Polizei!»

In seinem amerikanisch gefärbten Deutsch erwiderte Jim: «Für Sie sind wir die Polizei. Öffnen Sie! Amerikanischer Sicherheitsdienst!»

Gerber hörte, wie mehrere Stimmen jenseits der Tür erhitzt diskutierten, aber verstand kein Wort. Schließlich ertönte das Geräusch eines Riegels, der langsam zurückgezogen wurde, und ein Schlüssel drehte sich im Schloss. Mit einem langgezogenen Quietschen öffnete sich die Tür. Staunend erkannte Gerber, dass sich im hinteren Teil des schwach beleuchteten Kellers an die zwanzig Menschen zusammendrängten, Männer, Frauen und Kinder. Vor ihnen stand ein Mann um die siebzig. Er trug einen unpassend wirkenden Anzug, der für den ausgemergelten Körper viel zu weit war. Das misstrauisch dreinblickende Gesicht des Alten wirkte auf Gerber beinah asiatisch.

Jim zog ein kleines Foto aus der Brusttasche, sah es kurz an und wandte sich zu Gerber um. «Das ist er, Phil.»

Er hatte recht. Das war eindeutig der Mann, den sie suchten. Der als für den Wiederaufbau Deutschlands wichtige Person auf der Weißen Liste stand. Als sich die Hinweise auf seinen derzeitigen Aufenthaltsort verdichtet hatten, hatte Major Anderson den CIC-Trupp losgeschickt. «Bringt ihn hierher, nach Köln, unter allen Umständen!»

Die Nazis hatten den Gesuchten aus allen Ämtern entfernt

und ihn und seine Frau sogar zeitweilig ins Gefängnis gesteckt. Man sah seinen strengen Zügen die erlittenen Strapazen an, und dennoch wirkte er nicht wie ein gebrochener Mann. Die Blicke der anderen Kellerbewohner hingen an ihm, als wären sie es gewohnt, ihm zu gehorchen. Sein Blick drückte keine Furcht vor den Amerikanern aus, sondern jene gesunde Skepsis, die jeder Mensch gegenüber bewaffneten Fremden empfinden muss. Gerber schob den Revolver zurück in die Ledertasche, und sein Freund tat es ihm nach.

Der Alte schien verwirrt über das Erscheinen der Uniformierten. Seine Stirn lag in Falten, unter den Augen hingen schwere Tränensäcke. Unsicher sprang sein Blick zwischen Gerber und Anderson hin und her.

«Wir sind gekommen, um Sie mitzunehmen», sagte Jim auf Deutsch, was den alten Mann nur noch mehr verunsicherte.

«Bin ich verhaftet?»

«Nein, das nicht. Sie waren doch früher Oberbürgermeister von Köln, stimmt's?»

«Das ist lange her. Das war vor den Nazis.»

«Jetzt ist nach den Nazis, und wir brauchen Ihre Hilfe.»

Der Mann hob abwehrend die Hände. «Das kann ich nicht machen, auf keinen Fall!»

«Warum nicht?»

«Meine Söhne! Drei von ihnen sind beim Militär. Wenn ich für die Alliierten arbeite, werden sich die Nazis an ihnen rächen.»

Anderson sah Gerber hilfesuchend an.

«Ich bin Lieutenant Gerber vom Counter Intelligence Corps der US Army», sagte er und trat einen Schritt vor. «Lieutenant Anderson und ich haben den Auftrag, Sie mitzunehmen, aber wir wollen Sie nicht zwingen.»

«Dann lassen Sie es!», kam es hart über die schmalen Lippen des Alten.

Gerber sah ihm fest in die Augen. «So leicht können Sie sich Ihrer Pflicht nicht entziehen. Hier geht es um viel mehr als drei Menschenleben. Deutschland braucht Sie in dieser schweren Stunde, Herr Dr. Adenauer!»

// KAPITEL 1 //

Montag, 17. August 1953

Zwanzig Tage bis zur Wahl zum
2. Deutschen Bundestag

Der schrille Klingelton erlöste Philipp Gerber von seinem Albtraum, doch die Bilder ließen ihn noch nicht los. Während er sich mit der Disziplin des langjährigen Soldaten in seinem Bett aufsetzte, sich zur Seite drehte und die Füße auf den Boden stellte, sammelte er seine Gedanken. Der Traum war immer gleich: er und Jim in der nur vom Licht einer Taschenlampe erhellten Höhle. Gerber schüttelte heftig den Kopf und zwang sich, ins Hier und Jetzt zurückzukehren.

Die Traumbilder verblassten, verdrängt durch die frühen Sonnenstrahlen, die durch die beigen Vorhänge tasteten und sein Schlafzimmer in unwirkliches Licht tauchten. Die Zeiger des Weckers standen auf sechs Uhr zwanzig. Er schlug kräftig mit der flachen Hand auf den Ausschalter, aber das Schrillen hörte nicht auf. Dann begriff er, dass es das Telefon war. Das verfluchte Ding war erst vor kurzem in seiner Wohnung installiert worden. In Deutschland einen Telefonanschluss zu erhalten, war ein langwieriges Unterfangen, selbst für einen amerikanischen Offizier. Gerber hätte den Stecker aus der Buchse ziehen sollen, schließlich war heute sein erster dienstfreier Tag. Zu spät. Widerwillig nahm er den Hörer von der

Gabel und knurrte ein unfreundliches «Hallo» in die Sprechmuschel.

«Guten Morgen, Captain Gerber, Sir», antwortete eine hohe, unangenehme Stimme. «Der Colonel möchte Sie umgehend in seinem Büro sehen.»

Ein schmales, bleiches Gesicht erschien vor seinem inneren Auge, Lieutenant William B. Snyder.

«Ich habe Urlaub, schon vergessen?», fuhr er Hiram Andersons Ordonnanz an.

«Der ist verschoben», erwiderte Snyder nüchtern.

«Da gibt es nichts zu verschieben, Lieutenant. Es ist mein Resturlaub, und danach bin ich raus. Meine Uniform wird eingemottet, sehen Sie mal in meine Personalakte!»

Für Gerber wurde es Zeit heimzukehren. Der Krieg lag lang zurück, und sein Soldatendasein erschien ihm zunehmend sinnlos. Acht Jahre lang hatte er in den entlegensten Winkeln des besiegten Deutschlands erst untergetauchte Nazis gejagt, dann Kommunisten. Immer öfter musste sich Gerber vergegenwärtigen, warum er das tat, was er tat. Seine Verlobte June, seine Eltern und seine Schwester hatten recht: Es war an der Zeit, nach Hause zu kommen.

«Bitte erscheinen Sie schnellstmöglich zum Dienst, Sir, Frühstück erhalten Sie hier.»

Ohne eine Antwort abzuwarten, legte Snyder auf, und Gerber widerstand mit Mühe der Versuchung, den Telefonhörer mit einem kräftigen Schlag gegen die Nachttischkante zu zertrümmern.

Fünfzehn Minuten und eine heiß-kalte Dusche mit anschließender Rasur später verließ er das neu errichtete, schmucklose Haus mit den Offizierswohnungen. Trotz der frühen Stunde lastete bereits eine drückende Hitze auf Frankfurt. Er bedauerte die Arbeiter auf den zahllosen Baustellen, die mit der Beseitigung der Trümmer und dem Wiederaufbau der Stadt beschäftigt waren. Bei diesen Temperaturen war die Arbeit mörderisch, aber sie musste getan werden. Fünfundsiebzig Luftangriffe hatten in vielen Stadtteilen kaum einen Stein auf dem anderen gelassen.

Eine dicke Staubwolke hüllte Gerber ein, als ein mit Trümmern beladener Lastwagen an ihm vorbeirumpelte. Er fiel nicht weiter auf, da er Zivilkleidung trug. Agenten, die man auf Schritt und Tritt anstarrte, waren nicht sonderlich effektiv.

Ein kurzes Stück mit der Straßenbahn, und er stand am Rand des großen, parkartig angelegten Geländes, das sich rund um das Farben-Building erstreckte. So nannten die Amerikaner den wuchtigen Gebäudekomplex, in dem die I. G. Farben in der Nazi-Zeit residiert hatte. Wie durch ein Wunder war das Bauwerk unversehrt geblieben. Die Amerikaner hatten es nach der Einnahme Frankfurts beschlagnahmt, und Eisenhower hatte dort sein Hauptquartier eingerichtet. Mittlerweile hatten sich diverse US-Einrichtungen hier niedergelassen, auch der Geheimdienst CIA. Das CIC und die CIA mussten zwar notgedrungen in vielen Fällen zusammenarbeiten, aber man schenkte sich nichts. Grund genug für Colonel Anderson, nicht mit den Rivalen unter ein Dach zu ziehen. Darum residierte das CIC in einem ehemaligen Geschäftshaus am Rand des Parks. Der wachhabende Sergeant am Haupteingang erkannte Gerber, brummte ihm einen knappen Gruß zu und winkte ihn durch.

Das Gebäude verfügte über einen Aufzug, aber Gerber nahm aus Gewohnheit die Treppe in den dritten Stock. Lieutenant Snyder, wie die Wachen und alle CIC-Mitglieder im Innendienst in Uniform, saß in seiner üblichen kerzengeraden

Haltung im Vorzimmer des Colonels und telefonierte. Snyders kalter Blick erfasste ihn. Der Adjutant hob die linke Hand und zeigte mit dem Daumen hinter sich, auf die Durchgangstür zu Andersons Büro. Nach einem kurzen Anklopfen trat Gerber ein und schloss die Tür hinter sich, während Snyder noch immer Anweisungen ins Telefon bellte.

In dem geräumigen Büro des CIC-Befehlshabers für Westdeutschland herrschte eine deutlich gelassenere Atmosphäre. Gerber bemerkte sofort den zum Esstisch umfunktionierten Kartentisch, auf dem für zwei Personen gedeckt war. Colonel Anderson stand mit dem Rücken zu ihm und blickte aus einem der großen Fenster auf die erwachende Stadt. Auch er trug seine Uniform. Mit seinem kräftigen Körperbau, dem kantigen Gesicht und dem weißen Bürstenhaarschnitt wirkte er wie einem Kriegscomic entsprungen.

«Erstaunlich, diese Deutschen», hörte er Andersons Reibeisenstimme, ohne dass der Colonel sich zu ihm umdrehte. «Sie erinnern mich an ein Ameisenvolk, dessen Bau zerstört wurde. Ohne einen Gedanken an ihre Verluste und ihre Versäumnisse zu verschwenden, machen sie sich an den Wiederaufbau. Vielleicht sind sie die diszipliniertesten Arbeiter und die fanatischsten Soldaten der Welt. Gut, sie diesmal auf unserer Seite zu haben.»

«Diesmal?», wiederholte Gerber, obwohl er ahnte, was sein Vorgesetzter meinte.

«Wenn es wieder losgeht. Der Krieg. Die Russen stehen bereits vor der Tür, und es wird nicht mehr lange dauern, bis sie sie eintreten. Dann wird es gut sein, die fleißigen Ameisen da draußen auf unserer Seite zu haben. Besser, die übriggebliebenen Krauts beißen ins Gras als noch mehr von unseren Jungs.»

Ein schwerer Seufzer und ein Blick zu einem großen, goldgerahmten Foto auf seinem Schreibtisch. Es zeigte Anderson mit seinen beiden Kindern, James und June. Vater und Sohn trugen Uniform, und June blickte bewundernd zu ihnen auf. Ein Bild aus glücklichen Tagen.

«Dann sind die Deutschen für uns nichts als Schachfiguren?», vergewisserte sich Gerber. «Bauern, dazu bestimmt, sie im Spiel um den Sieg zu opfern?»

«Die Geschichte und die Geographie haben sie dazu ausersehen. Und die Deutschen haben es sich selbst eingebrockt. Einen Krieg anzufangen, den man verlieren muss, ist eine sehr dumme Idee.»

«Es war Hitler, der den Krieg angezettelt hat.»

«Und wer hat Hitler an die Macht gebracht? Wer saß in den Panzern, hinter den Maschinengewehren und in den Sturzkampfbombern?» Der Colonel atmete tief durch, und seine Stimme war jetzt weicher. «Was sollen wir machen, Phil? Die Lage ist, wie sie ist. Wir müssen unseren Einfluss auf die Deutschen nutzen, um sie an unserer Seite zu halten. Dazu brauche ich deine Hilfe. Du und mein Jim, ihr habt es schon einmal getan.»

«Wovon sprechen Sie, Sir?»

«45, als ihr Adenauer aus seinem Keller zurück in die Öffentlichkeit gezerrt habt. Einen besseren Verbündeten hätten wir uns nicht wünschen können. Der Kanzler bringt die Deutschen ganz auf unsere Linie, und unsere Aufgabe ist es, ihn dabei nach Kräften zu unterstützen.» Er deutete auf den gedeckten Tisch. «Aber setzen wir uns doch und frühstücken in Ruhe. Vor uns liegt ein langer, arbeitsreicher Tag.»

Es gab Instantkaffee, dazu Orangensaft, Toast, Rührei, Speck und Würstchen. Gerber langte zu, sein Magen war leer.

Dennoch aß er ohne Appetit. Zu viele Fragen stürmten auf ihn ein. Aber er kannte Andersons Grundsatz: erst essen, dann reden.

Gerber betrachtete das Gemälde der Schlacht bei Yorktown, das über dem Tisch hing, als sähe er es zum ersten Mal. Es zeigte die Amerikaner bei der Erstürmung der britischen Schanzen, und blanke Bajonette stießen auf die britischen Grenadiere ein. Man nannte diese letzte große Auseinandersetzung des amerikanischen Unabhängigkeitskriegs auch die deutsche Schlacht, weil auf beiden Seiten viele Deutsche gekämpft hatten. Deutsche, die ihr Leben für Amerika gaben – gefiel dem Colonel das Gemälde deshalb so sehr?

«Es tut mir leid, dass ich dich ausgerechnet heute mit diesem Sonderauftrag überfalle, Phil.» Anderson hielt die Kaffeetasse in beiden Händen und sah ihn über deren Rand hinweg an. «June kommt heute Nachmittag an, nicht wahr?»

«Ja, mit Pan Am», seufzte Gerber. «Ich habe ihr versprochen, sie vom Flughafen abzuholen.»

«Snyder wird jemanden schicken, der das übernimmt. Und ich fürchte, mein Junge, unsere June wird auch ohne dich in die Staaten zurückkehren müssen. Das hier könnte etwas länger dauern.»

Salamitaktik, dachte Gerber bei dieser Eröffnung. Was immer der Colonel mit ihm vorhatte, es schien tatsächlich eine größere Sache zu sein. June würde das gar nicht freuen. Sie wollte mit ihm ein paar Tage in Deutschland verbringen, auch um ihren Vater wiederzusehen. Dann wollten sie gemeinsam in die Staaten fliegen, wo Gerber bereits eine Stelle als Juradozent in Harvard angenommen hatte. Der Colonel hatte, so vermutete er, ein wenig an den Strippen gezogen. June studierte dort Jura, und Anderson unterstützte die Universität mit großzügigen Spenden. Das beträchtliche Vermögen seiner Frau, die bei Junes Geburt gestorben war, versetzte ihn dazu in die Lage. Am Ende der Geschichte stand selbstredend eine Hochzeit: Mr. und Mrs. Philipp Gerber. Aber jetzt schien alles auf der Kippe zu stehen. Er beschloss, dass er keine Lust auf Andersons Salamitaktik hatte.

«Schießen Sie schon los, Sir! Was ist passiert?»

«Komm, ich zeig es dir.» Gerber folgte Anderson und nahm an dessen Schreibtisch Platz. Der Colonel schob ihm eine Personalakte vom Bundeskriminalamt zu. Ein noch ganz junger Verein, erst vor zwei Jahren gegründet, mit Sitz in Wiesbaden, der einmal so etwas wie das deutsche FBI werden sollte. Auf der Akte stand der Name Heinz Buchmann. Der Name sagte Gerber nichts. Das Foto auf der ersten Seite zeigte ein hartes, ausdrucksstarkes Gesicht mit einem ausgeprägten Kinn.

«Was ist mit dem Mann?», fragte er.

«Er ist tot. Kam vor drei Tagen mit seinem Wagen von der Straße ab und hat sich das Genick gebrochen. Ein geplatzter Reifen.»

«Also ein Unfall.»

«Leider nein. Man hat ein Gewehrprojektil in der Nähe der Unfallstelle gefunden. Wahrscheinlich hat das Geschoss den Reifen getroffen, und ab ging es den Berghang hinunter.»

«Was für einen Berghang?»

«Im Siebengebirge, nahe Bonn.»

«Was hatte er dort zu tun?»

«Buchmann gehörte zu einer Unterabteilung des BKA, der Sicherungsgruppe Bonn. Die SG Bonn wurde auf Adenauers besondere Weisung aufgestellt. Sie beschützt hochrangige Politiker und führt Ermittlungen in staatsgefährdenden Angelegenheiten durch. Buchmann gehörte der Ermittlungsabteilung an.»

«In welcher Angelegenheit hat er zuletzt ermittelt?»

Der Colonel rieb mit einer Hand seinen Nacken und zog die Mundwinkel nach unten. «Das ist das Problem: Ich weiß es nicht. Er konnte seinen letzten Bericht an mich nicht mehr absenden.»

«Er war eigentlich einer von uns?»

«Sagen wir, er hat mit uns kooperiert. Du weißt doch, wie es ist: Wir halten gern alle Fäden in der Hand. Die Regierung Adenauer deckt uns übrigens in diesem Punkt.»

«Gemeinsam gegen die Roten.»

«Du hast es erfasst, Phil. Ich denke, du wirst einen würdigen Nachfolger für Heinz Buchmann abgeben.»

«Moment, ich stamme zwar aus Deutschland, aber ich bin amerikanischer Staatsbürger.»

«Nicht länger.» Anderson nahm etwas aus einer Schublade und legte es vor Gerber auf den Tisch. «Dein druckfrischer Personalausweis. Du musst nur noch unterschreiben. Übermorgen trittst du den Dienst bei der Sicherungsgruppe Bonn an. Als Special Agent des CIC mit Juraabschluss bringst du die besten Voraussetzungen mit. Ich hatte vorhin ein langes Telefonat mit Lehr, er sieht das genauso.»

«Mit dem Innenminister? Ich bin beeindruckt.»

«Aber glücklich siehst du nicht aus.»

«Was ist mit June und mit meiner Familie? Sie denken doch, ich bin bald zurück in den Staaten.»

Anderson bedachte ihn jetzt mit einem fast flehenden Blick. «Ich weiß, ich verlange viel von dir, Phil. Aber ich muss wissen, wer Buchmann getötet hat und warum. Steckt etwas Politisches dahinter? Die Bundestagswahlen sind nächsten Monat, und Adenauers CDU hält sich nur mit diversen Koalitionspartnern an der Macht. Eine Verschiebung des Machtgefüges könnte die amerikanischen Interessen empfindlich stören. Eine SPD-geführte Regierung würde als Erstes die Marktwirtschaft abschaffen. Dann hätten wir Verhältnisse wie im Osten. Ein Albtraum. Dir kann ich hundertprozentig vertrauen. Willst du mir helfen, Phil?»

Gerber sah das Familienfoto auf dem Schreibtisch an, und sein Blick heftete sich auf den jungen Mann in Uniform. Jim war nicht mehr da, und er hatte es sich zur Lebensaufgabe gemacht, ihn bestmöglich zu ersetzen.

«Natürlich helfe ich Ihnen, Sir. Das habe ich doch immer getan.»

Sofort strahlte Anderson über das ganze Gesicht. «Ich wusste, auf dich ist Verlass. Gut, dann wartet eine Menge Arbeit auf dich. Aktenstudium, damit du weißt, mit wem du es beim BKA zu tun hast. Du wirst übrigens den Dienstrang von Buchmann übernehmen, Kriminalhauptkommissar. Deinen Dienstausweis lässt Lehr gerade ausstellen.»

«Dann fange ich mal hiermit an.»

Gerber griff nach einem Füllfederhalter und unterschrieb den Personalausweis.

Anderson strahlte noch immer. «Jetzt bist du, nach zwanzig Jahren, wieder ein richtiger Deutscher.»

// KAPITEL 2 //

Mittwoch, 19. August 1953

Achtzehn Tage bis zur Wahl

«Die ideale Stelle für einen Hinterhalt. Eine gerade Strecke und dann eine scharfe Kurve. Heinz Buchmann musste hier stark abbremsen und gab damit ein perfektes Ziel ab. Ein Schuss in den rechten Vorderreifen, und das war's. Heinz verliert die Kontrolle über den Wagen und stürzt fast achtzig Meter in die Tiefe. Und jeder geht von einem Unfall aus. Zum Glück hat ein Mann vom Suchtrupp das Projektil gefunden.» Erwin Sattler zog ein kariertes Taschentuch aus der Hosentasche und wischte sich den Schweiß von der hohen Stirn. «Ein Scheißtod!»

Gerber dachte daran, wie viele Scheißtode er schon gesehen hatte. Er stand mit Sattler am Rand der Straße, die in Ost-West-Richtung über das Siebengebirge führte, und stellte sich die Situation vor. Kriminalhauptkommissar Buchmann verliert von einer Sekunde zur anderen die Kontrolle über den Porsche 356. Wahrscheinlich war er deutlich zu schnell unterwegs. Der Wagen schert plötzlich aus. Instinktiv dreht Buchmann das Lenkrad nach links, will den Wagen wieder in die Spur bringen. Aber der Porsche schießt über den Straßenrand, stürzt den Abhang hinunter und überschlägt sich. Buchmann wird aus dem offenen Wagen geschleudert, Genickbruch.

«Das Projektil ist eine Infanterie Spitz?», fragte Gerber.

«Ja, 7,92 mal 57 Millimeter. Vermutlich aus einer Mauser 98 abgefeuert. Von dem Modell sind ja eine Menge im Umlauf. Zwei Kriege lassen grüßen.»

Während er sprach, zog Sattler das Jackett aus und lockerte den Knoten seiner Krawatte. Unter beiden Achseln breiteten sich große Schweißflecke aus, auf der linken Seite sogar rund um das Schulterholster mit der Dienstpistole. Was Gerber daran erinnerte, dass er seine Ausrüstung mitsamt der Waffe noch in Empfang nehmen musste. Heute war sein erster Tag bei der Sicherungsgruppe.

Als habe er Gerbers Gedanken gelesen, sagte Sattler: «Es ist schon ungewöhnlich, mitten im Monat eine neue Stelle anzutreten. Ich darf wohl annehmen, dass Buchmanns Tod der Grund dafür ist.»

Sattlers stämmige Figur und das breite Bulldoggengesicht wirkten einschüchternd, aber der Mann schien recht scharfsinnig zu sein. Mit nichts als Stroh im Kopf wurde man nicht Kriminaloberkommissar beim BKA.

«Ihre Annahme ist zutreffend, Kollege.»

Sattler zog eine Packung Chesterfield aus der Hosentasche und hielt sie ihm hin. Gerber nahm eine Zigarette und ließ sich von Sattler Feuer geben. Das vergoldete Dupont-Feuerzeug mit eingravierten Initialen hätte Gerber eher einem Diplomaten oder einem Industriellen zugeordnet. Als er seinen ersten tiefen Zug getan hatte, traf ihn die Erkenntnis, was er Sattler, ohne es zu wollen, angetan hatte.

«Meine Versetzung zum BKA erfolgte ziemlich übereilt.»

Sattler stieß den Rauch durch seine fleischige Nase aus. «Kann man wohl sagen.»

«Hat bestimmt niemand hier mit gerechnet.»

«Bestimmt nicht.»

«Ich auch nicht.» Gerber sah dem anderen ins Gesicht. «Nur damit Sie's wissen: Ich habe mich nicht für diesen Posten beworben. Er wurde mir angetragen.»

«Warum erzählen Sie mir das?»

«Weil ich Ihnen die Beförderung zum Hauptkommissar vermasselt habe.» Als Sattler nur mit den Achseln zuckte, fuhr Gerber fort: «Sie sollen nur wissen, dass das nicht meine Absicht war.»

Sattler schwieg weiterhin, und Gerber starrte den Abhang hinunter. Deutlich sah er die Stelle, wo der Porsche gegen einen großen Felsen geprallt war. Buchmann hatte das nicht mehr erlebt, seine Leiche hatte man dreißig Meter weiter oben gefunden.

«Der Porsche war ein Dienstwagen?», fragte Gerber.

«Ja, aus unserem Fuhrpark. Üblicherweise führt ein Porsche den Konvoi des Kanzlers an. Heinz hat sich gern den Ersatzwagen genommen.» Sattler verzog die Mundwinkel zu einer säuerlichen Miene. «Jetzt brauchen wir Ersatz für den Ersatzwagen.»

«Wo ist Buchmann gewesen?»

Sattler wiederholte sein Achselzucken. «Heinz spielte gern den großen Schweiger und überraschte einen dann mit dem, was er herausgefunden hatte. Das war eine echte Marotte von ihm.»

«Das klingt nicht sehr kollegial.»

«Er war ein guter Kollege», erwiderte Sattler wie aus der Pistole geschossen. «Einer von uns, wenn Sie verstehen.»

Gerber beschloss, die letzte Bemerkung zu ignorieren, auch wenn sie zweifellos eine Anspielung auf ihn selbst war, den Neuling und Außenseiter.

«Zu dumm, dass wir nicht wissen, woran er gearbeitet hat.»

«Vielleicht gibt es gar keinen Zusammenhang mit seiner Arbeit.»

«Sondern?»

«Heinz war ein großer Casanova. Möglicherweise war Eifersucht das Motiv. Keine, die zwei hübsche Beine hatte, war vor ihm sicher.»

Gerber glaubte, etwas wie Bewunderung herauszuhören. Unwillkürlich sah er Junes hübsches Gesicht vor sich und dachte an den fürchterlichen Streit am gestrigen Morgen.

«Was du tust, ist ein Verrat an uns, an unseren Plänen, unserem gemeinsamen Leben!», hatte June ihn angefaucht.

Er hatte ihr zu erklären versucht, dass ihr Vater ihm kaum eine Wahl gelassen hatte. Vergeblich.

«Hast du keinen eigenen Willen? Wenn dir die Detektivspielerei lieber ist, bitte! Du und Dad, ihr könnt doch schon gar nicht mehr anders. Ich fliege heute noch zurück!»

Dann war sie abgerauscht, und er musste sich eingestehen, dass ihr Vorwurf, so pathetisch er auch klingen mochte, gerechtfertigt war.

Sein Vater hatte sein schlechtes Gewissen noch befeuert. «Was bist du, Philipp, Deutscher oder Amerikaner?», hatte er auf Englisch am Telefon gesagt. Seit Theodor Gerber vor zwanzig Jahren amerikanischen Boden betreten hatte, war er mit Leib und Seele Amerikaner. Gerber konnte nicht sagen, was für ihn schlimmer gewesen war, der kaum verhohlene Vorwurf seines Vaters oder die stille Duldsamkeit seiner Mutter, die nur mit bebender Stimme ein «Gott schütze dich, Philipp!» hervorgebracht hatte. Auf Deutsch. Sie war in den USA nie heimisch geworden.

Gerber drückte die Zigarette unter seinem Schuh aus und ging zu dem großen Felsen auf der anderen Seite der Straße.

Es kostete ihn keine Mühe, ein Stück hinaufzuklettern. Wirklich ein gutes Versteck für einen Heckenschützen. Weit unten reflektierte der Rhein blaugrün funkelnd die Mittagssonne.

--

Der Jäger traute seinen Augen kaum, als der Mann den Fels heraufkletterte, direkt auf ihn zu. Er hatte ihn schon einmal gesehen, auch wenn das schon Jahre her war. Er vergaß nie ein Gesicht. Nun trug der Mann Anzug statt Uniform und Stahlhelm.

Der Jäger dagegen mit seinem Flecktarnanzug aus SS-Beständen verschmolz perfekt mit seiner Umgebung. Er lag in einer Steinkuhle und war mit Zweigen bedeckt, bereit, jederzeit hochzuschnellen und dem anderen innerhalb von Sekunden das Leben zu nehmen. Wie oft hatte er sich das in Gedanken ausgemalt. Aber er hatte niemals ernsthaft mit dieser Chance gerechnet.

Bedauerlich, dass er die Mauser nicht dabeihatte. Er hatte den Auftrag auszuspähen, nicht aber zuzuschlagen. Also hatte er sein Gewehr im Versteck gelassen, um beweglicher zu sein. Statt der Mauser führte er ein Zeiss-Fernglas und eine Zeiss-Ikon-Kamera mit sich.

Er hatte dem Mann vor ihm Rache geschworen. Und jetzt stand er keine acht Meter von ihm entfernt. Der Jäger benötigte seine Mauser gar nicht. Es wäre ihm ein Leichtes gewesen, dem verhassten Mann den Stahl seines Messers ins Herz zu rammen – oder ihn mit einem Schuss aus seiner Luger niederzustrecken und den zweiten Mann, der unten an der Straße wartete, anschließend auch. Er rang mit sich, wollte dem Impuls zu töten nachgeben.

Als der Mann näher trat, spannte der Jäger seine Muskeln bis zum Zerreißen an und zog lautlos die scharfe Klinge aus der Scheide. Das Messer sollte es sein. Er wollte es in das Fleisch des anderen bohren und sein Blut herausspritzen sehen. Amerikanerblut, Verräterblut, Judenblut, dachte er verächtlich. Danach würde er noch Zeit genug haben, um den anderen mit der Luger zu erledigen.

Aber durfte er seine Befehle missachten?

Der Amerikaner nahm ihm die Entscheidung ab, als er sich umdrehte und wieder hinunter auf die Straße stieg. Der Jäger bekämpfte seine Enttäuschung mit dem Gedanken daran, dass er die Witterung seiner Beute aufgenommen hatte. Sollte das Spiel ruhig noch ein bisschen dauern, der Amerikaner würde ihm nicht entkommen.

--

«Glauben Sie wirklich, man kann den Deckel darauf halten, dass Buchmanns Tod kein Unfall war?»

«Warum nicht?», erwiderte Sattler, während er den Mercedes durch eine enge Kurve steuerte. «Die Sicherungsgruppe soll die Politiker beschützen, aber wenn herauskommt, dass wir uns nicht mal selbst beschützen können, macht das keinen guten Eindruck. Es könnte sogar zum Wahlkampfthema werden, und vielleicht würde man unsere ganze Einheit in Frage stellen.»

Als sie wieder unten am Rhein waren, tauchten die ersten Wahlplakate auf. CDU, Deutsche Partei, SPD, FDP, Bund der Heimatvertriebenen und Entrechteten ... Die Parteienlandschaft schien ebenso zerrissen wie das Land.

«Man kann Deutschland nicht vorwerfen, es nähme seine

junge Demokratie nicht ernst», sagte Gerber mit Blick auf die Plakate.

Sattler ließ ein abschätziges Brummen hören. «Versprechungen. Angeblich ist jeder für Deutschland. Aber wenn man die Falschen wählt, wird das Land ruckzuck von Moskau aus regiert. Das sieht man ja an der Ostzone.»

«Dann muss man den Wählern klarmachen, wer die Richtigen und wer die Falschen sind.»

«Ganz meine Meinung, Herr Gerber.» Sie hatten das Gebirge hinter sich, und Sattler bremste den Mercedes vor der Einmündung in eine größere Straße ab. «Hoffentlich gelingt es ihm!»

«Wem?»

«Na, ihm!»

Sattler nickte nach links, von wo sich schnell ein Konvoi näherte. Ein schwarzer Porsche 356 Cabrio und dahinter zwei schwere, schwarze Mercedes-Limousinen. Am Porsche blinkte ein Blaulicht, und der Beifahrer, wie der Fahrer in Zivil gekleidet, wedelte wie ein Wilder mit einer Kelle herum, um andere Fahrzeuge davon abzuhalten, vor dem Konvoi auf die größere Straße einzubiegen.

«Die Kollegen vom Kommando Adenauer», erklärte Sattler. «Der Alte liebt es zu rasen, obwohl er vor zig Jahren einen schweren Autounfall hatte. Seitdem sieht er ein bisschen aus wie ein Chinese. Die Operationen, wissen Sie.»

Die Deutschen hatten sich wirklich schnell erholt, dachte Gerber beim Anblick des Konvois. Noch vor zehn Jahren waren sie mit Kübelwagen und Panzern gefahren.

Als der Porsche sie passierte, hielt der fast kahlköpfige Mann auf dem Beifahrersitz ihnen demonstrativ die Kelle entgegen und grinste breit. Offenbar hatte er Sattler erkannt.

«Blaschke, du alter Blödian!», rief Sattler ihm nach, obwohl der ihn bei dem Dröhnen des Porschemotors unmöglich hören konnte. «Wenn ich dich erwische, rasiere ich dir die letzten Haare ab!»

Gerbers Interesse galt dem Mann, der allein im Fond des mittleren Fahrzeugs, einem schweren Mercedes 300 mit der schwarz-rot-goldenen Standarte über dem Kühler und dem Kennzeichen «02», saß und in das Studium irgendwelcher Unterlagen vertieft war. Seine scharfen Gesichtszüge wirkten wie damals, er schien kaum gealtert zu sein. Für den Flügelschlag einer Sekunde stand Gerber wieder neben seinem Freund Jim im Eingang des Weinkellers, ihnen gegenüber der Mann, dem sie auf seinen ehemaligen Posten zurückverhelfen wollten. Oberbürgermeister von Köln. Sie hatten ihn unterschätzt.

// KAPITEL 3 //

Sich in der Hauptstadt Westdeutschlands zu befinden, mutete angesichts der Größe dieses Provinzstädtchens kurios an. Nicht weit entfernt lag Rhöndorf, noch immer der Wohnort Adenauers. Irgendwo hatte Gerber ein Bonmot aufgeschnappt. In anderen Ländern müssten die Regierungschefs in die Hauptstadt umziehen, die Deutschen aber hätten ihrem Kanzler die Hauptstadt direkt zu Füßen gelegt. Gerber spürte, wie ihn eine schwere Mattigkeit überfiel. Die aufgeheizte Luft und die Bequemlichkeit in den Polstern der ruhig laufenden Mercedes-Limousine taten ihre Wirkung. Sattler steuerte das Regierungsviertel an. In der Simrockstraße, nicht weit entfernt vom Palais Schaumburg, dem Amtssitz des Bundeskanzlers, setzte er Gerber ab.

Das war auch so ein Ding mit Bonn: das Platzproblem. Während sich das BKA in seinem gerade erst errichteten Wiesbadener Neubau ausbreiten konnte, war die Sicherungsgruppe, auf der ständigen Suche nach geeigneten Räumlichkeiten, auf diverse Bonner Standorte verteilt. Hier, in der Simrockstraße 21, sollte Gerber seine Ausrüstung in Empfang nehmen. Bis jetzt besaß er nicht einmal einen Dienstausweis.

«Warten Sie nicht auf mich, Herr Sattler», sagte Gerber, bevor er die Beifahrertür zuschlug. «Bonn geht auch zu Fuß.»

Das alte Haus war verziert mit Stuck und Statuen und hatte den Krieg offenbar heil überstanden. Im Treppenhaus umfing ihn eine angenehme Kühle. Für einen Moment schloss er die Augen und atmete tief durch. Er fühlte sich müde und erschöpft. Viel war in den vergangenen zwei Tagen geschehen. Seine Zukunftspläne waren weggewischt worden, und alle Menschen, die ihm etwas bedeuteten, hatte er bitter enttäuscht.

Noch ein tiefer Atemzug, bevor er die Augen wieder öffnete. Gerber fand den Mann, den er suchte, in einem mit Regalen und Schränken völlig zugestellten Raum. Er war klein und schmal und trug eine graue Strickjacke. Obwohl Gerber laut an die Tür geklopft hatte, fütterte er seelenruhig die Goldfische in einem kleinen Aquarium. Aus einem Kofferradio auf der Fensterbank säuselte eine hohe Tenorstimme irgendetwas von roten Rosen, roten Lippen, rotem Wein und Sonnenschein.

Gerber räusperte sich. «Herr Schindler?»

Langsam drehte sich der unscheinbare Mann um, die Blechdose mit dem Fischfutter noch in der Hand. Den strengen Blick unter dem Seitenscheitel kannte Gerber: So schauten Menschen, die Macht über andere haben – und sei es nur die Macht über die Materialausgabe.

«*Verwaltungsamtmann* Schindler. Und Sie sind?»

«*Kriminalhauptkommissar* Gerber», antwortete er ebenso wichtigtuerisch.

Kaum hatte Gerber seinen Rang genannt, wirkte Schindler gleich freundlicher, wenn auch leicht verwirrt. Mit einer schnellen Bewegung schaltete er das Radio aus.

«Ich kenne Sie gar nicht. Sind Sie neu?»

«So ist es. Ich bin KHK Buchmanns Nachfolger.»

«Ja, Buchmann, ein trauriger Verlust.»

War er in die wahren Umstände von Buchmanns Tod eingeweiht? Gerber fragte vorsichtig: «Sie kannten sich gut?»

«Wie man sich unter Kollegen so kennt.» Schindler drückte den Deckel auf die Blechdose und stellte sie auf eine Anrichte neben dem Fenster. «Hier in der Verwaltung hat man nicht so den engen Kontakt zu den Kollegen der anderen Referate. Sein Faible für schnelle Autos ist ihm offenbar zum Verhängnis geworden.»

«Ja, ein tragischer Unfall.» Gerber ließ einen bewusst langen Seufzer hören und wartete vergeblich auf einen Einwand Schindlers. «Jeder Mensch hat seine Laster. Bei Heinz Buchmann waren es die Autos und, wie man hört, die Frauen.»

«Ach, tatsächlich?», erwiderte Schindler vielleicht ein bisschen zu schnell, und seine Züge verhärteten sich.

«Das hat sich nicht bis zu Ihnen rumgesprochen?» Während er noch sprach, nahm Gerber ein Foto im Silberrahmen vom Schreibtisch. Das Porträt einer attraktiven, dunkelhaarigen Frau, deren mandelförmige Augen den Betrachter herausfordernd anblickten. «Bei so einer hübschen Frau laufen Sie bestimmt nicht Gefahr, anderen Damen zu verfallen.»

«Stimmt, mit Marianne habe ich wirklich Glück gehabt.»

Er wirkte angespannt, und seine Augen waren auf das Foto in Gerbers Händen fixiert. Erst als Gerber den Rahmen zurück auf den Schreibtisch stellte, entspannte er sich.

«Kommen wir zum Dienstlichen, Herr Hauptkommissar. Sie haben mir Ihren Dienstausweis noch nicht gezeigt.»

«Genau den wollte ich bei Ihnen abholen.»

«Dann muss er gestern Abend per Kurier gekommen sein. Wenn ich kurz Ihren Personalausweis sehen dürfte.»

Gerber holte den Ausweis aus seiner Brieftasche und reichte ihn dem Verwaltungsamtmann, der große Augen machte.

«Der ist erst vorgestern ausgestellt worden!»

«Ich weiß», sagte Gerber ungerührt. «Folglich dürfte er kaum abgelaufen sein. Was also ist Ihr Problem?»

«Wieso gerade vorgestern?»

«Weil ich davor noch kein deutscher Staatsbürger war.»

«Sondern?»

«Amerikaner. Als 33 dieser Österreicher mit dem seltsamen Oberlippenbart und der noch seltsameren Weltanschauung an die Macht kam, erkannte meine Familie sehr schnell, dass das nicht mehr unser Land war.»

«Emigriert, aha.» Schindlers Kopf hob sich, und er blickte Gerber forschend an. «Jüdisch?»

«Hat Marianne Sie jemals betrogen?»

«Wie bitte?» Schindlers Miene verhärtete sich wieder, wurde fast feindselig. «Ich wüsste nicht, was Sie das angeht.»

«Das finde ich auch», sagte Gerber ruhig.

«Man wird sich ja noch wundern dürfen, wenn jemand, der vor ein paar Tagen noch amerikanischer Staatsbürger war, heute schon Hauptkommissar bei der Sicherungsgruppe ist. Waren Sie in Amerika Polizist?»

«So etwas in der Art. Captain der US Army.»

«Ah, so.» Etwas Unverständliches vor sich hin brummelnd, ging Schindler zu einem hohen Stahlschrank und schloss ihn auf. Darin lag tatsächlich der Dienstausweis, den Gerber in Gegenwart des anderen unterschreiben musste. Anschließend erhielt Gerber seine Polizeimarke und die Dienstausrüstung, zuletzt die Dienstwaffe, eine belgische FN-Browning-Selbstladepistole mit drei vollen Magazinen. «Deutsche Polizei, aber deutsche Waffen sind nicht erwünscht. Der Krieg hat doch vieles durcheinandergebracht.» Schindler schüttelte den Kopf und packte eine lederne Pistolentasche neben die Browning. «Wundern Sie sich nicht, die Tasche ist eine Spende von der Bahnpolizei. Was Besseres gibt's noch nicht.»

«Danke», sagte Gerber und quittierte den Empfang.

--

Zurück auf der Simrockstraße zündete Gerber sich mit seinem schwarzen Zippo eine Camel an und hielt sein Gesicht in den leichten Lufthauch, der vom Fluss herüberwehte. Hier zu stehen und wieder ein Deutscher zu sein – jedenfalls auf dem Papier –, fühlte sich unwirklich an. Wie in einer Geschichte von Kafka. Er hatte dieses Land verlassen, als es nicht mehr sein Land gewesen war, hatte gegen dieses Land gekämpft und in dem Kampf sein Leben riskiert, und jetzt stand er mitten in dieser merkwürdigen Parodie einer Hauptstadt und sollte dabei helfen, Gesetz und Ordnung in die Trümmer zu tragen.

Ein Deutscher war ermordet worden, mit einiger Wahrscheinlichkeit von einem anderen Deutschen. Vor ein paar Jahren noch ein Umstand, über den sich jeder amerikanische Soldat gefreut hätte. Jetzt sollte er diesen Mord aufklären. Ergab das alles einen Sinn?

In einer Hand die klobige Pistolentasche, schlenderte er in Richtung Rhein und zog verwunderte Blicke auf sich. Pistole, Munition und andere Kleinigkeiten, die er von Schindler empfangen hatte, beulten seine Jackentaschen aus. Wahrscheinlich wirkte er wie einer der Schwarzmarkthändler, die in den ersten Nachkriegsjahren überall unterwegs gewesen waren.

Gerbers neue Wirkungsstätte lag auf dem Gelände der Villa Selve, praktischerweise angesiedelt zwischen der Villa Hammerschmidt mit dem Sitz des Bundespräsidenten und dem Palais Schaumburg.

Am Eingang kam ihm sein neuer Vorgesetzter, Kriminaloberrat Dr. Arnulf Krey, Leiter der Ermittlungsabteilung und stellvertretender Leiter der Sicherungsgruppe, entgegen. Ein großer, eloquenter Mann mit schütterem Haar unter dem dunkelgrauen Homburger und einer gewaltigen Hornbrille auf der Hakennase. In einer Hand trug er eine große Aktentasche.

«Herr Gerber, wollen Sie Ihren neuen Schreibtisch einweihen?»

«Ja, den in der nicht mehr vorhandenen Villa», sagte Gerber und deutete auf die Ruine. «Da ist wohl eine Bombe zu viel auf Bonn gefallen.»

«Sie irren sich, die Villa Selve stand 45 noch. Nach dem Krieg saß der Offiziersstab der Belgier da drin. Danach sollte das Gebäude an die Universität übergehen. Aber beim Auszug der Belgier ist die Villa abgebrannt. Ein Unfall, sagt man. Egal, weg ist weg. Wenigstens können wir die übriggebliebenen Wirtschaftsgebäude nutzen.»

«Ich glaube, ich muss mir noch einen Stadtplan besorgen und darauf sämtliche Standorte der Sicherungsgruppe markieren, um nicht die Orientierung zu verlieren.»

«Gute Idee, den lassen wir dann vervielfältigen», amüsierte sich der Kriminaloberrat. «Ja, diese ständige Lauferei zwischen den Dienstgebäuden kann nicht ewig weitergehen, sonst muss der Staat uns Schuhsohlengeld bezahlen. Vergessen Sie die Beerdigung und die Pressekonferenz morgen nicht, Herr Gerber. Ich muss jetzt an meinen eigenen Schreibtisch. Der steht seit ein paar Wochen in der Joachimstraße.»

Erst als sein Vorgesetzter weitergegangen war, wurde Gerber bewusst, dass Krey sich mit keiner Silbe nach den Ermittlungen im Fall Buchmann erkundigt hatte. Er wurde das Gefühl nicht los, dass es niemanden recht zu interessieren schien, wer den geschätzten Kollegen ins Jenseits befördert hatte.

--

In seinem Dienstgebäude, einem ehemaligen Pferdestall, traf Gerber auf Sattler, mit dem er sich ein Büro teilte. Als Gerber seine bei Schindler gemachte Beute auspackte, ging Sattler zu einem verschrammten Schrank aus billigem Furnier, holte ein ledernes Schulterholster hervor und legte es neben Gerbers Dienstpistole.

«Ein Geschenk des Hauses zum Dienstantritt, Herr Hauptkommissar. Damit Sie nicht mit dem Ding von der Bahnpolizei am Hosenbund herumlaufen müssen.»

«Vielen Dank, aber woher ...»

Sattler hielt mahnend einen Zeigefinger vor seinen Mund. «Fragen Sie nicht, dann muss ich nicht antworten. Wir alle haben doch im Krieg das Organisieren gelernt.»

Gerber zuckte zusammen, als plötzlich lautes Gebell den Raum erfüllte. «Himmel, was ist das?»

«Das sind unsere Nachbarn, Freitag und Robinson, an die müssen Sie sich gewöhnen.»

«Freitag und Robinson?»

«Unsere Schäferhunde. Werden wahrscheinlich gerade gefüttert. Der Zwinger ist hinter uns. Die alten Stallwände sind nicht so dick, wie sie aussehen.»

«Ich höre es.» Gerber blickte auf den Schreibtisch, an dem er saß und an dem vor ein paar Tagen noch Heinz Buchmann gesessen hatte. «Könnte es eigentlich sein, dass unser Toter auch vor den Frauen von Kollegen nicht haltgemacht hat?»

«Denken Sie an jemand Bestimmtes?»

«Schindlers Frau Marianne sieht sehr ansprechend aus. Ich habe in der Simrockstraße ein Foto von ihr gesehen.»

Ein breites Grinsen durchschnitt Sattlers Gesicht. «Da haben Sie voll ins Schwarze getroffen. Was man aber nicht unbedingt Heinz ankreiden kann. Die Marianne ist eine ganz Scharfe, ständig bereit, und das sendet sie auch aus. Kein Wunder. Können Sie sich vorstellen, wie Goldfisch-Schindler in seiner Strickjacke ihre Bedürfnisse befriedigt? Sie ist ja viel jünger als er. Als Heinz was mit ihr hatte, hätte er nur mit den Fingern schnippen müssen, und sie wäre ihm bis ans Ende der Welt gefolgt.»

«Und das wollte Buchmann nicht?»

Sattler schüttelte den Kopf. «Heinz sagte immer, Deutschland ist ein Paradies für Männer. So viele Tote, so viele Kriegsgefangene, so viele Verkrüppelte und auf der anderen Seite so viele Frauen ohne Männer. Da wäre er doch saublöd, hat er gesagt, sich nur an eine zu binden.»

«Das wird Frau Schindler nicht sonderlich gefallen haben.»

«Wie gesagt, sie ist für viele zu haben. Als sie zu aufdringlich wurde und Heinz ihr den Laufpass gegeben hat, hat sie sicher schnell einen Neuen gefunden.»

«Und wie geht Schindler damit um?»

«Der flüchtet sich in seine Materialkammer und zu seinen Goldfischen.»

«War es keine Liebesheirat?»

«Ach was. Die Marianne war eine mittellose Kriegswaise, und Schindler als Beamter mit festen Bezügen kam ihr da gerade recht. Sie hat finanziell ausgesorgt, und er durfte sich der Illusion hingeben, es wäre die wahre Liebe.»

«Eine manchmal wirklich trügerische Illusion mit unerwartetem Ende», seufzte Gerber und dachte an June.

// KAPITEL 4 //

Donnerstag, 20. August 1953

Siebzehn Tage bis zur Wahl

Die Sonne schien gnadenlos herab, und jeder Flecken Schatten auf dem Bonner Nordfriedhof wurde von den Trauergästen dankbar ausgenutzt. Gerber hatte in dem kleinen Pensionszimmer mit Blick auf ein Trümmergrundstück, das das CIC oder das BKA oder wer auch immer für ihn angemietet hatte, eine unruhige Nacht verbracht und fühlte sich alles andere als ausgeschlafen. Der übliche Albtraum, der ihn seit Jahren verfolgte.

Jetzt schwitzte er in seinem schwarzen Anzug und ertrug nur mit Mühe die nichtssagende Rede irgendeines Abgesandten des Bonner Oberbürgermeisters, dann die ebenso hohlen Worte eines Staatssekretärs aus dem Innenministerium und schließlich die einzige Ansprache, die etwas persönlicher gehalten war. «Lebe wohl irgendwo da oben, geschätzter Kollege und lieber Freund!», schloss Arnulf Krey, und ein fein herausgeputztes Polizeiorchester, dessen Instrumente in der Sonne funkelten, spielte langsam und feierlich *Ich hatt' einen Kameraden.* Als Krey anschließend die Kondolenzwünsche am offenen Grab entgegennahm, wurde allen klar: Nicht ein einziger Angehöriger von Heinz Buchmann war hier. Gerber wusste aus der Personalakte des Verstorbenen, dass Buchmann seine gesamte Familie im Krieg verloren hatte. Der große Frauenheld musste ein sehr einsamer Mensch gewesen sein.

Als er und seine neuen Kollegen dem Toten die letzte Ehre erwiesen hatten und alle in einem Pulk einer nahen Gastwirtschaft zustrebten, erkannte Gerber, dass er sich geirrt hatte. Zumindest ein Mensch war gekommen, der nicht dienstlich mit Heinz Buchmann verbunden gewesen war. Hinter einer Hecke, weitab von den anderen Trauergästen, trat zögernd eine schwarz gekleidete Frau hervor. Offenbar hatte sie gewartet, bis sich alle anderen entfernt hatten. In der behandschuhten Rechten hielt sie eine einzelne weiße Rose. Gerber ging am Schluss der Gruppe und blieb bald stehen. Er lief zurück zum Grab und betrachtete die Frau in Schwarz, die ihm den Rücken zuwandte und hinab in die Grube sah. Eine kleine, schlanke Gestalt, die still dastand und in ihre Gedanken versunken schien.

Plötzlich drehte sie sich um und blickte Gerber erschrocken an. Er lächelte freundlich und betrachtete ihr hübsches, ovales Gesicht. Auf dem dunklen, hochgesteckten Haar thronte ein kleiner, schwarzer Hut mit einem schwarzen Schleier, der über ihre Augen fiel. Es war so hell, dass er die Frau trotz Schleier wiedererkannte.

«Ich wollte Sie nicht erschrecken, Frau Schindler.»

Er war zwei Köpfe größer als sie, und sie blickte zu ihm hoch. «Kennen wir uns? Sind Sie ein Kollege von Heinz?»

«Mein Name ist Philipp Gerber. Ich bin erst seit gestern bei der Truppe.»

«Woher wissen Sie, wer ich bin?», fragte sie mit Skepsis in der Stimme.

«Ich musste gestern bei Ihrem Mann vorsprechen und habe Ihr Foto auf seinem Schreibtisch bewundert.»

«Ach so.» Nach einer kurzen Pause hatte sie ihre Gedanken geordnet und sagte: «Mein Mann konnte sich leider nicht freimachen, deshalb bin ich gekommen.»

«Das ist sehr freundlich von Ihnen, Frau Schindler. Ich habe Heinz Buchmann nicht gekannt, aber er scheint recht beliebt gewesen zu sein.» Er wartete, aber sie erwiderte nichts darauf. «Darf ich Sie zur Trauerfeier begleiten? Es ist nur ein kleiner Umtrunk mit belegten Broten, die Kollegen haben gesammelt.»

Sie wich einen Schritt zurück und musste aufpassen, nicht ins offene Grab zu fallen. «Nein, danke, ich – ich habe nicht so viel Zeit, wissen Sie.»

«Ach, Sie sind berufstätig.»

«Nein, das nicht.»

Er trat näher, und jetzt war sie zwischen ihm und dem Grab fast gefangen. «Dann sind es die Kinder, um die Sie sich kümmern müssen. Jetzt in den Sommerferien brauchen sie wohl den ganzen Tag über Beaufsichtigung.»

«Nein, wir haben keine Kinder.»

Wieder hielt er ihr seinen Arm hin. «Dann gehen wir doch irgendwo etwas trinken. Wir müssen uns ja nicht den anderen anschließen.»

Er hatte sie da, wo er sie haben wollte. Sie hakte sich bei ihm unter und begleitete ihn. Die Vorstellung, auf die halbe Sicherungsgruppe zu treffen, musste ihr als das größere Übel erscheinen.

Sie hatten das Friedhofstor fast erreicht, als sie plötzlich stehen blieb und ihn ansah. «Sie wissen es, nicht wahr? Das von Heinz und mir.»

Er nickte.

«Und was wollen Sie von mir?»

«Nichts Unsittliches, keine Sorge. Ich möchte mich nur ein wenig mit Ihnen unterhalten.»

Sie hielten auf ein kleines Wirtshaus zu. Im Eingang zögerte Frau Schindler plötzlich.

«Nichts Unsittliches», wiederholte sie Gerbers Worte. «Sie haben bestimmt schon einiges über mich gehört.»

«Ich bin gut im Zuhören, Frau Schindler. Aber ich bin auch gut darin, nicht alles zu glauben, was ich höre.»

Sie waren die einzigen Gäste in dem mit zusammengesuchten Möbeln ausstaffierten Lokal, und die aufmerksame Bedienung war sofort zur Stelle. Marianne Schindler wollte nur eine Tasse Kaffee. Gerber, der mangels Appetit nicht gefrühstückt hatte, bestellte sich eine Linsensuppe mit Mettwurst und dazu eine Coca-Cola. Er zündete erst seiner Begleiterin und dann sich eine Camel an. Als sich Marianne Schindler auf dem einfachen Holzstuhl zurücklehnte und an der Zigarette zog, wirkte sie ein wenig entspannter.

«Wahrscheinlich hat es Sie einige Überwindung gekostet, zu Heinz' Beerdigung zu kommen», sagte Gerber vorsichtig.

«Es fiel mir nicht ganz leicht, aber ich musste es einfach tun.»

«Warum sind Sie nicht später gekommen, nachdem die Kollegen weg waren?»

«Daran habe ich gar nicht gedacht.» Sie lachte kurz und ohne echte Erheiterung. «Wie dumm von mir.»

«Ich halte Sie nicht für dumm, Frau Schindler.»

«Sondern?»

«Ich denke, Sie sind eine Frau, die weiß, was sie will, die aber nicht weiß, wie sie es bekommt. Eine Frau, die irgendwann in ihrem Leben eine scheinbar goldrichtige Entscheidung getroffen und zu spät erkannt hat, dass es nur Katzengold war.»

Sie blickte ihn erstaunt an. «Sie sind ja ein Romantiker, Herr Gerber. Das hätte ich gar nicht vermutet.»

«Ich freue mich immer, wenn ich meine Mitmenschen überraschen kann.» Er nickte der Kellnerin zu, als sie die Getränke servierte. «Sprechen wir über Heinz. Ihn hielten Sie, zumindest eine gewisse Zeit lang, für die Eintrittskarte in ein neues Leben. Oder irre ich mich?»

«Ganz und gar nicht. Er konnte einer Frau das Gefühl geben, dass sie bei ihm alles findet, wonach sie sich sehnt.»

«Solange ihn die Frau interessierte.»

«Ja, das ist sehr treffend ausgedrückt.»

«Und danach fühlten Sie sich getäuscht und ausgenutzt.»

Marianne Schindler senkte ihren Blick und sagte leise: «Selbstverständlich. Warum stellen Sie all diese Fragen? Was interessiert Sie so an Heinz?»

«Ein paar seiner Unterlagen sind verschwunden.» Er improvisierte einfach, wie er es in seiner CIC-Ausbildung gelernt hatte. «Nichts Dramatisches, aber es ist halt ärgerlich. Haben Sie eine Idee, wo wir suchen könnten?»

«Nein. Ich habe nie irgendwelche Unterlagen zu Gesicht bekommen.» Sie drückte ihre Zigarette in dem schweren Glasaschenbecher aus, der in der Mitte des Tisches thronte. «Schade, dass Sie auch von der Sicherungsgruppe sind. Sosehr ich Heinz mochte, ich habe mir geschworen, nie wieder etwas mit einem Kollegen meines Mannes anzufangen. Werden Sie ihm sagen, dass wir uns unterhalten haben?»

Er wartete mit seiner Antwort, bis die Kellnerin, die sein Essen gebracht hatte, wieder hinter der Theke verschwunden war. «Seien Sie unbesorgt. Ich werde ihm nichts von unserer Begegnung erzählen.»

Mit einer Bewegung ihrer linken Hand strich sie den

Schleier nach oben über den Hut. Ihre großen, haselnussbraunen Augen blickten ihn bedauernd an, und sie legte ihre rechte Hand auf seinen Unterarm. «Wirklich schade, dass Sie auch bei der Truppe sind.»

// KAPITEL 5 //

Die Pressekonferenz begann in zwei Stunden, er hatte also noch Zeit, sich ein wenig mit der Stadt vertraut zu machen. Bonn machte auf ihn einen zwiespältigen Eindruck. Überall wurde gemauert, gepflastert und gekalkt, um die Kriegsschäden zu beheben und um Platz zu schaffen für Politiker, Diplomaten, Journalisten und ihre Familien, die in diese kleine Stadt drängten. Eine Stadt, die ihrer neuen Aufgabe nicht gewachsen war – es gab zu wenige Wohnungen, Hotels, Konferenz- und Büroräume.

Die Aula einer Schule war Ort der Pressekonferenz. Er fand Dr. Krey im Gespräch mit Sattler vor. Beide warfen ihm schon, als er sich näherte, fragende und nicht eben freundliche Blicke zu.

«Wo haben Sie denn gesteckt? Warum sind Sie nicht zum Umtrunk mitgekommen?», platzte es aus Sattler heraus, bevor Gerber auch nur ein Wort sagen konnte.

«Ich habe das Terrain erkundet.»

«Was heißt das?»

«Ich habe mich ein wenig mit dieser Stadt vertraut gemacht. Für mich ist sie Neuland. Wenn ich hier arbeite, sollte ich mich auskennen.»

«Ein paar der Kollegen denken, Ihnen fehle der Respekt vor Heinz Buchmann.»

«Ich bringe für den Kollegen Buchmann jeden Respekt auf, den er verdient.»

«Da bin ich mir ganz sicher», schaltete sich Dr. Krey besänftigend ein. «Wir sollten uns jetzt auf die Konferenz konzentrieren.»

Die Presse hatte Druck gemacht. Auch wenn Heinz Buchmanns Ableben der Öffentlichkeit als Unfall verkauft worden war, der Tod eines hochrangigen Beamten am Steuer eines Sportwagens war spektakulär genug. Die Sitzreihen füllten sich zusehends mit Journalisten und Fotografen, während Krey, Gerber und Sattler auf dem Podium Platz nahmen. Blitzlichter flammten auf, sobald der Kriminaloberrat das Wort ergriff, um erst sich selbst, dann zu seiner Linken Sattler als Buchmanns engsten Mitarbeiter und schließlich zu seiner Rechten Gerber als Nachfolger des Verstorbenen vorzustellen. Die meisten Fragen kreisten um den bevorstehenden Wahlkampf und darum, ob die Sicherungsgruppe Bonn noch in der Lage sei, ihre Aufgabe zu erfüllen.

Eine junge Frau mit dunkelblonden Locken meldete sich zu Wort. «Eva Herden vom *Brennpunkt Bonn.* Was ist an den Gerüchten dran, Hauptkommissar Buchmann sei einem Mordanschlag zum Opfer gefallen?»

Die Frage löste allgemeines Erstaunen und einige Unruhe unter den Presseleuten aus, und auch Dr. Krey benötigte ein paar Sekunden, um seine entgleisten Gesichtszüge wieder in geordnete Bahnen zu lenken. Zeit genug für ein Blitzlichtgewitter.

«Was für ein absurder Vorwurf! Wie kommen Sie darauf, Fräulein Herden?»

«Das hat mir ein Vöglein gezwitschert, Herr Dr. Krey. Sie glauben doch nicht im Ernst, dass ich Ihnen meine Quelle verrate.»

«Wie auch immer, seriös ist Ihre Quelle nicht», konterte

Krey. «Ich kann Sie nur dringend davor warnen, solch haltlose Spekulationen zu verbreiten.»

«Woran hat Hauptkommissar Buchmann zuletzt gearbeitet?», fasste die Journalistin nach.

«Dazu kann ich nichts sagen, das unterliegt der Geheimhaltung.»

Die Journalistin lachte ungläubig und schüttelte den Kopf. Da bemerkte Gerber, dass eine rote Narbe ihre linke Wange vom Auge bis zum Kinn durchzog, während die andere Gesichtshälfte unversehrt war. Fasziniert betrachtete er die Frau mit den zwei Gesichtern und fragte sich, was ihr zugestoßen sein mochte.

Um die Journalisten vom Thema abzulenken, brachte Krey Buchmanns Nachfolger ins Spiel. Gerber bemühte sich, möglichst allgemeine, aber doch launige Antworten auf die an ihn gerichteten Fragen zu geben. Als die Pressekonferenz zu Ende ging, waren Eva Herden und der bärtige Fotograf, der neben ihr gesessen hatte, schnell verschwunden.

«Fräulein Frankenstein hat uns aber ganz schön ins Schwitzen gebracht», sagte Sattler halblaut zu Krey und Gerber.

«Sie sprechen von Frau Herden?», vergewisserte sich Gerber.

«Fräulein bitte», sagte Sattler mit einem spöttischen Unterton. «Wer würde so eine Fratze auch heiraten? Die Figur ist ja ziemlich gut, aber wenn man jedes Mal erst ein Handtuch über das Gesicht legen muss, vergeht einem ja die Lust.» Den missbilligenden Blick Gerbers schien Sattler gar nicht zu bemerken, und er fuhr ungerührt fort: «Es war wirklich ein schwarzer Tag für Bonn, als sich dieses Schmierblatt hier niedergelassen hat. *Brennpunkt Bonn* nennen die sich und *Nachrichtenmagazin. Sowjetisches Propagandablatt* wäre die treffendere Bezeichnung.»

«So weit links?», hakte Gerber nach.

Die Antwort kam von Krey. «Linker geht's nicht. Seit gut einem Jahr erscheint dieses Wochenblatt, und man muss sich wirklich fragen, wie viele linke Leser es gibt.»

«Wenn die nicht von Moskau finanziert würden, wären die schon längst eingegangen», raunzte Sattler. «Wer die Pressefreiheit erfunden hat, hat der Demokratie wirklich keinen Gefallen getan.»

«Nein?», kam es von Gerber. «Was würden Sie denn lieber lesen, Kollege, den *Stürmer* oder den *Völkischen Beobachter*?»

--

Nach Gerbers bissiger Bemerkung rauschte Sattler beleidigt ab. Krey bat Gerber, ihn auf einen Spaziergang zu begleiten, und sie ließen sich auf einer Bank nieder, der eine ausladende Rosskastanie Schatten spendete. Ein Stück von ihnen entfernt ging eine herausgeputzte Dame mit ihrem nicht minder herausgeputzten Pudel Gassi, und auf einer anderen Bank las ein älterer Mann mit Bierbauch ein Wildwest-Leihbuch, auf dessen buntem Titelbild gerauft und geschossen wurde, was das Zeug hielt.

«Obwohl ich Ihr Vorgesetzter bin, Herr Gerber, möchte ich ganz offen mit Ihnen sprechen», begann der Leiter des Ermittlungsreferats umständlich. «Wahrscheinlich ist es de facto sogar umgekehrt, und Sie sind mein Vorgesetzter.»

Gerber beschloss, sich abwartend zu verhalten. «Ich kann Ihnen nicht folgen.»

«Die Amerikaner haben in Westdeutschland immer noch das Sagen, wenn auch nur inoffiziell.» Krey schnippte mit Daumen und Mittelfinger. «So schnell kann es gehen, und ein Mann, der vor ein paar Tagen noch amerikanischer Staatsbürger war, ist heute schon Hauptkommissar beim BKA. So schnell könnte es wohl auch gehen, und ich wäre morgen schon meinen Posten los.»

«Hören Sie, ich habe nicht vor, hier die Axt im Walde zu spielen. Auch wenn Sie es mir nicht glauben, aber ich nehme meine neue Aufgabe ernst.»

«Ich glaube Ihnen, und ich bin sehr froh darüber.» Krey fischte eine Packung Lux aus dem Jackett und hielt sie Gerber hin. Nachdem er erst Gerbers und dann seine Zigarette mit einem abgewetzten Sturmfeuerzeug angezündet hatte, fuhr er fort: «Das sage ich nicht aus Angst um meinen Posten, sondern im Hinblick auf die anderen mir unterstellten Männer. Sie sollten etwas mehr Rücksicht auf Ihre neuen Kollegen nehmen, Herr Gerber.» Krey stieß einen langen Seufzer aus, als suche er nach den richtigen Worten. «Möglicherweise hat Sattler es persönlich genommen. Er hat bei der Waffen-SS gedient.»

«Ich weiß.»

Gerbers lakonische Bemerkung brachte ihm einen überraschten Blick seines Vorgesetzten ein. «Sie wussten das?»

«Selbstverständlich. Ich weiß gern, mit wem ich es zu tun habe. Erwin Sattler, bis Kriegsausbruch bei der Ordnungspolizei in Rastatt, meldete sich freiwillig, als im September 39 die SS-Polizei-Division aufgestellt wurde. Lobende Erwähnungen und Auszeichnungen für seine Kampfeinsätze im Argonner Wald, bei Luga, in der Wolchow-Schlacht und so weiter. Gehörte zu den Glücklichen, die kurz vor Kriegsende über die Ostsee evakuiert wurden und daher in amerikanische statt in sowjetische Gefangenschaft gerieten. Gute Referenzen, eine prowestliche Einstellung und eine trotz der von seiner Division begangenen Kriegsverbrechen weiße Weste – und schon ist er Oberkommissar bei der Sicherungsgruppe Bonn.»

«Viele haben im Krieg gedient, das kann man ihnen kaum vorwerfen. Ich selbst war bei der Wehrmacht, bin als Schwerverwundeter mit einem der letzten Lufttransporte aus Stalingrad rausgekommen und habe später gegen die Amerikaner in der Normandie und in den Ardennen gekämpft.»

«Auch das ist mir bekannt.»

«Ich wüsste wirklich gern so viel über Sie wie Sie über uns, Herr Gerber.»

«Da gibt es nicht viel zu wissen. Meine Familie hat Deutschland verlassen, als der braune Spuk übermächtig wurde, und ich habe es vorgezogen, *gegen* die Nazis zu kämpfen.»

Krey nahm seine Worte mit sichtlichem Missfallen auf. Für einen Moment flatterten seine Augenlider, und die Mundwinkel zuckten, als könne Krey eine harsche Replik nur mit Mühe unterdrücken. Abrupt stand er auf.

«Sie wollen sich hier offenbar keine Freunde machen, Gerber. Überlegen Sie sich gut, auf welcher Seite Sie stehen wollen. Eine Lehre aus dem Krieg dürfte uns beiden klar sein: Zwischen den Fronten wird man zerrieben.»

// KAPITEL 6 //

Gerber brauchte Zeit zum Nachdenken über das, was Krey gesagt hatte. Auf welcher Seite stand Gerber eigentlich? Und wo standen Krey, Sattler und all die anderen BKA-Kollegen? Viele hatten im Krieg die Wehrmachts- oder die SS-Uniform getragen, die Uniform der Hakenkreuzfaschisten und Unterdrücker, und jetzt sollten sie eine junge Demokratie verteidigen. Die Westalliierten bedienten sich dieser Männer. Sie waren kampferfahrene Profis, die man für einen neuen Kampf benötigte. Nur zu deutlich zeichnete sich ab, dass Deutschland zum Schauplatz eines Konflikts zwischen West und Ost, zwischen Demokratie und kommunistischer Diktatur werden würde. Also wurde fleißig entnazifiziert, um aus den Reihen der Besiegten neue Truppen zu rekrutieren. Aber auf wen würden diese Männer ihre Waffen richten, wenn es hart auf hart kam? Waren sie loyale Soldaten oder bloß Söldner? Gerber hatte genug vom Krieg und hoffte, es nie herausfinden zu müssen.

Er kaufte an einem Straßenstand einen Stadtplan von Bonn und Umgebung. Der einarmige Verkäufer wollte ihm gerade sein Wechselgeld zurückgeben, da fiel Gerbers Blick auf ein dünnes Magazin mit dem flammend roten Titel *Brennpunkt Bonn*.

«Das Heft hier noch, und der Rest stimmt so», sagte er.

Er begann sofort, in dem dünnen Heft zu blättern. Ein mehrseitiger Artikel von Eva Herden setzte sich sehr kritisch mit Adenauers Politik der Westbindung auseinander. Die Journalistin schrieb, dass dadurch die Sowjetunion gezwungen sei, große Truppenverbände an der Ostgrenze der Bundesrepublik zusammenzuziehen, was die Gefahr eines Kriegs wahrscheinlicher mache. Ein interessanter Artikel, dessen Argumentation einen messerscharfen Verstand verriet. Gerber hätte sich gern mit der Journalistin über ihre Position auseinandergesetzt, aber im Augenblick interessierte ihn mehr, was Eva Herden vorhin auf der Pressekonferenz gesagt hatte.

Er sah ins Impressum. Die Markusstraße, in der die Redaktion residierte, lag nicht weit entfernt. Eine kleine Hauptstadt hatte auch ihre Vorteile, fand Gerber und beschloss, einen Spaziergang zu unternehmen. Die Sonne versah weiterhin ihren erbarmungslosen Dienst, und zur Abkühlung kaufte er bei einem Straßenhändler, der schwitzend und pustend einen Eiskarren vor sich herschob, eine Portion Erdbeereis.

Die Redaktion befand sich im zweiten Stock eines unscheinbaren Geschäftshauses. Das halbdunkle Treppenhaus bot etwas kühlere Luft. Er öffnete die Tür und stieß auf eine blondierte, stark geschminkte Frau unbestimmbaren, aber auf jeden Fall fortgeschrittenen Alters, in einer Hand eine Zigarette, in der anderen ein abgegriffenes Exemplar eines Vicki-Baum-Romans. Gerber musste sich zweimal räuspern, um sie aus der Romanwelt zu reißen, und nur widerwillig widmete sie ihm ihre Aufmerksamkeit. Durch dicke Brillengläser sah sie ihn missgestimmt an.

«Ja, was?», knarzte sie.

«Ich möchte zu Fräulein Herden.»

«Nicht da.»

«Wo ist sie?»

«Weiß ich nicht.»

«Wann kommt sie wieder?»

«Keine Ahnung.» Sie unterstrich ihre Worte mit einer dicken Rauchwolke, die sie ihm entgegenblies.

«Haben Sie Fräulein Herdens Privatadresse?»

«Ich ja, Sie nicht.»

Kurz spielte er mit dem Gedanken, der Frau seinen Dienstausweis zu zeigen und amtlich zu werden, aber er entschied sich dagegen. Er wollte die Journalistin mit seinem Besuch lieber überraschen.

Die Frau am Empfang ließ ihr Buch auf die Tischplatte sinken und reckte den Kopf vor, wie um ihn besser sehen zu können. «Wer sind Sie überhaupt?»

«Wer ich bin?»

«Ja!»

«Ich weiß es, Sie nicht», sagte er und öffnete die Tür zum kühlen Treppenhaus.

--

Der Bus spuckte ihn mit vielen anderen Fahrgästen an der Endstation bei den Universitätskliniken auf dem Venusberg aus, und den Rest des Wegs ging er zu Fuß. Der Stadtplan leistete ihm gute Dienste und führte ihn zu dem nur spärlich bebauten Waldweg, an dem Heinz Buchmann gewohnt hatte. Der Wald spendete Schatten, und die würzige Luft war deutlich frischer als in den dicht bebauten Straßen. Er atmete tief durch. Da fiel ihm auf, dass er gar keinen Schlüssel zu Buchmanns Haus hatte. Dann würde er wenigstens einen Blick auf Haus und Grundstück werfen.

Vor einer Biegung stand ein roter Ford Taunus, der eine Wagenwäsche dringend nötig hatte. Er sah niemanden, der zu dem Wagen gehörte. Vielleicht Waldspaziergänger.

Er ging um die Biegung und sah vor sich ein freistehendes Haus mit Flachdach und Garage. Das kleine Grundstück war nur zum Weg hin durch einen gusseisernen Zaun abgegrenzt, auf den anderen drei Seiten wurde es von Eichen, Buchen und Kiefern eingeschlossen. Das musste Buchmanns Haus sein.

Das Eisengittertor stand offen. Auch die Haustür war nur angelehnt, und spätestens jetzt schrillten in Gerbers Kopf die Alarmglocken. Als er auch noch undeutliche Stimmen aus dem Bungalow hörte, lag binnen weniger Sekundenbruchteile die Dienstpistole in seiner Rechten, durchgeladen und entsichert.

Vorsichtig, ohne ein Geräusch zu verursachen, schob er die Haustür ein Stück weiter auf und schlüpfte in den schmalen Flur. An einer Wandgarderobe hingen diverse Jacken und ein Regenmantel, an der Wand gegenüber ein Gemälde, das offenbar eine Szene aus der griechischen Antike darstellte. Das Bild zeigte einen auf dem Rücken liegenden Mann mit weit über die Hüfte gehobenem Gewand. Eine entblößte Frau hockte auf ihm, hatte sein Glied in sich aufgenommen und sich, mit einer Hand am Boden abstützend, so weit vorgebeugt, dass der Mann an einer ihrer Brustwarzen saugen konnte. Ein sehr ungewöhnliches Bild für den Eingangsbereich eines Hauses, fand Gerber und konzentrierte sich wieder auf die Stimmen. Er glaubte, einen Mann und eine Frau zu hören.

Der dunkle Läufer auf dem Flur dämpfte seine Schritte, und vor einer halb offenen Tür blieb er, an eine Wand gepresst und die FN Browning mit angewinkeltem Arm in Schulterhöhe haltend, stehen.

«Eine typische Junggesellenbude, fast schon eine Liebesfalle», sagte die Frau hörbar erheitert. «Ein Bluthund des Kapitalismus, nicht nur auf der Jagd nach Feinden des Systems, sondern auch nach willigen Frauen. Daraus basteln wir ein, zwei schöne Schlagzeilen. Schieß hier ein paar Fotos, Gerd!»

Mit der Waffe im Anschlag betrat Gerber den Raum, ein Schlafzimmer mit einem breiten Bett und jeder Menge erotischer Skulpturen und Bilder. Vor ihm standen der bärtige Fotograf und Eva Herden. Fasziniert starrte er in das Janusgesicht, auf der einen Seite weibliche Schönheit in Perfektion, auf der anderen die große, jede Schönheit verhöhnende Narbe.

Ein aufflammender Blitz blendete Gerber.

«Sehr gut!» Eva Herdens Mund öffnete sich zu einem breiten Lächeln, und sie zeigte dabei zwei Reihen perfekter Zähne. «Das BKA – Adenauers bewaffnete Vorhut. Eine tolle Bildunterschrift. Mach gleich noch eins, Gerd!»

Bevor Gerber ihm die Kamera abnehmen konnte, fiel der Fotograf namens Gerd mit einem lauten Platschen auf die Bodendielen.

Fast gleichzeitig nahm Gerber zwei Geräusche wahr: einen lauten Knall und das Klirren von Glas. Die Fensterscheibe zum Wald hinaus hatte ein kleines Einschussloch, von dem sich spinnennetzartig dünne Risse nach allen Richtungen ausbreiteten. Der Fotograf lag auf dem Bauch, und eine Wunde klaffte in seinem Rücken. Sein beiger Pullover begann, sich rund um die Wunde rot zu färben.

«Gerd!» Eva Herden starrte erschrocken auf den zu Boden gegangenen Mann, dann mit plötzlich aufsteigender Feindseligkeit auf Gerber. «Was – was haben Sie getan?»

Statt einer Antwort riss Gerber sie zu Boden. Gerade noch rechtzeitig. Ein erneuter Knall, splitterndes Glas und ein Einschlag in der Wand, gleich neben der Tür.

«Raus hier, auf den Flur!», brüllte er. «Aber bleiben Sie am Boden!»

«Wieso? Was wollen Sie …»

«Bleiben Sie am Boden und kriechen Sie auf den Flur. Der hat keine Fenster.»

Eva Herden nickte, schluckte zweimal schwer und kroch aus dem Raum, dicht gefolgt von Gerber. Er richtete sich ein wenig auf und zog die Schlafzimmertür hinter ihnen zu.

Auf dem Flur herrschte Halbdunkel. Er lehnte sich mit dem Rücken gegen die Wand neben der Garderobe, und die Journalistin tat es ihm nach. Ihr Blick hing an der Tür zum Schlafzimmer.

«Was ist mit Gerd? Wir müssen ihm helfen!»

«Wir können gerade nichts für ihn tun. Wahrscheinlich ist er bereits tot.»

«Vielleicht gibt es in einem der anderen Räume ein Telefon», schlug Eva Herden vor.

«Auf keinen Fall betreten wir die anderen Zimmer. Die haben vermutlich alle Fenster. Und da lauert immer noch ein Scharfschütze.»

«Aber was sollen wir dann tun?»

Gerber überprüfte die Browning. «Ich muss den Schützen ausschalten.»

Unwillkürlich blickte sie zu der wenige Meter entfernten Haustür. «Sie wollen da rausgehen?»

«Sollte ich nicht zurückkommen, dann verstecken Sie sich.»

«Sie könnten doch auch einfach hier bleiben und uns beide mit Ihrer Waffe beschützen.»

«Zu riskant. Der Schütze könnte sich anschleichen, und wir säßen in der Falle. Tun Sie einfach, was ich sage, dann passiert Ihnen nichts.»

Sie sah zu ihm hoch, und ihre Blicke trafen sich. «Weshalb machen Sie sich solche Sorgen um mich?»

Er zog die gerollte Zeitschrift aus seinem Jackett und reichte sie ihr. «Ich habe da noch ein paar Fragen zu Ihrem Schmähartikel gegen Adenauers Politik der Westanbindung», sagte er mit einem charmanten Lächeln.

«Sie nennen das einen Schmähartikel?»

Er lächelte sie erneut an, dann stieß er sich von der Wand ab und schlüpfte durch die Haustür.

--

«Die Ausbildung eines CIC-Agenten ist eine verflucht teure Angelegenheit, und deshalb darf ein CIC-Mann sein Leben niemals leichtfertig aufs Spiel setzen. Merkt euch das und denkt immer an die Steuerzahler, die für ihr Geld hart schuften müssen, Jungs! Andererseits möchte ich nicht erleben, dass ein Agent, der durch meine Schule gegangen ist, auch nur eine Sekunde zögert, weil ihm sein Leben wertvoller ist als seine Aufgabe und unser Vaterland. Ich würde vor Scham im Boden versinken. Also ist es am besten, ihr knallt die Scheiß-Krauts und -Japsen schnell ab, bevor die zuerst zum Schuss kommen, und kehrt mit möglichst vielen heilen Gliedmaßen nach Hause zurück!»

Die Worte, die Sergeant Biff Carmichael vor zehn Jahren im Ausbildungslager Camp Ritchie an Gerber und seine Kameraden gerichtet hatte, schossen ihm durch den Kopf, als er die Haustür hinter sich zuzog, auf den ausgedörrten Rasen sprang und sich über die linke Schulter abrollte. Gerade noch rechtzeitig. An der Stelle, wo er noch vor einer Sekunde gelegen hatte, spritzten Gras und Erde auf.

Sofort nach dem Schuss hörte er das metallische Klacken eines Repetierhebels. Wie beim Anschlag auf Buchmann, dachte er, auch da war ein Repetiergewehr benutzt worden. War es derselbe Schütze?

Gerber rannte an der Fassade entlang und schlüpfte in den schmalen Spalt zwischen Garage und Bungalow. Eine Kugel schlug dicht neben ihm gegen das schwere, eiserne Garagentor, verursachte ein lautes Gonggeräusch und surrte als Abpraller davon.

Gerber erreichte die Rückseite des Hauses und gelangte mit wenigen schnellen Sätzen in den Wald, wo er hinter dem wuchtigen Stamm einer alten Eiche Deckung suchte. Sein Atem ging heftig, und er spürte das Adrenalin, das jede Faser seines Körpers durchflutete. Aber seine Rechte mit der Browning war vollkommen ruhig, jederzeit schussbereit.

--

Das Gewehr fest in den Händen, musste der Jäger seinem Feind Respekt zollen. Der Amerikaner war wirklich gut. Offenbar war er für diese Art von Kampf ausgebildet. Beide waren sie Veteranen eines Krieges, dessen Parteien offiziell einen Waffenstillstand geschlossen hatten, der in Wahrheit aber fortdauerte. Der Jäger genoss das Katz-und-Maus-Spiel, auch wenn am Ende nur ein Ergebnis stehen konnte: der Tod des Mannes, der für die Entstellung der Frau verantwortlich war, die der Jäger liebte.

Er hatte einen großen Bogen geschlagen und dabei jeden Fehltritt vermieden, der auch nur einen Zweig zum Knacken hätte bringen können. Jetzt musste er sich hinter dem Amerikaner befinden, und er pirschte sich vorsichtig an die vermutete Position des anderen heran. Sein Gewehr war schussbereit, es fehlte nur das Ziel.

Da vorn, die alte Eiche. Er blieb stehen, legte die Mauser an und blickte durch das Zeiss-Zielfernrohr. Da war die Beute! Sein Gegner drückte sich dicht an den Stamm und schien nicht recht zu wissen, was er tun sollte. Selbst wenn er den Jäger bemerkt hätte, hätte er mit seiner lächerlichen Pistole auf diese Entfernung keine Chance gehabt.

Der Jäger dagegen sah seinen Gegner deutlich vor sich. Er atmete tief durch, hielt dann den Atem an und nahm den Kopf des Amerikaners ins Fadenkreuz. Als er den Abzug seines Gewehrs mit dem Zeigefinger bis an den Druckpunkt gebracht hatte, atmete er leicht und gleichmäßig aus. Gleichzeitig drückte er ab. Es war ein vollkommener Todesschuss.

Wäre es jedenfalls gewesen, hätte in diesem entscheidenden Augenblick nicht der Boden nachgegeben.

Sein rechter Fuß sackte plötzlich ein, und mit einem metallischen Geräusch schlug seine Waffe hart auf einem scharfkantigen Stein auf.

Der Jäger griff instinktiv nach dem Gewehr. Der Repetierhebel stand in einem unnatürlichen Winkel ab, das Zielfernrohr war zerbrochen.

Als der Jäger sein Bein aus dem Loch zog, offenbar ein Fuchsbau, fuhr ein stechender Schmerz durch seinen rechten Unterschenkel.

Hatte die Kugel ihr Ziel trotzdem erreicht? Angestrengt, ohne auf das Zielfernrohr zurückgreifen zu können, blickte er in Richtung der Eiche. Er konnte nichts erkennen. Wenn er den Amerikaner nicht erwischt hatte, hatte ihn der Schuss auf jeden Fall alarmiert.

Eilig griff er nach der Mauser und benutzte sie als Krücke. Er musste fort von hier, so schnell wie möglich. Aus dem

Jäger war ein Gejagter geworden. Auf das kaputte Gewehr gestützt, humpelte er davon. Er verfluchte sein Pech, und nur ein Gedanke konnte ihn trösten: Noch war das Spiel nicht zu Ende.

--

Der Schweiß brannte in seinen Augen. Bäuchlings lag er in einer mit Laub und Baumnadeln gepolsterten Kuhle und untersagte sich jede Bewegung. Mit beiden Händen umklammerte er den Griff der Browning, während seine Augen, dem Schweiß trotzend, den Wald absuchten. Das Geschoss, das vor wenigen Sekunden splitternd in das Holz der alten Eiche gefahren war, nur eine Handbreit neben seinem Kopf, war ihm eine deutliche Warnung. Gerber musste dringend etwas unternehmen. Die Kuhle, die ihm Deckung bot, konnte leicht zur Falle werden, sobald der andere eine etwas erhöhte Position einnahm. Und Bäume zum Erklettern gab es hier wahrlich genug.

Plötzlich ertönte ein Rascheln, gefolgt vom Knacken eines Zweigs. Eine Gestalt huschte weit vor ihm vorüber, sichtbar nur für einen Sekundenbruchteil. Ein Mann in einem Tarnanzug, wenn er sich nicht täuschte.

Gerber schien noch einmal davongekommen zu sein.

// KAPITEL 7 //

Verschwitzt und verdreckt schlich Gerber auf den Bungalow zu, die Browning schussbereit in der Rechten.

Seine angespannten Sinne nahmen nichts Verdächtiges wahr. Der Bungalow mitten im Wald täuschte eine hochsommerliche Idylle vor. Aber etwas störte diesen Eindruck: Der Tod lag in der Luft.

Gerber erreichte die halb offene Haustür und sprang mit einem weiten Satz in den Flur. Kein Schuss fiel. Auch sonst hörte er kein Geräusch, nur das Rasseln seines eigenen Atems. Er drückte sich gegen die Wand und stieß die Tür mit den Füßen zu.

«Ich bin's», rief er halblaut.

Er erhielt keine Antwort. Aber Eva war da und saß an exakt derselben Stelle, an der er sie zurückgelassen hatte. Allmählich gewöhnten sich seine Augen an das dämmrige Licht auf dem Flur. Im Schneidersitz hockte sie auf dem Boden, die Arme eng um den Oberkörper geschlungen, starr geradeaus blickend, als gäbe es dort etwas zu sehen, das nur sie erkennen konnte.

Langsam trat er auf sie zu und ließ seine Waffe im Schulterholster verschwinden. Sie wirkte, als habe ihr Geist den Körper verlassen. Das einzig Lebendige an ihr war das farbenfrohe Sommerkleid. Behutsam legte er eine Hand auf ihre Schulter. «Sie müssen keine Angst mehr haben, Eva. Der Attentäter ist geflohen.»

Seine Worte schienen sie nicht zu erreichen. Gerber beschloss sicherzugehen, dass sie beide nicht eine weitere Überraschung erwartete. «Seien Sie unbesorgt, Sie sind in Sicherheit. Ich bin gleich zurück.»

Die Waffe im Anschlag, stieß er eine Zimmertür nach der anderen auf. Der einzige Mensch, auf den er traf, war der Fotograf. Und der war, wie er sich jetzt überzeugte, tatsächlich tot.

Im Wohnzimmer stand ein Telefon auf dem dreieckigen Beistelltisch. Er ließ sich mit den Universitätskliniken verbinden, und eine Frau mit näselnder Stimme meldete sich. Gerber nannte seinen Namen und Dienstrang und machte seine Sache dringlich. Erst danach rief er bei seiner Dienststelle an und ließ sich zu Oberkommissar Sattler durchstellen.

--

Keuchend blieb der Jäger stehen und wischte mit dem Ärmel seines Tarnanzugs den beißenden Schweiß aus seinen Augen. Er hatte den Waldrand erreicht, und das Sonnenlicht blendete ihn. Auf das kaputte Gewehr gestützt, kniff er die Augen zusammen und sah sich um. Ungefähr ein halber Kilometer trennte ihn von seinem Ziel. Eine Strapaze mit dem lädierten Unterschenkel.

Noch zwei Mal hielt er an, um Luft zu holen, dann tauchte der unbefestigte Forstweg vor ihm auf. Ein taubengrauer DKW-Pritschenwagen stand auf dem Weg. Der Jäger humpelte zu dem Kleintransporter und riss die Beifahrertür auf.

«Wie ist es gelaufen?», fragte Frieder mit seiner stets heiseren Stimme.

Der Jäger hob das kaputte Gewehr an. «Das siehst du doch. Machen wir, dass wir wegkommen!»

«Bist du verletzt?»

Missmutig umklammerte der Jäger die Waffe, als wolle er Frieder damit erschlagen. «Fahr schon los!»

--

Mit schrillem Geklingel hielt ein elfenbeinfarbener Opel Blitz mit der Aufschrift «Krankenwagen» vor dem Bungalow. Gerber stand vor der Haustür und winkte die beiden Uniformierten mit der feldgrauen Trage zu sich heran. Er ging voran und bemerkte, dass die beiden anderen bei Eva Herdens Anblick abrupt anhielten, Verwunderung in den Gesichtern.

«Was ist mit ihr?», fragte der Vordere.

«Vermutlich Angststarre», antwortete Gerber.

Er stieß die Schlafzimmertür auf, bis der reglos am Boden liegende Fotograf zu sehen war. «Den Kollegen hier hat es erwischt.»

«Tot?»

«Mausetot.»

Mit einem plötzlichen Anflug von Skepsis heftete sich der Blick des vorderen Krankenträgers auf Gerber. «Und – wer sind Sie?»

«Kriminalhauptkommissar Gerber.» Er zeigte seinen Ausweis vor. «Bringen Sie die Frau sofort in ärztliche Obhut!»

«Äh …»

«Ja?», schnappte Gerber, dem das alles viel zu lange dauerte.

«Wer trägt die Kosten für die Patientin?»

«Notfalls ich.» Er machte aus seiner Verärgerung keinen Hehl. «Und jetzt machen Sie hin!»

Der Krankenträger zückte einen Bleistift und kritzelte etwas in ein kleines Notizbuch. Dann legten er und sein Kollege die reglose Journalistin vorsichtig auf die Trage und brachten sie nach draußen. Als der Krankenwagen gewendet hatte und endlich losfuhr, erscholl wieder das ohrenbetäubende Geklingel, das in dieser abgeschiedenen Gegend reichlich unpassend wirkte.

--

Fünf Minuten nach der Abfahrt des Krankenwagens ging es Schlag auf Schlag. Erst fuhr ein schwarzer Mercedes vor und spuckte Krey, Sattler und zwei weitere BKA-Kollegen der Ermittlungsabteilung aus, die Kriminalkommissare Werner Liepelt und Rudolf Senft. Fast im Minutentakt folgten Fahrzeuge der Bonner Polizei. Kriminaltechniker, Schutzpolizisten und drei Hundeführer der Diensthundestaffel mit zum Aufspüren von Personen ausgebildeten Schäferhunden. Kurz darauf lud ein Wagen der Sicherungsgruppe Freitag und Robinson samt ihren Hundeführern aus.

Schon als Gerber seinem Vorgesetzten gegenübertrat, fiel ihm Kreys frostige Stimmung auf. Der Kriminaloberrat musterte ihn von oben bis unten durch die Gläser seiner mächtigen Brille, und sein Gesichtsausdruck trübte sich mehr und mehr ein.

«Wie sehen Sie denn aus, Gerber?»

Gerber sah an seinem derangierten Anzug hinab und antwortete gelassen: «Völlig verschwitzt und verdreckt, Herr Kriminaloberrat.»

«Was ist geschehen?»

«Bei der Jagd nach unserem zweifachen Attentäter habe ich mich im Wald herumgesuhlt.»

Krey und seine Begleiter bekamen große Augen, und Krey fragte: «Sie meinen, er hat auch Buchmann auf dem Gewissen?»

«Das ist gut möglich. Auf dem Grundstück und im Wald werden die Kollegen von der Kriminaltechnik Projektile finden, die mit einiger Wahrscheinlichkeit aus einem Mauser-Scharfschützengewehr abgefeuert wurden.» Gerber deutete hinter sich ins Haus. «Im Schlafzimmer auch. Und im Körper des Fotografen.» Als er das immer größer werdende Fragezeichen in Kreys Gesicht bemerkte, fuhr er fort: «Derselbe Fotograf, der heute mit Eva Herden auf der Pressekonferenz war.»

«Ein ermordeter Pressefotograf im Haus eines ermordeten BKA-Beamten», resümierte Krey mit einem schweren Seufzer. «Das ist nicht gut, gar nicht gut. Erzählen Sie mal von Anfang an.»

Als Gerber damit fertig war, fragte Sattler: «Ist wirklich der Fotograf das Ziel gewesen?»

Gerber dachte an seinen Versuch, dem Fotografen die Kamera wegzunehmen, bevor die tödliche Kugel den Mann getroffen hatte. «Jeder von uns kann das Ziel gewesen sein.»

«Oder alle drei», sagte Werner Liepelt, ein mittelgroßer, schlanker Mann mit stets wachsamen, hin und her huschenden Augen. «Dafür spricht, dass der Schütze sich nach dem Schuss nicht sofort vom Acker gemacht hat. Offenbar hatte er sein Werk noch nicht vollendet. Womit es nicht unwahrscheinlich ist, dass der Kollege Gerber auf seiner Abschussliste steht.»

Gerber gefiel diese Vorstellung gar nicht. «Das glaube ich eher nicht. Ich bin schließlich erst seit gestern in Bonn. Fräulein Herden hingegen hat sich offenbar intensiv mit Buchmanns Tod beschäftigt.»

«Wie sind die Journalistin und der Fotograf hergekommen?», fragte Kommissar Senft.

«Auf dem Weg hierher habe ich einen Ford Taunus gesehen, der am Straßenrand parkte», erinnerte sich Gerber.

Senft nickte. «An dem Wagen sind wir eben vorbeigefahren.»

«Stellen Sie das Kennzeichen fest und ermitteln Sie den Fahrzeughalter, Senft», befahl Dr. Krey.

«Das Kennzeichen lautet BR 515–689», sagte Gerber wie aus der Pistole geschossen. Eins der vielen Dinge, die man beim CIC lernte. Ihm standen die weißen Buchstaben und Ziffern auf schwarzem Grund so deutlich vor Augen, als befände er sich in dieser Sekunde direkt vor dem Fahrzeug.

«Dann mal los, Senft, besorgen Sie den Namen des Halters.»

Der Kommissar mit dem schütteren Haar nickte und ging ins Wohnzimmer, um das Telefon zu benutzen.

Gerber folgte ihm, weil er sich noch einmal näher umsehen wollte. Zwei Cocktailsessel umstanden den dreieckigen Beistelltisch. Die Zimmerecke hinter einem der Sessel beherbergte eine üppig bestückte Hausbar, über der eins jener eindeutig erotischen Gemälde hing, ohne die Heinz Buchmann offenbar nicht ausgekommen war. In den Wandregalen, in denen auffällig viele Bücher standen, sah Gerber eine Reihe von erotischen Statuen. Er stellte sich vor, wie Buchmann mit einer Frau ins Haus trat und ihr im Flur beim Ablegen half, ihr dann hier im Wohnzimmer den einen oder anderen Dry Martini oder auch eine Pink Lady kredenzte und dann mit ihr an dem vorherbestimmten Ort landete, dem Schlafzimmer. Ein eingeübtes Ritual, das aus einer mehr oder minder flüchtigen Bekannten eine Geliebte machte, die Buchmann so lange die Zeit vertrieb, bis die Dame ihn langweilte und einer anderen weichen musste.

Vermutlich gab es viele Männer, die Buchmann um sein Liebesnest und sein Geschick im Umgang mit dem weiblichen Geschlecht beneidet hatten. In Gerber aber kam kein Neid auf, nur Mitleid. In seinen Augen war der ermordete Kommissar trotz all seiner Geliebten ein einsamer Mann gewesen.

Er trat an die Regale und studierte die Buchrücken. Einige länder- und völkerkundliche Werke, kriminalistische Fachliteratur, ein paar Bücher über Autos und jede Menge Schmöker: Abenteuerbücher und utopische Romane, die Gerber noch aus seiner Kindheit kannte. Der umtriebige Heinz Buchmann ein Bücherwurm? Der abgewetzte Ohrensessel, der in einer Zimmerecke neben einer Stehlampe platziert war, schien das zu bestätigen.

Er vergegenwärtigte sich, was er aus dessen Akte erfahren hatte. 1907 in einem kleinen Dorf in der Oberlausitz als Sohn eines einfachen Landarbeiters geboren, war er in der nahen Stadt Lauban in den Polizeidienst eingetreten. Gesellschaftlicher Aufstieg durch die Ehe mit einer Apothekerstochter. Drei Kinder. Ein paar Jahre später marschierte nicht nur Hitler in Polen ein, sondern auch Heinz Buchmann als Unteroffizier in der 18. Infanterie-Division. Als die Einheit 1943 in die 18. Panzergrenadier-Division umgewandelt wurde, war er bereits Hauptmann. Ein Jahr später, als seine Division bei den Rückzugskämpfen der Heeresgruppe Mitte aufgerieben wurde, geriet Buchmann in sowjetische Gefangenschaft. Er konnte fliehen und sich in seine Heimat durchschlagen. Erst dort erfuhr er, dass Frau und Kinder tot waren, gestorben bei den schweren Kämpfen um Lauban im Februar und März 1945. Der einzige Hinweis darauf, wie er zur Sicherungsgruppe gelangt war, war ein Aktenvermerk über seine Polizeiausbildung und seine herausragenden Beurteilungen und hohen Auszeichnungen aus seiner Wehrmachtszeit gewesen. Gerber nahm an, dass persönliche Beziehungen, wie bei den meisten von Buchmanns Kollegen, eine wichtige Rolle gespielt hatten.

Gedankenverloren zog er aus einem der Regale die Vorkriegsausgabe eines Abenteuerschmökers, den er selbst als Junge gelesen hatte: *Der Gefangene der Aimaras* von Franz Treller.

Er setzte sich in den Lesesessel und blätterte in dem Buch. Als Junge hatte er es geradezu verschlungen. Jetzt, nach den schrecklichen Erlebnissen im Krieg, konnten ihn die Abenteuer in der wilden Bergwelt der Anden nicht mehr fesseln, und seine Gedanken kehrten zu Heinz Buchmann zurück.

Gerber stellte sich den zerlumpten, ausgehungerten Kriegsheimkehrer vor, der nach vielen Strapazen in seine Heimat zurückkam, um nichts anderes vorzufinden als Trümmer und Tote. Trost für seine verlorene Ehefrau sollten ihm die zahlreichen Frauen bieten, die er in sein Liebesnest am Waldrand mitgenommen hatte. Vermutlich, darauf wiesen die vielen wechselnden Geliebten hin, hatte er keinen Trost gefunden, keinen Ersatz. Auch die Kindheitsbücher, die er las, konnten ihm die verlorenen Kinder und die verlorene gemeinsame Zeit mit ihnen nicht ersetzen.

Buchmanns Entscheidung, nach dem Krieg zwar offiziell für das BKA, insgeheim aber auch für das CIC zu arbeiten, konnte Gerber gut nachvollziehen. Buchmann hatte im Krieg gegen die Sowjets gekämpft und war aus der sowjetischen Gefangenschaft geflohen, nur um herauszufinden, dass seine Familie in den Kämpfen gegen die Sowjets ausgelöscht worden war. Wer letztlich für den Tod seiner Lieben verantwortlich war, die Sowjets bei der Eroberung Laubans oder die Deutschen bei der von Goebbels so verzweifelt gefeierten Rückeroberung, war für Buchmann vielleicht gar nicht von Belang gewesen. Er hatte die Schuld den Sowjets zugeschrieben und war auf diese Weise der perfekte Agent für die Amerikaner geworden.

«Überzeugter Antikommunist», hatte in seiner Akte gestanden. Vielleicht war Colonel Anderson jene persönliche Beziehung, die ihn zur Sicherungsgruppe gebracht hatte.

Genau wie bei Gerber.

// KAPITEL 8 //

Das Haus seines ermordeten Vorgängers ließ ihn nicht los. Es war Sinnbild eines seltsamen Lebens, das ein abruptes Ende gefunden hatte. Heinz Buchmann konnte in Gerbers Verständnis kein glücklicher Mensch gewesen sein, aber das hieß nicht, dass der Tod für ihn eine Erlösung gewesen war. Viele andere hatten in den grausamen Kriegsjahren ihre Angehörigen verloren, ihre Habe, ihre Heimat, Arme, Beine oder das Augenlicht. Sie lebten weiter, versuchten, irgendwie zurechtzukommen. Der Attentäter hatte Buchmann der Möglichkeit beraubt, mit sich selbst ins Reine zu kommen, noch etwas aus seinem Leben zu machen. Allein dafür gehörte er gefasst und bestraft. Aber das war, wie die Ereignisse gezeigt hatten, längst nicht alles, worum es ging. Nach dem heutigen Anschlag stand eins für Gerber fest: Buchmanns zahlreichen Frauengeschichten zum Trotz war es kein Mord aus Eifersucht gewesen.

Die Kriminaltechniker waren noch bei der Arbeit, aber Gerber hegte keinen Zweifel daran, dass die Projektile mit dem übereinstimmten, das man an der Unfallstelle gefunden hatte.

Jetzt hieß es, alles in einen Sinnzusammenhang zu stellen. Die Suchmannschaft war erfolglos geblieben. Die Spur des Attentäters endete südlich des Bungalows an einer Straße, die das Waldgebiet durchschnitt.

In Buchmanns Garage hatten sie einen winzigen, schon recht klapprigen Fiat Topolino vorgefunden, ein Vorkriegsmodell. Kein Wunder, dass er lieber mit dem Dienst-Porsche unterwegs gewesen war.

Sie hatten aus den Papieren des ermordeten Fotografen erfahren, dass er Gerd Reschke hieß. In seiner Hosentasche hatte ein kleiner Bund Dietriche gesteckt, was erklärte, wie er und die Journalistin ins Haus gekommen waren.

Der rote Ford Taunus am Waldrand war tatsächlich auf Eva Herden zugelassen. Die Frau, zu der Gerber jetzt unterwegs war und deren Rolle in der ganzen Angelegenheit ihm Rätsel aufgab. Wusste sie wirklich mehr über den Mord an Heinz Buchmann? Oder hatte sie auf der Pressekonferenz einen begnadeten Bluff abgeliefert? Er musste sich selbst eingestehen, dass sein Interesse an ihr mehr als rein beruflicher Natur war. Als sie, in Angststarre verfallen, auf dem Flur gehockt hatte, hatte er den Wunsch verspürt, sie in die Arme zu nehmen und festzuhalten.

Mach die Sache nicht komplizierter, als sie schon ist, ermahnte er sich, als er die Taschen seines zerknitterten Anzugs nach seiner angebrochenen Camel-Packung abklopfte. Sie war ziemlich verknickt. Er fingerte eine halbwegs heil gebliebene Zigarette heraus, entzündete sie mit dem Zippo und inhalierte tief. Während er die entspannende Wirkung genoss, sah er die Gesichter zweier Frauen vor sich, June Anderson und Eva Herden.

Lautes Brummen näherte sich ihm aus der Richtung von Buchmanns Haus. Die abrückende Suchmannschaft. Angeführt wurde der Lastwagen-Konvoi von einem Polizei-Volkswagen mit heruntergelassenen Seitenfenstern. Ein dunkelblau uniformierter Arm reckte sich aus dem Beifahrerfenster und gab den nachfolgenden Wagen das Signal zum Anhalten. Der Volkswagen kam direkt neben Gerber zum Stehen, und er sah unter der Schirmmütze das rundliche Gesicht von Polizeioberkommissar Wiesner, der die Suchmannschaft angeführt hatte.

«Können wir Sie mitnehmen, Herr Hauptkommissar?», fragte er in einem gemütlichen Plauderton, als kämen sie gerade von einem Betriebsausflug. «Ist doch reichlich heiß heute für einen längeren Fußmarsch.»

Gerber winkte ab. «Danke, aber ich hab's nicht mehr weit.» Als er den fragenden Ausdruck in Wiesners Zügen bemerkte, fügte er hinzu: «Ich will zu den Unikliniken.»

«Haben Sie sich verletzt?»

«Nein, ist nur zur Recherche.»

«Na, dann viel Glück!»

Wiesner streckte den rechten Arm wieder aus und stieß mit angewinkeltem Oberarm und ausgestreckter Hand zweimal nach oben. Die Motoren heulten auf, und die Polizeifahrzeuge setzten ihre Fahrt fort, erstickten Gerber fast in einer Wolke aus Dieselqualm. Nach einem heftigen Hustenanfall schmeckte ihm die Zigarette nicht mehr. Er warf sie auf die unbefestigte Fahrbahn, über der sich der von den Lastwagen aufgewirbelte Staub noch kräuselte, und trat sie sorgfältig aus.

Je näher er dem Gelände der ehemaligen Flakkaserne kam, auf dem sich die Neubauten der Universitätskliniken erhoben, desto mehr verwunderte Blicke zog der verschwitzte Mann im verdreckten schwarzen Anzug auf sich. Vielleicht hätte er doch erst eine Dusche nehmen und sich umziehen sollen. Aber er wollte unbedingt wissen, wie es um Eva Herden stand.

Der Pförtner war ein Kriegsversehrter. An der Stelle seiner rechten Hand saß eine schwarze Prothese, glänzend, wie aus Leder.

«Was wollen Sie?», fragte der Veteran, während sein Blick

ungläubig an Gerber hinab, vom Kopf bis zu den Füßen, und wieder zurück wanderte.

«Zu Fräulein Eva Herden», sagte Gerber. «Sie wurde vor kurzem eingeliefert.»

Die Augen des Pförtners verengten sich zu Schlitzen, und Gerber bemerkte die vielen kleinen Fältchen in den Augenwinkeln. Typisch für einen Mann, der viel ins helle Licht gestarrt hatte. Das Gesicht war gegerbt von Wind und Wetter. Nordafrika, vermutete Gerber.

«Hier ist kein Asyl für Landstreicher.» Die Stimme des Pförtners klang jetzt hart und abweisend. «Gehen Sie, sofort!»

Gerber zog seinen BKA-Ausweis hervor und legte ihn auf den Tresen. «Wenn Sie für mich bitte nachschauen würden, wo ich Fräulein Eva Herden finde!»

Der Mann sah abwechselnd auf den neuen Ausweis und auf Gerber, rührte sich aber nicht.

Gerber nahm seinen Ausweis wieder an sich. «Sie waren doch auch im Feld. Haben Sie danach ausgesehen wie geleckt?» Gerber deutete auf die Handprothese. «El Alamein?»

Der Pförtner blickte traurig auf das, was einmal seine Hand gewesen war. «Nein. Das war im Jahr drauf am Kasserinpass. Splitter einer Panzergranate.» Er blätterte mit der gesunden Hand im Patientenbuch. «Fräulein Herden liegt im rückwärtigen Trakt.» Er beschrieb Gerber den Weg. «Dort fragen Sie am besten noch mal, ich habe hier noch keinen Zimmereintrag.»

Kurz vor Gerbers Ziel hielt ihn eine ältliche Oberschwester auf, deren Pferdegesicht ihn an die amerikanische Schauspielerin Edna May Oliver erinnerte. Sie hieß nicht Edna, sondern Gerda, wie ihr Namensschild verriet, war aber genauso resolut wie die Oliver in ihren typischen Rollen und aus härterem Holz geschnitzt als der Pförtner. Sein Dienstausweis führte bei ihr nur zu einem kurzen, verächtlichen Blick und der Bemerkung: «So ein Ding kriegen Sie doch heute bei jedem fliegenden Händler für fuffzig Pfennig.»

Oberschwester Gerda winkte eine blutjunge Lernschwester heran. «Hol mal den Dr. Gaffrey her, Mädchen, aber dalli!» Während die junge Schwester davoneilte, verschränkte die Oberschwester die Arme vor ihrer Brust und bedachte Gerber mit einem abschätzigen Blick. «Ein Kriminalhauptkommissar wollen Sie also sein, ja? Da hätten Sie mal lieber in einen sauberen Anzug investieren sollen statt in einen billigen Spielzeugausweis. Ziehen Sie Ihre Betrügereien woanders ab!»

«Was ist hier los?», fragte ein Mittfünfziger im weißen Kittel, der in Begleitung der Lernschwester herbeieilte.

«Dieser Mann ist ein Betrüger und Dieb», antwortete Oberschwester Gerda. «Er will hier bestimmt die Patienten bestehlen und gibt sich doch glatt als Kriminaler aus, der verdreckte Lump.»

«Gerber, Kriminalhauptkommissar», sagte Gerber in Richtung des schlanken, hochgewachsenen Mannes.

Der streckte ihm seine Rechte entgegen. «Freut mich sehr. Ich bin Ludwig Gaffrey, Oberarzt in der Psychiatrie.» Als sie sich die Hände schüttelten, wollte die Oberschwester protestieren, aber Dr. Gaffrey erstickte ihre Worte mit einer knappen Handbewegung. «Hauptkommissar Gerber ist derjenige, der hier angerufen und uns wegen Fräulein Herden informiert hat. Danke, Oberschwester, ich brauche Sie nicht länger.»

Die derart Abgefertigte zog sich ins Schwesternzimmer zurück und winkte die Lernschwester zu sich, an der sie vielleicht ihr Mütchen kühlen wollte.

«Ich muss mich für meinen Aufzug entschuldigen, Herr Doktor», sagte Gerber. «Aber die vergangenen Stunden waren etwas aufreibend, nicht nur für Fräulein Herden. Wie geht es ihr übrigens? Darf ich sie sehen?»

«Ich werde Sie zu ihr bringen.»

Der Oberarzt führte Gerber in ein Zweibettzimmer. Im einzigen belegten Bett lag Eva Herden, das Gesicht zur Seite gedreht, sodass die Narbe nicht zu sehen war. Sie schien fest zu schlafen wie ein kleines Mädchen, das zu lange draußen gespielt hatte. Auf ihn wirkte sie entspannt, was ihn erleichterte.

«Wir haben ihr ein Schlafmittel gegeben. Vielleicht sollten wir uns besser in meinem Büro weiter unterhalten.»

Nach einem letzten Blick auf die Schlafende folgte Gerber dem Arzt in ein geräumiges Büro, dessen große Fenster einen weiten Ausblick über den Venusberg boten. Baukräne ragten zwischen Baumwipfeln empor, Rohbauten wuchsen in die Höhe.

Dr. Gaffrey ließ sich hinter einem Schreibtisch aus massivem Holz nieder. «Rauchen Sie?»

Gerber erinnerte sich an seine zerdrückte Camel-Packung, nahm vor dem Schreibtisch Platz und griff dankbar nach einer Zigarette aus der Schachtel des Arztes. Gaffrey zog einen gläsernen Aschenbecher mit dem eingravierten Namen einer Arzneimittelfirma in die Tischmitte, und aus einer tiefen Schublade holte er zwei Cognacschwenker und eine halbvolle Flasche Asbach Uralt, aus der er beiden einschenkte.

«Sie sehen aus, als könnten Sie eine Stärkung gebrauchen, Herr Gerber.» Nachdem sie den ersten Schluck getrunken hatten, fügte er hinzu: «Eine gute Zigarette und dazu ein edler Tropfen, das ist doch die beste Medizin.»

«Na dann.» Gerber nahm einen zweiten Schluck und genoss das Feuer in seinem Inneren. Er entspannte sich und war kurz versucht, die Augen zu schließen und alles, was er in den vergangenen Stunden erlebt hatte, von sich abfallen zu lassen.

«Können Sie mir sagen, was geschehen ist?» Gaffreys sanfte, aber zugleich eindringliche Stimme holte ihn ins Hier und Jetzt zurück. «Das würde mir helfen, Fräulein Herdens Zustand besser einzuordnen.»

«Ihr Kollege ist vor ihren Augen erschossen worden. Möglicherweise war die Kugel aber für sie bestimmt. Ich konnte die Aufmerksamkeit des Schützen auf mich lenken, musste Fräulein Herden aber allein im Haus zurücklassen. Als ich zurückkehrte, war sie nicht ansprechbar.»

Der Arzt ließ einen Rauchkringel zur Decke schweben und nickte bedächtig. «Durchaus eine Situation, die zu einer Angststarre führen kann. Ist Fräulein Herden diesbezüglich vorbelastet?»

«Keine Ahnung.»

«Woher hat sie die Narbe auf der Wange?»

Wieder zuckte Gerber mit den Schultern. «Ich kenne sie erst seit heute.»

«Dann lassen wir sie einfach ausschlafen und setzen sie anschließend auf doppelte Ration.» Noch bevor Gerber nachfragen konnte, sagte Gaffrey: «Wir haben Anzeichen von Mangelernährung bei ihr festgestellt, was die Anfälligkeit für eine Angststarre erhöht. Vermutlich hat sie über einen längeren Zeitraum nicht richtig gegessen. Mangelndes Hungergefühl ist eine der Wirkungen von Pervitin.»

«Pervitin?» Gerber beugte sich vor, als habe er nicht richtig gehört. «Das Aufputschmittel, das die Nazis im Krieg ihren Soldaten verabreicht haben?»

«Panzer-Schokolade, Stuka-Pillen und wie sie es noch genannt haben.» Gaffrey griff in eine weitere Schublade, zog ein blaurotes Röhrchen heraus, schraubte den Deckel auf und schüttete ein paar kleine weiße Tabletten auf die Schreibtischplatte. «Schaltet das Schlafbedürfnis und ebenso das Hungergefühl aus, jedenfalls für eine gewisse Zeit, im Verein mit einer spürbaren Leistungssteigerung und einer euphorischen Grundhaltung. Der einfache Landser wusste es ebenso zu schätzen wie die deutsche Hausfrau, die es in Form von Pralinen bekam. Ein Volk ohne Hunger und ohne Schlaf, immer im Einsatz. Auch eine Art von Kraft durch Freude.»

«Auf lange Sicht hat es nicht funktioniert.»

«Nein, zum Glück nicht. Irgendwann melden sich Hunger und Schlaf eben doch und dann mit Macht. Müdigkeit, Erschöpfung, Antriebslosigkeit befallen den Pervitin-Süchtigen, denn ein Suchtmittel ist es. Das hat man nur spät erkannt. 41 hat man Pervitin im sogenannten Weckmittelerlass unter Rezeptpflicht gestellt, aber die Soldaten haben es weiterhin bekommen, für den Endsieg und den ganzen Quatsch.» Gaffrey leerte sein Glas. «Ich war Oberstabsarzt bei der Heeresgruppe Mitte und weiß, wovon ich rede.»

Gerber deutete auf das Tablettenröhrchen. «Haben Sie die da bei Fräulein Herden gefunden?»

«Nein, die gehören zu meinem persönlichen Anschauungsmaterial.» Der Arzt steckte die Tabletten zurück in das Behältnis und verschloss es wieder. «Aber die Anzeichen sind eindeutig. Sollte es nicht Pervitin sein, dann ist es etwas Ähnliches.»

«Ist Fräulein Herden süchtig?» Gerber sprach langsam und musste sich bei jedem Wort zwingen, damit es über seine Lippen kam.

«Diese Diagnose würde ich nicht stellen, nicht zum gegenwärtigen Zeitpunkt. Aber ihr Körper ist zweifellos dabei, sich an die Droge zu gewöhnen. Sie sollte ab sofort die Finger davon lassen.»

«Wie kommt man an das Zeug?»

«In der Apotheke. Pervitin wird weiterhin hergestellt, ist aber auch heutzutage rezeptpflichtig. Doch schon im Dritten Reich gab es Apotheker, die sich nicht an den Weckmittelerlass gehalten haben, und heute werden Sie garantiert auch welche finden, die es unter der Hand verkaufen. Außerdem ist der Schwarzmarkt für Aufputschmittel groß, und viele Bestände aus dem Krieg sind noch im Umlauf.» Er legte das Röhrchen zurück in die Schublade. «Erst benutzten wir es, um die Welt zu zerstören, und jetzt, um unser Land wieder aufzubauen.»

Gerber hörte nur noch mit halbem Ohr hin. Seine Gedanken kreisten um Eva Herden. «Gibt es etwas, das ich für Fräulein Herden tun kann?»

«Finden Sie heraus, was die Ursache für ihre Ängste ist.» Gaffrey drückte seine Zigarette aus. «Und halten Sie das Mädel von der Droge fern.»

Gerber drückte rasch seine Zigarette aus, bevor er sich erhob. «Ich würde gern einen Blick auf die Habseligkeiten werfen, die sie bei ihrer Einlieferung bei sich trug.»

«Da müssen wir Oberschwester Gerda bemühen.» Auch Gaffrey stand auf und blinzelte ihm verschwörerisch zu. «Sie wird sich bestimmt freuen, Ihnen behilflich zu sein.»

Im Zimmer der Oberschwester konnte Gerber keinerlei Freude auf ihrem Pferdegesicht erkennen, als sie einen schmalen Holzkasten aus einem Wandregal mit weiteren Kästen zog und vor sich auf den Tisch stellte.

«Das ist alles, was wir bei ihr gefunden haben.» Während Oberschwester Gerda sprach, war ihr Blick auf den Oberarzt gerichtet, nicht auf Gerber.

In dem Kasten sah Gerber ein schmales Portemonnaie, einen Autoschlüssel, zwei weitere Schlüssel und eine Dugena-

Damenarmbanduhr mit vergoldetem Gehäuse und einem Armband aus schwarzem Textilgewebe.

Als er begann, die Sachen in die Taschen seines Jacketts zu stecken, fragte die Oberschwester: «Dürfen Sie das?»

«Selbstverständlich», versicherte Gerber in einem vertrauensvollen Tonfall. «Ich muss doch irgendetwas versetzen, um mir einen neuen Anzug zu kaufen.»

--

Der Autoschlüssel, den Gerber an sich genommen hatte, passte zu dem roten Taunus. Auf dem Rücksitz lagen eine leichte, modisch geschnittene Damenstrickjacke und eine dunkelgrüne Lederhandtasche, in der er Schminkutensilien fand, aber auch etwas anderes: ein Röhrchen, das laut Aufschrift dreißig Pervitin-Tabletten enthalten sollte. Ungefähr die Hälfte davon fehlte. Er steckte das Röhrchen in seine Jacketttasche.

In einem Fach des Portemonnaies fand er Eva Herdens Papiere und kannte jetzt ihre Privatadresse. Sie wohnte nicht in Bonn, sondern in Bad Godesberg. Sollte er es sich einfach machen und den Wagen vor der Redaktion abstellen? Er wollte dort ohnehin aufkreuzen und ihren Kollegen ein paar Fragen stellen. Aber er hielt es für mehr als angebracht, sich zu duschen und sich umzuziehen, bevor er wieder unter die Leute ging. Deshalb fuhr er zu seiner Pension und bat Frau Stenitzer, die Vermieterin, nachdem er sauber und in frischer Kleidung aus seinem Zimmer kam, seinen Anzug in die Reinigung zu bringen. Beim Anblick des Anzugs war die gute Frau geradezu erschüttert und fragte ihn, was er damit gemacht habe.

«Polizeialltag», sagte er nonchalant und verließ das Haus.

// KAPITEL 9 //

Die aufgetakelte Fregatte in der Pförtnerloge saß genauso da, wie Gerber sie vor Stunden verlassen hatte: rauchend und in ihrem Vicki-Baum-Schmöker lesend. Sie erkannte ihn sofort wieder. Bei seinem Anblick weiteten sich ihre Augen, und sie schob das Buch beiseite.

«Wer ist hier der Chef?», fragte Gerber anstatt einer Begrüßung und schob ihr seinen Dienstausweis zu.

Sie warf einen langen Blick darauf und schob den Ausweis dann zurück. «Polizei.» Er glaubte, einen Anflug von Verachtung in ihrer Stimme wahrzunehmen. «Was wollen Sie hier?»

«Ich möchte den Verantwortlichen sprechen.»

«In welcher Angelegenheit?»

«Das werde ich ihm sagen, sobald ich mit ihm spreche.»

«Herr Dr. Neuenhahn, der Chefredakteur, empfängt unangemeldete Besucher nur, wenn er den Grund ihres Besuches kennt.» Sie sagte das leidenschaftslos, als würde sie den Text eines Hinweisschilds vorlesen.

Gerber beschloss, einzulenken. Man wusste nie, vielleicht würde er noch einmal ihre Hilfe brauchen.

«Es geht um den Mord an Ihrem Fotografen Gerd Reschke.»

Wieder weiteten sich die Augen der Frau, und unter ihrer dicken Schicht Schminke zeichnete sich Erschütterung ab.

«Reschke tot? Ermordet?» Er nickte nur, und sie fragte: «Was ist mit Fräulein Herden?»

«Liegt im Krankenhaus auf dem Venusberg.»

«Ist sie verletzt?»

«Sie steht unter Schock. Dürfte ich jetzt zu Herrn Neuenhahn?»

«Gehen Sie durch diese Tür und dann einfach immer geradeaus. Ich melde Sie telefonisch an.»

Hinter der Tür erstreckte sich ein langer Gang mit weiteren Türen zu beiden Seiten. Einige davon standen offen, und er konnte die Mitarbeiter des *Brennpunkts Bonn* bei der Arbeit sehen. Sie ahnten noch nicht, dass sie bald über den Tod eines Kollegen berichten würden.

Am anderen Ende des Gangs erschien eine kleine, schmale Frau um die fünfzig, die ein dunkles, gedecktes Kostüm trug und eine etwas zu große Brille auf der spitzen Nase. Sie trat ihm entgegen und sagte: «Hannelore Rüsch. Ich bin Dr. Neuenhahns Sekretärin. Sagen Sie, stimmt das mit Herrn Reschke? Wurde er wirklich ermordet?»

«Leider ja, ich war selbst dabei», antwortete er und stellte sich vor.

Sie stieß einen tiefen Seufzer aus und führte ihn durch ihr Reich, das Vorzimmer, in Dr. Neuenhahns Büro. Der Chefredakteur erhob sich hinter einem mit Papieren und Fotos übersäten Schreibtisch. Das Jackett hing über der Stuhllehne, und das trotz eines sich unablässig hin und her drehenden Tischventilators verschwitzte hellblaue Hemd spannte mächtig über dem Bauch. Den Knoten der dunkelblauen, gestreiften Krawatte hatte er ein gutes Stück gelockert. Durch das zurückweichende dunkle Haar und den Kinnbart zogen sich graue Schneisen.

«Kommen Sie rein, Herr Kommissar. Nehmen Sie einen Kaffee? Richtiger Bohnenkaffee, versteht sich.»

«Sehr gern», sagte Gerber und nahm Platz.

Während die Sekretärin den Auftrag erhielt, sich um den Kaffee zu kümmern, betrachtete Gerber eine große Wandfotografie, die einen Mann mit feistem Gesicht und Doppelkinn zeigte, der fröhlich in die Kamera winkte. Georgi Maximilianowitsch Malenkow, ein enger Gefolgsmann Stalins, der nach dessen Tod im März dieses Jahres Vorsitzender des Ministerrats und damit Regierungschef der Sowjetunion geworden war. Gerber musste an Sattlers Bemerkung denken, der *Brennpunkt Bonn* werde vermutlich von den Sowjets finanziert.

«Guter Mann, der Malenkow», sagte Neuenhahn.

«Mag sein. Trotzdem würde ich ihn mir nicht an die Wand hängen.»

«Was erwarten Sie? Ein Foto von Adenauer oder Heuss?»

«Von denen bis zu Malenkow ist es ein weiter Weg.» Gerber warf noch einen Blick auf das Foto. «Ich würde mich unwohl fühlen, wenn der große Vorsitzende mir dauernd zuwinken würde.»

«Das ist der Unterschied zwischen uns, Herr Hauptkommissar. Malenkow ist der richtige Mann auf seinem Posten, glauben Sie mir. Auf lange Sicht wird er den Ausgleich mit dem Westen suchen und damit die Kriegsgefahr mindern, in die uns Adenauer mit seinem strikten Westkurs bringt.»

«Warum erst auf lange Sicht?»

«Weil er sich gegen andere Stimmen an der Parteispitze behaupten muss, denken Sie nur an Bulganin oder Chruschtschow.»

«Dann ist Adenauers Kurs doch gar nicht so falsch, nur für den Fall, dass Ihr Freund Malenkow sich nicht gegen die anderen behaupten kann.»

«Ich verstehe Sie nicht», sagte Neuenhahn kopfschüttelnd. «Wir haben doch gerade erst einen Krieg hinter uns. Wünschen

Sie sich schon wieder einen?» Zielsicher zog er ein großes Blatt aus der Unordnung seines Schreibtisches hervor und legte es vor Gerber auf den Tisch. «Hier, das ist unser Titelbildentwurf für die nächste Ausgabe.»

Das Bild war zweigeteilt. Auf der einen Seite der winkende Malenkow, auf der anderen Seite ein lächelnder Graukopf mit einem prägnanten Gesicht, die Züge wie gemeißelt. Der Vorsitzende der Kommunistischen Partei Deutschlands, Max Reimann. Über beide Fotos ging der Schriftzug «Gemeinsam für den Frieden! Wählt Reimann und die KPD!».

«Sie erlegen sich im Wahlkampf nicht gerade Zurückhaltung auf, wie?», sagte Gerber und nickte der Sekretärin zu, die ihnen den Kaffee brachte.

«Das tun die anderen auch nicht», erwiderte der Chefredakteur beinah trotzig. «Mit der Fünf-Prozent-Hürde soll doch nur die KPD daran gehindert werden, wieder in den Bundestag einzuziehen.»

«Ich bin kein Spezialist für bundesdeutsche Innenpolitik.» Gerber goss einen kleinen Schuss Milch in den Kaffee, rührte kurz um und trank einen kräftigen Schluck. Der Kaffee war heiß und stark und tat ihm gut. «Reden wir also lieber über Gerd Reschke.»

«Der Ärmste, ja. Wie ist es passiert?»

Gerber schilderte in knappen Worten, was sich ereignet hatte, verschwieg aber, wo es geschehen war. «Können Sie sich vorstellen, warum jemand auf Herrn Reschke oder auf Fräulein Herden schießen sollte?»

Neuenhahn stellte die Kaffeetasse ab und breitete die Arme in hilfloser Geste aus. «Ich habe nicht die geringste Ahnung. Herr Reschke ist – *war* so ein guter Fotograf.»

«Woran haben die beiden zuletzt gearbeitet?»

«Sie waren auf der heutigen BKA-Pressekonferenz.»

«Und sonst?»

Neuenhahn fuhr mit einer Hand durch sein dünner werdendes Haar und verdrehte die Augen. «Lassen wir endlich das Katz-und-Maus-Spiel! Sie wissen mehr über die Sache als ich. Sie sind doch für die große Säuberung verantwortlich!»

«Die große Säuberung?»

Der Chefredakteur lehnte sich auf seinem Stuhl zurück, atmete tief durch und schüttelte den Kopf. «Wenn Sie darauf beharren, den Unwissenden zu spielen, kommen wir nicht weiter. Sie sind doch Buchmanns Nachfolger, oder?»

«Ja, und?»

«Dann müssen Sie auch in das eingeweiht sein, was Buchmann getan hat.»

«Helfen Sie mir auf die Sprünge. Ich bin erst seit gestern in Bonn.»

Hatte sein Gegenüber Gerber eben noch genervt angeschaut, so trat jetzt etwas Mitleidiges in seinen Blick. «Bund Deutscher Jugend. Technischer Dienst. Sagt Ihnen das etwas?»

«Natürlich, ich lese Zeitung und höre Radio. Der Bund Deutscher Jugend oder BDJ war eine in Westdeutschland verbreitete Jugendorganisation, deren Ziel es war, rechtes und antikommunistisches Gedankengut zu verbreiten. Gegründet und geleitet von alten Nazis. Der Technische Dienst war eine besonders radikale Unterorganisation des BDJ, so radikal, dass die Landesregierung in Hessen gegen ihn vorgegangen ist. Der Technische Dienst hatte geheime Waffenlager angelegt, um im Fall eines sowjetischen Angriffs auf Westdeutschland hinter den feindlichen Linien einen Partisanenkrieg zu führen.»

«Sehr richtig. Sie vergaßen zu erwähnen, dass die Amerikaner hinter beiden Organisationen stecken. Die CIA hat Geld und Waffen zur Verfügung gestellt und dafür gesorgt, dass die Untergrundkämpfer auf US-Stützpunkten ausgebildet werden. Die Leute konnten den Amis gar nicht rechts genug sein. Hauptsache, stramme Antikommunisten. Aber die Sache flog auf, weil die TD-Kämpfer sich zunehmend verselbständigten und Karteien über verdächtige Mitbürger anlegten. Verdächtig war jeder, der links von der Mitte stand oder der auch nur mit einem Kommunisten befreundet war. Da war eine regelrechte Hexenjagd geplant.»

Gerber hob abwehrend die Hände. «Worauf wollen Sie eigentlich hinaus? BDJ und TD sind seit diesem Jahr verboten.»

«Und die Amerikaner waschen ihre Hände in Unschuld. Sie haben dafür gesorgt, dass festgenommene TD-Mitglieder schnell wieder auf freien Fuß kamen. Außerdem haben sie alle Unterlagen verschwinden lassen, die auf Verbindungen zwischen der verbotenen Organisation und den Vereinigten Staaten hinweisen. Wie auch Unterlagen, die führende TD-Mitglieder belasten könnten. Heinz Buchmann war innerhalb der Sicherungsgruppe Bonn dafür verantwortlich, die Archive zu säubern. Er stand nämlich auf der Lohnliste des CIC, falls Ihnen das etwas sagt.»

«Schon mal gehört», sagte Gerber, ohne eine Miene zu verziehen. «Wie kommen Sie darauf, dass Buchmann für die Amerikaner gearbeitet hat?»

«Wir haben unsere Quellen. Außerdem hätte Buchmann sich seinen hübschen Bungalow auf dem Venusberg kaum von seinem BKA-Gehalt leisten können. Kennen Sie das Haus?»

«Besser, als mir lieb ist.» Gerber erzählte seinem Gegenüber, wo Reschke erschossen worden war. «Und jetzt sagen Sie mir, was Sie über Fräulein Herdens Recherchen wissen.»

«Glauben Sie mir oder lassen Sie es, aber ich weiß nichts.

Solange Eva eine Story nicht ausrecherchiert hat, hüllt sie sich in Schweigen. Seit Bonn Bundeshauptstadt wurde, wimmelt es hier von Redaktionen und Journalisten. Evas Prinzip ist es, die Konkurrenz nicht unnötig auf die Spur zu locken. Reden ist Silber, Schweigen ...»

«... ist Gold», ergänzte Gerber und konnte ein heftiges Gähnen nicht unterdrücken. Erst die Pressekonferenz, dann das Duell mit dem Attentäter, und jetzt quälte Neuenhahn ihn auch noch mit Plattitüden. Bevor die Müdigkeit ihn übermannte, erhob er sich von seinem Stuhl und fragte: «Haben Fräulein Herden und Reschke Familie in der Gegend?»

«Gerd stammt aus einem Kaff in Schleswig-Holstein. Soweit ich weiß, hat Eva überhaupt keine Angehörigen. Sind alle im Krieg umgekommen.»

--

Gerber folgte der großen Ausfallstraße nach Südwesten, vorbei an ausländischen Botschaften, Verwaltungs- und Geschäftsgebäuden sowie Baustellen, auf denen weitere Botschaften, Verwaltungen und Geschäfte entstanden. Er dachte an sein Gespräch mit Neuenhahn. Natürlich war er über die Affäre um den BDJ und seinen Technischen Dienst unterrichtet, wenigstens im Groben. Aber dass Heinz Buchmann im amerikanischen Auftrag Unterlagen über die Affäre beiseitegeschafft haben sollte, war ihm völlig neu. Wenn es stimmte, musste Colonel Anderson mit an Sicherheit grenzender Wahrscheinlichkeit davon gewusst haben. Warum hatte er das gegenüber Gerber mit keinem Wort erwähnt?

Er erreichte Bad Godesberg und parkte in der Friesenstraße vor Eva Herdens Haus. Bevor er die Wohnung im zweiten Stock betrat, zögerte er kurz. Er war ohne Eva Herdens Erlaubnis hier und ohne einen richterlichen Durchsuchungsbeschluss. Doch er war einem zweifachen Mörder auf der Spur und, wenn ihn sein Instinkt nicht trog, einer noch viel größeren Sache. Er konnte nicht sagen, wem er vertrauen konnte, auch nicht im Kreis seiner Kollegen. Deshalb war es am sichersten, zunächst auf eigene Faust vorzugehen. Er brauchte mehr Hinweise darauf, wer auf welcher Seite stand – und worum es eigentlich ging.

Er betrat die Wohnung mit schussbereiter Waffe. Eine kleine Diele, ein großes Wohn- und Arbeitszimmer, ein Badezimmer mit Wanne, eine winzige Küche und ein Schlafzimmer, das nach hinten hinausging. Vom Schlafzimmer aus blickte man auf die Rückseite einer Kirche, die von Bäumen, Büschen und Rasen umgeben war. Die Wohnung war sauber, aber nicht besonders ordentlich. Eva Herden schien für ihren Beruf zu leben, und die Wohnung war ihr privater Rückzugspunkt, nicht mehr.

Auf dem Nachttisch stand ein gerahmtes Foto, das Gerber ins Licht des Fensters hielt. Drei Generationen hatten sich für die Aufnahme versammelt. Auf einer Holzbank mit Armlehnen saßen die Großeltern, sie ein bisschen streng dreinblickend, er von eher gemütlicher Natur mit gezwirbeltem Schnauzbart und unzähligen Lachfältchen um den Augen. An seiner Seite stand eine Frau mit einem kleinen Kind auf dem Arm. Der zu ihr gehörende Mann fehlte auf dem Foto. Vielleicht war er im Krieg, überlegte Gerber. Er konnte nicht sagen, ob das Kleinkind ein Junge oder ein Mädchen war. Aber es gab noch zwei weitere Kinder: ein Junge von sieben oder acht Jahren und ein Mädchen, das er auf fünfzehn oder sechzehn schätzte. Die geflochtenen Zöpfe ließen sie jünger wirken, aber ihr schönes, ebenmäßiges Gesicht hatte bereits die Züge einer jungen Frau. Die Züge von Eva Herden.

Fräulein Frankenstein. Wenn er an Eva Herden dachte, blendete er die Narbe aus. Für ihn war sie einfach wunderschön. Und vermutlich eine eingefleischte Kommunistin, ermahnte er sich und stellte das Foto zurück an seinen Platz. Wahrscheinlich schwärmte auch sie von Malenkow und dessen Genossen, sonst würde sie kaum für ein Blatt wie den *Brennpunkt Bonn* schreiben.

Gerber machte sich an die Arbeit und durchsuchte akribisch die ganze Wohnung. Dabei nahm er wahr, dass es mit Ausnahme des Fotos nicht den geringsten Hinweis auf familiäre Bindungen gab. Keine Briefe oder Postkarten von Eltern, Großeltern oder Geschwistern, auch keine weiteren Fotos. Nichts. Genauso wie bei Heinz Buchmann. Die Familie auf dem Foto schien nur aus Phantomen zu bestehen.

Er fand jede Menge Unterlagen zu BDJ und TD. Darunter waren auch einige Artikel von Eva Herden selbst. Darin wetterte sie gegen die Verstrickung der «kapitalistischen USA» und der Geheimdienste CIA und CIC in die «undurchsichtige, bedrohliche Affäre um Eisenhowers deutsche Geheimarmee». Was er zu seiner Enttäuschung nicht fand, waren Unterlagen oder Aufzeichnungen über Heinz Buchmann.

Vom Schlafzimmerschrank nahm er einen abgegriffenen Koffer aus hellbraunem Leder und legte ihn aufs Bett. Der Koffer war leer, und Gerber füllte ihn mit allem, was Eva Herden im Krankenhaus benötigen könnte. Am Ende packte er noch zwei ungelesen wirkende Bücher hinein, einen Roman und Trotzkis Stalin-Biographie.

Als er eine halbe Stunde später Eva Herdens Krankenzimmer auf dem Venusberg betrat, schlief sie und war zwischenzeitlich auch nicht aufgewacht, wie er von einer jungen Schwester erfuhr. Mit ihrer Hilfe räumte er den Inhalt des Koffers in den schmalen Kleiderschrank. Während die Schwester den von ihm gepackten Kulturbeutel in das kleine Bad stellte, legte er die beiden Bücher auf den Nachttisch. Dabei beugte er sich über die Schlafende und betrachtete sie eingehend. Ihr Atem ging gleichmäßig.

Auf der Rückfahrt vom Venusberg hielt Gerber an einem Gasthaus, wo er Rheinischen Sauerbraten mit Kartoffelklößen und Rotkohl bestellte, dazu ein Kölsch. Er ließ sich Zeit für die Mahlzeit und betrachtete die anderen Gäste. Der Kleidung und den Gesprächen nach zu urteilen Studienräte, Bankdirektoren, Geschäftsleute, höhere Beamte und auch etliche ausländische Diplomaten, die inmitten der traditionell-gemütlichen Einrichtung inklusive ausgestopfter Jagdtrophäen an den Wänden einigermaßen exotisch wirkten. Als eine kleine Kapelle auftrat und das Lied von der Loreley vortrug, stimmten auch die ausländischen Diplomaten in den allgemein aufbrandenden Gesang ein. Gerber beglich seine Rechnung und verließ das Gasthaus. Als er den Ford anließ, dachte er an das Gespräch mit Dr. Neuenhahn und sagte leise zu sich selbst: «Ich weiß nicht, was soll es bedeuten.»

// KAPITEL 10 //

Es war längst Abend, als Gerber den Ford auf dem Gelände der Villa Selve abstellte. Die frische Brise, die vom nahen Rhein herüberwehte, war etwas kräftiger geworden und die Luft nicht mehr ganz so drückend. Das gedehnte Tuten einer Schiffssirene drang an seine Ohren, und über den weiß leuchtenden Mauern der Villa Hammerschmidt kreisten ein paar Möwen.

Im Büro stand die Luft. Gerber glaubte, die Ausdünstungen der Pferde zu riechen, die hier früher untergebracht gewesen waren. Augenblicklich lag ein Schweißfilm auf seiner Stirn. Erwin Sattler war in das Studium irgendwelcher Papiere vertieft, seine bullige Gestalt beugte sich über den Schreibtisch. Eine Zigarette klemmte in einem Mundwinkel des Oberkommissars, und der Rauch erfüllte das enge Büro.

Gerber riss das einzige Fenster auf. «Gibt es Neuigkeiten?»

Sattler sah überrascht auf. «Wo haben Sie gesteckt?»

Gerber ignorierte die Frage. «Haben Sie etwas herausgefunden?»

Der Mann am Schreibtisch inhalierte tief und stieß den Rauch langsam wieder aus, bevor er antwortete. «Wir haben mit Hilfe der Bonner Polizei Reschkes Wohnung akribisch durchsucht, aber nichts gefunden, was uns weiterhelfen könnte. Krey will den Tod des Fotografen als Jagdunfall verkaufen. *Verirrte Kugel tötete Mann am Waldrand* oder so ähnlich. Ganz weit oben scheint man eine Heidenangst zu haben, das Ganze könne sich auf den Wahlkampf auswirken. Ich bin gespannt, ob Krey damit durchkommt.»

«Ich auch. Und sonst?»

«Nur der vorläufige gerichtsmedizinische Befund. Reschke ist tatsächlich an einer Kugel gestorben und nicht an einer Lebensmittelvergiftung. Was für eine Überraschung.»

«Was ist mit den Projektilen?»

«Sind per Eilkurier unterwegs nach Wiesbaden. Das Ergebnis erhalten wir vermutlich im Laufe des morgigen Tages. Glauben Sie, es war derselbe Täter, der auch Heinz Buchmann auf dem Gewissen hat?»

Gerber klopfte eine verbogene Camel aus der Packung und bedauerte, dass er sich nicht mit einer neuen Schachtel versorgt hatte. «Ich hoffe es.»

Bevor er nach seinem Zippo greifen konnte, hatte Sattler das vergoldete Dupont-Feuerzeug in der Hand und gab ihm Feuer. «Sie hoffen es? Wieso?»

Jetzt inhalierte auch Gerber tief und ließ den Rauch nur langsam entweichen. «Weil mir die Vorstellung, dass hier hinter jedem Baum ein Scharfschütze hocken könnte, gar nicht gefällt. Einer von der Sorte ist schon gefährlich genug.»

«Das stimmt. Ist so schon genug Arbeit.»

Gerber starrte den Kollegen durch den Zigarettenrauch an. «Wo Sie von Arbeit sprechen, Sie haben wirklich keine Ahnung, womit Buchmann sich vor seinem Tod beschäftigt hat?»

Sattler schüttelte den Kopf. «Das habe ich Ihnen doch schon gesagt. Er war ein Einzelgänger.»

«Könnte es etwas mit dem Bund Deutscher Jugend zu tun haben oder mit dem Technischen Dienst?»

«Wie kommen Sie darauf?»

Gerber berichtete, was ihm Neuenhahn erzählt hatte.

«Das ist kompletter Blödsinn», sagte Sattler mit erneutem Kopfschütteln. «Das BKA hatte doch gar nichts mit der ganzen Sache zu tun. Die Verfahren gegen BDJ und TD wurden auf Landesebene geführt. Zuständig war das jeweilige LKA und nicht das BKA. Diese Kommunisten saugen sich die irrsten Geschichten aus den Fingern, um uns zu schaden.»

«Ist das so?» Gerber dachte an das Gespräch mit dem Chefredakteur, der einen ruhigen, überlegten Eindruck auf ihn gemacht hatte. Bodenständig. Jedenfalls soweit man das von einem Mann sagen konnte, der sich ein Bild von Malenkow an die Wand hängt. «Wie Sie wissen, wird das BKA in wichtigen Fällen von den Landeskriminalämtern um Amtshilfe gebeten. Auf diesem Wege könnten Unterlagen zur Sicherungsgruppe gelangt sein. Vor diesem Hintergrund erscheint mir die Geschichte gar nicht so abwegig.»

«Aber mir!» Sattler sprang von seinem Stuhl auf und schlug so heftig mit der Faust auf den Tisch, dass der Aschenbecher tanzte. «Heinz ist kaum unter der Erde, da verbreiten die verdammten Kommunisten wilde Gerüchte über ihn. Wenn Sie sich für schmutzige Geschichten interessieren, dann graben Sie mal lieber in der Vergangenheit dieses Herrn Neuenhahn! Kaum wird das Schmutzblatt *Brennpunkt Bonn* mit dubiosen Geldern an den Start gebracht, macht der Herr Doktor aus der Ostzone hier rüber und wird gleich Chefredakteur. Das stinkt doch zum Himmel. Wie können Sie so einem nur glauben?»

Gerber blieb ruhig und klopfte die Asche seiner Zigarette in den Aschenbecher. «Ich habe nicht gesagt, dass ich Neuenhahn glaube. Ich habe lediglich gesagt, dass ich seine Geschichte nicht für abwegig halte.»

«Das kommt für mich aufs Gleiche raus. Allein der Gedanke

ist eine Beleidigung für unseren ermordeten Kollegen. Los, durchsuchen Sie den Pferdestall nach Geheimdokumenten, ich wette, Sie finden einen Dreck!»

«Wenn Neuenhahn die Wahrheit sagt», erwiderte Gerber mit einem dünnen Lächeln, «hat Buchmann dafür gesorgt, dass Sie mit Ihrer Wette kein Risiko eingehen.»

Sattler verzog das Gesicht zu einer missmutigen Grimasse, die ihn noch mehr wie eine Bulldogge aussehen ließ. «Wenn Neuenhahn die Wahrheit sagt, will ich Rumpelstilzchen heißen.»

Gerber sah ein, dass er hier nicht weiterkam. Er selbst war kein Freund der Kommunisten, aber im Vergleich zu Sattler war seine eigene Einstellung zu den Roten gemäßigt. Vielleicht hatte man Sattler seine harte Haltung schon in jungen Jahren eingeimpft, und er hatte sich deshalb freiwillig zur SS gemeldet. Er mochte geahnt und gehofft haben, dass Hitler über kurz oder lang gegen die Sowjetunion marschieren würde. Oder er hatte die Sowjets im Ostfeldzug zu hassen gelernt. Wie auch immer, Gerber entschied sich für einen Themenwechsel.

Er nahm das Pervitin-Röhrchen aus der Tasche seines Jacketts und legte es auf Sattlers Schreibtisch. «Wo kriege ich in Bonn dieses Zeug? Ohne Rezept, meine ich.»

Sattler schüttelte das Röhrchen leicht, um den Inhalt abzuschätzen. «Woher haben Sie das?»

«Ist nur ein Fundstück.»

«Im Zusammenhang mit unserem Fall?»

«Kaum. Also, wer verdient in Bonn an der Sucht der anderen?»

«Ich kenne nicht jeden kleinen Fisch, der mit Pillen seinen Monatslohn aufbessert.»

«Wen kennen Sie dann?»

«Zwei Engel», sagte Sattler und legte das Röhrchen zurück auf den Schreibtisch.

«Wie bitte? Zwei Engel, die illegal Pervitin verkaufen?»

Sattler lächelte, aber es wirkte grimmig. «Das ist der Name einer Apotheke an der Poppelsdorfer Allee, nahe der Sternwarte. Der Apotheker heißt Hortmeier. Steht schon lange im Verdacht, Pervitin ohne Rezept zu verhökern. Bislang ohne Nachweis. Der Giftmischer steht sozusagen unter Beobachtung. Soll ich Sie dahin begleiten?»

«Nicht nötig.» Gerber nahm das Pervitin wieder an sich. «Das war ein langer Tag. Machen Sie Feierabend.»

Er ignorierte Sattlers fragenden Blick, setzte sich an seinen Schreibtisch und verfasste seinen Bericht über die Ereignisse in Buchmanns Bungalow.

Als Gerber spät das Dienstgebäude verließ, zog das Kreischen der Möwen seine Aufmerksamkeit auf sich. Der Schwarm der Gefiederten über der Villa Hammerschmidt hatte sich vergrößert. Gab der Bundespräsident ein Staatsbankett?

--

Zwei Engelstatuen flankierten den Eingang des schmalen Gebäudes, das den Krieg unbeschadet überstanden hatte. Gerber las beim Aussteigen den verschnörkelten Schriftzug über dem Eingang: «Zwei-Engel-Apotheke». Es ging auf halb neun Uhr abends zu, und die Apotheke hatte längst geschlossen. Aber es gab eine Notfall-Klingel, auf die er mehrmals seinen Daumen presste. Nach einer halben Minute ging hinter dem Schaufenster das Licht an, Schritte näherten sich, und in der schweren Eingangstür öffnete sich eine Klappe.

«Ist ja gut, ist ja gut, bin doch kein Rennpferd. Was wünschen Sie?»

«Sind Sie der Apotheker?», fragte Gerber.

«Nein, der Glöckner von Notre-Dame.» Der Mann hinter der Tür räusperte sich vernehmlich. «Selbstverständlich bin ich der Apotheker.»

«Hauptkommissar Gerber, Bundeskriminalamt.» Gerber hielt seinen Ausweis vor die Türklappe. «Ich muss mit Ihnen sprechen.»

«Jetzt noch? Ich spiele gerade mit meiner Familie Halma.»

«Es dauert nicht lange.»

Hortmeier brummte etwas Unverständliches, schloss die Klappe und öffnete die Tür. Gerber betrat den Verkaufsraum der Apotheke und stand einem mittelgroßen Mann von fünfundvierzig oder fünfzig Jahren gegenüber. Er trug kein Jackett und hatte den Hemdkragen ebenso gelockert wie den Knoten seiner blau-grauen Streifenkrawatte. Das ergrauende Haar wirkte unordentlich. Sein Blick war abwartend, fast misstrauisch. Ohne Hast drückte Gerber hinter sich die Tür zu und zog das Pervitin-Röhrchen hervor.

«Bekomme ich das bei Ihnen?»

Hortmeier betrachtete die Tablettenpackung und sah dann wieder Gerber an. «Selbstverständlich, wenn Sie ein Rezept dafür haben.»

«Und wenn nicht?»

«Dann darf ich es Ihnen nicht verkaufen.»

Gerber machte einen Schritt auf den Mann zu. «Wie wäre es, wenn ich Ihre Bücher prüfen lasse? Würden eventuell Unstimmigkeiten auftauchen?»

Während Hortmeier, an seiner Unterlippe nagend, nach einer Antwort suchte, erklangen die Schritte einer Frau auf

Stöckelschuhen. Eine üppige, grell geschminkte Rothaarige in einem zu engen grünen Kleid betrat den Verkaufsraum.

«Wo bleibst du, Werner?», fragte sie mit einer unangenehm schrillen Stimme. «Du hast mich nicht für den ganzen Abend bezahlt.»

Gerber warf ihr nur einen kurzen Blick zu und fixierte dann wieder den Mann am Tresen, auf dessen Stirn sich Schweißtropfen bildeten. «Halma, ja?»

«Geh wieder nach hinten!», fuhr Hortmeier die Frau an, deren Alter unter der dicken Schminkschicht schwer zu schätzen war. «Ich komme gleich.»

«Bitte, ist ja dein Geld.» Die knallroten Lippen zu einem Schmollmund verzogen, verschwand sie wieder.

Hortmeier sah ihr mit verkniffenem Gesicht nach.

Gerber schüttelte das Röhrchen vor dem Gesicht des Apothekers, und die restlichen Tabletten klackerten hörbar. «Hier spielt die Musik!»

«Warum lassen Sie mich nicht in Ruhe? Wir alle müssen irgendwie leben.»

«Ihre Nebengeschäfte interessieren mich nicht wirklich. Aber ich brauche Informationen. Verkaufen Sie das Zeug auch ohne Rezept? Ja oder nein!»

«Ja», kam leise und zögerlich die Antwort.

«Gehört Eva Herden zu Ihrem Kundenkreis?»

«Ich kenne keine Namen.»

«Jung, blond und sehr hübsch, wenn man von der Narbe auf ihrer linken Wange absieht.»

Hortmeiers Augen leuchteten auf. «Ach, die meinen Sie. Ja, die kauft bei mir ein.»

«Pervitin? Ohne Rezept?»

«Ja.»

«Ab sofort nicht mehr!»

«Was – was heißt das?»

«Sind Sie schwer von Begriff? Sie verkaufen der Dame keine einzige Tablette mehr, sonst lasse ich Sie auffliegen. Verstanden?»

«Aber was soll ich ihr sagen, wenn sie nach dem Grund fragt?»

«Dann sagen Sie ihr, sie soll sich an mich wenden.» Gerber steckte das Pervitin wieder ein. «Ich verlasse mich auf Sie, Hortmeier.»

«Ja, das können Sie.»

Bevor Gerber die Apotheke verließ, drehte er sich noch einmal um. «Viel Spaß noch beim Halma!»

// KAPITEL 11 //

Freitag, 21. August 1953

Sechzehn Tage bis zur Wahl

Verschwitzt und kaum erholt erwachte Gerber nach einer unruhigen Nacht. Angestrengt versuchte er, den leeren Blick seines toten Freundes zu vergessen, der ihn einmal mehr im Traum angestarrt hatte. Wie konnte ein Toter vorwurfsvoll dreinschauen? Und dann die verdammte Hitze. Er hatte mit nacktem Oberkörper bei offenem Fenster geschlafen, aber auch das hatte nicht viel gebracht. Zum Glück gehörte zu seinem Zimmer ein eigenes Bad, klein und ohne Wanne, aber zumindest mit einer Dusche.

Kurz darauf lauschte er im Frühstückszimmer dem Nachrichtensprecher, dessen sonore Stimme leicht verzerrt aus dem AEG-Radio kam. Am vergangenen Abend war die Meldefrist für die Bundestagswahlen abgelaufen; insgesamt acht Parteien hatten sich in allen neun Bundesländern aufstellen lassen, zehn weitere Parteien in einzelnen Bundesländern. Bundeskanzler Adenauer und der Hohe Kommissar der USA, James B. Conant, hatten hier in Bonn ein Abkommen über die Rückgabe von über dreihundertachtzig Schiffen an die Bundesrepublik unterzeichnet; die USA hatten sie bei Kriegsende beschlagnahmt. Die UdSSR hatte die Zündung ihrer ersten Wasserstoffbombe offiziell bestätigt. Die Filmfestspiele in

Venedig waren mit einem amerikanischen Film eröffnet worden, in dem Gregory Peck und Audrey Hepburn einen Reporter und eine Prinzessin spielten. Beim Wetterbericht hörte er nicht länger hin. Er spürte jetzt schon, dass es wieder ein brütend heißer Tag werden würde.

Nach dem Frühstück verließ er die Pension, um zu telefonieren. Zwar stand im Flur ein Telefon, aber man wusste nie, wer mithörte. Darum steuerte er die Telefonzelle auf der gegenüberliegenden Straßenseite an. In dem kleinen Häuschen stank es erbärmlich, irgendwie süßlich, und er stellte den Fuß in die Tür. Er zog einen Haufen Münzen aus einer Tasche des leichten Jacketts und fütterte damit den Fernsprecher. Die Vermittlung meldete sich sofort, und die Frankfurter Nummer wusste er auswendig.

«Vorzimmer Colonel Anderson, hier Lieutenant Snyder. Sie wünschen?»

«Hier ist Philipp Gerber. Verbinden Sie mich mit dem Colonel, Lieutenant Snyder.»

«Der Colonel ist sehr beschäftigt. Worum geht es?»

«Stellen Sie mich durch, es ist wichtig!»

Ein unwilliger Seufzer Snyders brach mit einem Klacken in der Leitung abrupt ab, und Gerber hörte ein herausgespucktes «Ja?».

«Hier ist Phil, Sir. Ich muss Sie dringend sprechen.»

«Phil, mein Junge, was gibt's? Schieß los!»

«Nicht am Telefon, Sir. Können wir uns treffen?»

«Ich habe heute und morgen einen Haufen Besprechungen, aber wie wäre es am Sonntag, zum Lunch bei mir zu Hause?»

Gerber bestätigte den Termin, verabschiedete sich und legte den Telefonhörer auf die Gabel. Er war zufrieden, wenn er auch am liebsten sofort nach Frankfurt gefahren wäre. Er musste wissen, ob sein Mentor und väterlicher Freund ihm etwas verschwieg. Mit einem tiefen Seufzer griff er nach seiner Camel-Schachtel und stieß einen stillen Fluch aus, als er das zerquetschte Ding in Händen hielt.

Er warf das traurige Etwas in den nächsten Papierkorb und steuerte einen Tabakwarenladen am Ende der Straße an. Dort kaufte er neben einer neuen Packung auch eine Tageszeitung, den Bonner *General-Anzeiger.* Die Schlagzeile lautete: *Tödlicher Jagdunfall auf dem Venusberg.*

--

Gerber genoss die erste Zigarette aus der neuen Packung, während er den Ford Taunus zum Venusberg lenkte. Er hatte das linke Seitenfenster ganz heruntergekurbelt und war froh über den Fahrtwind. Die Sonne stand noch tief über dem Rhein und stach blendend in seine Augen. Dumm von ihm, dass er seine Sonnenbrille in der Pension hatte liegenlassen. Auf dem großen Parkplatz vor den Unikliniken stellte er den Wagen im Schatten ab.

Der Empfangstisch der Station war nicht besetzt. Die Erklärung dafür erhielt er, als er das Zimmer der Journalistin betrat. Drei Frauen standen dort und debattierten aufgebracht. Zu seiner Verwunderung lag Eva Herden nicht in ihrem Bett. Vollständig angekleidet – sie trug das weiße Kleid mit halben Ärmeln, das er ihr aus ihrer Wohnung mitgebracht hatte –, war sie dabei, den Koffer, der auf ihrem Bett lag, zu packen. Die beiden anderen Frauen trugen Schwesterntracht. Eine von ihnen, eine junge Schwester, die er nicht kannte, stand etwas abseits und betrachtete die Szene ungläubig, fast ein bisschen erschrocken. Ganz und gar nicht zurückhaltend gab sich dagegen Oberschwester Gerda. Sie überschüttete Eva Herden mit Vorwürfen, weil sie die Klinik auf eigene Faust verlassen wolle. Das sei höchst leichtsinnig, überaus unverschämt und gänzlich unerhört. «Sie sollten wenigstens vorher mit einem Arzt sprechen!»

«Das finde ich auch», sagte Gerber, und sein Tonfall war im Vergleich zu dem der Oberschwester geradezu gelassen. Als die drei Frauen ihn verblüfft anstarrten, wünschte er ihnen einen guten Morgen.

«Nichts ist gut», schimpfte die Oberschwester. «Wenn das Fräulein wenigstens warten würde, bis Dr. Gaffrey im Haus ist!»

«Grüßen Sie den Herrn Doktor und sagen Sie ihm, dass ich mich für alles bedanke.» Eva Herden nahm den Koffer vom Bett und drückte ihn Gerber in die Hand. «Gut, dass Sie da sind. Da können Sie sich gleich nützlich machen. Gehen wir!»

Sie griff nach ihrer dunkelgrünen Handtasche, und Gerber folgte ihr, den Koffer in der Rechten. Die Journalistin schritt stramm voraus, blieb aber am Ende des Gangs orientierungslos stehen.

«Nach links», sagte Gerber.

«Ich muss zu meinem Wagen, können Sie mich hinbringen?»

Gerber hielt ihr den eigenen Autoschlüssel vor die Nase. «Schräg rechts, da steht er.»

«Sie – Sie haben ihn benutzt?»

«Wie hätte ich denn sonst zu Ihrer Wohnung fahren sollen?»

Sie seufzte. «Na klar.»

«Gern geschehen.»

Sie atmete tief durch und maß ihn mit einem langen Blick. «Wie ich Sie einschätze, haben Sie bei der Gelegenheit gleich meine Sachen durchsucht.»

Gerber zeigte auf den Platz, wo der rote Ford im Schatten einer Kastanie stand. «Besprechen wir das doch auf der Fahrt.» Er verstaute den Koffer auf der Rückbank und öffnete seiner Begleitung die Beifahrertür.

Sie stieg nicht ein, streckte nur fordernd ihre Hand aus. «Ich fahre.»

Er ging um das Fahrzeug herum, setzte sich hinter das Lenkrad und ließ den Wagen an. «Wollen Sie nicht einsteigen?»

«Was erlauben Sie sich?»

«Sie glauben doch nicht ernsthaft, ich lasse Sie ans Steuer. Nicht nach dem, was in Buchmanns Haus passiert ist.»

«Es geht mir jetzt besser.»

«Was sind Sie, Journalistin oder Ärztin?»

Widerwillig stieg sie ein. Während Gerber den Ford auf den Annaberger Weg lenkte, kramte sie in ihrer Handtasche. «Sie haben wohl noch meine Hausschlüssel.»

Er griff mit der Linken in sein Jackett und reichte ihr die Schlüssel.

Eva Herden steckte sie in die Tasche und suchte weiter darin herum.

«Das Pervitin habe ich auch», sagte er wie beiläufig.

«Geben Sie es mir.» Zögernd fügte sie hinzu: «Bitte!»

Er schüttelte den Kopf. «Dr. Gaffrey rät Ihnen davon ab, das Zeug weiter zu nehmen. Sie befinden sich an der Schwelle zur Sucht.»

«Ich habe ein Rezept dafür!»

«Das hätte Herr Hortmeier sicher erwähnt.»

«Sie – Sie waren bei ihm?»

«Gestern Abend. Ich musste ihn leider beim Halmaspiel stören. Wenn er noch einmal Pervitin ohne Rezept an Sie abgibt, wird die nächste Störung nicht so glimpflich ablaufen.»

Wieder atmete sie tief durch und schien eine wüste Beschimpfung, die ihr schon auf der Zunge lag, im letzten Moment hinunterzuschlucken. «Warum sind Sie so wild entschlossen, sich in meine Angelegenheiten einzumischen, Herr Hauptkommissar?»

«Sie sind mir sympathisch, schließlich haben wir vieles gemeinsam.»

«Ach ja?»

«Auf uns beide wurde geschossen, wir interessieren uns beide für den Tod von Heinz Buchmann und für die Affäre um den BDJ. Wenn uns das nicht verbindet?»

Gerber zwinkerte ihr verschwörerisch zu, aber ihr Blick blieb skeptisch.

«Sie sind schon 'ne Type», sagte sie lächelnd.

Während er mit einer Hand das Lenkrad hielt, holte er mit der anderen die Camel-Schachtel hervor. Eva Herden fischte mit ihren schlanken Fingern eine Zigarette heraus, und er gab ihr Feuer. Dabei fiel ihr Blick auf sein schwarzes Zippo.

«Ein GI-Feuerzeug? Haben Sie es im Krieg erbeutet?»

Er steckte das Zippo wieder ein. «Nein, ich habe für die Alliierten gekämpft.»

Sie stieß einen Rauchkringel aus. «Sie sind wirklich ein interessanter Mann.»

«Das hört sich doch schon besser an als Type.»

Sie kamen an dem Gasthaus vorbei, in dem er zu Abend gegessen hatte. Es hatte trotz der noch frühen Stunde geöffnet, und auf einer Schiefertafel stand fett mit weißer Kreide: «Hier Bauernfrühstück bis zum Mittag!» Abrupt trat er auf die Bremse und lenkte den Ford auf den Parkplatz.

«Was sollen wir hier?», fragte Eva Herden, als er den Motor abstellte.

«Frühstücken. Ich lade Sie ein.»

Sie stieß noch einen Rauchkringel aus. «Ich habe gar keinen Hunger.»

«Kein Wunder, das liegt am Pervitin. Dr. Gaffrey sagt, Ihr Körper zeigt erste Anzeichen von Mangelernährung. Also keine Widerrede!»

«Hat Dr. Gaffrey Ihnen aufgetragen, sich um meinen Körper zu kümmern?»

«Dazu brauche ich keinen Auftrag.» Er ging um den Wagen, öffnete die Beifahrertür und nahm die Strickjacke von der Rückbank, um sie ihr um die Schultern zu legen.

«Also gut», seufzte sie mit einem kaum unterdrückten Schmunzeln. «Ich nehme Ihre Einladung an.»

Sie ließen sich an einem Ecktisch nieder. Gerber bestellte zweimal das Bauernfrühstück, dazu Kaffee und Traubensaft.

«Sie sind schwer zu durchschauen, Herr Kommissar. Wieso erzählen Sie mir nicht ein bisschen von sich. Wie kommt es, dass Sie für die Amerikaner gekämpft haben?»

«Ich hatte das Glück, einen vernünftigen Vater zu haben», begann Gerber zögernd. «Schon kurz nach der Machtergreifung durch die Nazis ahnte er, welchen Kurs Deutschland nehmen würde. Er war Amtsrichter im Westfälischen und in den Augen der neuen Machthaber viel zu liberal eingestellt. Da sein älterer Bruder schon vor vielen Jahren in die USA ausgewandert war, gelang es uns recht schnell, dort Fuß zu fassen. Zwei Wochen, bevor deutsche Knobelbecher über polnischen Boden stampften, kamen wir auf Ellis Island an.»

«Gerade noch rechtzeitig.»

«Na ja …»

Er sprach nicht weiter, weil die Kellnerin erst mit dem Kaffee und kurz darauf mit zwei gut gefüllten Tellern erschien, darauf Kartoffeln, Fleischwurst, Speck, Zwiebeln und Salzgurken.

«Wieso ‹na ja›? Sie scheinen den Krieg gut überstanden zu haben.»

«Ich schon, mein Bruder Alfred nicht», sagte er düster und hielt, die Gabel mit einem aufgespießten Stück Kartoffel in der Hand, mitten in der Bewegung inne. «Er war bei den Marines und gilt offiziell als vermisst. Wahrscheinlich vermodert sein Körper in einem Massengrab irgendwo auf Okinawa.»

Sie sprach ihm kein leeres Beileid aus, wofür er ihr dankbar war. Während er lustlos die Kartoffel zerkaute, sagte sie: «Auch wenn die Emigration Ihrer Familie nicht nur Glück gebracht hat, vielleicht wäre es ihr noch schlechter gegangen, wäre sie in Deutschland geblieben. In den USA mussten wenigstens nur die Soldaten leiden und nicht, wie hier, auch alle anderen.»

Gerber sah plötzlich seine Schwester vor sich. Lores gesenkter Kopf, ihre verweinten Augen, das tonlose Schluchzen, das ihren ganzen Leib erbeben ließ, immer wieder, wie unter unsichtbaren Peitschenhieben. Und er sah seine Mutter, ihren vorwurfsvollen Blick, der auf seinem Vater haftete. Ein unausgesprochener Vorwurf, der seitdem zwischen seinen Eltern stand. Der sich noch verstärkt hatte, als sie erfuhren, dass Alfred vermisst wurde.

Schnell verdrängte er das alles und trank einen Schluck heißen Kaffee.

«Danke, das mit dem Frühstück war eine gute Idee.» Sie schenkte ihm ein Lächeln, das ihr hervorragend stand. «Aber leider muss ich jetzt in die Redaktion.»

«Nicht heute.»

«Wie?» Ihr Lächeln gefror.

«Jetzt geht es nicht in die Redaktion, sondern ab ins Bett.»

«Sie wollen mich ins Bett bringen, Herr Gerber?»

«Ich bringe Sie zu Ihrer Wohnung, den Rest schaffen Sie wohl allein. Schlafen und essen. Und kein Pervitin!»

«Mit welchem Recht maßen Sie sich das an?»

Er zog den Autoschlüssel hervor und hielt ihn hoch. «Ich bestimme, wohin die Reise geht.»

«Die Arroganz des Siegers.» Er hörte keine Ironie in ihren Worten. «Im Herzen sind Sie wohl doch Amerikaner.»

Die Fahrt nach Bad Godesberg verlief in frostiger Stimmung.

Als er den Koffer in Eva Herdens Wohnung abgestellt hatte, sagte er: «Vielleicht können wir heute Abend zusammen essen und alles Weitere besprechen.»

Sie blickte ihn misstrauisch an. «Alles Weitere?»

«Unsere Zusammenarbeit. Was sonst?»

Er war schon im Begriff, die Wohnung zu verlassen, da rief sie: «Mein Autoschlüssel!»

«Den Wagen brauche ich noch.»

Schnell, bevor sie etwas erwidern konnte, schloss er die Wohnungstür hinter sich.

--

«Warum möchten Sie ausgerechnet in unserem Archiv recherchieren, Herr Hauptkommissar? Wie ich Sie einschätze, halten Sie uns doch für eine Bande von politisch Verblendeten, nicht an der Wahrheit interessiert, sondern nur daran, kommunistische Propaganda zu verbreiten.»

Gerber musste schmunzeln. «Das haben Sie gesagt, nicht ich. Soweit ich Sie bei unserem gestrigen Gespräch verstanden habe, sind Sie der Meinung, das BKA habe mitgeholfen, die Wahrheit über den BDJ zu verschleiern. Wenn Sie die Wahrheit in Ihrem Blatt geschrieben haben, helfen Sie mir, sie zu erkennen.»

«Also gut», seufzte der Chefredakteur. «Ich bin gerade in Geberlaune. Auch Ihrem Herrn Dr. Krey gegenüber. Ich habe ihm zugesagt, vorerst die Fakten über Reschkes Tod zurückzuhalten.»

«Gewiss nicht ohne Gegenleistung, wie ich Sie einschätze.»

Kurz leuchtete es in dem bärtigen Gesicht auf. «Dr. Krey hat mir exklusive Informationen über den Fall versprochen.» Neuenhahn winkte seine Sekretärin herbei. «Frau Rüsch, führen Sie den Herrn bitte ins Archiv und unterstützen Sie ihn bei seinen Recherchen.»

Ein kurzes Aufflackern in den Augen hinter ihrer großen Brille, das Irritation verriet, wurde rasch von professioneller Freundlichkeit verdrängt. «Bitte folgen Sie mir.» Ihre halbhohen Absätze klackerten dezent auf den schwarzen und grauen Linoleumfliesen im Schachbrettmuster. Im Archiv ging sie zielstrebig auf ein Regal zu und zog ein paar in dunkelrotes Kunstleder gebundene Sammelbände heraus. Sie legte die Bände vor ihm auf den Tisch, dann ging sie wieder zu den Regalen. Nach kurzer Suche zog sie weitere Sammelbände hervor.

«Sie holen die Bände zu diesem Thema nicht zum ersten Mal aus den Regalen, nicht wahr?», fragte er, als die Sekretärin fertig war.

Er bemerkte die erneute Irritation in ihrem Blick. «Wie meinen Sie das?»

«Sie wussten genau, wo die Bände stehen. Es ist auch kein Staub darauf. Jemand hat sie erst kürzlich durchgesehen. Richtig?»

Die Sekretärin zögerte, sagte dann aber leise: «Sie haben recht.»

«Warum so zögerlich? Sie können mir alles sagen. Sie haben Dr. Neuenhahn doch gehört: Sie möchten mich bei meinen Recherchen unterstützen.»

Sie nickte langsam und räusperte sich. «Ich bin mir nur nicht sicher, ob er es so gemeint hat, wie Sie es auffassen.»

«War Fräulein Herden die Person, für die Sie diese Bände herausgesucht haben?»

«Ja.»

«Wann war das?»

«Irgendwann in der letzten Woche.»

«Wann genau?»

Sie überlegte. «Am Freitag, meine ich. Ja, Freitag. Ich bin extra länger geblieben.» Als er nichts erwiderte, fragte sie: «Darf's ein Kaffee sein?»

«Wenn es wieder der gute Bohnenkaffee von gestern ist, sehr gern.»

Erleichtert darüber, die Befragung hinter sich zu haben, verließ Frau Rüsch das Archiv. Gerber nahm es nur am Rand wahr. Er war in Gedanken versunken. In Gedanken an den letzten Freitag, genau heute vor einer Woche. Der Tag, an dem man Heinz Buchmann, der laut Dr. Neuenhahn in die Affäre um den BDJ verstrickt gewesen war, ermordet hatte. Und der Tag, an dem Eva Herden, die offenbar mehr als andere über Buchmanns Tod wusste, über den BDJ recherchiert hatte. Konnte das ein Zufall sein?

// KAPITEL 12 //

Gerber fühlte sich müde und erschöpft, als er die Redaktion verließ und in das helle Nachmittagslicht trat. Stundenlang hatte er sich durch kürzere und längere, eher sachliche und eher polemische Artikel gekämpft. Mehrere Seiten handschriftliche Notizen steckten in einer Tasche seines Jacketts.

Noch immer schwirrte es in seinem Kopf, wenn er versuchte, die Sachlage richtig einzuordnen. Gewiss, die ehemals mit den Westalliierten verbündeten Sowjets hatten sich nach dem Krieg als derart aggressiv und demokratischen Werten gegenüber feindselig eingestellt erwiesen, dass so mancher sie für eine größere Gefahr hielt, als es Hitler-Deutschland gewesen war. Seiner Ansicht nach war es ein Fehler, das braune Deutschland leichtfertig abzutun, nur weil es jetzt in Trümmern lag und mitleiderregend wirkte statt gefährlich.

Jetzt waren die Deutschen nicht länger Feinde, sondern Verbündete im Kampf gegen den sowjetischen Kraken, der sich ein Land nach dem anderen einverleibte. Er selbst war seit wenigen Tagen wieder ein Deutscher, aber konnte man die eigene Identität so leicht abstreifen, wechseln? Blieb nicht immer etwas haften?

Was er über den Bund Deutscher Jugend gelesen hatte, stimmte ihn alles andere als zuversichtlich, was die Zukunft der Deutschen und ihre Abkehr vom Nationalsozialismus betraf. Ganz legal hatte der BDJ Werbung für rechte Ziele und rechte Ideen gemacht, mit Flugblättern, Veranstaltungen, Türzu-Tür-Kampagnen, unterstützt und finanziert nicht nur von den rechtsgerichteten Schichten der deutschen Gesellschaft, sondern auch von den Amerikanern. Nach dem Motto: Jeder rechte Parteigänger war im Zweifelsfall ein Soldat im Kampf gegen die Kommunisten. Aber war es so einfach? Konnte man einen Dämon mit dem anderen austreiben? Gerber hatte in den vergangenen Stunden einiges über den Technischen Dienst gelesen, das seine Zweifel an dieser Methode bestärkte. Mehr noch, diese Organisation hatte eine große Gefahr für ein demokratisches Deutschland dargestellt.

Er verdrängte die düsteren Gedanken und ging zu Eva Herdens Wagen, den er mit einer Selbstverständlichkeit benutzte, als sei es sein eigener. Er fragte sich, warum sie sich das bieten ließ. Wenn er ehrlich zu sich war, fragte er sich so einiges in Bezug auf die Journalistin. Nicht nur beruflich.

«Kindskopf», sagte er leise zu sich selbst und zog den Autoschlüssel hervor.

Im Wagen war es stickig, und sofort kurbelte er die vorderen Seitenfenster nach unten. Zum Glück war es nur ein Katzensprung zur Villa Selve. Er hatte sich heute noch nicht in seiner Dienststelle blicken lassen.

Kaum hatte er das Gebäude betreten, hörte er eine jung wirkende Stimme rufen: «Herr Hauptkommissar.»

Sie gehörte Kriminalobersekretär Peter Müller, der in seinem winzigen Raum direkt am Eingang hockte. Müller war Pförtner, Telefonist und Verwaltungshengst in einer Person, weshalb ihm die Kollegen den Spitznamen «Fräulein Müller» verpasst hatten. Wohl, um dem entgegenzuwirken und männlicher zu erscheinen, pflegte er sorgfältig einen Oberlippenbart.

Gerber betrat das Kabuff, das nur über ein kleines Kippfenster verfügte und entsprechend aufgeheizt war. «Was gibt's, Herr Müller?»

«Eine Frau hat für Sie angerufen, schon dreimal. Sie wollte ihren Namen nicht nennen, und sie klang aufgeregt. Sie wollte nur mit Ihnen sprechen. Wenn Sie mich fragen …» Müller brachte den Satz nicht zu Ende.

«Ja?»

«Ich hatte den Eindruck, sie spricht mit verstellter Stimme.»

«Haben Sie einen Verdacht, um wen es sich handeln könnte?»

«Leider nicht.» Müller setzte eine unglückliche Miene auf, als trage er daran eine persönliche Schuld.

«Wann waren diese Anrufe?»

Müller blickte auf einen kleinen Zettel mit seinen Notizen. «Um zehn Uhr zwanzig, elf Uhr fünfundvierzig und der letzte um dreizehn Uhr fünfzig.»

«Sehr präzise, danke. Hat die mysteriöse Dame gesagt, ob sie noch einmal anrufen will?»

«Nein. Wenn ich ihr sagte, dass Sie nicht da sind, hat sie jedes Mal sofort aufgelegt.»

«Geben Sie mir Bescheid, wenn sie wieder anruft.»

«Wird gemacht, Herr Hauptkommissar.»

In seinem Büro traf er auf Sattler und Krey. Der Rauch ihrer Zigaretten erfüllte den Raum. Da Krey auf Gerbers Stuhl saß, zog er sich den einzigen Besucherstuhl, ein klappriges Holzgebilde ohne Armlehnen, heran und klopfte eine Camel aus der Packung.

Krey zog die Brauen hoch und richtete seinen Blick auf ihn. «Es gibt Sie also doch noch, Gerber. Ich dachte schon, Sie seien ebenso plötzlich verschwunden, wie Sie aufgetaucht sind.»

Sattler konnte oder wollte sich ein beifälliges Grinsen nicht verkneifen, und Gerber sagte, nachdem er sich in Ruhe die

Zigarette angesteckt hatte, mit einem Seitenblick auf den Oberkommissar: «Das wünscht sich bestimmt der eine oder andere, aber das wird nicht passieren. Ich war beim *Brennpunkt Bonn* und habe mich auf den aktuellen Stand gebracht.»

«Auf den aktuellen Stand», wiederholte Krey. «Worüber?»

«BDJ und TD. Ich sprach bereits gestern mit Kollege Sattler darüber.»

«Und ich habe Ihnen gesagt, dass die Gerüchte, die dieser rote Schmierer Neuenhahn verbreitet, kompletter Unsinn sind!», ereiferte sich Sattler erneut. «Verleumdungen über unseren toten Kollegen, der sich nicht mehr wehren kann. Die ganze Angelegenheit war Ländersache, und das BKA hatte nichts damit zu tun.»

«Da hat er recht», sagte Krey mit deutlich ruhigerer Stimme als Sattler.

«Mir ist völlig rätselhaft, wieso Sie sich ausgerechnet an dieses Schmierblatt wenden!», legte Sattler nach.

«Wenn man den Gegner nicht kennt, kann man ihn nicht einschätzen», sagte Gerber und blieb dabei ebenso ruhig wie Krey.

«Hauptsache, Sie verbrüdern sich nicht mit den Kommunisten», sagte Krey und bückte sich nach der Aktentasche, die neben ihm auf dem Boden stand. Er zog eine dünne Mappe heraus und legte sie vor Gerber auf den Schreibtisch. «Vor einer knappen Stunde kam der ballistische Bericht mit dem Motorradkurier. Die Kollegen in Wiesbaden haben sich wirklich beeilt.»

Gerber legte eine Hand auf die Mappe. «Und?»

«Die Kugel, die Reschke getötet hat, ist nicht nur vom selben Kaliber wie die, die Buchmanns Reifen zerfetzt hat, sie stammt auch aus derselben Waffe.»

«Was angesichts der Tatsache, dass der Fotograf in Buchmanns Haus erschossen wurde, nicht verwundert», warf Sattler ein.

«Mich beschäftigt eher, dass unser Scharfschütze vermutlich mit einer Waffe aus Militärbeständen unterwegs ist», sagte Gerber. «Auch sein Vorgehen lässt auf eine militärische Ausbildung schließen. Wie Sie die Angehörigen des Technischen Dienstes erhalten haben.»

«Von den Amerikanern», sagte Krey mit Blick auf Gerber.

«Millionen von Männern in diesem Land haben eine militärische Ausbildung hinter sich», brummte Sattler.

Da musste Gerber seinem Kollegen natürlich insgeheim recht geben.

«Der Krieg ist gerade mal acht Jahre her», fuhr der fort. «Und denken Sie nur an die ausländischen Banden, die Polen und Russen und was weiß ich noch, die in der ersten Nachkriegszeit Deutschland unsicher gemacht haben. Schwer bewaffnet waren die, und die deutschen Polizisten hatten allenfalls einen Knüppel zur Gegenwehr. Das waren düstere Jahre.»

Gerber sparte sich eine Erwiderung. Er hatte das Gefühl, Sattler wollte nur vom eigentlichen Thema ablenken.

Krey erhob sich und setzte seinen Homburger auf. «Gehen Sie Ihren Theorien nach, meine Herren, vor allem aber den konkreten Spuren. Ich hoffe, Sie haben bald Ergebnisse vorzuweisen. Einen vorläufigen Bericht möchte ich morgen früh auf dem Schreibtisch haben.»

Als er mit Sattler allein war, fragte Gerber: «Sie glauben doch nicht wirklich, dass noch welche von den alten Banden aktiv sind?»

«In den größeren Städten gibt es noch etliche Verbrecherbanden, denen nicht nur Deutsche angehören. Was ist, wenn ein ehemaliger Fremdarbeiter oder Kriegsgefangener beschlossen hat, sich an uns Deutschen zu rächen?»

«Warum ausgerechnet an Heinz Buchmann?»

«Vielleicht ist es etwas Persönliches, was in die Kriegszeit zurückreicht.»

«Wenn das Motiv Rache ist, wieso geht der Mörder dann so subtil vor? Wieso macht er sich die Mühe, ihm im Siebengebirge aufzulauern und auf den Reifen zu schießen? Der Mord an Reschke passt auch nicht in das Bild.»

«Wir stehen schließlich noch am Anfang der Ermittlungen.»

Gerber stellte den Besucherstuhl zurück an die Wand, unter ein Porträtfoto des Bundesinnenministers, und betrachtete das klapprige Ungetüm von Schreibmaschine, das er sich mit Sattler teilte. Was sollte er nur in den Bericht schreiben? Kaum hatte er sich hinter die alte Triumph geklemmt, durchschnitt das schrille Klingeln des Telefons den Raum. Sattler wollte nach dem Hörer greifen, aber Gerber war schneller.

«Müller hier, Herr Hauptkommissar. Sie ist wieder in der Leitung, diese Frau. Ich stelle sie durch.»

Mehrmals klackte es in der Leitung, und Gerber hörte am anderen Ende ein hastiges, aufgeregtes Atmen. Er nannte seinen Namen.

«Sind Sie wirklich Hauptkommissar Gerber?» Die Stimme klang, als würde sie durch ein Tuch sprechen.

«Ja, am Apparat. Und wer sind Sie?»

«Das tut nichts zur Sache. Ich habe wichtige Unterlagen zum Tod von Heinz Buchmann. Können wir uns heute Abend treffen?»

«Wann und wo?»

«Im Frachthafen, Graurheindorf, acht Uhr. Kommen Sie allein!»

Ein Klacken, dann meldete sich Müller: «Das Gespräch ist unterbrochen. Die Anruferin hat aufgelegt.»

«Danke.» Auch Gerber legte den Hörer auf und dachte über das kurze Gespräch nach.

«War das die geheimnisvolle Dame, die heute schon mehrmals für Sie angerufen hat?», unterbrach Sattler seine Gedanken.

«Ja. Angeblich hat sie wichtige Unterlagen über Buchmann.»

«Treffen Sie sie?»

«Nein, sie hat einfach wieder aufgelegt.»

Gerber spannte einen Papierbogen in die Triumph und begann, den Bericht zu schreiben. Er drückte sich möglichst umständlich und blumig aus, um auf einen gewissen Umfang zu kommen. Seine bevorstehende Verabredung erwähnte er darin mit keinem Wort.

--

Die Ladekräne des Frachthafens waren schon aus der Ferne zu erkennen. Der Hafen schien nicht besonders groß zu sein. Ein kurzer Blick auf das schwarze Ziffernblatt seiner A-11-Armbanduhr zeigte ihm, dass es noch eine halbe Stunde bis zu seiner Verabredung war. Zeit genug, um seinen Plan, der ihm ein Mindestmaß an Sicherheit gewähren sollte, in die Tat umzusetzen.

Ein verwittertes, aber nicht zu übersehendes Schild mit der Aufschrift «Hafen», das nach rechts wies, tauchte vor ihm auf. Er bremste aber nicht ab, sondern lenkte den Ford Taunus ein Stück weiter geradeaus, bog dann nach links ab und parkte an einem kleinen Friedhof. Seine sämtlichen Papiere und Wertsachen, Geld, Uhr, Zippo sowie die Camel-Packung wanderten ins Handschuhfach. Das Lederholster mit der Browning und die Ersatzmagazine verstaute er unter dem Beifahrersitz. Kurz zögerte er, bevor er den Wagen abschloss und den Autoschlüssel in der vorderen Stoßstange versteckte. War es wirklich klug, unbewaffnet zu erscheinen? Andererseits, wenn es eine Falle wäre, hätte er eh keine Chance.

Die schon weit im Westen stehende Sonne ließ Gerber einen langen Schatten werfen, als er in Richtung Hafen ging. Ein paar verschwitzte und müde aussehende Männer in Arbeitsoveralls kamen ihm entgegen, unterhielten sich miteinander und nahmen kaum Notiz von ihm. Die Lastkräne standen still, und bis auf das Kreischen einiger Möwen war es ruhig auf dem Hafengelände.

Vor den Lagerhallen sah er zwei verlassene Lastwagen sowie einige Tonnen und Kistenstapel. Er musste aufpassen, wo er hintrat. Auf dem Boden lagen Holzbretter mit rostigen Nägeln, verrottete Kleinteile von Frachtgütern und die Überreste kaputter Werkzeuge. Da entdeckte er sie. Drei, nein, vier Gestalten in Arbeitsoveralls. Aber Hafenarbeiter trugen keine unförmigen Kapuzenmasken aus Sackleinen über dem Kopf. Sie traten rasch auf ihn zu und bildeten einen Halbkreis um ihn. Drei der Männer waren mit Knüppeln und Stahlrohren bewaffnet, der vierte richtete einen kurzläufigen Revolver auf ihn.

Während Gerber die Lage einschätzte, sagte er, um Zeit zu gewinnen: «Wer seid ihr denn? Der Bonner Ableger vom Ku-Klux-Klan? Oder einfach nur irgendwelche Sackgesichter?»

«Maul halten und vorsichtig mit der linken Hand die Knarre rausziehen, Witzbold!», schnarrte der Mann mit dem Revolver.

«Im Gegensatz zu euch bin ich unbewaffnet.»

«Quatsch», entgegnete der Mann mit dem Revolver, der

offenbar der Anführer war. «Ihr habt immer eine Browning bei euch. Also raus mit der Waffe und auf den Fußboden legen!»

Langsam griff Gerber mit der linken Hand an sein Jackett und zog es weit auf. «Ich hielt es für besser, ohne Waffe zu kommen. Wir wollen hier doch nicht Wildwest spielen.»

«Also hast du mit einer Falle gerechnet?»

«Wenn nicht, wäre ich ein schlechter Polizist.»

«Und trotzdem bist du gekommen?»

«Die Neugier», seufzte Gerber. «Aber ich nehme an, ihr habt gar keine Unterlagen über Heinz Buchmann für mich.»

«Richtig. Für dich gibt es hier nur Dresche! *Go home, Yankee!*»

Das schien das Zeichen für die Schläger zu sein. Langsam traten sie auf Gerber zu, in dessen Rücken sich die schmutzige Fassade eines alten Lagerhauses drei Stockwerke hoch erhob. Ein Rückzug war damit abgeschnitten, und ihm blieb nur sein ursprünglicher Plan: die Flucht nach vorn.

Eine Möwe kam ihm zu Hilfe, fast wie bestellt. Unter lautem Kreischen schoss sie aus dem Himmel herab, flog dicht über den Köpfen der Schläger hinweg, gewann vor dem Lagerhaus wieder an Höhe und segelte knapp über das Hausdach. Für einen Augenblick waren die Maskierten durch das Tier abgelenkt, und Gerber nutzte seine Chance. Er sprintete nach vorn und wollte die Lücke zwischen zweien der Schläger ausnutzen.

Aber einer von ihnen schaffte es, sich ihm mit einem schnellen Satz in den Weg zu stellen. Das Stahlrohr in der erhobenen Rechten des Angreifers sauste auf Gerber zu. Im Laufen duckte er sich weg und versuchte, dem Schlag auszuweichen. Es gelang ihm nicht ganz. Ein stechender Schmerz fuhr durch seinen Arm, als das Rohr ihn an der linken Schulter traf. Er geriet ins Taumeln, fing sich dann wieder und rannte weiter, den Schmerz so gut wie möglich ignorierend.

Er hatte den Halbkreis der Schläger durchbrochen und rannte in direkter Linie auf den Rhein zu. Was ihn jetzt noch hätte aufhalten können, wäre ein Schuss aus dem Revolver des Anführers gewesen. Gerber war darauf gefasst, aber er hörte keinen Knall. Offenbar hatten sie nicht vor, ihn zu töten.

Als er das Ende des Kais erreichte, stürzte er sich, ohne sich noch einmal umzusehen, mit einem Kopfsprung in den Rhein. Die Fluten schlugen über ihm zusammen. Das Wasser war erstaunlich frisch, besonders angesichts der hochsommerlichen Temperaturen. Bei dem Versuch, sich mit ein paar kräftigen Schwimmzügen an die Oberfläche zu bringen, spürte er wieder den Schmerz, der, von seiner linken Schulter ausgehend, auf den ganzen Arm ausstrahlte. Sobald Kopf und Oberkörper aus dem Wasser ragten, atmete er tief durch und sah sich nach seinen Gegnern um. Sie standen noch dort, wo er mit ihnen zusammengetroffen war, und starrten auf den Fluss – und auf ihn.

Er begann zu schwimmen und achtete darauf, den linken Arm nicht zu sehr zu belasten. Zum Glück schwamm er mit der Strömung. Deshalb hatte er den Ford flussabwärts geparkt. Und er war ein sehr guter Schwimmer. Bei der Ausbildung zum CIC-Agenten hatten seine Kameraden ihn «Weissmüller junior» genannt, in Anspielung auf den gleichnamigen Film-Tarzan und mehrfachen Olympiasieger im Schwimmen. Er schob alle ablenkenden Gedanken beiseite und konzentrierte sich auf das Schwimmen und auf das linke Ufer. Mit Hilfe der Strömung kam er so rasch voran, dass er sich bald auf der Höhe des Friedhofs befinden musste, an dem er den Wagen abgestellt hatte.

Der Bereich des Hafens, an dem ihm die Maskierten aufgelauert hatten, war aus seinem Blickfeld verschwunden. Und damit er auch aus dem Blickfeld seiner Gegner. Er begann, quer zur Strömung in Richtung Ufer zu schwimmen. Dort erhob sich eine kleine Böschung, und er verkrallte sich in irgendwelchen Zweigen, um sich an Land zu ziehen.

// KAPITEL 13 //

Eva Herden hatte fast den ganzen Tag verschlafen. Sie hatte von Gerber geträumt. Obwohl er sie bevormundete und sie manchmal wie ein kleines Kind behandelte, gefiel ihr seine Fürsorglichkeit. Außerdem hatte er recht mit dem, was er tat und sagte. Das ausgiebige Frühstück am Vormittag hatte ihr ebenso gutgetan wie der lange Schlaf. Und jetzt verspürte sie schon wieder eine Leere im Magen, die sie in ihre Küche trieb. Schlaf und Hunger – menschliche Grundbedürfnisse, die sie mit Hilfe des Pervitins so lange unterdrückt hatte.

Sie stand in der engen Küche und suchte sich etwas zusammen, um daraus eine kräftige Suppe zu kochen, als es läutete. Sie ging im Pyjama die Treppe hinunter und zog die Haustür ein Stück weit auf. Gerber sah aus wie ein begossener Pudel, und das im wahrsten Sinne des Wortes. Das Jackett war an der linken Schulter aufgerissen.

Er setzte ein entschuldigendes Lächeln auf. «Guten Abend, Fräulein Herden. Ich komme leider ein bisschen spät.»

«Aber dafür frisch geduscht, wie es aussieht. Kommen Sie erst mal mit nach oben.»

Er betrat hinter ihr die Wohnung und sagte: «Gebadet, nicht geduscht.»

Sie zupfte irgendwelches Unkraut von seinem Rücken. «Wenigstens haben Sie die Blumen nicht vergessen.»

Sein Blick glitt an ihrem Pyjama entlang. «Anscheinend haben wir beide uns für eher informelle Kleidung entschieden.»

«Ich bin Ihrem Rat gefolgt und habe geschlafen, um mich zu erholen. Ihr Tag scheint weitaus interessanter gewesen zu sein.»

Er lächelte wieder. «Nur der Abend. Ein kleines Bad im Rhein.» Von einer Sekunde zur anderen wurde er ernst. «Eine anonyme Anruferin hatte mich zum Frachthafen bestellt. Anstatt der Dame mit ihren angeblichen Informationen über Hauptkommissar Buchmann haben mich dort ein paar Schläger erwartet.»

Er hatte seinen Polizistenblick aufgesetzt, als wolle er bis in ihr tiefstes Inneres sehen.

«Ich war es nicht, die Sie angerufen hat, falls Sie darauf hinauswollen. Im Gegenteil, ich würde selbst gern mehr über Ihren toten Kollegen erfahren.»

«Ich glaube Ihnen, Eva.»

Ihr fiel auf, dass er sie beim Vornamen nannte.

«Entschuldigen Sie, dass ich in diesem Aufzug bei Ihnen erscheine. Ich dachte an die Möglichkeit, dass mir die Schläger vom Hafen oder Komplizen von ihnen in der Nähe meiner Pension auflauern. Da habe ich einen sicheren Hafen gesucht.»

«So hat mich noch niemand genannt», sagte sie mit einem leisen Lachen.

«Danke, dass Sie mir Zuflucht gewähren. Überhaupt, ich halte den Zeitpunkt für gekommen, offen zueinander zu sein.»

«Nach einer kräftigen Suppe und», sie zeigte auf die Badezimmertür, «was Sie betrifft, nach einem weiteren Bad? Dann könnte ich auch Ihre Sachen zum Trocknen aufhängen.»

Er setzte eine Unschuldsmiene auf. «Ich habe keine Kleidung zum Wechseln dabei.»

«Macht nichts. Ich ziehe mich inzwischen einfach aus.»

«Bitte?»

«Mein Pyjama müsste Ihnen einigermaßen passen. Keine

Sorge, ich habe ihn heute frisch angezogen. Leider habe ich nur einen davon. Ein Überbleibsel.»

«Von wem?», fragte er mit einer Selbstverständlichkeit, als ginge es ihn etwas an.

Nahm er es wirklich als selbstverständlich, dass sie ihm eine so intime Frage beantwortete? Oder war er einfach nur dreist? Geradeheraus, nannte sie es für sich, und ihr gefiel seine Art. Die Frage beantwortete sie trotzdem nicht.

«Legen Sie die nassen Sachen vor die Badezimmertür. Frische Handtücher liegen auf dem Hocker. Wenn Sie warmes Wasser haben wollen, müssen Sie den Boiler anheizen. Holz liegt in der Kiste links.»

«Ich will mich nicht zu sehr verwöhnen», sagte er und verschwand im Bad.

Ein eigenes Badezimmer war ein echter Luxus. Berthold hatte ihr die Wohnung vermittelt, wie auch immer er daran gekommen war. Manchmal staunte sie über seine Kontakte.

Als sie den Pyjama gegen eine Bluse und eine dunkelblaue, weit geschnittene Hose getauscht hatte, fand sie nach einem kurzen Blick in den Spiegel, dass sie ein wenig aussah wie Marlene Dietrich. Nur hatte die Dietrich keine entstellende Narbe im Gesicht.

Sie verkniff sich ein Kichern, als Gerber aus dem Bad kam. Er war größer und viel besser in Form als Berthold, weshalb der Pyjama einerseits zu weit, andererseits aber an Armen und Beinen etwas zu kurz war. So sah er aus wie ein großer Junge, dessen Wachstum über Nacht einen kräftigen Schuss gemacht hatte. An den Füßen trug er die Haussandalen, die auch von Berthold stammten.

«Ich habe Ihre Kleider auf den Dachboden gebracht und zum Trocknen aufgehängt. Da oben ist es wirklich schweißtreibend, es dürfte nicht lange dauern. Die Suppe wird sofort serviert.»

«Die perfekte Hausfrau, das hätte ich Ihnen gar nicht zugetraut», staunte er. «Machen Sie nur so weiter, und ich werde Sie heiraten.»

Jetzt musste sie doch kichern und ging schnell in die Küche, um die Suppe zu holen.

Als sie zurückkehrte, saß er bereits am Tisch wie ein hungriger Ehemann nach getaner Arbeit.

«Heiß und gehaltvoll, so lobe ich mir das», sagte er, nachdem er probiert hatte. «Was ist das für eine Suppe?»

«Eine Ich-habe-alles-reingetan-was-noch-da-war-Suppe.»

«Die mag ich besonders gern.»

Nach der Suppe servierte Eva Kaffee und einen Kräuterbitter. «Was war das für eine Anruferin, die Sie zum Frachthafen bestellt hat?»

«Die Stimme klang dumpf. Sie war aufgeregt.»

«Wie bei mir», sagte Eva nachdenklich.

«Was meinen Sie?»

«Mich hat auch eine Frau angerufen. Sie sagte, ich solle mich mal um Hauptkommissar Buchmann kümmern und die Affäre um den Technischen Dienst. Dann hat sie aufgelegt.»

«Kam der Anruf heute vor einer Woche, am vergangenen Freitag?»

Eva war erstaunt. «Ja. Woher wissen Sie das?»

Der Mann im fremden Pyjama grinste. «Von Frau Rüsch», sagte er und berichtete von seiner Recherche im Archiv des *Brennpunkt Bonn.* «Auffällig ist, dass Buchmann an ebenjenem Freitag ermordet wurde. Sie haben das mit dem Mord auf der Pressekonferenz noch gar nicht gewusst, oder? Es war nur ein Schuss ins Blaue.»

Sie nickte. «Aber es war ein Volltreffer.»

«Nur scheint Ihr vorgetäuschtes Wissen dazu geführt zu haben, dass der Attentäter auch Sie und Gerd Reschke aus dem Weg räumen wollte. Da er nicht wusste, was Sie wirklich wissen, wollte er auf Nummer sicher gehen. Sie haben sich damit selbst in Gefahr gebracht.»

«Und damit Gerds Tod verschuldet», sagte sie düster. «Sie können mir glauben, das habe ich mir schon selbst gesagt.»

«So war das nicht gemeint.»

Ein anderer Gedanke kam ihr. «Sie selbst haben sich auch ganz schön leichtsinnig verhalten, als Sie zum Frachthafen gefahren sind. Hätte da nicht diese Schlägerbande auf Sie gewartet, sondern der Attentäter, könnten Sie jetzt tot sein.»

«Pech für Sie, Eva, dann müssten Sie sich jetzt nicht mit mir herumschlagen.»

«Sie sollten nicht so leichtfertig mit Ihrem Leben spielen.» Halb verärgert, halb amüsiert erhob sie sich, trat neben ihn und strich über sein noch feuchtes Haar. «Vielleicht schlage ich mich ja ganz gern mit Ihnen herum.»

Als er sich von seinem Stuhl erhob, musste sie zu ihm aufschauen. Sie sah das Glitzern in seinen Augen, als seine kräftigen Arme sie umschlossen und er sein Gesicht zu ihrem herabsenkte. Ihre Lippen trafen sich, dann ihre Zungen. Er wollte sie ebenso sehr wie sie ihn, und ein heiß-kalter Schauer rieselte bei dieser Erkenntnis über ihren Rücken. Sie schloss die Augen, und er hob sie hoch und trug sie ins Schlafzimmer.

--

Er hielt Eva fest in seinen Armen. Wie aus Angst, sie könne ihm entgleiten und sich in der Dunkelheit auflösen, gleich einem verlöschenden Licht. Sie waren nackt, das Bett zerwühlt. Nun kamen die Schuldgefühle.

Aber warum eigentlich? June hatte mit ihm Schluss gemacht, nicht umgekehrt. Weil er insgeheim spürte, dass sie es nicht so gemeint hatte? Weil er sich ihr und ihrem Vater gegenüber verantwortlich fühlte, seit Jim gestorben war? Erst jetzt erkannte er, wie satt er es hatte, June den Bruder und Hiram Anderson den Sohn ersetzen zu müssen. Das Leben war für ihn in den vergangenen Jahren eine ständige Verpflichtung gewesen, bei Eva aber fühlte er sich frei.

Gerber streckte den Arm aus und schaltete die Nachttischlampe ein, die ein warmes Licht auf das Liebespaar warf.

«Nicht, Philipp», sagte Eva leise und schaltete die Lampe wieder aus.

Erneut drückte er den Schalter. «Ich möchte dich ansehen. Du bist so schön.»

Sie drapierte eine Haarsträhne über ihre linke Wange. «Bin ich nicht Fräulein Frankenstein?»

«Niemals, nicht für mich.» Behutsam strich er mit einem Finger die Haarsträhne beiseite, um ebenso behutsam, Zentimeter für Zentimeter, ihre Narbe zu küssen. «Du bist wunderschön», flüsterte er.

Sie tippte mit dem Zeigefinger an seine Nasenspitze. «Du willst mich einwickeln, Herr Hauptkommissar. Lernt man das so beim Bundeskriminalamt?»

«Nein, beim CIC.»

Erstaunen trat in ihren Blick. «Ein Ex-Agent der Amerikaner? Oder bist du es immer noch?»

«Sagen wir, beim CIC ist man erpicht darauf, die Wahrheit über den Anschlag auf Heinz Buchmann zu erfahren.»

«Du bist erstaunlich offen.»

«Ich hoffe, du bist es auch zu mir.»

«Was willst du wissen?»

«Bist du eine kommunistische Agentin?»

«Nein. Aber wenn ich es wäre, hätte ich genau dasselbe geantwortet.»

«Danke, Mata Hari. Was ist mit deiner Zeitung? Wird sie von den Roten finanziert?»

«Davon kannst du ausgehen. So, wie deine Amis jede Menge rechter Blätter finanzieren.»

«Schon kapiert. Wechseln wir das Thema. Wie bist du zu der Narbe gekommen?»

Kurz glitt ein Schatten über ihr Antlitz, aber dann lächelte sie tapfer. «März 45, Bombenangriff auf Hildesheim. Ein Metallsplitter hat mein Gesicht aufgerissen. Glück gehabt.»

«Glück?»

«Ich hätte tot sein können wie meine Mutter, meine Großeltern, mein kleiner Bruder und meine kleine Schwester. Sie alle wurden zerfetzt. Jetzt bin ich zwar für immer entstellt, aber ich lebe noch.»

Er betrachtete das gerahmte Foto auf dem Nachttisch und dachte daran, dass das junge Mädchen mit den geflochtenen Zöpfen die einzige Überlebende war.

«Wo ist dein Vater?»

«Irgendwo auf Sizilien, gefallen im Kampf gegen die Amerikaner. ‹Den schnellen Heldentod gestorben in treuer Pflichterfüllung›, wie es im Schreiben des Kompanieführers an meine Mutter hieß.»

«Hasst du deshalb die Amerikaner?»

«Ich hasse den Krieg und alle, die sich nicht scheuen, ihn anzufachen. So wie Adenauer und seine CDU. Indem der Kanzler Westdeutschland so eng an die Westmächte anschließt, fordert er einen neuen Krieg mit den Sowjets geradezu heraus.»

«Adenauer ist da wohl anderer Ansicht. Er würde dir sagen, dass nur die Westmächte die Bundesrepublik vor einer sowjetischen Invasion beschützen können.»

Eva blickte ihn herausfordernd an. «Und was heißt das, beschützen? Doch wohl Krieg, oder?»

«Im schlimmsten Fall, ja. Aber dann sind die Sowjets die Aggressoren, nicht die Amerikaner und ihre Verbündeten.»

«Wenn die Menschen, die ich liebe, in einem Krieg sterben, ist mir völlig egal, wer der Aggressor ist.»

«Mir nicht», sagte er mit Härte in der Stimme.

Gerber erwartete Widerspruch, eine harsche Reaktion, aber sie lächelte plötzlich und fuhr mit der Hand sanft über sein Haar, wie sie es vorhin schon einmal getan hatte.

«Ich schenke dir ein Abonnement. Unsere rote Propaganda wird dich schon umpolen.»

Er küsste sie herausfordernd. «Willst du mich nicht mit vollem Körpereinsatz überzeugen?»

«Schon wieder?», fragte sie erstaunt, aber nicht abgeneigt.

Er zog sie eng an sich heran. «Das muss an deiner Suppe liegen. Merk dir die Zutaten.»

Wieder liebten sie sich leidenschaftlich, bis sie in wohliger Erschöpfung nebeneinanderlagen. Die Erschöpfung brachte für Gerber den Schlaf, und der Schlaf brachte, wie so oft, den Albtraum.

// KAPITEL 14 //

Mittwoch, 18. April 1945

Die Werwölfe waren schneller gewesen. Obwohl sie in diesem Krieg schon so viele Tote gesehen hatten, starrten Philipp und Jim entsetzt und angewidert auf den Leichnam des kleinen, dünnen Mannes, der an dem Laternenpfahl vor dem Rathaus hing. Das hübsche alte Fachwerk des Rathauses stand in einem schaurigen Kontrast zu dem Bild, das der Tote abgab. Der Mittfünfziger mit dem zurückweichenden Haar und dem sauber gestutzten Oberlippenbart trug einen abgewetzten Anzug mit aufgenähten Flicken an den Ellbogen. Um den Hals hatten seine Mörder ein Pappschild gehängt, auf dem in blutroter Schrift stand: «Ich bin ein treuloser Verräter und habe den Tod verdient, weil ich den Glauben an den Führer und an den Endsieg verloren habe.»

Die Amerikaner waren erst vor ein paar Minuten nach Gresseln gekommen, und schon trauten sich die Einwohner nach und nach auf die Straße. Etwa vierzig Männer und Frauen standen im Nieselregen auf dem Rathausplatz und blickten betreten und verstört auf ihren toten Bürgermeister. Aus einem Fenster des Rathauses hing, ein letzter Hohn der Mörder, die Hakenkreuzflagge. Als die Werwölfe den Bürgermeister aufgehängt hatten, hatte ihm niemand beigestanden.

Anton Hoppner hatte vermeiden wollen, dass Gresseln so kurz vor dem offensichtlichen Kriegsende noch Schaden nahm. Deshalb hatte er an fast allen Gebäuden weiße Fahnen aufhängen lassen, und er hatte einen Verbindungsmann zu den Amerikanern geschickt, um ihnen die kampflose Übergabe Gresselns zu versichern. Was nicht weiter schwer war, weil die Wehrmacht den unbedeutenden Ort nicht einmal mit einer kleinen Garnison verteidigte und weil die ansässigen Nazi-Bonzen sich beizeiten abgesetzt hatten. Auch die Amerikaner hatten Gresseln auf ihrem Vormarsch links liegen lassen, nicht aber die Werwölfe.

Die Organisation Werwolf, im September 1944 von Heinrich Himmler ins Leben gerufen, war eine Ausgeburt der Verzweiflung, eine Wahnsinnsidee der Nazis angesichts ihres nahenden Untergangs. Einmal mehr spielte man die Karte des Fanatismus. Junge Männer und auch Frauen, dem blinden Gehorsam verpflichtet, in nur wenigen Tagen bestenfalls rudimentär ausgebildet, sollten hinter den feindlichen Linien Sabotageakte verüben. Und sie sollten Jagd auf Deserteure und sonstige Personen machen, die in den Augen der Nazis Verräter waren.

Schon seit zwei Wochen waren Gerber und Anderson einer Jagdgruppe der Werwölfe auf der Spur, die durch besonders brutale Morde hervorstach und die sie einfach nicht dingfest machen konnten. Mindestens sechs Exekutionen gingen bislang auf ihr Konto. Hoppner war offenbar die Nummer sieben. Um ihren Taten einen möglichst hohen Bekanntheitsgrad zu verschaffen, kennzeichneten sie ihre Opfer. Auf Hoppners Stirn hatten sie ein blutrotes Hakenkreuz eingeritzt.

Gerber spürte in sich den Zorn hochkochen. Dieser Mann, der vor ihm hing wie eine Marionette, hatte nicht mit der Waffe in der Hand gekämpft. Er hatte sich dafür eingesetzt, Frauen und Kinder, Alte und Versehrte zu retten und ihren Besitz vor sinnloser Zerstörung zu schützen. Und das war der Dank.

Er drehte sich zu der schweigenden Menge um und rief im Befehlston auf Deutsch: «Nehmt den Mann da runter, aber sofort!»

Ein paar ältere Männer setzten sich in Bewegung und holten eine Klappleiter aus einem Schuppen hinter dem Rathaus. Hatte niemand von ihnen etwas gegen die Werwölfe tun können, die am helllichten Tag zugeschlagen hatten? Gerber konnte sich vorstellen, wie manch einer der alten Männer hinter dem Fenster gestanden hatte, die Hände zu Fäusten geballt und vor Ohnmacht zitternd, flehentlich zurückgehalten von Ehefrau, Tochter oder Enkeln.

Er ging zu dem mit steinernen Gänsen verzierten Springbrunnen in der Mitte des Platzes, und die Einheimischen wichen vor ihm zurück. Am Brunnen stellte er seine Maschinenpistole ab, schob sich den Stahlhelm ins Genick und tauchte beide Hände ins Wasser, um sein Gesicht zu benetzen. Das kühle Wasser half ihm, seine Gedanken zu sammeln.

Jim trat neben ihn und legte eine Hand auf die Schulter seines Freundes. «Alles in Ordnung, Phil?»

Gerber nahm die M3 wieder auf, streifte den Riemen über seine rechte Schulter und nickte. «Inzwischen sollte ich abgehärtet sein, aber manchmal fasse ich einfach nicht, wozu meine Landsleute in der Lage sind.»

«Wir sind hier, um das zu beenden.»

«Ja», sagte Gerber leise. «Sehen wir zu, dass wir sie diesmal erwischen.»

Die Angehörigen der Jagdgruppe waren Meister darin, ihre Spuren zu verwischen. Zudem erschwerte die Angst der Bevölkerung die Arbeit der CIC-Agenten. Niemand wollte das nächste Opfer werden. Trotzdem – oder gerade deswegen – nahmen Gerber, Anderson und ihre Männer die Anwohner in ein gnadenloses Verhör. Das Rathaus diente ihnen als Hauptquartier.

Am späten Nachmittag trat Gerber an die Landkarte, die Sergeant Kovacs im großen Saal des Rathauses aufgehängt hatte.

«Alles deutet darauf hin, dass die Mörder sich in dieses Gebiet zurückgezogen haben.» Mit einem Stück Kreide zog er einen weißen Kreis um ein abgelegenes Waldgebiet am Rand der Berge. «Nach unseren Erkenntnissen sind sie nicht motorisiert, denn wir kontrollieren sämtliche Straßen in der Gegend. Sie müssen also ein Versteck in der Nähe haben. Hier, wie ich annehme: dichter Wald und Höhlen, ein ideales Gelände zum Untertauchen.»

Gerber legte die Kreide auf einen Tisch und rieb die Hände aneinander, um sie zu säubern.

«Wir sollten sofort aufbrechen», sagte Jim. «Wenn es in der kommenden Nacht wieder so stark regnet, verwischt das alle Spuren.»

Keine zehn Minuten später verließen drei Jeeps mit jeweils vier Mann Besatzung Gresseln, um nach wenigen Meilen von der befestigten Landstraße in Richtung des Siebengebirges abzubiegen. Der Weg war matschig und holprig. Je dichter die Bäume zusammenrückten, desto dunkler wurde es. Gerber fragte sich, ob es nicht doch besser gewesen wäre, bis zum nächsten Morgen zu warten.

Zur Linken tauchte eine Abzweigung auf, mehr eine Waldschneise als ein richtiger Weg. Sie schickten einen Jeep in diese Richtung. Eine Meile weiter bog ein weiterer Jeep nach rechts ab. Der Jeep mit Gerber, Anderson, Sergeant Kovacs und Corporal Svenson hielt weiter in gerader Richtung auf die Berge zu. Der Weg wurde zunehmend steiler, der Boden felsiger, und die

Bewaldung trat zurück. Der Regen verstärkte sich, trommelte auf den vom Matsch verdreckten Jeep und die Stahlhelme der vier Männer. Jim lenkte den Jeep um eine enge Kurve und trat so abrupt auf die Bremse, dass Gerber um ein Haar mit dem Kopf gegen die Windschutzscheibe gekracht wäre. Vor ihnen türmte sich eine zerklüftete Felslandschaft auf.

«Ende der Spazierfahrt», verkündete Jim. «Da hilft uns nicht einmal mehr der Allradantrieb.»

«Dann müssen wir zu Fuß weiter», sagte Gerber.

«Wieso, Sir?», meldete sich von hinten ein wenig begeisterter Johnny Svenson. «Da ist doch nichts mehr.»

«Das können wir erst sagen, wenn wir uns umgesehen haben.»

«Alles absitzen!», schnarrte Jim, stellte den Motor aus, griff, wie Gerber, nach seiner Maschinenpistole und sprang auf den glitschigen Felsboden. Svenson nahm das Handfunkgerät mit.

Gerber fragte sich, ob das alles nicht eine unnötige Strapaze war. Andererseits war es typisch für die Werwölfe, dass ihr Unterschlupf in unwegsamem Terrain lag. Sie waren Fanatiker, die keine Anstrengung scheuten. Und Gerber war entschlossen, nicht so schnell aufzugeben. Den jüngsten Lynchmord betrachtete er als persönliche Herausforderung der Werwölfe.

Als er hinter sich auf die drei anderen CIC-Männer blickte, die sich durch den Dauerregen über den unwegsamen, schlüpfrigen Felsboden bewegten, schoss ihm eine andere Frage durch den Kopf: Waren sie genügend Leute, um mit den Werwölfen fertigzuwerden? Eine Jagdgruppe, wie die Nazis sie nannten, setzte sich in der Regel aus einem «Führer» und vier «Jägern» zusammen, getreu dem Grundsatz: Je kleiner die Einheit, desto schwieriger war sie aufzuspüren. Mit fünf Gegnern sollten es vier ausgebildete CIC-Agenten problemlos aufnehmen können.

Zweimal blieb Corporal Svenson stehen, um die beiden anderen Suchtrupps anzufunken, jedes Mal ohne Erfolg.

«Geben Sie es auf», sagte Gerber und ließ seinen Blick über das Meer aus Baumkronen unter ihm schweifen. «Das Dumme an diesem Wald sind nun mal die vielen Bäume.»

Als er weitergehen wollte, knirschte es unter seiner Schuhsohle. Er bückte sich und hob einen Knopf auf, feldgrau lackiert.

Die anderen umringten Gerber, und Eddie Kovacs brummte: «Nur ein Knopf.»

«Glauben Sie, die Knöpfe einer Wehrmachtsuniform fallen mit dem Regen vom Himmel?», versetzte Gerber. Suchend blickte er um sich. «Wir haben sie gefunden. Irgendwo hier muss ihr Versteck sein. Verständigung nur noch durch Zeichen!»

Er steckte den Knopf ein und brachte die MP in Anschlag.

Jim Anderson gab von links ein Handzeichen, und Gerber eilte zu ihm. Dort klaffte ein Loch im Boden, gerade einmal groß genug für einen Mann, um sich hindurchzuzwängen. Der Lichtstrahl von Jims Taschenlampe erhellte die Öffnung. Dahinter erschien eine kurze, schräge Fläche, wie eine Rutschbahn. Jim sah ihn fragend an. Gerber nickte, winkte die beiden anderen herbei und wollte den Anfang machen, aber Jims Hand auf seiner Brust hielt ihn zurück. Gerber verstand: Jim hatte den Durchlass entdeckt, er hatte den Vortritt.

Mit umgehängter Maschinenpistole, die Waffe an die Brust gedrückt, legte sich Jim Anderson auf den Rücken und rutschte, die Füße voran, durch das Loch im Fels. Gerber, Kovacs und Svenson sahen ihm gespannt zu. Die Rutschpartie dauerte nur kurz, und Jim stand wieder auf den Füßen. Er signalisierte per Handzeichen, dass alles in Ordnung war.

Jetzt glitt auch Gerber das kurze Stück hinab, gefolgt von Kovacs und Svenson. Sie standen gebückt in einer Höhle, nicht ganz mannshoch, und erkannten im Licht ihrer Lampen zahlreiche Stalagmiten und Stalaktiten. Etwas huschte an Gerbers Füßen vorbei und verschwand in einem winzigen Spalt, ehe er es richtig erkennen konnte. Vermutlich eine Eidechse.

Sie rückten vorsichtig vor, bis sie in einem größeren Raum einen Teich entdeckten. Gerber und Jim Anderson gingen rechts an dem Teich vorbei, Kovacs und Svenson an der anderen Seite.

Als eine Explosion die Höhle erschütterte, warfen sich Gerber und Jim automatisch in Deckung und brachten ihre Waffen in Anschlag. Wasser aus dem Teich spritzte auf sie herab, vermischt mit Gesteinssplittern. Und noch etwas: ein Schuh, in dem ein abgerissener Fuß steckte. Instinktiv blickte Gerber nach links. Wo eben noch Kovacs und Svenson gewesen waren, waberte eine Rauchwolke über einem Konglomerat aus Gesteinsbrocken und menschlichen Gliedmaßen. Eine Mine, schoss es ihm durch den Kopf.

Die in ihm aufkeimende Wut unterdrückend, rief Gerber nach Kovacs und Svenson, erhielt aber keine Antwort.

Schnelle Schritte hallten durch die Höhle, und schon ging ein Kugelhagel auf Gerber und Anderson nieder. Das Echo in der Höhle vervielfachte die Schussgeräusche zu einer Todessymphonie. Die beiden CIC-Männer behielten die Nerven, blieben flach am Boden liegen, schalteten ihre Taschenlampen aus und erwiderten das Feuer.

Ein gellender Aufschrei vor ihnen, kurz danach noch einer. Sie schienen zwei der Werwölfe ausgeschaltet zu haben.

Das gegnerische Feuer war zu einem spärlichen Kleckern geworden. Nur noch ein Mann schien auf sie zu schießen. Der

Schütze stellte das Feuer ein und wollte sich offenbar zurückziehen.

Gleichzeitig erhoben sie sich aus ihrer Deckung und sandten Feuerstoß um Feuerstoß aus ihren MPs, bis ein langgezogener Schrei als Echo von den Felswänden widerhallte. Die Schritte waren verstummt.

«Das war Nummer drei», flüsterte Jim.

In gebeugter Haltung, möglichst geräuschlos, näherten sie sich der Stelle, von der die Werwölfe auf sie geschossen hatten. Bei jedem Schritt waren sie sich der Gefahr bewusst, dass eine weitere Tretmine sie in Stücke reißen konnte.

«Stehen bleiben!», erscholl vor ihnen auf Deutsch eine schneidende Stimme. «Sonst töte ich das Mädchen!»

Die beiden Agenten verstanden sich ohne Worte. Gerber ging zwei Schritte schräg nach rechts, nahm Deckung hinter einem Felskegel und schob ein neues Magazin in seine M3. Jim huschte nach links, zum Ende des Teichs, suchte sich Deckung in einer Mulde und lud ebenfalls seine MP nach.

«Antwortet mir!», verlangte der Deutsche aus der Dunkelheit heraus. «Oder das Mädchen muss leiden!»

Der Mann trat vor, bis das Licht der Taschenlampe ihn erfasste. Er war schlank und noch keine zwanzig, mit blondem Haar und einem hageren Gesicht. Das Mädchen, das er mit der linken Hand gegen sich gepresst hielt, war ungefähr so alt wie er, ebenfalls blond und hager. Mit der Rechten drückte der Werwolf ihr einen Dolch gegen den Hals. Ihre Hände waren offenbar auf dem Rücken gefesselt.

«Ihr werdet mich jetzt gehen lassen, und wenn ich draußen bin, gehört das Mädchen euch.»

Während er sprach, kam der Blonde Schritt für Schritt näher und schob das Mädchen vor sich her. Etwas störte Gerber an den beiden, je länger er sie ansah. Sie waren sich sehr ähnlich – zu ähnlich!

«Jim, das ist eine Falle!», rief er und wollte einen Feuerstoß aus seiner MP jagen.

Doch es war zu spät. Das Mädchen holte zwei Eierhandgranaten hinter seinem Rücken hervor und schleuderte sie in Richtung der Agenten. Die für Gerber bestimmte prallte vom Felskegel ab und flog ebenfalls in Jims Richtung.

Die Druckwelle der doppelten Explosion riss Gerber um, und für lange Sekunden fühlte er sich wie betäubt. In seinen Ohren dröhnte es. Es kostete ihn einige Anstrengung, auf die Knie zu kommen, um sich, aus tränenden Augen durch Rauch und aufgewirbelten Staub starrend, einen Überblick zu verschaffen. Von dem Werwolf und dem blonden Mädchen war nichts mehr zu sehen.

Was war mit Jim? Er lag zusammengekrümmt in der Mulde, bewegte sich nicht.

«Jim? Jim, bist du in Ordnung?»

Keine Antwort.

Gerber kroch zu ihm, auch wenn er dafür seine Deckung verlassen musste. Er umfasste den Freund und drehte ihn vorsichtig auf die Seite. Zu seiner Erleichterung öffnete Jim in diesem Augenblick die Augen. Die Lippen zitterten, und er wollte etwas sagen. Doch keine Worte kamen hervor, nur ein Blutschwall.

«Sag kein Wort, Jim, streng dich nicht an! Ich bringe dich in Sicherheit.»

Er hob seinen Freund mit beiden Armen auf, so vorsichtig, wie er nur konnte. Obwohl ihm selbst noch schwindelig war, trug er ihn zum Ausgang. Mit einer Gewaltanstrengung schob er Jim die Felsschräge hoch. Draußen angelangt, atmete er zweimal tief die frische Luft ein. Dann hob er seinen Kameraden erneut hoch und trug ihn zu dem einsamen Jeep, wo er ihn auf die Rückbank legte.

«Keine Sorge, Jim. Im Lazarett flicken sie dich in null Komma nichts wieder zusammen.»

Doch Jim antwortete nicht.

--

Eva hielt ihn in ihren Armen. Ihr Blick war mitfühlend. Hin und wieder strich sie ihm zärtlich über den schweißnassen Kopf.

Sie hatte ihn aufgeweckt, als er sich unter lautem Schreien im Bett hin und her geworfen hatte. Schließlich hatte er ihr alles erzählt.

«Ich bin noch einmal zurück in die Höhle, aber ich konnte nichts mehr für Kovacs und Svenson tun. Jim bekam postum die Medal of Honor verliehen und ein Heldengrab auf dem Nationalfriedhof Arlington. Ich habe alles versucht, um die beiden Werwölfe aufzuspüren. Vergeblich.» Er seufzte schwer. «Hätte ich eine Sekunde früher gemerkt, dass die beiden unter einer Decke steckten, dann wäre Jim noch am Leben!»

«Mach dir keine Vorwürfe, Philipp, du hast alles getan, was du konntest.»

Gerber zog Eva eng an sich, streichelte sie und küsste sie erneut. Er war froh darüber, bei ihr zu sein, aber alles konnte er ihr nicht sagen. In dieser Nacht war er schon zu vielen Dämonen begegnet, und er drängte die anderen, die ihn heimsuchen wollten, beiseite. Jedenfalls versuchte er es, aber ganz wollte es ihm nicht gelingen. Immer wieder musste er an seine Schwester Lore denken.

// KAPITEL 15 //

Samstag, 22. August 1953

Fünfzehn Tage bis zur Wahl

Als Gerber die leichte Bettdecke beiseiteschlug, hielt er einen Augenblick inne und betrachtete die schlafende Frau neben sich. Eva lag auf der rechten Seite, den Kopf auf ihren angewinkelten Arm gestützt, und atmete regelmäßig. Er widerstand der Versuchung, sie zu umarmen und zu küssen. Es war noch keine halb sechs, wie ihm die breiten, weißen Zeiger seiner A-11 verrieten.

Noch im Pyjama ging er hinauf auf den Dachboden, um seine ramponierten Kleider von der Trockenleine zu nehmen. Da er nichts anderes zur Hand hatte, zog er sie an, verließ die Wohnung und stieg in Evas Wagen. Mit heruntergelassenen Seitenfenstern, die erste Zigarette des Tages zwischen den Lippen, fuhr er nach Norden. Sein Ziel war Graurheindorf, und diesmal parkte er direkt am Hafen.

Jenseits des Rheins schob sich die Sonne allmählich in die Höhe, und das Wasser reflektierte funkelnd ihre ersten Strahlen. Der Hafen lag ebenso verlassen da wie am Abend zuvor. Gerber wollte sich umsehen, bevor die Arbeiter zur Schicht erschienen und mögliche Spuren verwischten.

Gestern, als die Maskierten ihn angegriffen hatten, war alles sehr schnell gegangen. Aber je länger er über den Vorfall nachdachte, desto mehr verfestigte sich in ihm ein bestimmter Verdacht.

«He, Sie da! Ja, Sie! Was wollen Sie hier?»

Im Schatten eines Ladekrans stand ein uniformierter Wachmann, an der Leine einen Schäferhund. Der ältere Mann trug an der rechten Seite eine Pistolentasche.

«Polizei. Ich schaue mich hier etwas um.» Er ging langsam auf den Wachmann zu.

Der Hund zeigte sein beeindruckendes Gebiss, gefolgt von einem warnenden Knurren. Der Uniformierte legte eine Hand auf den Kopf seines vierbeinigen Begleiters. «Ruhig, Manstein, bleib bei Fuß.»

«Ihr Hund heißt Manstein? Wie der Feldmarschall?»

«Was dagegen?»

«Nicht das Geringste.» Beim Nähertreten erkannte Gerber, dass seinem Gegenüber an der linken Hand zwei Finger fehlten. Seine Haltung war militärisch, sein Blick abschätzend. «Haben Sie unter Manstein gedient?»

Der Mann nickte, ohne sich zu entspannen. «Auf der Krim.»

Gerber blieb zwei Schritte vor ihm stehen, nannte Dienstrang und Namen.

«Einheit und Ausweis?», schnarrte der Wachmann im Tonfall eines alten Soldaten.

«Sicherungsgruppe Bonn», antwortete Gerber und hielt ihm seinen Ausweis unter die Nase.

«Sicherungsgruppe», brummte der Wachmann, nachdem er sich den Ausweis angesehen hatte.

«Seit wann tun Sie hier Dienst?»

«Seit gestern Abend, halb neun.»

Also nach Gerbers Begegnung mit den Maskierten. Trotzdem fragte er: «Haben Sie irgendetwas Ungewöhnliches bemerkt? Personen, die hier nicht hergehören?»

«Nein. Denen hätte Manstein schon Beine gemacht.»

«Ich sehe mich auf dem Gelände noch etwas um. Halten Sie bitte Ihren Feldmarschall im Zaum.»

Gerber ging langsam, den Blick auf den Boden gerichtet, auf die Stelle zu, wo ihn die Maskierten angegriffen hatten.

Am Boden blitzte etwas in der Sonne auf, halb verborgen von einer offenen, leeren Holzkiste. Er ging in die Hocke und hob den kleinen Gegenstand auf. Das Fundstück lag in seiner flachen Hand, und die frühen Sonnenstrahlen tanzten auf ihm.

«Wer suchet, der findet», sagte Gerber vergnügt.

--

Eva war bereits aufgestanden, als er nach Bad Godesberg zurückkam. Sie trug das weiße Kleid mit den halben Ärmeln und warf ihm einen vorwurfsvollen Blick zu.

«Ich dachte schon, ich wäre dich los.»

«Mach dir keine falschen Hoffnungen.» Er hob eine Papiertüte hoch. «Ich habe ein paar Sachen zum Frühstück besorgt.»

«Wo? In München?»

«In Graurheindorf. Ich habe mich noch mal am Frachthafen umgesehen.»

«Und?»

«Ohne Ergebnis.»

Gerber verschwieg ihr seinen Fund, aber nicht aus Misstrauen. Er hoffte, die Angelegenheit auf eigene Faust regeln zu können, ohne großes Aufsehen. Deshalb hatte er auch beschlossen, den Angriff auf ihn nicht zu Protokoll zu geben.

«Ich will heute in die Redaktion», erklärte Eva beim Frühstück. «Am Montag erscheint die nächste Ausgabe, da können Berthold und seine Leute jede Hilfe gebrauchen.»

«Wer?»

«Dr. Neuenhahn.»

«Ich wusste nicht, dass ihr so vertraut miteinander seid.»

«Wir waren mal viel vertrauter.» Sie kicherte plötzlich und hätte sich fast am frisch gepressten Orangensaft verschluckt. «Du hast übrigens seinen Pyjama getragen.»

«Wie originell», sagte er schmallippig. Er konnte seinen Missmut nicht verhehlen. «Die Liebhaber wechseln, aber der Pyjama bleibt.» Er warf einen Blick in die Zeitung. «Der Vorfall in Buchmanns Bungalow wird nur mit wenigen Zeilen erwähnt. *Noch immer keine Spur vom versehentlichen Todesschützen.* Bis jetzt hält die Front.»

«Soll ich besonders lieb zu Berthold Neuenhahn sein, damit er weiter mitspielt?»

Mit gespielter Empörung sah Gerber sie über den Rand der Zeitung hinweg scharf an. «Untersteh dich. Und wirf diesen Pyjama weg!»

«Übrigens: Ich habe mit Berthold Schluss gemacht, weil er mir dauernd sagen wollte, was ich zu tun und zu lassen habe.»

«Danke für den dezenten Hinweis, ich hab's verstanden.»

«Ich mag es, wenn du eifersüchtig bist, Philipp.»

--

«Wann wird das Bein endlich besser?», fragte der Jäger unzufrieden.

Der Arzt hatte den rechten Unterschenkel des Jägers mit einer übel riechenden Salbe eingerieben und legte ihm gerade einen neuen Verband an.

«Schonen Sie das Bein, und in ein paar Tagen sind Sie wieder voll beweglich. Ich tue, was ich kann.»

«Schon gut», brummte der Jäger missgelaunt und blickte auf die Zeitung, die, direkt neben einer geladenen Luger, auf dem Tisch lag. Er war enttäuscht, dass er den Amerikaner nicht erwischt hatte. Aber sobald es sein Bein zuließ, würde er einen zweiten Versuch unternehmen. Und dann würde den Mann kein Fuchsbau retten.

«Na, Sie lächeln ja schon wieder.» Der Arzt war fertig mit dem Verbinden und schlug die Bettdecke über die Beine seines Patienten.

«Ja, verzeihen Sie, ich kann es nur kaum erwarten, wieder auf die Pirsch zu gehen, Obersturmbannführer.»

--

Nachdem er Eva vor der Redaktion abgesetzt hatte, suchte Gerber einen Herrenausstatter auf. Der lockenköpfige Verkäufer sah den Kunden im zerknitterten, zerrissenen Anzug mit einer Mischung aus Abscheu und Mitleid an. Wie das Opfer einer Naturkatastrophe, dessen Schicksal man bedauert, mit dessen Nöten man aber nicht wirklich etwas zu tun haben möchte.

Gerber setzte sein strahlendstes Zahnpastalächeln auf. «Einmal komplett, bitte. Und ja, ich kann bezahlen.»

Zwei Stunden und drei Geschäfte später fühlte er sich gerüstet für die nächsten Tage voller Hitze, Verfolgungen im Wald und nicht ganz freiwilliger Bäder im Rhein. Und für die Nächte mit Eva – er hatte gleich drei neue Pyjamas gekauft. Zufrieden betrat er seine Pension, duschte und rasierte sich und zog frische Kleidung an.

Anschließend fuhr er zur Villa Selve, ging aber nicht in sein

Büro. Er schaute nur kurz bei Kriminalobersekretär Müller vorbei.

«Gibt es wichtige Anrufe oder Neuigkeiten, Herr Müller?»

Gerber beteiligte sich nicht an der Fräulein-Müller-Nummer, und der junge Polizist schien ihm dafür dankbar zu sein.

«Nein, nichts von Belang, Herr Kriminalhauptkommissar.»

«Ist der Kollege Sattler im Haus?»

«Ja, schon seit einer Stunde.»

«Ich muss gleich wieder weg. Richten Sie ihm von mir aus, dass ich ihn am Nachmittag sprechen möchte.»

Auf Müllers eben noch fröhliches Gesicht fiel ein Schatten. «Aber heute ist Samstag.»

«Ja, und?»

Müller räusperte sich. «Am Samstagnachmittag geht er immer in den Box-Club.»

«Heute nicht», sagte Gerber mit Nachdruck. «Er wird sich hier zu meiner Verfügung halten. Das ist eine Anweisung.»

«Ja, selbstverständlich, Herr Hauptkommissar.»

Müller war nicht erbaut darüber, sich Sattlers Zorn zuzuziehen, aber da musste er durch.

--

Eva saß vor einem grauen Koloss von Schreibmaschine und ließ ihre schlanken Finger mit der Virtuosität einer Pianistin über die Tasten fliegen. Es bereitete Gerber Freude, ihr dabei zuzusehen, und so blieb er einfach in der offenen Tür zu ihrem Büro stehen. Hin und wieder blickte sie kurz auf einen Zettel mit Notizen, ohne im Schreiben innezuhalten. Sie war so in ihre Arbeit vertieft, dass sie ihn erst bemerkte, als sie ein neues Blatt Papier einspannte.

«Wie lange stehst du schon da?»

«Nicht lange. Zwei, drei Minuten.»

«Und warum?»

«Ich bewundere dich.»

«Weswegen?»

«Für deine Hingabe an die Arbeit, meine ich. Was schreibst du gerade?»

«Einen Kommentar mit dem Titel *Die Gefahr der vollen Teller.*»

«Wo ist da die Gefahr?», fragte Gerber mit ehrlichem Interesse.

«Es geht um die recht erfolgreiche Wirtschaftspolitik der Regierung Adenauer.»

«Immerhin, das gestehst du also ein.»

Eva setzte eine säuerliche Miene auf. «Volle Bäuche machen träge und wiegen die Leute in falscher Sicherheit. Viele sind für Adenauer, weil sie einen Arbeitsplatz und genug auf dem Teller haben. Das macht sie blind für die Gefahren seiner Außenpolitik. Was nützt den Westdeutschen der wirtschaftliche Aufschwung, wenn die starke Anlehnung an den Westen die Sowjets provoziert und sie einmarschieren?»

«Stimmt. Dann geht es den Menschen hier genauso schlecht wie denen in der Ostzone.»

«Ich glaube, du nimmst mich nicht ernst.»

«Zumindest denke ich nicht, dass sich ein voller Bauch und freie politische Willensbildung ausschließen. Aber das können wir ja gleich ausprobieren. Ich lade dich zum Mittagessen ein.»

«Ich bin mit meinem Text noch nicht fertig.»

«Wie lange brauchst du?»

«Zehn Minuten.»

«Gut. Ich warte unten im Wagen auf dich.»

«Du meinst, in *meinem* Wagen?»

«Ganz recht. Ist das nicht gelebter Kommunismus?»

--

Gerber wartete vor einem Laden für «Kaffee, Tee und Genusswaren», wie das Schild über dem Eingang verkündete. Das Schaufenster war mit Kaffeepackungen bestückt, und darüber prangte ein Plakat mit dem in großen, fetten Buchstaben gehaltenen Hinweis: «KAFFEESTEUER GESENKT! AB MONTAG KOSTET DAS PFUND KAFFEE 6 BIS 7 DM WENIGER! NICHT VERSÄUMEN! AB MONTAG KAFFEE KAUFEN!»

«Ein geschickter Schachzug von Herrn Adenauer», sagte Eva mit leichtem Spott, als sie neben Gerber trat. «So kurz vor der Wahl die Kaffeesteuer zu senken, das macht sich gut bei den Wählern.»

«Solange es keine Teetrinker sind», erwiderte er und küsste sie auf die Wange. «Ich glaube, der Kanzler kann dir gar nichts recht machen.»

«Das will ich nicht sagen. Wenn er seinen Rücktritt verkünden würde, dann würde selbst ich ihm zujubeln.»

«Bestimmt nicht, Eva. Du würdest es für eine Finte halten, mit der Adenauer das Volk dazu bringen will, ihn zum Verbleib im Amt aufzufordern.»

Sie erwiderte seinen Kuss. «Dafür, dass wir uns erst seit so kurzer Zeit kennen, kennst du mich schon recht gut.»

Er dachte an seine Begegnung mit Adenauer in dem Weinkeller in Rhöndorf. In seinen Augen fuhr «der Alte», wie man ihn vertrauens- und respektvoll nannte, mit seiner Anlehnung an die Westalliierten einen guten Kurs für die Bundesrepublik.

Aber er beschloss, dass er Eva besser nichts von jenem schicksalsträchtigen Freitag im März 1945 erzählte. Mitverantwortlich dafür zu sein, dass Adenauer in Deutschland an die Macht gekommen war, konnte ihm bei ihr kaum Pluspunkte einbringen.

Sie stiegen in den Ford Taunus, und Gerber lenkte den Wagen nordwärts, bis er nach rechts auf die Rheinbrücke abbog. An der Dampfer-Anlegestelle drängte sich eine wahre Menschentraube vor den weißen Ausflugsschiffen zusammen. Eine Fahrt auf dem Rhein versprach ein wenig Abkühlung, angesichts der Mittagshitze jedem hochwillkommen, und ein Anflug von Neid auf die Ausflügler überfiel Gerber.

Eva richtete ihren Blick wieder nach vorn, zu den Häusern am anderen Ende der Brücke.

«Wir essen in Beuel zu Mittag?»

«Lass dich überraschen», antwortete Gerber nur.

«In mir steigt eine Ahnung auf», sagte Eva mit jenem Anflug eines Lächelns in den Mundwinkeln, das Gerber so an ihr mochte. «Ich ahne, dass dieser Ausflug alles andere als privater Natur ist.»

«Sagen wir, nicht nur. Genießen sollten wir ihn trotzdem.»

Der Ford kämpfte sich immer weiter die bewaldeten Anhöhen jenseits von Beuel hinauf, und die wild-romantische Landschaft hätte Gerber fast den Anlass dieser Unternehmung vergessen lassen. Nach einer scharfen Kurve lenkte er den Wagen an den Straßenrand und schaltete den Motor aus.

«Da sind wir», sagte er in einem Tonfall, als habe er Eva zu einer Sehenswürdigkeit sondergleichen geführt.

Sie stiegen aus dem Wagen aus. Gerber entzündete zwei Zigaretten, reichte Eva eine und beobachtete, wie sie sich in alle Richtungen umschaute. Schweigend nahm sie alles in sich auf, während sie hin und wieder einen dünnen Rauchkringel in den Wind blies.

«Hier also hat es Buchmann erwischt», sagte sie schließlich.

Mit einem knappen Nicken wies Gerber auf die andere Straßenseite. «Vermutlich hat sich der Mörder zwischen den Felsen da versteckt. Ich hätte es jedenfalls so gemacht. Gute Tarnung und zugleich ein hervorragendes Sicht- und Schussfeld. Buchmann fuhr in Richtung Bonn, musste also vor der Kurve abbremsen. Das genügte dem Attentäter für einen gezielten Schuss.»

«Auch wenn Buchmann vor der Kurve bremsen musste, so etwas bekommt nur ein ausgebildeter Scharfschütze hin.»

«Ganz meine Meinung.»

«So einer wie du, Philipp», fügte Eva in einem leicht süffisanten Ton hinzu.

«Woher willst du das wissen?»

«Man bekämpft Feuer am besten mit Feuer, oder? Also haben die Amis einen Mann geschickt, der in solchen Dingen erfahren ist, Captain Gerber.»

«Hauptkommissar», korrigierte er. «Jedenfalls seit drei Tagen.»

«Was wirst du eigentlich sein, wenn dieser Fall abgeschlossen ist?»

Er zuckte mit den Schultern. «Vielleicht tot.»

Ein Schatten legte sich über ihr Gesicht, und sie sah ihn vorwurfsvoll an. «Mit so etwas solltest du nicht scherzen, Philipp! Mein Großvater hat immer gesagt: Den Teufel darf man nicht rufen, er kommt von ganz allein.»

«Na, dann ist's doch egal», sagte Gerber leise. Er drehte sich langsam um seine Achse und ließ die beeindruckende Umgebung auf sich wirken. «Ich gehe jedenfalls davon aus, dass Buchmann den Teufel gerufen hat.»

«Ich auch.» Eva blickte konzentriert den Abhang hinunter, als würde sich in diesem Moment vor ihren Augen das Drama um Buchmanns Tod abspielen. «Er war an etwas dran, das den Teufel, der ihm hier aufgelauert hat, auf den Plan rief.»

«Er war wohl auf dem Weg nach Bonn, aber woher ist er gekommen?» Gerber blickte die Landstraße entlang, bis die asphaltierte Fahrbahn im Schatten von Eichen und Hainbuchen verschwand. «Fahren wir weiter.»

--

«Zur schönen Aussicht», las Eva laut das Schild vor. Das Ausflugslokal lag keine fünfzehn Minuten vom Anschlagsort entfernt.

Gerber trat auf die Bremse und lenkte den Ford auf den von wuchtigen Eichen beschatteten Parkplatz.

«Wie wäre es mit Mittagessen?»

Er parkte den Ford neben einem DKW. Sie bekamen den letzten freien Tisch auf der Terrasse unter einer knallgelben Sinalco-Markise.

Eine rotblonde Kellnerin mit Sommersprossen nahm ihre Bestellung auf. «Für den Herrn also den Hackbraten mit Rahmchampignons, Gemüse und Salzkartoffeln und für die Dame den Sauerbraten in Mandel-Rosinen-Soße mit Klößen und Apfelmus, sehr wohl. Dazu zweimal Sinalco mit Eis.»

Als sie mit den Getränken zurückkam, zog Gerber ein kleines Foto aus einer Tasche seines Jacketts und legte es auf den Tisch. Es war eine Kopie des Fotos aus Heinz Buchmanns Personalakte. «Eine Frage, Fräulein. Kennen Sie diesen Herrn?»

Irritiert blickte sie auf das Foto, und das berufsmäßige

Lächeln verschwand aus ihrem Gesicht. «Nein. Sollte ich ihn kennen?»

«Er könnte hier hin und wieder zu Gast gewesen sein», erläuterte Gerber freundlich.

Die Kellnerin zeigte auf die gut besuchte Terrasse. «Sie sehen ja, wie viel hier los ist. Da kann ich mir unmöglich jeden einzelnen Gast merken.»

«Den vielleicht schon. Er ist doch ein sehr markanter, gut aussehender Mann.» Er vermied es, von Buchmann in der Vergangenheitsform zu sprechen, weil er nicht mehr Staub aufwirbeln wollte als unbedingt nötig.

«Tut mir leid, da kann ich Ihnen nicht weiterhelfen.»

«Er fährt einen Porsche Cabrio, schwarz.»

Die Bedienung zögerte kurz, schüttelte dann aber heftig den Kopf, nahm ihr Tablett auf und verschwand im Lokal. Gerber war aufgefallen, dass sie, während er sie befragte, mehrmals zu einer dunkelhaarigen Kollegin hinübergeschaut hatte, die auf der anderen Seite der Terrasse bediente. Vom Typ her erinnerte sie Gerber an Marianne Schindler.

«Ich glaube, wir sitzen am falschen Tisch», schaltete Eva schnell. «Ich fühle ihr mal auf den Zahn, von Frau zu Frau.»

Eva griff nach dem Foto und ging zu der Kellnerin. Zufrieden lehnte sich Gerber auf seinem Stuhl zurück und nahm einen großen Schluck von der angenehm kühlen Sinalco.

Ein roter Mercedes-Reisebus mit der Aufschrift eines Godesberger Hotels rollte auf den Parkplatz und spuckte eine bunt gemischte Gruppe aus. Hotelgäste auf einem Tagesausflug, wie er vermutete. Offenbar hatte man erwartet, auf der Terrasse essen zu können, und als die sommersprossige Kellnerin die Leute in den Speisesaal des Lokals verwies, wurde es etwas lauter.

Als der Aufruhr sich gelegt hatte, kehrte Eva auch schon an den Tisch zurück. Sie wirkte zufrieden. Im Speisesaal hatte jemand die Jukebox gefüttert, und Lale Andersens markante Stimme drang bis nach draußen. *Grüß mir das Meer und den Wind.*

«Was hat die Kellnerin erzählt?»

«Erika hat sich dreimal mit Buchmann getroffen. Wozu, das muss ich wohl nicht weiter ausführen.»

«Ich kann es mir denken. Sie passt in Buchmanns Beuteschema. Konnte sie dir mehr über das verraten, was Buchmann im Siebengebirge wollte?»

«Leider nicht», seufzte Eva und trank von ihrer Sinalco. «Bis sie von seinem Tod in der Zeitung las, wusste sie nicht einmal, dass er ein Polizist war.»

Das Essen kam, und beide aßen mit großem Appetit.

Dann entschuldigte Gerber sich und ging zu einem Kiosk neben der Terrasse, wo man Andenken kaufen konnte. Kurz darauf kam er mit einer Karte zurück, die er auf dem Tisch ausbreitete. Mit einem dicken Kugelschreiberstrich zeichnete er die Straße nach, auf der sie hergekommen waren. «Vielleicht liegt die Lösung des Rätsels irgendwo an dieser Straße. Vielleicht ist Buchmann zu einer dieser Ortschaften gefahren. Es gibt ja sonst nichts in der Gegend. Aber was könnte ihn hergeführt haben?»

«Da muss ich wohl ganz tief ins Archiv abtauchen», sagte Eva ohne große Begeisterung. «Auf der Suche nach einer Zeitungsmeldung aus dieser Gegend, die uns weiterbringt.»

«Eine hervorragende Idee!»

«Wenn du sie so gut findest, kannst du mir ja dabei helfen, Philipp.»

«Oh, wie gern würde ich das.» Er setzte ein entwaffnendes

Lächeln auf. «Euer gemütliches Archiv und der Kaffee von Frau Rüsch, da könnte ich glatt den ganzen Sonntag verbringen. Leider habe ich morgen einen auswärtigen Termin.»

«Na, dann fahren wir doch gleich zurück und fangen mit der Recherche an.»

«Abgemacht, ich setze dich vor der Redaktion ab.»

«Aha. Und was machst du?»

«Ich habe noch eine Verabredung», sagte Gerber und dachte an Erwin Sattler.

// KAPITEL 16 //

Eva war verstimmt, als sie vor der Redaktion aus dem Wagen stieg.

«Dann bis später», rief Gerber ihr nach und winkte. Er konnte sie verstehen. Weder hatte er ihr Einzelheiten über seinen «auswärtigen Termin» noch über seine Verabredung an diesem Nachmittag mitteilen wollen. Er hatte ihr nicht einmal gesagt, mit wem er sich treffen wollte. Sosehr er Eva auch mochte, er musste vorsichtig sein. Vieles, was mit Buchmanns Tod zusammenhing, lag für ihn noch im Dunkeln.

Bei der Villa Selve bot sich ihm ein fast idyllisches Bild. Die Kollegen Senft und Liepelt, beide mit nacktem Oberkörper, wuschen vor der Garage eine schwarze Mercedes-Limousine. Der dritte Mann, vollständig angezogen und mit in den Hosentaschen versenkten Händen, war Erwin Sattler.

Gerber hupte kurz und rief durchs offene Seitenfenster: «Herr Sattler, wie schön. Haben Sie Zeit für einen kleinen Ausflug?»

Sattler verabschiedete sich von den beiden anderen und trat zu dem Ford Taunus. Der Wagen schaukelte, als der Oberkommissar seinen schweren Körper auf den Beifahrersitz sinken ließ. Sein Bulldoggengesicht wirkte so unfreundlich, als wolle er Gerber jeden Augenblick beißen. «Eigentlich wollte ich heute zum Boxen in den Club.»

Gerber wendete den Ford und fuhr zurück auf die Straße. «Ich weiß. Müller hat es mir erzählt.»

«Und Sie konnten mich nicht ein andermal treffen?»

«Die Sache ist wichtig.»

«Da bin ich aber gespannt.»

Gerber fuhr Richtung Norden. Als er den Wagen nicht nach rechts auf die Rheinbrücke lenkte, begann Sattler, unruhig hin und her zu rutschen.

«Wohin wollen Sie?», kam es knurrig über seine kaum geöffneten Lippen.

«Nur Geduld, Herr Sattler. Es dauert nicht mehr lange.»

Gerber bog zum Hafen ab und parkte am Straßenrand. Unwillig trottete Sattler hinter ihm her auf das Hafengelände. Zwei einsame Männer mit Schutzhelmen hockten auf einem Bretterstapel und rauchten.

«Haben Sie Feierabend?», fragte Gerber und blieb vor ihnen stehen.

«Ja, klar», sagte einer der beiden und zog an seiner Zigarette.

«Dann ab nach Hause!»

Der andere Arbeiter, ebenso robust gebaut wie sein Kollege, kicherte. «Was seid ihr denn für Vögel?»

Gerber hielt den beiden seine Dienstmarke unter die Nase. «Polizei. Das hier ist ein Tatort, und den verlasst ihr augenblicklich. Verstanden?»

Mit leisem Murren machten sich die Arbeiter davon.

«Was denn für ein Tatort?», fragte Sattler, als er und Gerber allein waren.

«Körperverletzung», sagte Gerber im Tonfall einer Selbstverständlichkeit.

«Wer wurde verletzt?»

«Sie.»

Im selben Moment explodierte Gerbers Faust in Sattlers Gesicht. Sattler taumelte ein paar Schritte nach hinten, hielt sich aber auf den Beinen. Ein Blutfaden rann aus seiner Nase und über seine Lippen. Seine Züge drückten Schmerz aus, noch mehr aber Überraschung.

«Willkommen zum Boxen, ganz wie gewünscht», sagte Gerber gallig und setzte ihm mit zwei schnellen Schritten nach. In schneller Folge schickte er erst die Linke und dann die Rechte gegen Sattlers Kopf, und der kräftige Polizist sackte zu Boden. Rücklings lag er vor Gerber und starrte ihn fassungslos an.

«Warum?», keuchte er und griff mit einer Hand in sein schmerzendes Gesicht. Er drehte den Kopf zur Seite und spuckte etwas Blut auf den Boden. Als er seinen Blick wieder auf Gerber richtete, schien er die Überraschung überwunden zu haben. Wut und Aggression sprachen aus seinen Augen.

«Habe ich Sie in Ihrer Boxerehre gekränkt, Sattler? Gut, stehen Sie auf und zeigen Sie, was Sie draufhaben!»

Bewusst hatte Gerber eine Portion Spott in seine Stimme gelegt und sah jetzt zu, wie der andere sich schwankend erhob. Sattlers Krawatte war verrutscht, sein Hemdkragen blutbefleckt. Langsam hob er die Fäuste und kam vorsichtig auf Gerber zu. Plötzlich bewegte sich der Koloss mit ungewohnter Schnelligkeit und schoss eine rechte Gerade auf Gerbers Kinn ab.

Sattler mochte schneller sein, als er aussah, aber Gerber war noch schneller. Er wich nach links aus und startete augenblicklich einen Gegenangriff. Wieder landeten seine Fäuste am Kopf des anderen, an seinem Kiefer und seiner Schläfe. Abermals ging Sattler zu Boden.

«Ich denke, das reicht.» Gerber trat auf ihn zu und hielt ihm seine Camel-Packung hin. Der angeschlagene Oberkommissar setzte sich auf den Hosenboden, fischte zögernd eine Zigarette hervor und suchte in seinen Taschen nach einer Packung Zündhölzer. Bevor er die geöffnet hatte, bot Gerber ihm bereits Feuer an. Sattler zog gierig den Rauch ein, und auch Gerber steckte sich eine Camel an. Da erst fiel Sattlers Blick auf das Feuerzeug in Gerbers Hand.

«Haben Sie es vermisst?» Gerber hielt das vergoldete Dupont-Feuerzeug mit den Initialen «ES» ins Sonnenlicht.

«Woher …»

«Sie haben es wohl gestern Abend verloren. Der klobige Kerl mit der Waffe kam mir gleich seltsam vertraut vor.» Gerber zog an der Camel und ließ seinen Blick über den von Ausflugsdampfern und Frachtkähnen wimmelnden Rhein schweifen. «Gehören Ihre Begleiter von gestern auch zur Truppe?»

«Ich mag vieles sein, aber ich bin kein Verräter.»

«Ich frage Sie ja auch nicht nach Namen, Sattler. Ehrlich gesagt, ich möchte die Namen gar nicht wissen. Das würde mir die Unbefangenheit den Kollegen gegenüber nehmen, wissen Sie.»

«Sie sind ein komischer Heiliger. Ja, es waren alles unsere Jungs.»

«Wozu der ganze Spuk?»

«Es hat uns nicht gefallen, was für Gerüchte Sie über Heinz Buchmann in Umlauf bringen. Er war ein guter Kollege, einer der besten. Nach seinem Tod mit Schmutz beworfen zu werden, das hat er nicht verdient!»

«Wenn er keinen Dreck am Stecken hat, werden meine Ermittlungen das auch ergeben. Falls aber doch, dann sollten Sie und alle Kollegen mich unterstützen. Denn seinen Mörder wollen wir doch alle finden – oder nicht?»

Sattler blickte ihn nachdenklich an. «Arbeiten Sie wirklich für das BKA? Oder für die Amerikaner?»

«Für die Amerikaner? Wie kommen Sie darauf?»

Der Oberkommissar, der noch immer auf dem Boden saß, brach in ein trockenes Lachen aus. «Das pfeifen die Spatzen doch von den Dächern. Wenn einer so schnell einen deutschen Pass und den Dienstrang eines Hauptkommissars erhält, kann das nur von ganz oben kommen.»

«Von der Regierung, meinen Sie.»

«Ja, aber nicht von unserer. Der Alte tut doch alles, was der Ami ihm sagt, nur damit Uncle Sam seine schützende Hand über uns hält.»

«Finden Sie das verkehrt?»

«Nein, gar nicht.» Sattler betrachtete die Zigarette in seiner Hand. «Lieber Camel als Kreml, lieber Lucky Strike als Lenin.»

«Dann sind wir uns zumindest in einem Punkt einig.» Gerber drehte das Feuerzeug hin und her. «Dupont beliefert Könige und Maharadschas. Wie kommen Sie daran?»

«Es ist das Geschenk einer Dame.»

«Diese Dame muss Sie sehr gern haben.»

«Sie *hatte* mich gern, und das beruhte auf Gegenseitigkeit.» Sattler schaute über den Fluss. «1940 war meine Division in Suippes stationiert, und Nicolette war eine richtige Comtesse. Etwas älter als ich, ihr Mann war in den ersten Kriegstagen gefallen. Aber sie hasste die Deutschen deshalb nicht, es war keine Liebesheirat gewesen. Das Feuerzeug ließ sie eigens für mich anfertigen. Ich habe nicht mal ein Foto von ihr, es ist die einzige Erinnerung.»

«Kein Wiedersehen nach dem Krieg?»

«Sie hat ihn nicht überlebt. Die Leute aus Suippes haben sie totgeschlagen, weil sie sich mit mir, einem SS-Mann, eingelassen hat.»

Gerber hielt das Feuerzeug hoch. «Sie müssen sehr daran hängen.»

«Ja. Ich dachte schon, ich hätte es verloren.»

«Haben Sie auch», sagte Gerber.

Eine schnelle Bewegung seines rechten Arms, ein Platschen im Wasser, und Sattler starrte ungläubig auf Gerbers leere Hand.

«Warum haben Sie das getan?»

«Strafe muss sein. Oder hätten Sie lieber eine Anzeige und ein Disziplinarverfahren am Hals gehabt?» Er trat auf den anderen zu und reichte ihm die Hand. «Stehen Sie auf, Kollege Sattler.»

Sattler ließ sich von Gerber aufhelfen und starrte dabei perplex auf den Fluss. Leise sagte er: «Das hätte nicht sein müssen.»

«Genau wie Ihre Aktion gestern. Hat mich vielleicht einen guten Anzug gekostet. Das werde ich sehen, wenn er aus der Reinigung kommt.»

«Die Reinigung oder den neuen Anzug übernehme ich.»

«Akzeptiert. Und jetzt sagen Sie mir die Wahrheit. Hat die Sicherungsgruppe geholfen, Unterlagen über den Bund Deutscher Jugend und den Technischen Dienst verschwinden zu lassen?»

Sattler schwieg eine kleine Ewigkeit und zertrat den Stummel seiner Zigarette. «Wir hatten entsprechende Unterlagen. Heinz hatte sie alle in den Händen, und seitdem hat sie niemand mehr gesehen. Als ich ihn darauf angesprochen habe, sagte er nur, das sei für die Amis.»

«Womit hat er sich in den letzten Tagen vor seinem Tod beschäftigt?»

«Das weiß ich wirklich nicht.»

«Wollen Sie mir helfen, es herauszufinden?»

Er hielt Sattler die ausgestreckte Rechte hin, und Sattler schlug ein.

«Ich bringe auch die Kollegen auf Linie», versprach der Oberkommissar.

«Gut.» Gerber bot ihm eine weitere Camel an. Als Sattler erneut nach seinen Zündhölzern suchte, sagte Gerber: «Nehmen Sie das.»

Ungläubig blickte Sattler auf das vergoldete Dupont-Feuerzeug in Gerbers Hand. «Aber …»

«War nur ein Stein. Hoffentlich sehen Sie mir den kleinen Taschenspielertrick nach. Nach der Nummer von gestern Abend hatten Sie es nicht anders verdient.»

Andächtig nahm der Oberkommissar das Feuerzeug aus Gerbers Hand und flüsterte den Namen seiner einstigen Geliebten.

«Kehren wir zurück zur Villa Selve», schlug Gerber vor.

Sie gingen zum Ford, und Sattler betrachtete sein zerschundenes Gesicht im Rückspiegel. «Ich sehe grauenhaft aus. Was erzähle ich nur den Kollegen?»

Gerber ließ den Wagen an. «Na, dass wir zum Boxen gefahren sind.»

// KAPITEL 17 //

Sonntag, 23. August 1953

Vierzehn Tage bis zur Wahl

Die Landschaft entlang der Autobahn, die sich über die Anhöhen und durch die Täler des Westerwalds schlängelte, wirkte ausgebleicht, teilweise fast braun. Der heiße Sommer hatte seine Spuren hinterlassen. Trotzdem genoss Gerber die Fahrt nach Frankfurt. Entspannt ließ er sich in das Sitzpolster sinken, und seine Gedanken wanderten zurück zum gestrigen Tag.

Die Aktion am Hafen hatte hoffentlich dazu geführt, dass Erwin Sattler jetzt an seiner Seite stand. Und mit ihm die anderen Kollegen. Letztlich musste er darauf vertrauen, dass Sattler es ehrlich mit ihm meinte.

Seine zuverlässigste Verbündete schien Eva Herden zu sein. Eine Kommunistin, ausgerechnet. Auf der einen Seite Sattler, der ehemalige Waffen-SS-Mann, auf der anderen die Star-Journalistin eines kommunistischen Propagandablattes, und in der Mitte er selbst, der Deutschamerikaner. Ein wirklich seltsames Gespann.

Eva und ihn verbanden gemeinsame Interessen, und mittlerweile hatte er auch starke Gefühle für sie. Ging es ihr genauso? Oder war sie einfach nur eine begnadete Schauspielerin? Hatte sie ein Netz aufgespannt, in dem er sich verfangen hatte?

Nach einer leidenschaftlichen Nacht und einem gemeinsamen Frühstück in Evas Wohnung hatte er sie zur Redaktion gefahren, wo sie den Sonntag zur Recherche nutzen wollte. Nicht ganz glücklich damit, dass Gerber sie über das Ziel seines Ausflugs im Unklaren ließ, hatte sie ihn trotzdem zum Abschied geküsst. Der Gedanke daran, wie Colonel Anderson es aufgenommen hätte, wäre er bei ihm in Begleitung einer eingefleischten Kommunistin erschienen, erheiterte ihn.

Auf halber Strecke, bei Montabaur, ließ er den Ford volltanken und vom halbwüchsigen Sohn des Tankwarts waschen, während er eine kalte Pepsi trank und aus der Ferne das barocke Schloss bewunderte, das zwischen den Dächern der kleinen Stadt emporragte. Gerber konnte keine Kriegsschäden an dem Bauwerk ausmachen, das im Licht des Vormittags wie eine gemalte Szenerie wirkte. Ein Teil des alten Deutschlands, in dem er aufgewachsen war und das dem Krieg getrotzt oder ihn sogar ignoriert hatte. Aber er konnte das Vergangene nicht ignorieren, und je länger er das Schloss betrachtete, desto unwirklicher erschien es ihm. Ein Potemkin'sches Dorf, ein Land vortäuschend, das es so nicht mehr gab. Seine Einwohner hatten es untergehen lassen in einem Inferno aus Stahl und Blut, aus dem Rasseln von Panzerketten und dem Geheul von Stuka-Sirenen, aus Hakenkreuzfahnen und «Heil Hitler!»-Rufen. Sie konnten die Uhr nicht zurückdrehen auf die Zeit vor 1933, indem sie einfach die Kriegsschäden beseitigten und das, was heil geblieben war, fröhlich herausputzten. Die grässlichen Wunden, die sie Millionen von Menschen innerhalb und außerhalb ihrer Grenzen zugefügt hatten, verheilten nur langsam, und vor den Deutschen lag noch ein langer Weg.

Den Rest der Fahrt legte er mit einem Gefühl wachsender Anspannung zurück, das er sich nicht recht erklären konnte. Vielleicht war es einfach nur die Neugier auf das, was er von

Anderson zu erfahren hoffte. Er war rechtzeitig genug in Frankfurt, um vor dem Treffen mit dem Colonel seiner Wohnung einen Besuch abzustatten und nach der Post zu sehen. Es war nichts Wichtiges darunter, vor allem keine Nachricht von June. Und darüber war er erleichtert.

Hiram C. Anderson bewohnte eine hübsche, kleine Gründerzeitvilla mit Ausblick auf eine hübsche, kleine Grünanlage am Mozartplatz. Gerber parkte direkt vor dem Eingang, fast Stoßstange an Stoßstange mit dem Dienstwagen des Colonels, einem wuchtigen Pontiac im Olivgrün der Armee. Das Haus hatte einem Wehrmachtsgeneral gehört, der aus den Weiten Russlands nicht zurückgekehrt war. Als Gerber über die peinlich sauberen Basaltplatten zum Vordereingang ging, stach ihm das satte Grün des Rasens ins Auge. Der Hausherr trotzte den hohen Temperaturen und sparte bei der Rasenpflege nicht an Wasser. Nach einem kurzen Druck auf den Klingelknopf erklangen die ersten Takte der *Battle Hymn of the Republic*, und Kyle Brodie öffnete die Tür. Der vierschrötige Mann in der tadellos sitzenden Uniform eines Staff Sergeants war Andersons Offiziersbursche, Chauffeur, Koch, Butler, Gärtner oder Leibwächter, je nachdem, was gerade benötigt wurde. Außerdem war er ein begnadeter Posaunist und trat mit einer Jazz-Combo in einem der vielen Clubs auf, die Frankfurt der Anwesenheit der amerikanischen Streitkräfte verdankte.

«Captain Gerber, Sir, treten Sie ein. Der Colonel erwartet Sie schon.»

Während Gerber dankbar die angenehm temperierte Eingangshalle betrat, dachte er einmal mehr darüber nach, wie sehr Kyle Brodie ihn irritierte. Fast unvorstellbar, dass der überaus korrekte Sergeant mit dem streng gescheitelten Kurzhaarschnitt und der leidenschaftliche Musiker ein und dieselbe

Person waren. Aber Gerber wusste es besser, hatte er Brodie und seine Combo doch schon leibhaftig bei einem Auftritt im Fun Spot am Börsenplatz erlebt.

In der Bibliothek stand der Colonel vor einem Gemälde, das General George Washingtons berühmte Überquerung des vereisten Flusses Delaware in der Nacht auf den 26. Dezember 1776 zeigte. Er kam seinem Besucher mit strahlendem Lächeln entgegen.

«Phil, mein Junge, schön, dich zu sehen!» Mit beiden Händen umfasste er seine Rechte und schüttelte sie so heftig, als läge nicht nur eine Woche zwischen ihrer letzten Begegnung, sondern ein ganzes Jahr. «Ich bin gespannt auf das, was du aus Bonn zu berichten hast. Aber sag mir vorher, hast du etwas von June gehört?»

Gerber setzte eine bedauernde Miene auf und kam sich dabei schlecht vor. «Nein, Sir, und Sie?»

«Nur ein kurzer Anruf, dass sie gut in den Staaten angekommen ist. Von dir hat sie dabei nicht gesprochen.»

«War wohl nicht anders zu erwarten.» Gerber fügte seinen Worten einen bedeutungsschwangeren Seufzer hinzu. Er fühlte sich wie ein Schmierenkomödiant in einer billigen Boulevardkomödie. Aber er war nicht nach Frankfurt gefahren, um über sein Liebesleben zu sprechen.

Anderson schlug ihm ermunternd auf die Schulter. «Das mit June wird sich schon wieder einrenken, wenn ihr Zorn verraucht ist. Ich werde bei ihr ein gutes Wort für dich einlegen. Schließlich bin ich nicht ganz unschuldig daran, dass aus dir, wenigstens vorübergehend, ein deutscher Kriminalbeamter geworden ist und kein amerikanischer Rechtsgelehrter.»

«Womit wir beim Anlass meines Besuches wären», sagte Gerber rasch, um vom Thema June wegzukommen.

In diesem Augenblick trat Sergeant Brodie ein. «Sir, ein dringender Anruf von General Swift.»

«Am Sonntagmittag?»

Brodies Antwort bestand aus einem ahnungslosen Schulterzucken. «Ich habe mir erlaubt, das Gespräch auf den Apparat hier zu legen.»

«Okay», seufzte Anderson. «Führen Sie Captain Gerber in den Salon.»

Der Salon war von der Bibliothek durch eine schwere Schiebetür getrennt, die zur Hälfte geöffnet war. Während Gerber dem Sergeant in den Salon folgte, ging Anderson zu einem kleinen Tisch, auf dessen Marmorplatte ein Telefon stand.

Ira P. Swift war der kommandierende General des V. US-Corps, wegen seiner militärischen Erfolge auch «Victory Corps» genannt, das von Frankfurt aus für die Verteidigung Westdeutschlands gegen eine sowjetische Invasion zuständig war. Wenn er am Sonntag anrief, musste die Angelegenheit einigermaßen dringend sein.

An den geräumigen Salon schloss sich eine Terrasse an. Ein großer Ventilator, der unter der Decke träge vor sich hin brummte, sorgte für ein erträgliches Klima. Der große Tisch in der Mitte des Raums war schon vorbereitet, und Gerber bemerkte, dass es eher ein ausführlicher Brunch als ein kleiner Lunch werden würde.

«Nehmen Sie doch schon Platz, Sir», sagte der Sergeant. «Da vorn liegen die aktuellen Zeitungen. Ich bringe Ihnen gleich Kaffee und Orangensaft.»

Gerber fischte die *Frankfurter Allgemeine* aus dem Zeitungsstapel und blätterte sie durch, ohne sich auf einen Artikel konzentrieren zu können. Die Verbindungstür zur Bibliothek stand weiterhin ein Stück weit offen, und Andersons Stimme klang besorgt. «Ich habe eine Ausfertigung der Pläne hier», hörte er Anderson sagen. «Einen Augenblick, Sir, ich hole sie aus dem Safe.»

Kurz sah Gerber durch den Türspalt den Colonel, bevor er auch schon wieder aus seinem Blickfeld verschwand. Trotzdem wusste Gerber von früheren Besuchen in Andersons Villa, dass sein Vorgesetzter jetzt vor der Wand mit dem George-Washington-Gemälde stand. So, wie er wusste, dass hinter dem Bild ein Safe in die Wand eingebaut war. Ein Royce-Wilson DS, um genau zu sein. Eins der Modelle, an denen Gerber ausgebildet worden war. Andächtig lauschte er dem leisen Klicken des Zahlenschlosses und sah vor seinem geistigen Auge jede Bewegung von Andersons Hand.

In dem Moment, als das Schloss mit einem satten «Klack» aufsprang, trat Sergeant Brodie in den Salon und servierte Gerber Kaffee. Sein Blick fiel auf die Schiebetür. Er schloss sie ganz, sodass Gerber nichts mehr von dem verstehen konnte, was Anderson am Telefon sagte.

Zwei Toasts und zehn Minuten später kam Anderson in den Salon und setzte sich zu Gerber an den Tisch. «Verdammte Russen! Manchmal wünsche ich mir wirklich, der Vormarsch der deutschen Wehrmacht wäre nicht kurz vor Moskau im Schlamm steckengeblieben.»

«Wollen wir unser Treffen lieber verschieben?»

Anderson hob die rechte Hand und winkte mit einer weit ausholenden Geste ab. «So dringend, wie General Swift es gemacht hat, ist es nicht. Die üblichen Truppenverschiebungen an der Zonengrenze, mit denen die Sowjets uns verunsichern wollen. Ganz ehrlich, bis zum sechsten September müssen wir uns über eine rote Invasion keine Gedanken machen.»

«Sie glauben, die Sowjets werden die Wahl abwarten?»

«Mit Sicherheit, Phil. Man kann den Kommis alles Mögliche vorwerfen, aber sie sind nicht dumm. Sollte Adenauer die Wahl im September verlieren, gewinnen sie politisch Oberwasser, und das werden sie ausnutzen wollen, um ihre Ziele auf dem Feld der Politik zu verwirklichen. Bevor sie die mit anderen Mitteln fortsetzen. Die Russen sind zwar aggressiv, aber sie haben auch einen gehörigen Respekt vor uns. Zumal die Unruhen vom siebzehnten Juni ihnen gezeigt haben, wie wacklig ihre Position in Ostdeutschland selbst ist. Außerdem: Würden sie Westdeutschland vor den Bundestagswahlen angreifen, wäre das die beste Wahlkampfhilfe, die Adenauer sich wünschen könnte.»

«Falls er dann noch ein Volk und ein Land zum Regieren hat.»

«Dafür zu sorgen, ist unsere Aufgabe», sagte der Colonel und nahm sich einen Toast.

«Beinhaltet das auch, die Nazis, die es noch oder wieder in Westdeutschland gibt, zu unterstützen?»

Ungerührt schluckte Anderson einen Bissen hinunter und fragte wie beiläufig: «Wie meinst du das, Phil?»

«Es geht um Buchmanns Ermordung und um das, womit er sich vor seinem Tod beschäftigt hat.» Gerber berichtete, was er über BDJ und TD in Erfahrung gebracht hatte. «Amerika hat diese Gruppen unterstützt und die Anführer vor strafrechtlicher Verfolgung durch die westdeutschen Behörden bewahrt, nicht wahr? Und Buchmann hat in Ihrem Auftrag alle diesbezüglichen Spuren aus den Akten der Sicherungsgruppe Bonn getilgt.»

Der Colonel trank einen Schluck Kaffee und lächelte ihn an, worüber Gerber ein gewisses Maß an Verunsicherung empfand. «Ich bin stolz auf dich, Junge, wirklich stolz. Du bist einer der Besten. Ich wusste schon, warum ich gerade dich nach Bonn geschickt habe. Und wie gesagt: Keine Sorge, das mit June werde ich schon geradebiegen.»

«Es geht jetzt nicht um June», sagte Gerber zögernd. Er benötigte ein paar Sekunden, um sich zu vergegenwärtigen, was Anderson ihm gerade mitgeteilt hatte. «Sie haben das alles gewusst, Sir, und mir nichts davon gesagt – warum nicht?»

«Du bist mein Versuchsballon, Phil. Was du rausfindest, könnten auch andere herausfinden. Das ist aber nicht so wichtig. Wichtiger ist: Hast du Beweise für unsere Verbindungen zum BDJ gefunden? Oder dafür, dass wir deren Anführer in Sicherheit gebracht haben?»

«Nein, bis jetzt nicht. Es sind nur Gerüchte.»

«Gut. Dann sorg dafür, dass es nur Gerüchte bleiben!»

«Ist das mein eigentlicher Auftrag? Die Spuren verwischen? Oder genauer: Dafür zu sorgen, dass sie verwischt bleiben?»

«Ja.» Anderson nahm sich von den Eiern Benedict. «Du besitzt die nötige Intelligenz, die Erfahrung und das Feingefühl für diese Aufgabe.»

«Warum vertuschen wir das Ganze vor der westdeutschen Bevölkerung, der wir doch helfen wollen?»

«Die Menschen würden nicht verstehen, dass wir die Nazis, die wir gestern noch bis aufs Blut bekämpft haben, heute für einen noch größeren Kampf als Verbündete brauchen. Gestern gejagt, heute gefragt.» Anderson lachte kehlig.

«Ich frage mich gerade, ob ich es verstehe», sagte Gerber mit einem gequälten Lächeln. «Was ist mit meinem ursprünglichen Auftrag, der Suche nach Buchmanns Mörder?»

«Damit machst du natürlich weiter. Aber der Schutz amerikanischer Interessen hat Vorrang. Du verstehst, was ich meine?»

Gerber nickte nur. Natürlich verstand er den Colonel. Im Zweifelsfall hatte er den Mörder zu schützen, statt ihn zu entlarven.

--

Gerber steuerte den Ford auf einen von Kiefern und Fichten beschatteten Rastplatz, auf dem sonst kein einziges Fahrzeug stand. Er ließ beide Türen weit offen, während er sich die Beine vertrat und rauchte. Was der Colonel ihm beim Essen gesagt hatte, hatte ihn tief verunsichert. Er war sein Vorgesetzter beim CIC, und als amerikanischer Soldat hatte Gerber ihm zu gehorchen. Aber offiziell war er jetzt Deutscher, ein Polizist der jungen Bundesrepublik. Durfte er da einen Mörder schützen, um amerikanische Interessen zu wahren? Oder diente es nicht auch westdeutschen Interessen, wenn Amerikas Verstrickung in die BDJ-Affäre nicht an die große Glocke gehängt wurde?

Gerber zerbrach sich den Kopf über diese Fragen, ohne zu einer Antwort zu gelangen, die ihn auch nur halbwegs befriedigte. Er konnte nicht einmal sagen, ob er sich mehr als Deutscher oder als Amerikaner fühlte. Als Amerika Krieg gegen Nazi-Deutschland geführt hatte, war es einfach gewesen. Keine Sekunde hatte er darüber nachdenken müssen, ob es richtig war, gegen das Land zu kämpfen, aus dem er stammte. Dem braunen Terror Einhalt zu gebieten, war schlichtweg eine Frage der Moral und des Gewissens gewesen. Aber jetzt waren die Fronten verwischt.

// KAPITEL 18 //

«War dein Ausflug nach Frankfurt erfolgreich?», fragte Eva mit engelgleichem Lächeln. «Hast du neue Anweisungen erhalten?»

Gerber hatte sie gleich bei seiner Rückkehr beim *Brennpunkt Bonn* aufgesucht und zu einem frühen Abendessen eingeladen. Sie saßen am Rheinufer unter der Schatten spendenden Markise eines Restaurants, vor sich ihre Getränke, und mochten auf Außenstehende wirken wie ein Liebespaar. Jetzt allerdings sah er sie nicht verliebt an, sondern erstaunt.

«Woher weißt du von Frankfurt?»

«Hör mal, sonst wäre ich wohl eine ziemlich lausige Journalistin. Sich den Kilometerstand einzuprägen, ist wirklich kein Zauberstück.»

«Schöne Frauen sollte man nie unterschätzen.» Gerber prostete Eva zu und trank einen Schluck von seinem kalten Bier.

«Der Spruch ist bestimmt nicht von Walt Whitman.»

«Nein, aus dem Kino. Clark Gable, Gary Cooper oder Spencer Tracy, ich weiß es nicht mehr.»

«Nettes Ablenkungsmanöver. Aber reden wir nicht übers Kino.» Auch Eva trank einen Schluck. «Wie war es jetzt in Frankfurt?»

«Überraschend», sagte er und berichtete so ausführlich über sein Gespräch mit Colonel Anderson, dass es ihr fast die Sprache verschlug.

Erst als die Kellnerin das Essen serviert hatte, fragte Eva

mit ungläubigem Blick: «Kann es sein, dass du mir gerade ein, zwei Dienstgeheimnisse verraten hast?»

«Ich vertrau dir und setze darauf, dass nichts davon in dein rotes Propagandablatt kommt, ohne dass ich es vorher abgesegnet habe.»

«Du kannst dich auf mich verlassen. Aber warum hast du es mir überhaupt erzählt?»

Gerber blickte die Promenade entlang und hinaus auf den Fluss. Die Menschen waren gelöster Stimmung, und von einem Ausflugsdampfer, der nahe am Ufer vorüberglitt, hörte man Akkordeonmusik. *Schütt die Sorgen in ein Gläschen Wein.* Vom Dampfer winkten ein paar Leute fröhlich herüber.

Gerber fühlte sich plötzlich in die Vergangenheit zurückversetzt, vor der braunen Brut und ihrem Terror-Regime. Er war noch jung, unternahm mit seiner Familie eine Ausflugsfahrt mit einem Rheindampfer, und das Nichtwissen um das, was kommen würde, ließ sie alle unbeschwert sein. Lore lachte ihn an.

«Philipp?» Die Frau mit den blonden Locken war nicht seine Schwester Lore. «Träumst du, Philipp?»

«Entschuldigung», sagte er zu Eva, und die Erinnerung an das unbeschwerte Damals verblasste. Er war wieder im Hier und Jetzt, ein Mann zwischen zwei Welten. War das möglich, dass in wenigen Tagen alles so ins Wanken geraten konnte? Oder waren die Zweifel schon länger in ihm gewesen?

«Ich habe dich gefragt, warum du mir das alles erzählt hast», sagte Eva.

«Weil wir ein Team sind. Wenn ich dir nicht vertrauen kann, wem dann? Eins ist mir heute klargeworden: Ich sitze zwischen allen Stühlen, und du bist die Einzige, die mir Halt gibt.»

Errötete sie bei seinen Worten? Er sah sie lange an und freute sich, als sie schließlich lächelte.

«Mit einer Liebeserklärung hatte ich nicht gerechnet, Philipp. Was soll ich jetzt sagen?»

«Ja. Nein. Vielleicht. Dass du darüber nachdenken musst. Oder dass es dir gleichgültig ist.»

Sie legte eine Hand auf seine. «Darf ich dir meine Antwort später geben, vielleicht an einem etwas weniger umtriebigen Ort?»

«Einverstanden. Widmen wir uns jetzt also dem Geschäftlichen. War deine Recherche erfolgreich?»

«Das kann man so sagen. Möglicherweise hängt Buchmanns Tod mit dem Plan zusammen, den man in Kreisen des Technischen Dienstes für den Tag X geschmiedet hatte.»

«Der Tag X?»

«Der Tag, an dem die sowjetischen Truppen die Grenze zu Westdeutschland überschreiten. Ich persönlich glaube nicht, dass es jetzt oder in nächster Zeit zum heißen Krieg um Deutschland kommen wird. Die Westalliierten haben ihren Willen, das Land zu verteidigen, doch recht deutlich gemacht. Aber was ist, wenn die Radikalen unter den Verschwörern gar nicht auf einen Angriff der Roten Armee warten, sondern diesen herbeizuführen versuchen, indem sie die Ausgangslage dafür schaffen?»

«Warum sollten sie das tun?», erwiderte Gerber. «Diese Nazis haben nicht das geringste Interesse daran, dass Westdeutschland in die Hände der Sowjets fällt.»

«Aber sie haben Interesse an einem Krieg, der sie für die Amerikaner wertvoll macht. Als Verbündete mitten in der Kampfzone oder gar hinter den feindlichen Linien. Partisanen. Das, wozu die Amerikaner den BDJ und seinen Technischen

Dienst ausgebildet haben. Wenn es zum heißen Krieg kommt, können die braunen Ratten aus ihren Löchern kriechen und der westlichen Welt beweisen, dass sie gebraucht werden.»

Während Eva ihre Theorie vortrug, hatte Gerber gebannt zugehört und fast sein Essen vergessen. Das Stück von dem Schweineschnitzel, das er auf die Gabel gespießt hatte, war bestimmt schon kalt. Hastig steckte er es in seinen Mund, kaute schnell und spülte es mit einem Schluck Bier hinunter.

«Ein ebenso faszinierender wie erschreckender Gedankengang. Aber wie könnten die Verschwörer das anstellen?»

«Wir sind in der heißen Phase des Wahlkampfes. Ein gezielter Schuss, und Konrad Adenauer ist Geschichte. Er ist die treibende Kraft hinter der Westbindung. Wenn er nicht mehr da ist, könnte das Bündnis mit den Westmächten schnell ins Wanken geraten.»

Diese Vorstellung ließ Gerber frösteln. «Ich kann nur hoffen und werde alles dafür tun, dass so etwas nicht passiert. Dafür ist die Sicherungsgruppe ins Leben gerufen worden, um den Bundeskanzler zu beschützen.»

Auch Eva hielt ihre Gabel in der Hand und zeigte damit auf Gerber. «Ganz genau! Vielleicht ist Heinz Buchmann auf etwas gestoßen, das ihn an der Zuverlässigkeit seiner eigenen Einheit zweifeln ließ.»

«Bei deiner Phantasie solltest du Romane schreiben.»

«Du hältst das für reine Phantasterei?»

«Nein, aber wir brauchen handfeste Spuren.»

«Ich weiß.» Eva öffnete ihre grüne Handtasche, zog ein zusammengefaltetes Papier hervor und legte es auf den Tisch. «Das Ergebnis meiner Sonntagsrecherchen.»

Neugierig faltete er das Blatt auseinander, eine kleine Zeitungsmeldung aus dem *General-Anzeiger* vom ersten August mit der Überschrift «Tierarzt rettet Zirkuselefanten».

«Soll das ein Witz sein?»

«Würdest du den Artikel bitte einfach lesen?»

> In dem beschaulichen Allertal kam es am Donnerstag zu einem großen Problem. Elefantendame Vera, Star des kleinen Zirkus Borelli, lief in der Abendvorstellung plötzlich Amok. Die sonst so zutrauliche Vera mit dem beeindruckenden Gewicht von fast viereinhalb Tonnen ließ sich von Dompteuse Lilly nichts mehr sagen. Vera randalierte in der Manege und brachte damit auch die beiden anderen Elefanten in Unruhe. Der zufällig mit seiner Gattin im Publikum anwesende Tierarzt Dr. Bernhard Mandel, der sich erst vor einigen Wochen in Allertal niedergelassen hat, konnte Vera schließlich beruhigen. Dr. Mandel zufolge war eine Magenverstimmung für Veras Gefühlsausbruch verantwortlich. Zirkusdirektor Veith Borelli-Schmidt bedankte sich bei dem Veterinär mit zwei Freikarten für die nächste Vorstellung.

Gerber ließ nach der Lektüre das Blatt sinken und sah Eva nur fragend an. Wieder griff Eva in ihre Tasche und breitete auf dem Tisch die Karte aus, die Gerber bei ihrem Ausflug am Vortag gekauft hatte. Ihr Zeigefinger tippte auf das Ausflugslokal. «Wenn man, von Bonn kommend, über das Lokal hinaus die Bergstraße weiterfährt, kommt man nach ungefähr zehn Kilometern an eine Abzweigung nach links. Sie führt zu einem kleinen Ort mit ungefähr fünfhundert Einwohnern.»

Ihr Finger zeigte jetzt auf einen roten Kreis. Gerber beugte sich noch weiter über den Tisch und las den Ortsnamen: Allertal.

«Der Ort mit dem randalierenden Elefanten», sagte er, und schon sein Tonfall verriet seine Ratlosigkeit.

«Genau. Vielleicht war das Buchmanns Ziel.»

«Du meinst, er wollte in den Zirkus gehen?»

«Unsinn, ich spreche von dem Tierarzt.»

«Buchmann wollte also nicht in den Zirkus, sondern zum Tierarzt?» Halb ratlos, halb beschwörend breitete Gerber die Arme aus. «Wenn das ein Rätsel ist, ich komme nicht auf die Lösung. Was ist mit diesem Tierarzt?»

«Vielleicht ist Bernhard Mandel nicht sein richtiger Name. Einer der untergetauchten BDJ-Funktionäre, der auch beim Technischen Dienst zur Führungsriege gehörte, ist ein Veterinär namens Dr. Walter Kerschke. Und Mandel ist, wie uns der Zeitungsartikel verrät, noch nicht lange in Allertal. Zufall?»

«Vielleicht nicht. Du hast deine Zeit wirklich nicht verplempert, Eva.»

«Aber wenn es kein Zufall ist, was wollte Buchmann von Mandel oder Kerschke?»

«Das erfahren wir möglicherweise bei einem Ausflug nach Allertal. Hast du Lust, mich morgen zu begleiten? Ich glaube, ich muss dringend mal zum Tierarzt.»

// KAPITEL 19 //

Montag, 24. August 1953

Dreizehn Tage bis zur Wahl

Zwischen den bewaldeten Höhenzügen vor ihnen riss der gleißende Zickzack eines Blitzes den grauschwarzen Himmel auf, als wolle eine höhere Macht das Siebengebirge in zwei Teile spalten, und kurz darauf rollte der Donner über sie hinweg. Der bisher nur lustlos vor sich hin tröpfelnde Regen prasselte jetzt hart auf den Ford Taunus herab, und Gerber schaltete den Scheibenwischer ein.

«Da haben wir uns das richtige Ausflugswetter ausgesucht», maulte er und unterdrückte dabei ein Gähnen.

Die vergangene Nacht mit Eva war schön gewesen, der Schlaf dafür nur kurz. Ihre Antwort auf seine Liebeserklärung war außerordentlich leidenschaftlich ausgefallen, und als irgendwann nach Mitternacht das erste Gewitter über den Rhein nach Bad Godesberg gezogen war, hatten sie es kaum mitbekommen. Die schöne, nackte, erhitzte Eva in seinen Armen hatte die ganze Welt für ihn bedeutet, und er hatte sie so fest an sich gedrückt, als wolle er sie nie wieder loslassen. Sie war mehr für ihn als nur ein erotisches Abenteuer, viel mehr. Sein bisheriges Leben bröckelte unter seinen Füßen weg wie ausgetrockneter Lehm, und was vor ihm lag, war höchst ungewiss. Eva gab ihm Halt in diesem Sturm des Umbruchs, war der Anker, der seinen Kahn davor bewahrte, von unaufhaltsamen Wellen fortgespült zu werden. Sie war eine kluge Frau und mochte etwas davon ahnen, aber er glaubte nicht, dass sie wusste, wie viel sie ihm bedeutete.

Er konzentrierte sich auf ihre Fahrt nach Allertal und auf den Mann, den sie dort aufsuchen wollten. War Dr. Bernhard Mandel tatsächlich der untergetauchte Dr. Walter Kerschke?

Eva hatte eine Akte über Kerschke angelegt. 1910 als einziges Kind eines Tierarztes in der Nähe von Breslau geboren, war er in die beruflichen Fußstapfen seines Vaters getreten mit dem Ziel, einmal dessen Praxis zu übernehmen. Als die Nazis die Macht an sich gerissen hatten, meldete sich Kerschke zur SS und wurde Veterinär in der SS-Totenkopf-Reiter-Standarte, die nach dem Einmarsch in Polen zur sogenannten Säuberung des Hinterlandes eingesetzt wurde. Was in der Praxis nichts anderes bedeutet hatte als Terror gegen polnische Zivilisten sowie das Aufspüren und Ermorden polnischer Juden. Im Russlandfeldzug nahm die SS-Kavallerie ähnliche Aufgaben wahr, und Kerschkes Einheit wurde immer weiter vergrößert. 1944 war sie zur 8. SS-Kavallerie-Division «Florian Geyer» geworden und kämpfte in der Schlacht um Budapest, wo sie fast vollständig aufgerieben wurde. Kerschke entging dem Schicksal seiner meisten Kameraden. Er befand sich bei einem außerhalb von Budapest stehenden Truppenteil, der den Kern der neuen 37. SS-Freiwilligen-Kavalleriedivision bilden sollte. Bevor die Division volle Gefechtsstärke erreicht hatte, war der Krieg in Europa zu Ende, und Kerschkes neue Einheit ergab sich in Österreich den Amerikanern. Ob er offiziell schon nach kurzer Zeit aus der Kriegsgefangenschaft entlassen worden war oder ob er sich der Gefangenschaft entzogen hatte, war nicht klar.

Kerschke kam bei entfernten Verwandten im Kölner Raum unter. Seine alte Heimat war von den Sowjets überrollt worden, seine Eltern in den Wirren von Kämpfen, Flucht und Vertreibung verschollen, wahrscheinlich tot. 1948 heiratete er eine Barbara Hüsken, Tochter eines Tierarztes, und übernahm drei Jahre später die Praxis seines Schwiegervaters. Um diese Zeit trat er als einer der führenden Köpfe im BDJ in Erscheinung. Er setzte sich vehement für den Ausbau des Technischen Dienstes ein und verfasste Schriften mit Titeln wie *Die Rückgewinnung der besetzten Gebiete.*

Der Regen wurde noch stärker, und Gerber nahm den Fuß ein Stück vom Gaspedal. Vor ihnen tauchte das Ausflugslokal auf, das aber heute geschlossen hatte. Dann, nach einem halben Kilometer, wurde der Himmel fast schlagartig heller, und es hörte auf zu regnen.

«Danke, Petrus», seufzte Gerber, als er den Scheibenwischer ausschaltete.

Eva sah ihn an. «Ich dachte schon, du bist verstummt.»

«Ich habe nur nachgedacht. Walter Kerschke scheint ein zielstrebiger Mann zu sein. Nach dem Krieg hat er schnell wieder Karriere gemacht. Dass er ausgerechnet die Tochter eines Tierarztes geheiratet hat, war dem Ganzen bestimmt förderlich.»

«Eine Zweckheirat, meinst du das?»

«Ja.»

«Da wäre er nicht der Einzige. Du gehörst ja auch zu diesen Männern.»

«Wie bitte?»

«Natürlich. Du hast dich mit einer Journalistin zusammengetan, damit ich dir die ganze Recherche abnehme.»

Gerber musste schmunzeln. «Wenn das der Grund wäre, hätte ich die vergangene Nacht durchschlafen können.»

«Ich soll dir also glauben, dass meine Recherchekünste nicht der Grund dafür sind, dass wir zusammen sind?»

«Unbedingt. Dafür gibt es nur einen einzigen Grund.»

Eva sah ihn erwartungsvoll an. «Sprich dich aus, Philipp!»

«Dein Auto, ich brauche es.»

«Schuft! Ich sollte dir die Augen auskratzen!»

Sie lachten beide.

«Jetzt mal ernsthaft», fuhr Eva fort. «Warum hast du dir nicht einen Dienstwagen besorgt? So einen Porsche, wie ihn Buchmann gefahren hat. Oder einen dicken Mercedes wie die, mit denen deine Kollegen durch die Gegend gondeln.»

«Du hast Vorstellungen. Auch für die Sicherungsgruppe Bonn fallen die Fahrzeuge nicht vom Himmel. Beim BKA muss alles beantragt, geprüft und nochmals geprüft und dann natürlich noch bewilligt werden. Selbst dann muss es noch durch die sorgfältigen Hände von Verwaltungsamtmann Schindler gehen.»

«Und ich dachte, den Fünfjahresplan gäbe es nur im Kommunismus.»

Sie fuhren eine Weile, dann sagte Gerber: «Falls Mandel mit Kerschke identisch ist, bleibt immer noch die Frage, was Buchmann von ihm wollte. Und wie er ihm auf die Spur gekommen ist.»

«Vielleicht hat Buchmann ganz einfach einen Blick in die BDJ-Unterlagen geworfen, bevor er sie verschwinden ließ.»

«Gut möglich, Eva. Oder auch er ist über den Zeitungsartikel gestolpert, in dem Mandel zum Helden der Manege stilisiert wird.»

Ein in leichte Schieflage geratenes Schild wies auf die Abzweigung nach Allertal hin, und Gerber nahm den Fuß vom Gaspedal. Seine Anspannung wuchs. Hatte auch Heinz Buchmann diese Abfahrt genommen, oder jagten sie einem Phantom nach? Zirkuselefanten, SS-Divisionen, Mordanschläge aus dem Hinterhalt – wie passte das alles zusammen?

Die schmale Straße führte sie talwärts, und Gerber fuhr vorsichtig. Der heftige Regen, der hier wohl schon in der vergangenen Nacht gewütet hatte, hatte das Erdreich gelockert und auf die Straße gespült. Die Reifen fanden nur schlecht Halt. Nach einer Biegung entdeckten sie in der Talsohle eine zersiedelte Ortschaft, aus deren Mitte ein ungewöhnlich spitzer Kirchturm aufragte.

Er hielt an einem Gehöft, um nach dem Weg zu fragen. Ein älterer Mann führte ein aus zwei Kaltblütern bestehendes Gespann mit sich.

«Immer der Straße am Ortsrand da vorn links folgen, das Haus mit den roten Fensterläden.»

Keine Minute später tauchte es rechts vor ihnen auf. Es war groß und verwinkelt, mit mehreren stallähnlichen Anbauten. Vermutlich ein ehemaliger Bauernhof. Auf der gegenüberliegenden Seite erstreckte sich eine mit Gänseblümchen gesprenkelte Wiese, an die sich ein lichter Mischwald anschloss.

«Wenn das kein hübsch abgelegenes Plätzchen zum Untertauchen ist», sagte Gerber.

Er drückte zweimal kräftig auf die große Messingklingel, und nach kurzer Zeit ertönten Schritte.

«Tut mir leid, die Praxis ist geschlossen», teilte ihnen eine Frauenstimme mit, ohne die Tür zu öffnen. «Mein Mann ist nicht da, er wurde zu einem Notfall gerufen. Kommen Sie doch heute Nachmittag vorbei, so ab zwei.»

«Dann würden wir gern mit Ihnen sprechen, Frau Mandel. Wir sind eigens aus Bonn hergekommen.»

«Wieso?» Es klang vorsichtig, fast misstrauisch.

«Ich bin Hauptkommissar Gerber vom Bundeskriminalamt. Es wäre nett, wenn Sie mir ein paar Fragen beantworten.»

Die Haustür wurde einen Spaltbreit geöffnet. «Können Sie sich ausweisen?»

Er hielt seine Dienstmarke hoch.

«Na gut», sagte die Frau, noch immer zweifelnd. «Trotzdem, ich weiß gar nicht, wobei ich Ihnen helfen könnte.»

«Dürfen wir eintreten? Dann werden Sie es erfahren.»

Frau Mandel war in den Dreißigern, mittelgroß und eher der herbe Typ. Sie trug einen weißen Kittel, und ihre brünette Frisur war etwas in Unordnung geraten. Vermutlich war sie gerade beim Saubermachen gewesen. Ihr Blick wanderte von Gerber zu Eva, und plötzlich wirkte die Frau wie vom Blitz getroffen. Für einen Wimpernschlag versteinerte sie, dann wollte sie mit einer kraftvollen Bewegung die Haustür schließen. Gerber war schneller und schob, wie ein geübter Hausierer, einen Fuß in die Tür.

Wortlos drehte sich Frau Mandel um und lief den breiten Hausflur entlang, bis sie um eine Ecke bog und aus Gerbers Blickfeld verschwand. Gerber, gefolgt von Eva, setzte ihr nach. Die Frau war nirgends zu sehen, aber eine Zimmertür stand halb offen. Als Gerber und Eva das Zimmer betraten, ein Büro, holte Frau Mandel gerade etwas aus einer Schreibtischschublade und drehte sich zu ihnen um. Sie richtete drohend eine Liliput auf sie, wie Gerber sofort erkannte, eine Taschenpistole aus der Zwischenkriegszeit. Frau Mandel lud und entsicherte die Waffe mit einer Gewandtheit, die Übung verriet. Aber sie war nervös, und die Pistolenmündung pendelte zwischen Gerber und Eva.

Gerber hielt Eva mit einer Hand zurück. Die winzigen 4,25-mm-Patronen waren eigentlich nicht dazu geeignet, Menschen größeren Schaden zuzufügen. Man hatte die Liliput mal als Pistole für die Damenhandtasche bezeichnet, mehr zum Abschrecken als zum ernsthaften Verletzen gedacht. Aber auf diese geringe Distanz war alles möglich, sogar ein tödlicher Schuss.

«Legen Sie die Waffe weg, Frau Mandel!» Gerber hatte einen beschwörenden Ton angeschlagen. «Wir wollen Ihnen nichts Böses.»

Noch immer pendelte die Waffe zwischen den beiden Eindringlingen, aber Frau Mandels Augen waren die meiste Zeit über auf Eva gerichtet. Angst lag in ihrem Blick. Gerber bemerkte das leichte Zittern der Waffenhand.

Jetzt öffneten sich die bebenden Lippen, und sie stieß mit heiserem Flüstern hervor: «Die Frau mit der Narbe!»

«Fräulein Herden und ich sind nur gekommen, um mit Ihnen zu sprechen», versuchte Gerber es noch einmal. «Aber wenn Sie das nicht wollen, werden wir Ihr Haus jetzt verlassen. Kein Grund zu schießen, Frau Mandel!»

«Was haben Sie da gesagt? Wie heißt die Frau?»

«Mein Name ist Eva Herden», stellte sie sich selbst vor. «Ich bin Journalistin und schreibe für den *Brennpunkt Bonn.*»

«Ja, ich erkenne Ihre Stimme», sagte Frau Mandel leise. «Wieso haben Sie diese Narbe?»

«Eine Verletzung aus dem Krieg. Ich wünschte, ich hätte sie nicht.» Eva sprach bedächtig, eher leise, um die Frau mit der Waffe nicht zu reizen. «Aber woher kennen Sie meine Stimme?»

«Vom Telefon.»

Eva schaltete schnell. «Sie sind die Frau, die mich angerufen hat!»

«Ja.» Frau Mandel schluckte schwer. «Da habe ich nicht gewusst, dass Sie die Frau mit der Narbe sind. Mein Mann hat mich gewarnt vor Fremden, die hier auftauchen könnten. Besonders vorsichtig sollte ich sein, wenn eine junge Frau mit einer großen Narbe auf der linken Wange dabei ist. Walt… Bernhard sagte, diese Leute gehen über Leichen.»

«Sie wollten eben Walter sagen statt Bernhard», sagte Gerber, kaum dass sie ausgesprochen hatte. «Nicht wahr, Frau Kerschke?»

«Mein Name ist Katharina Mandel. Ich kann Ihnen meinen Ausweis zeigen.»

«Daran zweifele ich nicht. Hat Buchmann Ihnen die Papiere besorgt?»

«Ich weiß nicht, wovon Sie sprechen.»

«Wollen wir nicht in Ruhe miteinander reden, ohne die Pistole?»

Frau Mandel nagte unsicher an ihrer Unterlippe und hätte die Waffe fast sinken lassen. Da flackerte es in ihren Augen auf, und plötzliche Entschlossenheit trat in ihren Blick. Die Mündung zeigte fest auf Eva.

«Nein, gehen Sie! Jetzt sofort!»

«Komm, wir gehen, Eva.»

Widerwillig ließ sie sich von ihm auf den Flur schieben. Er folgte ihr aber nicht, sondern ließ sich mit einer schnellen Drehung zu Boden fallen und zog ruckartig an dem grau-braun karierten Teppich, auf dem Frau Mandel stand.

Sie verlor den Halt und stürzte hin, wobei sich ein Schuss aus der Liliput löste. Das Projektil schlug in den Aktenschrank ein.

Gerber entwand ihr blitzschnell die Waffe, die er sicherte und entlud.

Die überwältigte Frau sah ihn angstvoll an. «Bitte töten Sie mich nicht!»

«Ich will Ihnen nichts antun, und Fräulein Herden will das ebenso wenig. Wann begreifen Sie das endlich?» Er erhob sich, ließ die Liliput in eine Tasche seines Jacketts gleiten und reichte Frau Mandel die Hand, um ihr beim Aufstehen zu helfen. «Ich hoffe, Sie haben sich nicht zu sehr weh getan.»

Sie stand mit seiner Hilfe auf und betastete ihren rechten Oberarm.

«Können wir jetzt miteinander reden?»

«Aber worüber?»

«Über Hauptkommissar Buchmann und seinen plötzlichen Tod», sagte Gerber und blickte sich um. «Gibt es dafür einen gemütlicheren Ort?»

Frau Mandel führte ihn und Eva ins Wohnzimmer, das dem Büro schräg gegenüberlag.

«Musste Ihr Mann wirklich zu einem Notfall?», fragte Eva.

«Ja, er wurde vor etwa zwanzig Minuten auf den Schlösser-Hof gerufen. Eine kalbende Kuh, die viel zu früh dran ist.» Frau Mandel ließ sich auf die plüschige Couch sinken und wirkte konsterniert. «Ich könnte jetzt etwas zu trinken gebrauchen. Die Herrschaften vielleicht auch?»

Gerber und Eva verneinten. Der Wohnzimmerschrank aus schwerer Eiche verbarg hinter einer großen Klappe eine gut bestückte Bar, und Gerber schenkte ihr den gewünschten Hamfelder Edelkirsch ein. Sie leerte das Likörglas so schnell, dass er nicht dazu kam, sich hinzusetzen. Erst nachdem er das nachgefüllte Glas vor die Hausherrin gestellt hatte, nahm er in einem der beiden Sessel Platz. Eva setzte sich neben ihn.

Sie beugte sich zu Frau Mandel vor und fragte mit dem freundlichen Lächeln der professionellen Journalistin: «Ist Hauptkommissar Buchmann oft hier gewesen?»

«Drei- oder viermal, seitdem – seitdem wir in Allertal leben.»

«Sie meinen, seitdem Sie sich hier unter Ihrer neuen Identität angesiedelt haben?»

Wieder stellte Eva die Frage, und Gerber ließ sie gewähren. Offenbar hatte Frau Mandel erkannt, dass sie keine Angst vor ihr zu haben brauchte, und sie wirkte einem Gespräch von Frau zu Frau nicht abgeneigt. Der Alkohol schien sie zu entspannen. Sie leerte auch das zweite Glas mit der Routine einer Frau, für die ein gewisser Alkoholpegel eine Selbstverständlichkeit war. Während sie Evas letzte Frage mit einem schlichten «Ja» beantwortete, ging Gerber zu der Schrankbar, um ihr von dem Zwanzigprozentigen nachzuschenken.

«Seit wann leben Sie und Ihr Mann hier?», setzte Eva ihre Fragestunde fort.

«Seit Mitte April. Zum Mai haben wir dann die Praxis eröffnet.»

«Hat Heinz Buchmann Ihnen und Ihrem Mann dabei geholfen, diese neue Identität anzunehmen?»

«Nein, das ...» Frau Mandel griff nach ihrem Glas und setzte neu zu ihrer Antwort an. «Das waren andere.»

«Aber Buchmann wusste offenbar über Ihr neues Leben Bescheid.»

«Er wusste es aus den Akten, glaube ich. Jedenfalls habe ich meinen Mann so verstanden. Ich selbst habe kaum ein Wort mit Herrn Buchmann gewechselt. Die beiden haben immer unter vier Augen gesprochen.»

«Worum ging es in diesen Gesprächen?»

«Ich weiß es nicht. Ich glaube, der Hauptkommissar wollte Dinge von ihm wissen, die Bernhard ihm nicht sagen konnte. Er war nicht erfreut über Buchmanns Besuche. Bernhard sagte, die ganze Sache sei für uns vorbei, das sei so abgemacht. Aber dieser Buchmann würde immer weiterbohren und uns damit in Gefahr bringen.»

Jetzt schaltete sich Gerber zum ersten Mal in das Gespräch ein. «Meinte er damit, dass Ihre neue Identität aufgedeckt werden könnte?»

«Ja.»

«Aber da war noch mehr, nicht wahr?», insistierte Gerber. «Buchmann konnte Sie beide in Lebensgefahr bringen. Deshalb Ihre Angst vor der Frau mit der Narbe.»

«Ja», antwortete Frau Mandel leise. «Weil wir untergetaucht sind, könnten sie uns für Verräter halten.»

«Sie?» Gerber hatte den Blick so fest auf Frau Mandel gerichtet, als sei sie ein Insekt, das er für seine Sammlung auf eine Nadel spießen wollte. «Wer ist damit gemeint? Leute vom Technischen Dienst?»

«Ich nehme es an. Bernhard hat sich ja für diese Leute sehr engagiert.»

«Er war einer ihrer führenden Köpfe. Ein Ideengeber für eine Bande von illegalen Kämpfern, vielleicht sogar von Mördern!»

Frau Mandel sah Gerber erschrocken an und wollte erst etwas erwidern, schwieg dann aber und streckte die Hand nach dem Likörglas aus.

Eva ergriff wieder das Wort: «Ihr Anruf bei mir war so etwas wie eine Panikreaktion. Nicht wahr? Ich sollte Buchmann hinterherschnüffeln, damit er seine Besuche bei Ihnen einstellt. Sie haben darauf spekuliert, dass er, sobald er etwas von meinen Recherchen erfährt, es nicht riskieren würde, die Presse zu Ihnen zu führen. Damit hätte er seinen Auftrag gefährdet, alle Verbindungen zu BDJ und TD zu verwischen.»

Frau Mandel nickte erschöpft.

«Weiß Ihr Mann von diesem Anruf?»

«Nein.»

Gerber schaltete sich wieder ein. «Wir sollten Ihrem Mann sofort einen Besuch abstatten. Wie kommen wir zum Schlösser-Hof?»

// KAPITEL 20 //

«Möchtest du so gern einer Kuh beim Kalben zusehen?», fragte Eva, während Gerber den Ford über einen schmalen, unbefestigten Waldweg steuerte. «Wir hätten doch auch in seinem Haus auf Mandel warten können.»

«Jetzt, wo wir so nah an ihm dran sind, möchte ich ihn nicht im letzten Augenblick verlieren. Er ist der Schlüssel für den Anschlag auf Buchmann.»

«Und für den Mord an Gerd.»

Ein Fahrradfahrer kam ihnen entgegen, ein Briefträger, der sich auf dem noch schlammigen Untergrund die Seele aus dem Leib strampelte. Gerber hielt rechts am Wegesrand, kurbelte das Seitenfenster herunter und winkte. Der Briefträger, ein schnauzbärtiger Mann in den Vierzigern, hielt neben dem Ford an und tippte grüßend an den Schirm seiner Mütze.

«Sind wir auf dem richtigen Weg zum Schlösser-Hof?», erkundigte sich Gerber.

«Ja, immer geradeaus. Ich komme gerade von dort.»

«Hat die Kuh schon gekalbt?»

«Welche Kuh?»

«Die, zu der Dr. Mandel gerufen wurde.»

«Der Mandel? Der ist nicht auf dem Hof, ganz sicher nicht.»

«Aber das hat uns seine Frau erzählt», schaltete sich Eva ein.

Ein amüsierter Ausdruck zeigte sich unter dem Schnauzbart des Briefträgers. «Der Herr Doktor wird doch nicht etwa seine Frau anschwindeln.»

«Wie kommen Sie darauf?», fragte Eva.

Der Mann räusperte sich. «Ich habe schon zu viel gesagt, ich muss jetzt weiter.»

«Nicht so schnell!» Gerber hielt ihm die Dienstmarke vors Gesicht. «Unter uns staatstreuen Beamten, was wissen Sie von Dr. Mandel?»

«Nun ja, er hat mich tatsächlich mit seinem Wagen überholt, als ich auf dem Weg zum Schlösser-Bauern war. Aber dann ist er rechts abgebogen, zu dem Waldstück, in dem seine Jagdhütte steht. Ich habe mich schon gewundert, dass er während der Sprechstunde zum Jagen fährt. Aber vielleicht geht es ihm ja um ein junges, zweibeiniges Wild?»

Ohne das zu kommentieren, fragte Gerber: «Wo finden wir diese Abzweigung?»

«Nach ungefähr einem Kilometer rechts, können Sie nicht verfehlen.»

Genauso war es. Der Weg, auf den sie abbogen, war eine einzige Abfolge von Schlaglöchern, und Gerber fuhr nicht schneller als Schrittgeschwindigkeit. Trotzdem wurden sie ordentlich durchgeschüttelt. Links von ihnen erstreckte sich ein Wiesenstreifen, rechts geschlossener Wald. Vor ihnen lag ein kleiner Hügel. Die Sonne schien, und Dampfschwaden stiegen zwischen den Bäumen auf.

Eva betrachtete die Landschaft und richtete ihren zweifelnden Blick dann auf Gerber. «Glaubst du wirklich, dass unser Doktor seine Praxis für ein intimes Stelldichein geschlossen hat?»

«Reifere Herren tun für junge Damen manchmal die dümmsten Dinge. Das weiß ich, seitdem ich dich getroffen habe.»

«Sehr lustig. Meine Frage war ernst gemeint und …»

«Schüsse!», stieß er hervor. «Irgendwo dort hinter dem Hügelkamm.»

«Was tun wir jetzt?»

Gerber hielt den Wagen an. «Ich bin zu Fuß schneller. Du bleibst hier.»

«Ganz bestimmt nicht!»

Der schlammige Boden spritzte unter ihren schnellen, harten Schritten nach allen Seiten. Wieder ertönten Schüsse. Gerber glaubte, die Schussgeräusche von mehreren Gewehren und zumindest einer Faustfeuerwaffe unterscheiden zu können. Als er den Kamm erreichte, duckte er sich hinter ein Brombeergestrüpp, um die Lage zu sondieren. Eva verstand sein Handzeichen und tat es ihm gleich.

Sie spähten durch die Sträucher und sahen einen blauen Borgward. Der Wagen stand mit geöffneter Fahrertür auf der Wiese. Ein kräftiger Mann in den Vierzigern war zwischen Fahrzeug und offener Tür in Deckung gegangen und hielt in der rechten Hand eine Pistole, die er mit der linken abstützte. Sechzig oder siebzig Meter entfernt stand ein kleines Blockhaus, aus dem jemand mit einem Gewehr schoss. Der Mann beim Auto, ohne Zweifel Bernhard Mandel, hatte auf diese Distanz mit seiner Faustfeuerwaffe eindeutig die schlechteren Karten. Als Kriegsveteran schien er das zu wissen und erwiderte das Feuer nur sporadisch, um Munition zu sparen.

Wie Gerber vermutet hatte, hatte Mandel es mit mehr als einem Gegner zu tun. Eine schemenhafte Gestalt, mit einem Gewehr bewaffnet, nahm ihn aus der Deckung des Waldrands unter Feuer. Ein dritter Gewehrschütze hockte im Geäst einer alten, mächtigen Eiche, die in der Nähe der Hütte stand. Mehr Leute konnte Gerber nicht ausmachen.

Er zog die Browning aus dem Schulterholster. «Sie sind in der Überzahl und haben die besseren Waffen, jedenfalls für eine Auseinandersetzung auf größere Distanz. Ich muss Mandel helfen, sonst erwischen sie ihn.»

«Sobald du auf offenem Gelände bist, knallen sie dich ab wie ein Stück Wild.»

Gerber zeigte auf den Wald, der sich zu ihrer Rechten entlangzog und in dem sich, ein gutes Stück voraus, einer der drei Gewehrschützen verbarg. «Ich laufe im Schutz des Hügelkamms bis zum Waldrand. Von dort arbeite ich mich bis zu dem Schützen vor, der dahinten im Wald steckt. Wenn ich ihn erwische, sind es nur noch zwei. Vielleicht sind die dann entmutigt und ziehen sich zurück. Falls nicht, müssen wir weitersehen.»

«Und wenn es dich erwischt?», fragte Eva, und ihm entging nicht das Zittern in ihrer Stimme.

«In dem Fall musst du deinen Wagen nicht länger mit mir teilen.» Er drückte ihr den Autoschlüssel in die Hand. «Du kehrst dann zum Auto zurück und fährst nach Allertal, um Hilfe zu rufen. Falls du in Gefahr gerätst, benutz das.» Er zog Frau Mandels Liliput hervor, lud die Waffe und legte sie in Evas andere Hand. «Du weißt, wie man damit umgeht?»

«Ja», sagte sie nur und warf einen zweifelnden Blick auf die kleine Waffe. «Du musst vorsichtig sein, versprich mir das!» Sie beugte sich zu ihm vor und küsste ihn zärtlich auf den Mund.

«Ich passe schon auf mich auf», versprach er und tippte mit dem Zeigefinger auf ihre Lippen. «Davon will ich nämlich unbedingt noch mehr.»

--

Schwitzend strampelte sich Willi Pfitzner auf dem alten, klapprigen Fahrrad ab und verfluchte seinen Beruf. Ein Motorgeräusch näherte sich ihm, schon wieder. Erst Dr. Mandel in seinem Borgward, dann der rote Ford mit dem Polizisten und der jungen Frau und jetzt schon wieder ein Wagen. Drei an einem Vormittag, Pfitzner kam sich vor wie auf der Autobahn. Er hielt an und stieg ab, als er den Kübelwagen erkannte, der Alfons Vönnebeck als Streifenwagen diente. Polizeiobermeister Vönnebeck war der einzige Polizist in Allertal. Außerdem war er Pfitzners Schwager.

«Morgen, Willi. Kommst du jetzt erst vom Schlösser-Hof?»

«Das Gewitter, du weißt schon, Alfons. Ich musste mich erst aufwärmen.»

«Schlössers Selbstgebrannter, verstehe.»

«Ich hab kaum was getrunken, nur einen winzigen Schluck.»

«Ja, ja, ich kenne die winzigen Schlucke, die der alte Schlösser einem anbietet.»

«Du gönnst einem wohl gar nichts», maulte Pfitzner. «Andere vergnügen sich hier noch ganz anders.»

«Was meinst du damit?»

«Na, fahr doch mal zur Jagdhütte vom Mandel!»

«Wieso?»

«Ich glaube nicht, dass er gerade zum Jagen da ist. Hat doch vormittags Sprechstunde, der Kuhdoktor.»

Vönnebeck kratzte sich am Hinterkopf. «Hm, da ist was dran.»

«Und dann der zweite Wagen mit dem falschen Polizisten!» Als sein Schwager ihn nur fragend anstarrte, fuhr Pfitzner fort: «So ein roter Ford mit Bonner Kennzeichen. Der Mann am Steuer hat mir 'ne Dienstmarke unter die Nase gehalten. Ist angeblich vom Bundeskriminalamt. Er suchte den Mandel und ist auch zur Hütte raus.»

«Warum soll er ein *falscher* Polizist gewesen sein?»

«Die Marke war bestimmt gefälscht. Auf dem Beifahrersitz saß nämlich 'ne Biene in 'nem geblümten Kleid. Ziemlich jung noch. Wenn man beim Bundeskriminalamt mit so was durch die Gegend fährt, bist du aber im falschen Verein, Alfons.»

«Und was wollen die beiden deiner Meinung nach von Mandel?»

«Na, in der Hütte geht doch bestimmt was ab.» Augenzwinkernd schlug Pfitzner die flache Rechte auf die zur Faust geballten Linke. «Kleine, intime Feier, verstehste?»

Pfitzner sah seinem Schwager an, dass der ihm nicht glaubte. Schließlich seufzte Vönnebeck schwer. «Na gut, ich seh mir deine Orgie mal an. Wollte eh in die Richtung, um die Wege nach dem Unwetter zu kontrollieren. Aber wehe, du hast mir einen Bären aufgebunden, Willi!» Er schüttelte drohend den erhobenen Zeigefinger.

«Wirst schon sehen», sagte Pfitzner und blickte seinem davonfahrenden Schwager hinterher. Als der Kübelwagen hinter der nächsten Biegung verschwunden war, setzte er sich wieder aufs Fahrrad und brummte missmutig: «Blödmann!»

--

In gebückter Haltung lief Gerber auf den dunklen Waldrand zu. Große Bäume als Deckung nutzend, suchte er jedes vor ihm liegende Wegstück nach auf dem Boden liegenden Ästen und Zweigen ab. Ein falscher Schritt, ein lautes Knacken, und schon hätte er sich verraten.

Als Gerber noch knapp zwanzig Meter von seinem Ziel entfernt war, verharrte er mitten in der Bewegung. Vor ihm breitete sich auf größerer Fläche ein Gestrüpp aus hohem Farn aus, und dort hatte sich etwas bewegt. Schon löste sich eine Gestalt aus dem Farn, gekleidet in eine Tarnjacke, auf dem Kopf eine ausgebleichte Feldmütze, in den Händen ein Gewehr, das Gesicht mit Dreck verschmiert. Der Mann wirkte überrascht, fing sich aber schnell und brachte das Gewehr in Anschlag.

Gerber ließ sich zu Boden fallen, und die für ihn bestimmte Kugel pfiff dicht über seinen Kopf hinweg.

Er selbst feuerte noch im Fallen. Ein Mal, zwei Mal, drei Mal. Als er auf dem feuchten Waldboden lag, sah er, wie seine Kugeln den Gegner ins Straucheln brachten. Der Mann ließ seine Waffe fallen und sackte auf die Knie. Als er trotz seiner offenkundigen Verwundung die Hände nach dem Gewehr ausstreckte, gab Gerber einen vierten Schuss ab, und er traf in die linke Brust.

Sein Gegner kippte stöhnend zur Seite und lag dann vollkommen still im Farn.

Gerber erhob sich und atmete tief durch. Alles war so schnell gegangen, dass er fast automatisch gehandelt hatte. Noch immer hielt er die Browning auf den am Boden liegenden Mann gerichtet. Sein Blick fiel auf die Waffe. Eine Mauser 98, was ihn nicht verwunderte. Er kniete sich neben den Mann in der Tarnjacke und drehte ihn mit der linken Hand auf den Rücken. Jede von Gerbers Kugeln hatte ihn getroffen, die letzte mitten ins Herz. In ihm war kein Fünkchen Leben mehr, worüber Gerber keine Reue empfand. Das einzig Bedauerliche an der Sache war, dass man ihn nicht mehr verhören konnte.

Bei seinem Sturz war die Mütze des Mordschützen von seinem Kopf gerutscht, und ungewöhnlich langes, helles Haar breitete sich fächerartig aus. Das Haar, die schlanke Gestalt. Auch die Hände waren ungewöhnlich klein und schlank. Der Gedanke, der Gerber schlagartig durchfuhr, ließ ihn nach seinem Taschentuch greifen, und er wischte, so gut es ging, den Schmutz aus dem Gesicht der Leiche.

Aus dem Gesicht einer jungen Frau, wie er jetzt erkannte. Mitte zwanzig vielleicht, eigentlich viel zu jung zum Sterben. Was ihm wirklich den Atem verschlug, war nicht ihre Jugend, sondern die auffällige Narbe. Wie bei Eva zog sich die Narbe über die linke Wange, jedoch nicht senkrecht. Fast waagerecht hatte sich von der Nasenspitze bis zum Ohrläppchen ein daumenbreiter Wulst gebildet.

Deutlich hatte er Frau Mandels heiseren Ausruf in Erinnerung: «Die Frau mit der Narbe!»

Je länger er das hagere Gesicht betrachtete, desto deutlicher wurde ihm eins: Er kannte die Frau. Die Vergangenheit holte ihn ein, und er befand sich wieder in der Werwolfhöhle, Seite an Seite mit Jim. Der Werwolf und seine angebliche Geisel. Zu spät hatte Gerber die frappierende Ähnlichkeit zwischen beiden erkannt – zu spät, um Jims Leben zu retten. Er hörte wieder den ohrenbetäubenden Lärm der doppelten Explosion, schmeckte Staub und Dreck in seinem Mund, fühlte, wie die Druckwelle ihn von den Beinen riss.

Und jetzt lag sie vor ihm, die angebliche Geisel: die Frau, die mit zwei Handgranaten Jims Leben beendet hatte. Damit war Jims Tod wenigstens zum Teil gerächt, und fast tat es Gerber leid, dass sie so schnell gestorben war.

Schüsse drangen an seine Ohren und holten ihn zurück in die Gegenwart. Gerber sicherte seine Browning und setzte ein neues Magazin ein, bevor er die Waffe zurück ins Holster schob. Der Wehrmachtskarabiner, den die Tote benutzt hatte, war für sein weiteres Vorgehen weitaus besser geeignet. In den Taschen der Frau fand er mehrere Ladestreifen mit Ersatzmunition, die er an sich nahm.

In diagonaler Linie hastete er auf den Waldrand zu, bis er sich auf der Höhe von Mandel und seinem Borgward befand. Das war so nahe an den beiden anderen Gegnern dran, wie es im Schutz des Waldes noch möglich war. Er musste den Tierarzt von seiner Anwesenheit unterrichten, damit der ihn nicht unter Beschuss nahm.

«Bleiben Sie in Deckung, Mandel!», rief Gerber, der hinter einer umgestürzten Kiefer hockte. «Ich bin vom BKA.»

Mandel hatte verstanden und nickte zum Zeichen. Schnell zog er den Kopf ein, als eine aus der alten Eiche abgefeuerte Kugel gefährlich nah an seinem linken Ohr vorbeiflog und das Sitzpolster des Wagens aufriss.

Gerber stützte den Karabinerlauf auf den Kiefernstamm und visierte die nur schemenhaft erkennbaren Umrisse des Mannes an, der in ungefähr sechs bis acht Metern Höhe im Astwerk der Eiche kauerte. Für einen Augenblick bedauerte Gerber, dass seine Waffe keine Scharfschützenausführung mit Zielfernrohr war. Aber der Karabiner war für Distanzschüsse auf jeden Fall besser geeignet als die Browning.

Er drückte ab.

Der Mann in der Eiche bewegte sich ruckartig, blieb aber in seinem Versteck hocken. Die Kugel hatte ihn wohl nur aufgeschreckt.

Sofort schickte Gerber einen zweiten Schuss hinterher. Wieder schien er den Mann verfehlt zu haben. Der Unbekannte regte sich nicht einmal. Enttäuscht visierte Gerber ihn erneut an. Da drang ein dumpfer Laut an seine Ohren, ein halb erstickter Schrei. Das Gewehr fiel aus dem Astwerk der Eiche auf den Boden, der Schütze selbst folgte wenige Sekunden später. Mit einem schweren Aufschlag landete er unter dem weit ausladenden Baum und blieb dort reglos liegen.

Der dritte Gegner in dem kleinen Blockhaus hatte Gerbers ungefähre Position ausgemacht und feuerte mehrmals in seine Richtung. Zwei oder drei Kugeln flogen in einiger Entfernung an ihm vorbei, eine fuhr einen halben Meter neben ihm in den Waldboden, und eine blieb mit einem klatschenden Geräusch zwei Handbreit neben ihm in der toten Kiefer stecken.

Mandel nutzte die Gelegenheit, um das Feuer zu erwidern. Zweimal schoss er auf die Hütte. Danach herrschte Stille.

«Mandel, haben Sie den Kerl erwischt?», rief Gerber.

«Keine Ahnung», antwortete der Tierarzt, ohne die Augen von der Hütte zu nehmen. «Ich kann nicht mal erkennen, ob er noch drin ist. Was ist mit dem am Waldrand?»

«Was glauben Sie, mit wessen Karabiner ich hier schieße?»

Mandel stieß einen seltsamen Laut aus, der klang wie ein erleichtertes Lachen. Darin mischte sich ein heiseres Geräusch von irgendwo jenseits der Hütte, das sich in ein lautes Tuckern und schließlich in ein regelmäßiges Brummen verwandelte.

«Der nimmt Reißaus», rief Gerber zu Mandel. «Wissen Sie, ob hier noch mehr von denen sind?»

«Ich glaube nicht. Sie haben wohl gedacht, zu dritt könnten sie mich erledigen. Ohne Ihr Eingreifen hätten sie es auch geschafft. Sie hatten mich hier festgenagelt wie eine Zielscheibe. Vielen Dank!»

Gerber blickte zu der Gestalt unter der Eiche hinüber.

«Der aus dem Baum macht keinen Mucks. Ich sehe mir die Sache mal an, und Sie geben mir Feuerschutz!»

«Ja, gut.»

Gerber rannte geduckt in einem Zickzackkurs über die Wiese. Den Karabiner hielt er fest in beiden Händen, bereit, sich im Falle eines Beschusses sofort hinzuwerfen, um das feindliche Feuer zu erwidern.

Er ging in die Hocke und atmete tief durch. Der Mann aus der Eiche, der Gerber unbekannt war, trug ebenfalls eine Tarnjacke, dazu eine enganliegende Mütze ähnlich denen, die im Krieg zur Uniform der britischen Kommandotruppen gehört hatten. Er war in den Zwanzigern, drahtig und mittelgroß.

Und tot.

Der Aufprall hatte ihm offenbar das Genick gebrochen. Gerber stieß einen leisen Fluch aus. Er brauchte endlich ein paar Antworten.

Er gab Mandel ein Signal, dass er sich nun die Hütte vornehmen wollte. Mandel nickte, die Waffe feuerbereit.

Ein erneuter Zickzacklauf zu der Jagdhütte, und schon sprengte Gerber mit einem heftigen Tritt die halb offenstehende Tür weit auf. Der Raum war menschenleer. Eine geschlossene Tür führte in einen zweiten Raum. Ein erneuter Fußtritt, und die Tür flog mit einem lauten Krachen gegen ein leeres Feldbett, das an einer Wand stand.

Als Gerber wieder nach draußen trat, bemerkte er ein metallisches Schimmern, keine zehn Meter vor der Hütte. Es war ein Motorrad mit Beiwagen, das notdürftig mit ein paar Ästen abgedeckt worden war. Von diesem Ort führte die frische Spur eines einzelnen Motorrads quer über die vom Regen durchweichte Wiese zu einem weiteren Waldstück, wo sie sich verlor.

«Die Luft ist rein», rief er zu Mandel hinüber. Dann drehte er sich um und rief in Richtung des Hügelkamms, damit auch Eva Bescheid wusste, doch sie antwortete nicht.

Eine eisige Hand griff nach seinem Herzen, und von einer Sekunde zur nächsten war er von Angst erfüllt.

Gerber lief zu dem Brombeergebüsch, wo er Eva zurückgelassen hatte. In Sicherheit. Zumindest hatte er das geglaubt.

Wieder und wieder rief er Evas Namen, ohne eine Antwort zu erhalten.

Endlich erreichte er den Kamm, und tatsächlich sah er zwischen den Sträuchern etwas Buntes aufleuchten. Evas geblümtes Kleid. Sie lag reglos auf dem Boden.

Gerber ließ den Karabiner ins Gras gleiten und beugte sich über Eva. Da sie auf der rechten Seite lag, bemerkte er erst jetzt den handtellergroßen Blutfleck, der in Höhe der Hüfte die Blumen auf ihrem Kleid verschluckt hatte.

Er unterdrückte die Panik, die von ihm Besitz ergreifen wollte, und rief nach Dr. Mandel. «Ich brauche Hilfe!»

Mandel eilte schwer atmend herbei, in der Rechten seinen wuchtigen und offenbar nicht leichten Arztkoffer.

«Eine Schussverletzung in der rechten Seite!»

Mandel kniete sich hin. «Ich bin Tierarzt, aber ich sehe, was ich tun kann.»

Routiniert öffnete Mandel seinen Koffer. Während der Veterinär Eva untersuchte, hielt Gerber ihre erschlaffte Linke und drückte sie mit beiden Händen.

// KAPITEL 21 //

Rund um Dr. Mandels Jagdhütte herrschte rege Betriebsamkeit. Dr. Krey und seine Männer von der Sicherungsgruppe waren vor Ort, uniformierte Polizisten sowie die Kollegen vom Erkennungsdienst. Und mittendrin Gerber, dem es schwerfiel, sich zu konzentrieren. Immer wieder wanderten seine Gedanken zu Eva, die mittlerweile in Beuel im Krankenhaus lag.

Zum Glück war es nur ein Streifschuss gewesen, den Mandel fachgerecht verbunden hatte. «Da kann auch ein Tierarzt nichts falsch machen», hatte er gesagt. Trotzdem machte sich Gerber Sorgen um sie, ihr Körper war vom Pervitin-Missbrauch immer noch sehr geschwächt.

Gerber hatte sich mit Dr. Krey und Erwin Sattler in der kleinen, stickigen Jagdhütte niedergelassen und ihnen eine Zusammenfassung der Ereignisse gegeben. Krey hatte seinen Homburger abgenommen und auf den Tisch gelegt. Nachdem Gerber seinen Bericht beendet hatte, zwinkerte Krey hinter seiner Hornbrille nervös, und er fuhr mit der Hand durch sein verschwitztes Haar.

«Sie scheinen die Attentäter anzuziehen wie ein Magnet, Herr Gerber. Erst der Mann bei Buchmanns Bungalow und jetzt diese ganze … Wie haben Sie es eben genannt?»

«Jagdgruppe, Herr Kriminaloberrat. So wurden die kleinsten Einheiten der Nazi-Werwölfe bezeichnet.»

«Und Sie sind sicher, dass wir es mit einem dieser Werwolftrupps zu tun haben?»

«Es spricht alles dafür. Vergessen wir nicht, dass ich die Frau im Wald wiedererkannt habe. Ich denke, Dr. Mandel kann uns mehr dazu erzählen.»

Sattler zündete sich eine Chesterfield an. «Im Übrigen sollten wir Hauptkommissar Gerber dankbar sein. Nicht er hat die Attentäter angelockt. In Wahrheit kam er in beiden Fällen gerade noch zur rechten Zeit, um das Schlimmste zu verhindern.»

Gerber nahm die angebotene Zigarette von Sattler an und nickte ihm kurz zu. Für ihn war es noch immer ungewohnt, dass Sattler auf seiner Seite stand.

«Es ist schon eine tolle Sache, wie der Hauptkommissar diesen Tierarzt aufgestöbert hat», fuhr Sattler mit seiner Lobeshymne fort. «Ein richtiger Coup.»

Gerber winkte ab. «Der Kollege Buchmann ist schon eher auf Mandel gekommen, und aller Wahrscheinlichkeit nach hat ihn dieser Umstand das Leben gekostet. Die Attentäter mögen geglaubt haben, mit Buchmanns Tod hätten sie die Spur verwischt. Aber als ich nicht lockerließ, haben sie beschlossen, Mandel für immer auszuschalten.»

«Vielleicht wollten sie ihn nur einschüchtern», gab Krey zu bedenken.

«Dafür sind eine Menge Schüsse gefallen», erwiderte Gerber. «Mandel hat um sein Leben gekämpft, als Fräulein Herden und ich erschienen sind.»

«Diese Journalistin, ja.» Kreys Blick trübte sich. «Eine unglückliche Geschichte, dass sie alles mitbekommen hat und auch noch verwundet wurde. Man wird der Sicherungsgruppe im *Brennpunkt Bonn* so einiges um die Ohren hauen.»

«Zum Glück ist ihre Verwundung nicht so schwer.» Gerber war viel erleichterter darüber, als seine Worte vermuten ließen.

«Da wir gemeinsam in der Sache recherchiert haben, kann ich vermutlich Einfluss auf ihren Artikel nehmen.»

«Hätten Sie sich nicht mit dieser Kommunistin zusammengetan, wären wir gar nicht in der unangenehmen Situation.»

«Hätte ich mich nicht mit Fräulein Herden zusammengetan, wäre ich nicht so schnell auf Dr. Mandel gestoßen. Und er wäre jetzt vermutlich tot.»

«Da haben Sie auch wieder recht», gab Krey zu. «Außerdem kann ich Ihnen schlecht die Zusammenarbeit mit einer kommunistischen Journalistin vorwerfen, wenn sich die Westalliierten im Krieg mit Stalin verbündet haben.»

Gerber sah seinen Vorgesetzten überrascht an. «Ein gutes Argument. Das werde ich mir merken.»

--

Die Aktion war ein kompletter Fehlschlag. Frieder und Marion tot. Und Hannes selbst stand unter Schock, und doch legte er den Weg zu ihrem Versteck mit traumwandlerischer Sicherheit zurück. Mit der Horex Regina, deren luftgekühlter Einzylinder-Blockmotor unter ihm zuverlässig brummte, war er wie verwachsen, und den Weg hatte er sich so gut eingeprägt, dass er ihn im Dunkeln und ohne Scheinwerfer gefunden hätte.

Den Karabiner hatte er sich in einer ledernen Angelrutentasche auf den Rücken geschnallt.

Wie hatte das Ganze nur so aus dem Ruder laufen können? Der Plan war perfekt gewesen. Nur Dietrich hatte Einwände gehabt, dann aber zögernd nachgegeben. Er war nur verstimmt gewesen, weil er wegen seiner Unterschenkelzerrung noch das Bett hüten musste. Als ihr Anführer war Dietrich es gewohnt, die Dinge selbst in die Hand zu nehmen. Alles andere machte ihn nervös. Jetzt wünschte sich Hannes, sie hätten auf seine Einwände gehört.

Er stieß eine Reihe lauter Flüche aus, aber der Fahrtwind verschluckte sie auf der Stelle.

--

Ganz Allertal befand sich in heller Aufregung und strömte zum Haus des Tierarztes, vor dem ein halbes Dutzend Polizeifahrzeuge stand. Uniformierte Schutzpolizisten riegelten das Haus ab, aber ein kahlköpfiger Mann mit deutlichem Bierbauch schob sich durch ihre Reihen, wie Gerber mit einem Blick aus dem Wohnzimmerfenster bemerkte, und verlangte an der Haustür, eingelassen zu werden.

«Ich bin August Riechelt, der Bürgermeister», tönte er bis ins Haus hinein, wo Gerber und seine Kollegen die Vernehmung des Hausherrn fortsetzen wollten.

Dr. Krey stand abrupt auf, trat hinaus auf den Flur und bat den Bürgermeister, die Vernehmung nicht zu stören. Krey hatte die Wohnzimmertür nicht geschlossen, weshalb Gerber, Sattler und Dr. Mandel alles mitbekamen.

«Wie reden Sie mit mir?», empörte sich Riechelt. «Ich verlange, sofort darüber unterrichtet zu werden, was hier vor sich geht. Ich bin der Bürgermeister von Allertal. Ich bin Mitglied der CDU, und der Bundeskanzler ist mein Parteifreund.»

«Meiner auch», erwiderte Krey. «Vermutlich sehe ich in meiner Eigenschaft als stellvertretender Leiter der Sicherungsgruppe Bonn den Kanzler sogar etwas häufiger als Sie, Herr Bürgermeister. Vor allem spreche ich regelmäßig mit ihm. Es wird Dr. Adenauer sicher freuen, wenn ich ihm sagen kann, dass Sie mir erheblich dabei geholfen haben, in Allertal für Ruhe zu sorgen und größeres Aufsehen zu vermeiden. Würden Sie das für mich tun?»

«Aber natürlich, sehr gern», sagte Riechelt, nicht mehr forsch und fordernd, sondern in einem unterwürfigen Tonfall. «Sagen Sie dem Herrn Bundeskanzler bitte, dass er sich stets auf meine Unterstützung verlassen kann.»

«Das werde ich, Herr Bürgermeister, versprochen.»

Während der Kriminaloberrat ins Wohnzimmer zurückkehrte, baute Riechelt seine beeindruckende Gestalt draußen vor der versammelten Menge auf und schickte die Leute mit ebenso pompösen wie wohlklingenden Worten von höheren Interessen und einer unbedingt zu wahrenden Ordnung weg.

Krey sah alles andere als zufrieden aus, als er sich wieder in einem der Sessel niederließ. «Die heutige Schießerei wird Aufmerksamkeit erregen, und das nicht nur in diesem abgeschiedenen Ort», sagte er missmutig. «Wir sollten uns schnellstens eine Geschichte für die Öffentlichkeit einfallen lassen.»

«Wie wäre es mit einer brutalen Bande, die in Dr. Mandels Jagdhütte Unterschlupf gesucht hatte», schlug Sattler vor. «Als Mandel hinaus zu seiner Hütte fuhr, stieß er auf die Fremden, und spontan entspann sich ein Feuergefecht. Die eilends herbeigerufene Polizei konnte zwei der Kerle ausschalten, einem Dritten gelang die Flucht.»

«Nicht schlecht, auch wenn es einer näheren Nachprüfung nicht standhält», fand Gerber. «Aber fürs Erste sollte es die Neugier der Journalisten befriedigen. Und es lässt ihnen genügend Spielraum, all das hinzuzudichten, was sie nicht herausfinden können.»

«Sie sollten auch Fräulein Herden auf diese Geschichte einschwören», sagte Dr. Krey.

«Das werde ich», versprach Gerber.

«Die Hauptsache ist erst einmal, dass niemand den Vorfall in einen politischen Zusammenhang rückt.» Krey richtete seinen Blick auf Dr. Mandel, der wie unbeteiligt auf der Couch saß. «Obwohl es diesen Zusammenhang natürlich gibt. Nicht wahr, Herr Doktor?»

Mandel ließ sich nicht aus der Ruhe bringen und zog genüsslich an seiner Stanwell-Pfeife. «Was genau wollen Sie von mir hören, Herr Dr. Krey?»

«Dass Sie identisch mit jenem Dr. Kerschke sind, der ein führendes Mitglied im Technischen Dienst war, müssen wir nicht diskutieren, oder?»

«Das bestreite ich nicht. Mein Name und meine Identität wurden auf legale Weise geändert. Durch die Amerikaner, die sich an Ausbildung und Ausbau des TD beteiligt haben. Aber die ganze Sache ist uns über den Kopf gewachsen.»

«Genauer, bitte!», verlangte Gerber.

«Die Amerikaner sahen in unseren Leuten die idealen Partisaneneinheiten, aber viele von uns wollten mehr, sahen sich nicht als bloße Hilfstruppen Eisenhowers. Die Ausbildung und das Material waren für sie eher Mittel zum Zweck. Sie wollten den Einfluss der Roten und der Juden auf ihre Weise zurückdrängen.»

«Wie denn?», fragte Sattler.

«Sie haben Akten angelegt über Personen in mehr oder weniger einflussreichen Positionen, über ihre politischen Ansichten, ihre Religion, ihre Abstammung.»

Krey blaffte: «Um diese Personen zu erpressen?»

«Auch. Vor allem aber, um Westdeutschland zum richtigen Zeitpunkt von allen Leuten zu säubern, die ihnen unlieb sind. Von allen Volksschädlingen.»

«Sprechen Sie von einer Todesliste?», fragte Gerber.

«Einige Personen sollten hingerichtet werden, ja», antwortete Mandel zögernd. Er zog wieder an der Pfeife und suchte offenbar nach den richtigen Worten. «Wissen Sie, ich habe mir hier ein neues Leben aufgebaut, gemeinsam mit meiner Frau. Ich teile die radikalen Ansichten des TD nicht mehr. Als ich von den Amerikanern die Chance erhielt, unterzutauchen, war ich froh darüber.»

Mandel spielte den reuigen Sünder so überzeugend, dass Gerber es ihm beinah abgenommen hätte.

«Und so war alles eitel Sonnenschein, bis sich Hauptkommissar Buchmann an Ihre Fersen geheftet hat», sagte Gerber.

«Ja, so kann man das sagen. Buchmann hat sich wohl ein paar Notizen gemacht, bevor er die Akten über den TD verschwinden ließ oder an die Amis übergab. Jedenfalls fing er an zu graben, und dann kam er hierher, um von mir mehr zu erfahren.»

«Worüber genau?»

«Ein harter Kern des Technischen Dienstes hat einfach weitergemacht, trotz des Verbots. Eine geheime Unterorganisation, wenn Sie so wollen. Sie nennen sich die Wölfe Deutschlands.»

«Wie die Werwölfe aus der Nazi-Zeit.»

Mandel sah Gerber erstaunt an. «Sie wissen davon?»

«Ich jage sie seit vielen Jahren. Heute habe ich einen von ihnen wiedererkannt. Die junge Frau mit der Narbe, vor der Sie Ihre Gattin gewarnt haben.»

«Es war ein Spiel mit dem Feuer, die Werwölfe in den TD aufzunehmen. Sie sind echte Fanatiker, und nun planen sie, in den Wahlkampf für den Bundestag einzugreifen.»

Ruckartig beugte sich Krey weiter vor, hing jetzt fast mit dem Oberkörper über dem Marmortisch. «Wie?»

«Es gibt da eine Liste mit den größten Volksschädlingen, die man kaltstellen will. Einer von ihnen, der den Wölfen als gefährlicher Hetzer gilt, soll noch vor dem Wahltag umgebracht werden. Um ein deutliches Zeichen zu setzen, dass alle, die mit den Roten sympathisieren, mit demselben Schicksal rechnen müssen.»

Gerber verlor endgültig die Geduld und schlug mit der Faust auf den Tisch. «Jetzt reden Sie schon, Mann, auf wen haben die Wölfe es abgesehen?»

--

Je näher er seinem Ziel kam, desto weniger eilig hatte er es. Die Aussicht, Dietrich die Wahrheit über die gescheiterte Aktion direkt ins Gesicht zu sagen, jagte ihm einen kalten Schauer über den Rücken. Fast wünschte er sich, die zuverlässige Horex würde ihn im Stich lassen. Ein Motorschaden, der ihm ein paar Stunden Aufschub gewährte. Er fühlte sich wie vor dem Gang aufs Schafott.

Aber die Horex machte nicht schlapp, und bald fuhr er durch das felsige und zugleich dicht bewaldete Gelände, das nur demjenigen einen Weg offenbarte, der sich hier genau auskannte. Mit dem Auto wäre man nicht so weit gekommen. Schließlich musste er absteigen und das Motorrad die letzten fünfhundert Meter schieben.

Direkt neben dem Eingang der großen Höhle saß der schlaksige Udo auf einem Stein, auf den Knien eine MP 40, an deren Riemen er gelangweilt herumfingerte. Udo Hengsch war alles andere als ein Meisterschütze, weshalb ihn auch niemand bei dem heutigen Unternehmen hatte dabeihaben wollen.

«Nicht träumen, sondern Wache halten, Udo!»

Die Worte trafen Udo wie Hammerschläge. Verdutzt sprang er von dem Stein auf und brachte die MP in Anschlag.

«Nicht schießen, Mann. Ich bin's nur.»

Udos angespanntes Gesicht hellte sich auf, er ließ seine Waffe ein Stück weit sinken. «Hast du mich aber erschreckt, Hannes. Wo hast du die anderen gelassen?»

«Die kommen nicht mehr.»

«Was soll das heißen?»

Hannes blieb direkt vor dem Kameraden stehen und sah ihm in die ratlosen Augen. «Weil sie tot sind, Udo. Mausetot.»

«Wie? Tot?»

«Bring die Horex in den Unterstand und tank sie auf. Ich werde Dietrich Bericht erstatten.»

Udo übernahm das Motorrad, aber sein langgestrecktes Gesicht blieb ein Fragezeichen. «Wo ist denn die BMW mit dem Beiwagen?» Als Hannes ihn halb gereizt und halb mitleidig ansah, schien er es endlich zu begreifen.

Hannes ging an ihm vorbei ins Halbdunkel der Höhle.

Dietrich lag auf seinem Feldbett und las im trüben Licht der Ölfunzel eine alte, leicht zerfledderte Schwarte, ein Kriegsabenteuer mit buntem Titelbild.

Dietrich ließ das Heft auf seine Brust sinken und drehte den Kopf, um Hannes anzusehen. «Willkommen zurück, Hannes. Wie ist es gelaufen? Habt ihr den Verräter erledigt?»

Als Hannes vor dem Bett stehen blieb, fiel ihm erst auf, dass er noch immer die Tasche mit dem Karabiner auf dem Rücken trug.

«Es ist alles schiefgegangen», sagte er mit fast tonloser Stimme. «Wir haben Kerschke nicht erwischt.»

«Nicht?» Dietrich stützte sich auf den linken Unterarm und drehte sich noch weiter zu seinem Besucher herum. «Was ist passiert? Wo sind Frieder und Marion?»

Hannes würgte den Kloß hinunter, der ihn am Sprechen hindern wollte. «Gefallen. Beide sind gefallen.»

«Nein!», versetzte Dietrich mit einer Schärfe, die Hannes zusammenzucken ließ. «Marion ist nicht tot!»

«Ich wünschte, es wäre nicht so.»

Dietrichs Augen, in denen jetzt ein gefährliches Feuer aufflackerte, verengten sich zu Schlitzen und brannten sich auf Hannes fest wie glühende Kohlen. «Hast du gesehen, wie Marion starb? Hast du ihre Leiche gesehen?»

«Nein. Aber er hat ihre Stellung unter Feuer genommen und anschließend mit Marions Karabiner Frieder erschossen. Sie hätte ihre Waffe niemals hergegeben.»

«Kerschke hat beide erschossen?»

«Nein, es war der Amerikaner. Der, den du neulich in den Bergen fotografiert hast. Er hat gekämpft wie ein Teufel.» Hannes konnte nicht verhindern, dass ein Anflug von Bewunderung in seinen Worten mitschwang.

«Bist du sicher, dass er es war?»

«So sicher, wie man sich nur sein kann.»

Dietrichs Gesicht wurde bleich, und durch die zusammengepressten Zähne quetschte er: «Ich hätte ihn töten sollen, als ich die Chance dazu hatte.»

--

«Wen wollen die Wölfe Deutschlands töten?»

Gerber wiederholte seine Frage mit Nachdruck, als er von Dr. Mandel keine Antwort erhielt. Wie versteinert saß der Veterinär auf der Couch, in einer Hand die erloschene Pfeife.

«Reden Sie endlich!», fuhr Sattler den Tierarzt an. «Die Kerle haben bereits versucht, Sie umzubringen, und wenn wir sie nicht aufhalten, werden sie wiederkommen.»

Endlich knickte Mandel ein. «Das Attentat soll auf einen der führenden Köpfe der SPD verübt werden. Für die Wölfe ist er ein Hetzer der übelsten Sorte: Herbert Wehner.»

// KAPITEL 22 //

«Borst muss weg, sofort!»

Hannes war immer wieder überrascht, wie schnell Dietrich umschalten konnte. Wie er sich in einem Augenblick des größten persönlichen Verlustes auf das konzentrieren konnte, was als Nächstes zu unternehmen war. Deshalb war er und kein anderer ihr Anführer. Hannes war froh darüber, dass Dr. Wolfhard Borst jetzt im Zentrum von Dietrichs Überlegungen stand und sein eigenes Versagen in den Hintergrund trat.

«Du meinst, wir sollten ihn ...»

«Liquidieren, ja, und zwar sofort.»

«Aber er gehört zu unseren Unterstützern. Vielleicht brauchen wir seine Hilfe noch.»

Ruckartig richtete sich Dietrich auf dem Feldbett auf, und das Groschenheft, in dem er gelesen hatte, segelte zu Boden. «Begreifst du nicht, dass Borst unser Versteck verraten kann? Und durch das Telefonat mit Kerschke ist die Verbindung zu uns offenkundig.»

«Was nicht heißt, dass Kerschke plaudert.»

«Warum sollte er das nicht tun nach eurem grandiosen Fehlschlag heute? Er weiß jetzt, dass er auf unserer Abschussliste steht. Damit habt ihr ihn endgültig auf die andere Seite gedrängt. Er wird alles verraten, alles!»

«Dann sollten wir den Plan mit Wehner ändern», schlug Hannes vor. «Wir sollten uns ein anderes Ziel suchen.»

Dietrich schien nachzudenken und schüttelte den Kopf. «Warum? Ich will ohnehin mit dem Amerikaner abrechnen. Da können wir zwei Fliegen mit einer Klappe schlagen. Überleg doch mal, Hannes: Was für eine Blamage für die Staatsorgane, wenn sie von dem geplanten Anschlag wissen und ihn doch nicht verhindern können.»

«Und wenn Wehner untertaucht und wir nicht mehr an ihn herankommen?»

Zu Hannes' Überraschung stieß Dietrich ein heiseres Lachen aus. «Da kennst du Wehner schlecht. Der und untertauchen? Ganz sicher nicht.» Er trank einen Schluck Wasser und machte wieder ein ernstes Gesicht. «Aber zunächst müssen wir Borst beseitigen, heute noch. Du übernimmst das.»

«Warum ich?»

«Du hast etwas gutzumachen. Ist das ein Problem für dich?»

«Nein, Dietrich, natürlich nicht.» Hannes zwang sich zu einem Lächeln, das zuversichtlich wirken sollte. «Verlass dich auf mich, Borst ist ein toter Mann.»

--

Herbert Wehner. Der Name schwirrte durch Gerbers Kopf wie ein Insekt, das sich durch ein offenes Fenster ins Zimmer verirrt und nicht mehr hinausfindet.

Dazu sein Gesicht, irgendwie schief, breit und voll, aber nicht teigig, nicht weich. Ein verkniffen und zugleich kampfeslustig dreinblickendes Gesicht unter zurückweichendem Haaransatz. Wehner wirkte stets, als fühle er sich unwohl in seiner Haut. Gerber versuchte, sich einen fröhlichen Wehner vorzustellen, aber es wollte ihm nicht gelingen. Die Verkniffenheit des Mannes mochte Ausdruck der Vorsicht vor den Mitmenschen sein.

Als Mitglied der KPD suchte er während der Nazi-Herrschaft Zuflucht im Moskauer Exil. Der politischen Verfolgung durch Hitler entgangen, machte er hier Bekanntschaft mit dem Großen Terror, dem Säuberungswahn Stalins. Wehner entging der Säuberungswelle und wurde 1941 ins neutrale Schweden geschickt, um den Widerstand der Kommunisten in Deutschland zu organisieren. Ein Jahr später inhaftierten ihn die Schweden als angeblichen Spion, und die KPD schloss ihn aus, weil er sich dem Parteiauftrag entzogen habe. Nach dem Krieg wurde er Mitglied der SPD. Er hatte einen Sitz im Bundestag und in der Europäischen Parlamentarischen Versammlung. Und als einer der bedeutendsten SPD-Politiker hatte er sich offenkundig Todfeinde geschaffen.

Gerber dachte, dass es folgerichtig war, ein Attentat auf einen der führenden Oppositionellen zu verüben. Auf einen Mann linker Gesinnung, der schon vom Nazi-Regime gnadenlos verfolgt worden war. Adenauer dagegen stärkte mit seinem Westkurs den Antikommunismus, und das lag voll und ganz auf der Linie der Werwölfe.

«Wehner also», sagte Gerber leise und konzentrierte sich wieder auf den Tierarzt. «Was können Sie uns noch über das geplante Attentat sagen, Dr. Mandel?»

«Man hatte vor, die SPD zu unterwandern.»

«Jemand sollte in der Partei eingeschleust werden?» Mandel nickte. «Eine Person oder mehrere?»

«Ich weiß es nicht. Ich kann Ihnen auch nicht sagen, ob dieser Plan umgesetzt wurde. Ich weiß nicht mal, ob Wehners Name immer noch ganz oben steht auf ihrer – ihrer …»

«Abschussliste», half Gerber ihm aus. «Wenn Sie so wenig wissen, wieso hat der Kollege Buchmann Sie dann mehrmals aufgesucht?»

«Er hat mir nicht geglaubt und wollte Details aus mir herauskitzeln, die ich einfach nicht wusste.»

«Warum haben Sie uns nicht sofort über die Attentatspläne informiert, nachdem Buchmann tot war?»

«Ich hatte Angst, das ist doch klar. Insofern löste Buchmanns Tod sogar eine gewisse Erleichterung bei mir aus.»

«Und doch mussten Sie damit rechnen, dass die Werwölfe auch Ihnen auf die Spur kommen und Sie zum Schweigen bringen wollen.»

Mandel senkte den Kopf und seufzte: «Ja, das wurde mir auch bald klar.»

«Dann verstehe ich nicht, wieso Sie heute Vormittag zu Ihrer Jagdhütte gefahren sind, mitten hinein in die Falle.»

«Das stimmt, ich musste damit rechnen, dass es eine Falle war. Deshalb hatte ich auch meine Luger dabei. Aber ich hatte gehofft, wichtige Informationen über die Werwölfe zu bekommen, die mir geholfen hätten, ihnen zu entkommen. Das hatte mir jedenfalls Dr. Borst am Telefon gesagt.»

«Wer?»

«Dr. Wolfhard Borst, Chirurg am Uniklinikum Bonn. Ich kenne ihn noch aus dem Krieg. Als Obersturmbannführer war er für die medizinische Betreuung der 37. SS-Kavallerie zuständig, zu deren Neuaufstellung ich kurz vor Kriegsende abkommandiert war. Später tauchte er bei einigen BDJ-Sitzungen auf und zeigte großes Interesse, als er vom Technischen Dienst erfuhr. Er hat sich nie offiziell für unsere Vereinigung engagiert, hat uns aber mit größeren Geldspenden unterstützt. Borst hatte wohl vor, eine offizielle Stelle für den Fall einzunehmen, dass aus dem TD ein größerer Militärverband entstehen sollte.»

«Ein größerer Militärverband?», wiederholte Dr. Krey interessiert. «Was meinen Sie damit?»

«Westdeutschland wird in nicht allzu ferner Zukunft eine neue Wehrmacht aufstellen, das dürfte uns allen klar sein. Wer den Schutz der Westalliierten möchte, wird auch seinen Teil dazu beitragen müssen. Die alten SS-Eliten sind dabei, eine mehrere tausend Mann starke Kampftruppe aufzustellen, die den Kern der neuen westdeutschen Armee bilden soll. Borst wollte die TD-Verbände mit ihnen vereinen. Ich habe mich gemeinsam mit anderen TD-Anführern dagegen ausgesprochen. Unsere Leute wurden speziell für Partisaneneinsätze ausgebildet, nicht dazu, in Reih und Glied zu marschieren.»

Je mehr Mandels Ausführungen in die Breite gingen, desto ungeduldiger wurde Gerber. Er wollte dringend nach Eva sehen.

«Kommen wir wieder auf diesen Borst zurück», forderte er deshalb. «Wann hat er Sie angerufen?»

«Zum ersten Mal gestern Nachmittag, dann noch einmal heute Vormittag. Er sagte, er habe wichtige Informationen über immer noch aktive Werwolf-Jagdgruppen. Ich müsse etwas unternehmen, sonst sei mein Leben in Gefahr und das meiner Frau. Mehr wollte er am Telefon nicht sagen. Ich schlug die Jagdhütte als Treffpunkt vor.»

«Haben Sie sich nicht gefragt, woher Borst von Ihrer neuen Identität wusste?», fragte Gerber.

«Doch, natürlich. Er wollte mir alles beim Treffen erzählen.»

«Tja», sagte Sattler gedehnt. «Für mich sieht es so aus, als habe Ihr alter Kriegskamerad Sie eiskalt in eine Falle gelockt.»

«Womit feststehen dürfte, dass Borst enger mit dem Technischen Dienst verbandelt ist als angenommen», ergänzte Krey.

«Möglich», sagte Gerber. «Vielleicht haben ihn die Werwölfe auch nur für ihre Zwecke benutzt, vielleicht sogar unter Zwang. Auf jeden Fall ist er eine heiße Spur.»

«Und ein Risiko für die Werwölfe», gab Sattler zu bedenken.

«Da haben Sie verdammt recht», sagte Gerber alarmiert. «Sie werden sich denken können, dass Mandel uns Borsts Namen nennt.»

Gerber hatte noch nicht ganz ausgesprochen, da war Krey schon aufgesprungen, um das Wohnzimmer zu verlassen. «Ich werde Borst unverzüglich in Schutzhaft nehmen lassen.»

--

Wolfhard Borst zog den weißen Arztkittel aus, hängte ihn auf einen Kleiderbügel an der Garderobe und streifte sein maßgeschneidertes Jackett über. Seine Operationen an diesem Tag waren durchweg erfolgreich verlaufen, aber er wurde diese innere Unruhe nicht los. Er dachte an seinen alten Kameraden von der Waffen-SS, Walter Kerschke – oder Bernhard Mandel, wie er sich jetzt nannte –, und hoffte, dass er inzwischen tot war.

War es falsch von ihm gewesen, sich auf die Anrufe bei Kerschke einzulassen? Er atmete tief durch und beruhigte sich mit der Vorstellung, dass er einfach alles abstreiten konnte, sollte der Tierarzt noch am Leben sein und ihn denunzieren. Schließlich war Borst Leiter der Chirurgie am Universitätsklinikum, ein angesehenes Mitglied der Bonner Gesellschaft. Und wer war schon Kerschke? Ein Tierarzt unter falschem Namen, der sich verstecken musste.

Im Vorzimmer lächelte ihn die stets adrette Frau Ludwig an und hielt ein hübsch verpacktes Päckchen hoch. «Vergessen Sie das Geschenk für Ihren Sohn nicht, Herr Doktor.»

«Vielen Dank, Frau Ludwig, und Ihnen noch einen schönen Feierabend.»

Er nahm das Päckchen an sich, setzte seinen Fedora auf und trat zufrieden hinaus auf den Gang. Gleich nach dem Anruf bei Kerschke am heutigen Vormittag, den er aus einer Telefonzelle in der Innenstadt getätigt hatte, war er in ein großes Spielwarengeschäft gegangen. Sein Sohn Erwin feierte heute seinen sechsten Geburtstag, und Borst wollte ihm gern etwas Persönliches schenken, wenn er abends heimkam. Der aufziehbare Blechpanzer, der dank eines Feuersteins beim Fahren sogar aussah, als würde er schießen, war genau die richtige Ergänzung für die kleine Armee, die Erwin inzwischen beisammenhatte. Im Hause Borst schritt die Wiederaufrüstung viel zügiger voran als im westdeutschen Staat, aber das würde sich auch noch ändern.

Borst hatte es gut getroffen. Er hatte den Krieg unbeschadet überstanden, eine junge Frau gefunden, die ihm Erwin und die kleine Renate geschenkt hatte, und er hatte schnell wieder Karriere als Arzt gemacht. Eine politische Karriere würde folgen, da war er sich sicher. Er musste nur an den richtigen Stellschrauben drehen. Noch waren die Reste des Technischen Dienstes, verschmolzen mit den übriggebliebenen Werwolftrupps, ein nützliches Hilfsmittel. Doch er sah sich schon an der Spitze einer neuen Wehrmacht.

Er blieb vor seinem nagelneuen Opel Kapitän stehen.

Irgendetwas stimmte nicht. In dem Moment röhrte der Motor eines schweren Möbelwagens auf. Das Monstrum stieß eine schwarzgraue Dieselwolke aus, als der Fahrer direkt auf Borst zuhielt.

War der Mann verrückt?

Dann erkannte Borst das Gesicht des Fahrers. Es war der Werwolf, der ihn zu der Höhle gebracht hatte, um nach dem verletzten Anführer zu sehen. Hannes Irgendwer.

Borst war für wertvolle Sekundenbruchteile völlig überrascht. Als der Kühlergrill gegen ihn prallte, durchfuhr seinen Körper ein heißer Schmerz.

Das Letzte, was Borst sah, war das Päckchen, das zur Seite geflogen war. Gott sei Dank, dachte er noch, der neue Panzer ist in Sicherheit.

--

«Wer ist das Mädchen mit der Narbe?», fragte Gerber in dem Augenblick, als Dr. Krey wieder ins Wohnzimmer trat.

Dr. Mandel fasste sich an die Stirn, als sei das alles zu viel für ihn. «Ihr Name ist – oder war – Marion Haller. Der Anführer des Werwolftrupps, zu dem sie gehörte, ist ihr Bruder Dietrich Haller. Ich weiß sonst nicht viel über die beiden. Nur, dass sie Fanatiker sind. Haller ist auch bei anderen Jagdgruppen als Führungsperson anerkannt. Sein Trupp steht an der Spitze der wenigen noch aktiven Gruppen, die sich zu den Wölfen Deutschlands zusammengeschlossen haben.»

«Wie viele Gruppen sind es insgesamt?», fragte Krey.

«Wohl nur noch ein halbes Dutzend.»

«Also ungefähr dreißig Leute», schlussfolgerte Krey. «Wenn wir davon ausgehen, dass ein Jagdtrupp aus fünf Mann besteht.»

Mandel stopfte seine Pfeife neu und sah kurz zu Krey auf. «Das ist richtig.»

«Sind die beiden Hallers Zwillinge gewesen?», fragte Gerber.

«Ich weiß es nicht. Wieso?»

«Weil sie sich so ähnlich sehen.»

«Kennen Sie denn Dietrich Haller?»

«Nur zu gut, noch aus Kriegszeiten. Ich habe lange nach ihm gesucht. Nach ihm und seiner Schwester.»

Das Telefon klingelte, und ein uniformierter Polizist rief Krey an den Apparat. Als der Kriminaloberrat nach kurzem Gespräch zurückkam, war sein Gesicht versteinert. «Der Anruf kam aus Bonn. Borst ist vor wenigen Minuten einem Mordanschlag zum Opfer gefallen.»

Mandel brach als Erster das Schweigen, das sich der Männer bemächtigt hatte. «Haben sie jetzt also ihn an meiner Stelle erschossen.» Es war keine Frage, sondern eine bittere Erkenntnis.

Krey schüttelte den Kopf. «Nein, er wurde nicht erschossen. Ein Möbeltransporter hat ihn überfahren. Sagen Sie jetzt nicht, das könnte ein Unfall gewesen sein.»

--

Hannes Griehl trat nach Kräften in die quietschenden Pedale und fuhr auf dem alten Damenfahrrad den Venusberg hinab. Er wurde das letzte Bild von Borst nicht los: die Verwunderung, als er Hannes im Führerhaus erkannte.

Einen Sekundenbruchteil später war Borst auch schon unter dem schweren Lkw verschwunden. Da war nur noch dieses Päckchen gewesen, das ein Stück durch die Luft flog. Und ein Rumpeln, das Hannes leicht durchrüttelte, als der Möbeltransporter über den Chirurgen fuhr und den letzten Rest Leben aus ihm herausquetschte.

Ein paar Leute auf dem Parkplatz hatten den Vorfall beobachtet, aber damit hatte Hannes gerechnet. Er hielt sich nicht weiter mit ihnen auf und steuerte den Lkw auf die Straße. Nach wenigen hundert Metern ließ er den Wagen einfach am Straßenrand stehen und schnappte sich das Fahrrad, das an einem Bauzaun lehnte.

Mit jedem Meter, den er sich vom Klinikum entfernte, fühlte er sich sicherer. Baumgruppen wechselten sich mit Häusern und mit Baustellen ab, und alles flog an ihm vorbei. Die Aktion war ein voller Erfolg gewesen, aber es wollte keine Freude in ihm aufkommen.

Verantwortlich dafür war zum einen das fehlgeschlagene Attentat vom Vormittag, bei dem Marion und Frieder gefallen waren. Aber da war noch etwas: Er wurde das Gefühl nicht los, mit Obersturmbannführer Borst den Falschen getötet zu haben.

Der Verräter Kerschke hatte den Tod mit Sicherheit verdient, aber Borst? Er hatte sich nichts zuschulden kommen lassen. Im Gegenteil, er hatte sich um den verletzten Dietrich gekümmert und dabei geholfen, Kerschke in die Falle zu locken. Er war ein Unterstützer ihrer Sache gewesen und zugleich ein angesehenes Mitglied der besseren Gesellschaft. Er hätte noch viel für sie tun können. Oder hatte Dietrich recht? War er durch die Telefonate mit Kerschke ein zu großes Risiko geworden?

Nicht die moralische Frage nach der Berechtigung, Borst zu liquidieren, quälte Hannes. Das, was die guten Bürger unter Moral verstanden, spielte für ihn und seine Kameraden schon lange keine Rolle mehr. Sie lebten und kämpften im Untergrund. Nach eigenen Regeln, eigener Moral. Gerade deshalb konnten sie es sich nach Hannes' Meinung nicht leisten, Männer wie Borst einfach auszulöschen, auf einen puren Verdacht hin. Sie waren auf die wenigen Scharniere angewiesen, die sie mit der anderen Welt verbanden. Auf Unterstützer und Förderer, auf Lieferanten von Waffen und Munition, auf Ärzte.

Ja, er hatte Obersturmbannführer Borst erfolgreich liquidiert. Aber trotz des reibungslosen Ablaufs fühlte es sich für Hannes wie eine Niederlage an. Er hatte einen möglichen Verräter ausgeschaltet, aber er hatte dadurch auch den Unterstützerkreis ihrer Organisation entscheidend geschwächt.

Polizeiwagen mit eingeschaltetem Blaulicht und Martinshorn kamen ihm entgegen, zweifellos auf dem Weg zur Uniklinik. Von dem jungen Mann auf dem Fahrrad, dem Anschein nach ein Arbeiter auf dem Heimweg, nahmen sie keine Notiz.

Er hatte den Fuß des Venusbergs erreicht, und vor ihm tauchte die Möbelspedition auf, von deren Hof er den Lkw entwendet hatte. Etwa dreißig Meter davor schlug er sich links ins Gebüsch und sprang von dem Fahrrad, das er achtlos zu Boden fallen ließ. Hier hatte er die Horex versteckt, die ihn im Schutz der Dunkelheit zurück zum Versteck bringen würde.

Hannes schwang sich in den Sattel, ließ die Maschine an und rollte vorsichtig zur Straße. Als ihn niemand sehen konnte, fuhr er auf die Straße hinaus, ganz gemäßigt, wie ein braver Bürger.

// KAPITEL 23 //

Müde und frustriert blickte Gerber hinaus auf den breiten Strom, in dessen dunklen Fluten sich die Lichter der Ausflugsdampfer spiegelten. Neben ihm rutschte Dr. Krey auf dem Beifahrersitz unruhig hin und her, während Gerber den Ford Taunus über die Rheinbrücke lenkte. Sie waren gerade durch Beuel gefahren, und nur einige hundert Meter entfernt lag das St.-Josef-Hospital, in das man Eva gebracht hatte. Gerber brannte darauf, sie zu besuchen. «Keine Zeit für so etwas», hatte Krey gesagt. Das war der hauptsächliche Grund für seine Frustration. Hinzu kam der Umstand, dass er nicht wusste, wohin die Reise ging.

«Wir haben einen Termin», hatte Krey nur nach einem seiner zahlreichen Telefonate, die er noch von Mandels Anschluss aus geführt hatte, zu ihm gesagt. Auf Gerbers Nachfrage, wo und mit wem, hatte sein Vorgesetzter nur geantwortet: «Warten Sie es ab.»

Sattler war in Allertal zurückgeblieben, um die Sicherheit der Mandels zu gewährleisten. Noch in der Nacht sollten sie zu Verwandten nach Brauweiler in der Nähe von Köln gebracht werden. Dort sollte die örtliche Polizei sie bis auf weiteres bewachen. Sie hatten kein Glück gehabt mit ihrer neuen Identität, aber Gerbers Mitgefühl beschränkte sich auf Frau Mandel. Ihr Ehemann hatte zu jedem Zeitpunkt gewusst, was er tat und worauf er sich einließ.

Irgendwie hatte Gerber damit gerechnet, dass sie zum

Venusberg fahren würden, aber Krey dirigierte ihn in die entgegengesetzte Richtung. Sie fuhren in die Rheindorfer Straße. Gerber beschlich eine leise Ahnung, die sich schnell bestätigte. Krey wies ihn an, in die Einfahrt zu einem kasernenartigen Gebäudekomplex abzubiegen, dem gegenüber sich eine Grünanlage erstreckte. Gerber hielt vor einer Schranke mit einer bewaffneten Schildwache in der Uniform des erst zwei Jahre zuvor gegründeten Bundesgrenzschutzes. Auf einem großen Schild prangte der Bundesadler neben der Aufschrift «Bundesministerium des Innern».

Ein junger Grenzschutzoffizier wollte zu Gerber treten, aber Krey lenkte ihn durch eine Geste zur Beifahrerseite. Krey kurbelte sein Fenster nach unten, zeigte seinen Dienstausweis und sagte: «Kriminaloberrat Dr. Krey, Sicherungsgruppe Bonn. Zusammen mit Hauptkommissar Gerber. Herr Dr. Lehr erwartet uns.»

Der Offizier nickte knapp, salutierte vor Krey und winkte sie durch. Gleichzeitig ließ einer der Grenzer die Schranke nach oben gehen. Gerber parkte den Wagen nach Kreys Anweisung auf dem Innenhof, und sie traten zu einer Pförtnerloge. Dabei warf Krey einen schrägen Blick auf ihn. «Ihr ramponierter Anzug ist dem Anlass eigentlich nicht angemessen.»

«Vor dem nächsten Feuergefecht packe ich einen zweiten Anzug zum Wechseln ein», gab Gerber trocken zurück.

Der uniformierte Pförtner griff nach einem kurzen Gespräch mit Krey zum Telefon. Kurz darauf erschien ein überaus korrekt gekleideter Mann mittleren Alters, dem man den höheren Beamten auf den ersten Blick ansah.

«Von Meibom, persönlicher Referent des Herrn Ministers», stellte er sich mit einer angedeuteten Verbeugung vor. «Wenn Sie mir folgen möchten. Herr Dr. Lehr erwartet Sie bereits.»

Es klang ein wenig nach «Sie kommen aber spät», fand Gerber.

Sie folgten dem Referenten eine breite Treppe hinauf in den ersten Stock und dort in ein Vorzimmer, in dem eine Sekretärin in einem hochgeschlossenen Kleid mit dem Anflug eines Rüschenkragens ihnen den Rücken zudrehte und damit beschäftigt war, frischen Filterkaffee zuzubereiten.

«Die beiden Gäste des Herrn Ministers sind da, Fräulein von Bahlke.»

Sie wandte sich um und gestattete sich ein Lächeln, das breiter wurde, als sie Gerber in seinem ramponierten Anzug erblickte. «Guten Abend, die Herren. Der Kaffee ist gleich fertig.»

Der Innenminister saß in kerzengerader Haltung an einem großen Glastisch und las in einem ganzen Stoß von Unterlagen. Ein massiger Mann um die siebzig, dessen mächtiger Schädel von einem weißen Haarkranz gesäumt wurde. Im Gegensatz zum Haupthaar waren die buschigen Augenbrauen und der kleine Oberlippenbart, der wie eine dritte, nach unten gerutschte Braue wirkte, noch schwarz. Unter dem dunklen Dreiteiler lugte, farblich passend zum Anzug und im tadellosen Sitz, eine Krawatte hervor, die mit einer silbernen, in einer Perle auslaufenden Nadel geschmückt war. Bei diesem Anblick kam sich Gerber in seinem verschmutzten, zerknitterten Anzug tatsächlich deplatziert vor.

Der Referent stellte die beiden vor. Dr. Lehr erhob sich und gab erst Krey, dann Gerber die Hand. Er musterte Gerber von oben bis unten, und die Augen unter den buschigen Brauen leuchteten auf. «Unser Neuzugang. Es freut mich, Sie kennenzulernen. Colonel Anderson hat in den höchsten Tönen von Ihnen gesprochen. Sie haben einen harten Tag hinter sich, wie ich sehe.» Er blickte in die Runde. «Nehmen Sie doch bitte alle Platz. Fräulein von Bahlke wird uns gleich mit ihrem fabelhaften Filterkaffee aufmuntern.» Etwas lauter, damit es auch im Vorzimmer ankam, fügte er hinzu: «Und mit einem stärkenden Cognac.»

«Ist so gut wie unterwegs, Herr Minister», flötete die Sekretärin in einem so fröhlichen Ton, als sei der Tag noch jung.

«Geben Sie dem Minister doch einen Abriss der heutigen Ereignisse, aber bitte in knappen Worten», bat von Meibom.

Während erst Gerber und anschließend Krey der Bitte nachkamen, hörte der Innenminister konzentriert zu. Zwei Mal zogen sich seine Brauen so eng zusammen, dass sie fast wie eine durchgehende Linie aussahen. Das erste Mal, als Krey von dem möglichen Anschlag auf Herbert Wehner berichtete, und das zweite Mal, als er über Dr. Borsts Tod sprach.

«Ich habe Wolfhard Borst persönlich gekannt», sagte Lehr. «Ein Mann mit bisher tadellosem Ruf und ein offenbar überaus fähiger Chirurg. Wie sicher ist es, dass er mit diesen Verschwörern unter einer Decke steckt – steckte?»

«Sehr sicher», antwortete Krey. «Warum hätte uns Dr. Mandel über diesen Punkt belügen sollen?»

«Der endgültige Beweis dafür, dass Borst zumindest in engem Kontakt zu den Überresten des Technischen Dienstes stand, ist seine Ermordung», ergänzte Gerber. «Hätte er nichts über sie gewusst, hätten die Werwölfe ihn kaum umgebracht.»

«Und das ist auch sicher?», fragte Lehr in seiner bedächtigen Art, die einen immer schon auf die nächste Silbe lauern ließ. «Dass es alte Werwolfgruppen aus dem Krieg sind?»

«Es kann gut sein, dass sie ihre Reihen mit jüngeren Leuten aufgefüllt haben», antwortete Gerber. «Aber der Frau, die ich heute erschossen habe, und ihrem Bruder habe ich bereits 1945 gegenübergestanden. Gemeinsam mit Colonel Andersons Sohn.» Er schob die alten Bilder, die vor ihm auftauchen wollten, beiseite und fuhr etwas leiser fort: «Den die beiden vor meinen Augen ermordet haben.»

Lehr wirkte, als sei er persönlich betroffen. «Das habe ich nicht geahnt. Ich dachte, der TD kämpfte für eine gute Sache und gegen die rote Gefahr.»

«Vor allem kämpfen sie für sich selbst und ihre kruden Nazi-Ideen», sagte Gerber mit harter Stimme.

«Hätte ich das damals schon gewusst, hätte ich sie niemals verteidigt», seufzte Lehr.

«*Was* haben Sie?», fragte Gerber laut, ohne auf Kreys beschwichtigende Geste zu achten.

«In einer Bundestagsdebatte zum Verbot von BDJ und TD habe ich die Hilfe aller befürwortet, die sich der Bekämpfung totalitärer Bestrebungen verschrieben haben.»

«Die Werwölfe mögen die totalitären Bestrebungen der Sowjets bekämpfen, aber dafür verfolgen sie ganz eigene totalitäre Bestrebungen.»

Kreys Mienenspiel verriet, wie wenig ihm die Diskussion behagte, die Gerber vom Zaun gebrochen hatte. Aber nach allem, was er heute erlebt hatte, war Gerber nicht bereit nachzugeben.

«Sie haben recht, Herr Gerber, das ist mir jetzt klar.» Lehr griff nach seinem Cognacschwenker und trank den Rest der bernsteinfarbenen Flüssigkeit. «Ich bin wohl allmählich zu alt für meinen Posten, dass ich auf solche dunklen Gestalten hereinfalle.»

«Nicht doch, Herr Innenminister», beeilte sich Krey zu sagen. «In weniger als vierzehn Tagen sind die Wahlen, und danach werden Sie unserem Land hoffentlich für eine weitere Amtszeit zur Verfügung stehen.»

«Ich?» Der Minister starrte in das leere Glas, als suche er dort vergeblich nach etwas. Dann schüttelte er den Kopf. «Nein, ich trete nicht noch einmal an. Die kleine Einzimmerwohnung, in der ich hier in Bonn hause, wird bald Geschichte sein. Ich habe ein schönes Haus in Düsseldorf, wo meine Aenne darauf wartet, dass ich ihr bei der Gartenarbeit helfe.» Er stellte das Glas auf den Tisch und schien von neuer Energie durchflutet. «Aber bis dahin, meine Herren, wartet noch viel Arbeit auf uns. Wir müssen alles dafür tun, die Anschlagspläne dieser Werwölfe zu durchkreuzen. Was immer Sie dafür brauchen, Sie werden es bekommen!»

// KAPITEL 24 //

Dienstag, 25. August 1953

Zwölf Tage bis zur Wahl

Der Anruf kam früh und unerwartet.

«Herr Gerber», bellte Krey ohne Begrüßung ins Telefon, «Sie melden sich bitte unverzüglich in der Villa Selve. Gerade kam der Befehl, dass Sie ab heute dem Schutzkommando Adenauer zugeteilt sind. Beeilen Sie sich!»

«Personenschutz?», fragte Gerber, der im Pyjama am Telefonapparat der Pension stand, mit kratziger Stimme. «Aber wieso? Was ist mit den Ermittlungen gegen die Werwölfe?»

«Sattler übernimmt die Leitung.»

«Ich bin nach Bonn geschickt worden, um in dieser Sache zu ermitteln. Ich wüsste beim besten Willen nicht, wie ich beim Kommando Adenauer …»

«Die Anweisung kommt vom Innenminister», fiel ihm Krey ins Wort. «Mehr weiß ich auch nicht.»

«Und die geplante Lagebesprechung bei Ihnen heute Vormittag?»

«Wie ich schon sagte, Sattler wird Sie vertreten.»

Gerber wusch und rasierte sich hastig, kleidete sich mit der Schnelligkeit an, die einem beim Militär antrainiert wird, und übergab der kopfschüttelnden Frau Stenitzer seinen ramponierten Anzug vom Vortag. «Für die Wäscherei.»

Im Eiltempo ging er zu dem Ford Taunus, der ihm allmählich zum zweiten Zuhause wurde. Ihm blieb nicht einmal die Zeit, sich die am Vortag verschossene Munition für die Browning von «Goldfisch»-Schindler ersetzen zu lassen.

Vor dem Fuhrpark erwarteten ihn bereits die Kollegen vom Kommando Adenauer, allen voran Kriminalkommissar Fritz Blaschke. Er lehnte an dem Porsche 356 Cabrio und hielt seinen kahlen Schädel ins frühe Sonnenlicht.

«Wissen Sie, warum ich Ihrem Kommando zugeteilt bin?», fragte Gerber ihn anstelle einer Begrüßung.

«Mein Name ist Hase», erwiderte Blaschke mit einem kaum unterdrückten Gähnen. «Außerdem ist es jetzt Ihr Kommando, Herr Hauptkommissar. Sie haben den höheren Rang.»

«Und Sie die Erfahrung, Kollege. Also übernehmen Sie die Führung.»

«Gut.» Blaschke wies auf den Porsche. «Möchten Sie? Der Fahrtwind bläst einen gut durch, da wird man wach.»

«Nein, danke. Mir ist eher nach einem Nickerchen.»

Gerber ging zu der schweren Mercedes-Limousine, die mit einem Funkgerät ausgestattet war, und ließ sich auf den Beifahrersitz sinken. Ein Kollege saß am Steuer, zwei weitere im Fond.

Als sich die beiden Fahrzeuge in Bewegung setzten, der Porsche voran, dachte er an die vergangene Nacht, die mit dem Besuch beim Innenminister für ihn noch lange nicht zu Ende gewesen war. Nachdem er Krey in der Joachimstraße abgesetzt hatte, war er zum St.-Josef-Hospital gefahren. Eva hatte die Behandlung der Wunde gut überstanden und schlief.

«Das Beste, was sie jetzt tun kann», hatte die Schwester gesagt. «Zum Glück ist es nur eine Fleischwunde, und sie wird sich aller Voraussicht nach schnell erholen.»

Es war ähnlich gewesen wie vor ein paar Tagen nach dem Vorfall in Buchmanns Bungalow. Die Oberschwester hatte ihm Evas Wohnungsschlüssel ausgehändigt, und er hatte den hellbraunen Lederkoffer mit ihren Sachen gepackt. Er bekam langsam Übung darin. Eigentlich hatte er den Koffer erst heute Morgen vorbeibringen wollen. Aber als er wieder im Wagen saß, war er noch einmal zum Hospital gefahren und hatte den Koffer bei der Oberschwester abgegeben. Als hätte ihm ein sechster Sinn gesagt, dass er an diesem Morgen nicht dazu kommen würde. Vermutlich war es nur der Wunsch gewesen, noch einmal in Evas Nähe zu sein.

Der kleine Konvoi fuhr jetzt nach Bad Godesberg, um dort mit der Autofähre über den Rhein zu setzen. Am rechten Rheinufer ging es weiter nach Rhöndorf bis zu jenem Haus am Berghang, in dessen Weinkeller Gerber und Jim Anderson vor acht Jahren Dr. Adenauer aufgespürt hatten. Die Kriegsschäden an Haus und Grundstück waren verschwunden und ebenso der grüne Tarnanstrich. In einem strahlenden Weiß reflektierte das Haus, das sich eng an den Berghang lehnte, das Sonnenlicht. Die Terrassengärten dienten nicht länger dem Gemüseanbau, sondern waren mit einer wahren Blumenpracht bepflanzt. Über allem wachte der Drachenfels mit seiner Burgruine und wirkte so zeitlos, dass Gerber alle aktuellen Probleme unwirklich erschienen. Hatte dort wirklich der Drache aus der Nibelungensage gehaust, wie manche behaupteten? Um das anzunehmen, musste man an Drachen überhaupt glauben. Aber warum nicht? Er glaubte ja auch an Werwölfe und machte Jagd auf sie.

Am Fuß der Treppe stand der schwarze Mercedes 300 des Bundeskanzlers, äußerlich ein Duplikat des Wagens, in dem Gerber saß. Der Porsche setzte sich vor die Kanzlerlimousine, der Mercedes der Sicherungsgruppe dahinter. Kaum war das erledigt, fuhr ein dunkelgrüner, mit Blaulicht ausgerüsteter Opel Kapitän heran und suchte seinen Platz noch vor dem Porsche.

«Die örtliche Polizei», erklärte Blaschke, der, wie auch Gerber, sein Fahrzeug verlassen hatte. «Sie gibt uns das Morgengeleit bis zur Fähre.»

«Das läuft hier ab wie ein gut gepflegtes Uhrwerk.»

«Ja, das kann man so sagen. Nur eins ist heute anders als sonst …»

Blaschke ließ den Satz in der Luft hängen, und Gerber sagte: «Ich.» Als Blaschke nickte, fuhr er fort: «Ob Sie es mir glauben oder nicht, ich verstehe meine Anwesenheit hier ebenso wenig wie Sie.»

«Hat es vielleicht etwas mit der Sache zu tun, in die Sie und Fräulein Herden gestern geraten sind?»

«Frühstück?» Er hielt Blaschke seine Camel-Packung hin. «Gut möglich und derzeit die einzig greifbare Erklärung. Wenn ich auch nicht weiß, wie es meine Versetzung zum Kommando Adenauer erklärt.»

«Sie meinen, dass Sie nicht wissen, ob es ein Sonderauftrag oder eine Strafversetzung ist.»

Gerber stieß den Rauch aus und nickte. «Mensch, Blaschke, Sie sind klüger, als Sie aussehen.»

«Aber sagen Sie es nicht weiter, sonst ist meine ganze Reputation als Trottel vom Dienst dahin.»

«Ich dachte, das sei Herr Müller.»

«Nein, der ist das Fräulein vom Dienst. Mit dem möchte ich nicht tauschen.»

«Die Geschichte von gestern hat wohl schon die Runde gemacht.»

«Es gibt nur eins, was schwatzhafter ist als eine Horde Schulmädchen», meinte Blaschke. «Nämlich eine Horde Polizisten. Erzählen Sie einem Kollegen ein Dienstgeheimnis unter dem Siegel der Verschwiegenheit, dann können Sie morgen alles im *General-Anzeiger* lesen.»

«Gilt das auch für die Sicherungsgruppe?»

Blaschke riss plötzlich die Zigarette aus seinem Mund und trat sie auf der Straße aus. «Der Alte kommt. Er kann das Gequalme gar nicht ab.»

Während auch Gerber seine Camel austrat, beobachtete er, wie der Bundeskanzler gemessenen Schrittes die Treppe herunterkam.

«Achtundfünfzig Stufen», raunte Blaschke. «Trotz seiner siebenundsiebzig Jahre schafft er sie ohne Unterbrechung, rauf genauso wie runter.»

Adenauer wirkte größer, als Gerber ihn in Erinnerung hatte. Vielleicht lag das an dem Homburger, der sein Gesicht mit den wie gemeißelt wirkenden Zügen überschattete. Oder an der sehr aufrechten Körperhaltung. Oder vielleicht, dachte Gerber innerlich schmunzelnd, war seit ihrer ersten Begegnung einfach ein sehr großer Mann aus ihm geworden.

«Juten Morgen, meine Herren», erwiderte Adenauer den Gruß der beiden Polizisten in jenem rheinischen Singsang, der für Gerber immer ein bisschen nach Karneval klang. «Haben Se Ihre Hüte verjessen? Das ist nicht klug, heute jibt es bestimmt noch Rejen.» Als Gerber und Blaschke skeptisch in den wolkenlosen Himmel guckten, fuhr er fort: «Warten Se es nur ab. Wir bleiben heute nämlich im Bonner Raum. Nur ein paar kleine Wahlkampfveranstaltungen in der Jegend hier und ein, zwei Konferenzen. Aber zuerst jeht es ins Büro, Palais Schaumburg.»

Gerber hielt ihm die Tür zum Fond des Kanzlerwagens auf.

Adenauer nahm zügig Platz und öffnete seine Aktentasche, um einige Papiere herauszunehmen. Als Gerber die Tür schon wieder schließen wollte, richtete der Kanzler seinen Blick auf ihn. «Se sind also der Neue.»

«Ja, Herr Bundeskanzler. Hauptkommissar Gerber.»

Vergeblich wartete er darauf, dass Adenauer bei seinem Anblick oder beim Hören seines Namens ein Zeichen des Wiedererkennens zeigte. Nach einem knappen Nicken widmete er sich seinen Papieren.

Gerber setzte sich neben den Chauffeur des Kanzlers und vergewisserte sich, dass er ungehindert an die Browning in seinem Schulterholster kam. Blaschke saß wieder im Porsche, und der Kanzlerkonvoi, allen voran der Streifenwagen, setzte sich in Bewegung.

--

Der Tag verlief derart monoton, dass Gerber seine Versetzung zum Personenschutz schnell zu hassen begann. Was hätte er in der Zeit alles erledigen können? Zu gern hätte er Ermittlungen über Wolfhard Borst angestellt. Außerdem sehnte er sich danach, Eva zu besuchen, zu erfahren, wie es ihr ging, ihr zu zeigen, dass er sich um sie sorgte. Kurz dachte er daran, Colonel Anderson anzurufen. War der Colonel darüber informiert, dass man Gerber versetzt hatte?

Autofahrten, Termine, Autofahrten, Termine, den ganzen Tag über. Eine Mittagspause im Maternus, Adenauers Lieblingslokal beim Godesberger Bahnhof, dessen Wirtin den Bundeskanzler begrüßte wie einen alten Freund. Während Adenauer mit ein paar hohen Tieren aus der CDU zusammensaß, setzten sich die Männer von der Sicherungsgruppe an den angrenzenden Tisch. Gerber erinnerte sich gar nicht, wann er zum letzten Mal etwas gegessen hatte. Also bestellte er, nachdem er seine Portion Rouladen mit Kartoffelbrei und Rotkohl verdrückt hatte, einen Teller Reibekuchen mit Apfelmus.

«Der Dienst beim Herrn Bundeskanzler macht hungrig», sagte mit einem Lächeln, als sie ihm den Nachtisch servierte, die zierliche Wirtin, die auf ihren Stöckelschuhen souverän zwischen den Tischen hin und her tänzelte. «Essen Sie nur gut, mein Herr, der Tag ist noch lang.»

Sie sollte recht behalten. Abends rollte der Konvoi wieder in Rhöndorf ein und hielt exakt dort, wo die Fahrt vierzehn Stunden zuvor begonnen hatte. Gerber öffnete Adenauer die Autotür, und der Kanzler drückte ihm beim Aussteigen seine Aktentasche in die Hand.

«Trajen Se die für mich ins Haus, Herr Jerber?» Als Adenauer Blaschkes fragenden Blick bemerkte, sagte er: «Danke, die Herren, Se können jetzt abrücken.»

Die beiden BKA-Fahrzeuge fuhren in Richtung Königswinter zur Rheinfähre ab, und Adenauers Chauffeur brachte den Kanzlerwagen zur Garage. Gerber, die Aktentasche in der Linken, folgte dem Bundeskanzler die Treppe hinauf. Auf halbem Weg fielen erste dicke Tropfen.

Adenauer drehte sich kurz zu ihm um. «Was habe ich jesagt? Rejen. Jetzt wären Se froh, wenn Se einen Hut hätten, nicht? Sind nämlich noch sechsundzwanzig Stufen. Halten Se meine Tasche über Ihren Kopf. Ist eh nur Klumpatsch drin. In der Tasche, meine ich.»

Zögernd folgte Gerber dem Rat des Kanzlers. Er kam sich vor wie einer der Lastenträger in einem Tarzan-Film, der seinem Bwana auf einer gefährlichen Expedition ins Ungewisse folgt. Dummerweise endeten diese Träger entweder bei einem

Absturz in einen Abgrund, unter den Füßen einer außer Rand und Band geratenen Elefantenherde oder im Kochtopf eines Kannibalenstammes.

Im Schutz des Hauses war der Regen nur noch ein dumpfes Trommeln. Die Haushälterin, die sie schon am Eingang erwartete, reichte beiden frische Handtücher und sagte: «Der Herr Minister erwartet Sie schon, Herr Bundeskanzler. Ich habe einen kalten Imbiss vorbereitet. Soll es dazu Kaffee sein oder etwas Stärkeres?»

«Kaffee. Es is jetzt nicht die Zeit, unseren Verstand zu vernebeln.»

Adenauer führte Gerber in ein spärlich beleuchtetes Arbeitszimmer. Durch ein großes Fenster blickte man hinunter ins Tal. In den meisten Häusern brannte Licht, und auf dem Rhein zogen die Lichtpunkte einiger Schiffe gemächlich dahin.

«Ein friedliches Bild», sagte der Kanzler, der Gerbers Blick gefolgt war. «Trüjerisch friedlich.»

«Eben weil es so trügerisch ist, sind wir hier zusammengekommen», sagte eine Stimme langsam, jede Silbe betonend. Sie gehörte einem wuchtigen Mann, der in einem Sessel saß und die beiden neu Eingetretenen anblickte. Es war der Bundesminister des Innern, Dr. Robert Lehr.

Erstaunt brachte Gerber eine eher knappe Begrüßung heraus.

«Sie wundern sich wohl, mich hier zu sehen, Herr Hauptkommissar.» Lehr fuhr mit dem Zeigefinger in einer eher unterbewussten Geste über seinen kleinen Schnurrbart. «Wie Sie sich auch über Ihre Versetzung zum Kommando Adenauer gewundert haben mögen.»

«Das allerdings.»

«Dat haben Se mir zu verdanken», sagte Adenauer. «Ich

wollte mir den Mann, der uns vor dieser furchtbaren Verschwörung retten soll, mal einen Tag lang aus der Nähe ansehen.» Er wandte sich ganz Gerber zu. «Wollte wissen, ob Se noch jenauso tatkräftig sind wie damals, als Se mich aus dem Weinkeller jezerrt haben.»

«Tatkraft war heute nicht gerade gefragt.»

«Aber Geduld, mein Bester, ein ganzer Haufen Geduld.» Gerber registrierte, dass Adenauer seinen rheinischen Dialekt offenbar nach Belieben abstellen konnte. «Geduld ist beim Detektivspielen wahrscheinlich so wichtig wie in der Politik.»

Gerber hob die Schultern und ließ sie wieder sinken. «Ich verstehe nichts von Politik.»

«Und Sie tun auch nicht, als ob, das ist sehr gut. Sind Sie Polizist aus Leidenschaft?»

«Nein, der Krieg hat mich dazu gemacht. Soldat, Agent, Polizist, Detektiv, mal mehr das eine, mal mehr das andere. Eigentlich bin ich Jurist. Wäre ich jetzt nicht hier, wäre ich in Harvard.»

«Jurist, sieh an, dann sind wir ja Kollegen.» Adenauer wies auf den Sessel mit dem Innenminister. «Wir alle drei.»

«Als Juristen vielleicht», sagte Lehr. «Aber mit der Pistole in der Hand würden wir zwei wohl eine schlechte Figur machen neben Herrn Gerber.»

«Wir sind ja auch alte Säcke. Deswegen geniere ich mich auch nicht, es mir jetzt bequem zu machen. Kommen Sie, Herr Gerber.»

Nachdem Adenauer an dem Tisch Platz genommen hatte, an dem Lehr bereits saß, gesellte sich auch Gerber zu ihnen. Die Haushälterin trat ein und stellte ein Silbertablett mit belegten Broten in die Mitte des Tisches.

«Der Kaffee kommt gleich. Ich hoffe, es ist recht so.»

«Schnittchen sind jetzt jenau das Richtije», lobte der Kanzler.

Nachdem auch der Kaffee serviert war und alle drei ein paar Brote gegessen hatten, bat Adenauer den Innenminister um einen Lagebericht. Lehr tupfte sich mit einem weißen Taschentuch die Lippen ab und blätterte in einem dünnen Papierkonvolut, das vor ihm auf dem Tisch lag.

«Zuerst vielleicht zu der Journalistin, Fräulein Herden.» Lehr blickte Gerber an. «Ich glaube, Sie haben ein gewisses persönliches Interesse an ihr. Da wird es Sie beruhigen, dass die junge Dame die Verwundung gut weggesteckt hat. Keine Komplikationen.»

Adenauer bedachte den Minister mit einem irritierten Blick. «Jetzt mal keine Frauenjeschichten, Herr Minister. Was hat man bisher ermittelt über diese – diese ...»

«Werwölfe», ergänzte Gerber. «Sie selbst nennen sich die Wölfe Deutschlands.»

«Die Wölfe Deutschlands», wiederholte der Kanzler, und aus seinem Mund klang es sehr abfällig. «Die haben wohl von den Nazis nicht nur die Mordlust geerbt, sondern auch den Größenwahn.»

«So scheint es», sagte Lehr leise und blickte wieder in seine Papiere. «Dr. Mandel alias Kerschke und seine Gattin wurden von der Sicherungsgruppe zu Verwandten nach Brauweiler gebracht. Natürlich stehen sie unter Polizeischutz.» Lehr zog einen anderen Zettel hervor. «Kommen wir zu Dr. Borst. Seine Gattin hat, als man sie über seinen Tod informiert hat, einen Nervenzusammenbruch erlitten. Sie liegt jetzt in der Uniklinik und wird von einem Dr. Gaffrey betreut.»

Adenauer trommelte ungeduldig mit den Fingerspitzen auf die Tischplatte. «Dr. Lehr, Se neijen heute auffällig dazu, rührselije Jeschichten zu erzählen. Was ist mit dem Mörder?»

«Der ist leider ebenso spukartig verschwunden, wie er aufgetaucht ist. Den Möbelwagen, mit dem die Tat begangen wurde, hat man ganz in der Nähe der Uniklinik aufgefunden. Nahe der Spedition am Venusberg, wo der Wagen ungefähr eine Stunde vor der Tat entwendet wurde, haben wir ein Fahrrad entdeckt, das nach dem Mord in Kliniknähe gestohlen worden war. Es lag in einem Gebüsch. Dort hat man auch Reifenspuren eines Motorrads sichergestellt. Sie stimmen mit den Spuren überein, die wir bei Mandels Jagdhütte gesichert haben.»

«Möbelwajen, Fahrrad, Motorrad, dat Janze hört sich an wie ein Verkehrsbericht», murrte der Kanzler. «Wo ist dieses Motorrad hin?»

Der Innenminister setzte eine unglückliche Miene auf. «Wenn wir das wüssten, Herr Bundeskanzler …»

«Sajen Se doch gleich, dass Se keine Ahnung haben, Herr Doktor. Wir sollten diese alten Nazi-Wölfe möglichst bald aufspüren. Wenn es denen zuvor gelingt, den Wehner zu töten, dann gnade uns Gott.» Als der Kanzler Gerbers verwunderten Blick bemerkte, fragte er: «Was is, Herr Gerber? Se gucken so komisch.»

«Verzeihung, Herr Bundeskanzler. Ich bin überrascht, dass Sie für Herbert Wehner so große Sympathie hegen.»

«Sympathie? Für den Wehner? Ich? Das wäre wohl das Letzte, was mir einfallen sollte.» Adenauer wandte sich wieder an Lehr. «Oder kennen Sie jemanden in der CDU, der was Positives zu Wehner zu sagen hat, Herr Minister?»

Lehr stieß ein sarkastisches Schnauben aus. «Ich glaube, CDU-Mitglied zu sein und Wehner zu mögen, das schließt einander aus. Wer das von sich behauptet, müsste auf der Stelle sein Parteibuch zurückgeben.»

«Da hören Se's», sagte Adenauer zufrieden.

«Dann ist es natürlich umso ehrenwerter, dass Sie um ein führendes Mitglied der SPD so besorgt sind», hörte Gerber sich selbst sagen.

«Ein Attentat auf welchen Politiker auch immer, ist höchst schändlich und einer Demokratie nicht würdig.» Adenauers Aussage klang wie aus einer vorgefertigten Presseerklärung abgelesen. «Aber mir geht es in erster Linie um die Interessen der CDU – und natürlich auch um meine Interessen. In wenigen Tagen wird gewählt.»

«Das ist mir bekannt.»

«Verstehen Se denn nicht? Ein Attentat auf Wehner würde für die SPD einen jewaltigen Mitleids- und Solidaritätseffekt jeben. Bislang liegt die CDU bei den Umfragen sehr jut im Rennen. Aber das könnte alles von einem Tag auf den anderen umwerfen! Deshalb müssen wir dieses Attentat um jeden Preis verhindern. Genau an diesem Punkt kommen Sie ins Spiel, Herr Gerber.»

Die kleinen, tief in den Höhlen liegenden Augen des Bundeskanzlers starrten ihn an, und für eine Sekunde schienen ihn Nadelstiche zu treffen. Was Gerber seit einiger Zeit bereits geahnt hatte, wurde zur Gewissheit. Die Frage nach dem Hintergrund seiner Versetzung zum Kommando Adenauer, die ihn den ganzen Tag über gequält hatte, war so gut wie beantwortet. Der Kanzler hatte ihn in Augenschein nehmen wollen, ganz aus der Nähe, um sich ein persönliches Urteil über Gerber zu bilden. Ein Urteil darüber, ob Gerber die Waffe war, die Adenauer im Kampf gegen die Attentäter benötigte.

Gerber trank einen Schluck Kaffee, der längst kalt geworden war. «Wenn Sie meinen Rat hören wollen, Herr Bundeskanzler: Das Beste ist, Herr Wehner bleibt einfach die nächsten Tage zu Hause. Punkt.»

«Das wird er ganz gewiss nicht tun», sagte der Innenminister. «Er würde uns allenfalls vorwerfen, wir wollten ihn mundtot machen und dadurch den SPD-Wahlkampf behindern.»

«In dem Fall sollten Sie Wehner den besten Personenschutz zukommen lassen, den Sie auftreiben können.»

Lehr fuhr sich durch die kaum noch vorhandenen Haare. «Da liegt das nächste Problem. Wehner verabscheut Personenschutz.»

«Was verabscheut er nicht», raunzte Adenauer. «Aber Sie, Herr Gerber, besitzen eine ungewöhnlich große Überzeugungskraft. Das haben Sie vor acht Jahren bewiesen, als Sie mich hier in diesem Haus aufgesucht haben. Vielleicht gelingt es Ihnen, Wehner zu überzeugen. Wenn er sich nicht auf ein Personenschutzkommando einlassen will, vielleicht lässt er sich wenigstens zu einem persönlichen Leibwächter überreden.»

Die Aussicht, die nächsten zwei Wochen mit Herbert Wehner durch die Gegend zu fahren, erschien Gerber alles andere als verlockend. «Ich stecke bereits bis über beide Ohren in Arbeit. Als Leibwächter sind andere genauso gut geeignet, wenn nicht sogar besser.»

Ein Lächeln, das ungewöhnlich für ihn war, trat in die strengen Züge des Kanzlers, als er Gerber tief in die Augen blickte. «Erinnern Sie sich noch, was Sie damals im Keller zu mir gesagt haben? Ich habe es nie vergessen.»

«Was meinen Sie?», entgegnete Gerber unsicher.

Ein Anflug des Lächelns stand noch in Adenauers Gesicht, als er sagte: «So leicht können Sie sich Ihrer Pflicht nicht entziehen. Deutschland braucht Sie in dieser schweren Stunde, Herr Gerber!»

// KAPITEL 25 //

Was für eine Wahl hatte Gerber? Unter moralischen Gesichtspunkten hatte Adenauer ihn in der Tasche.

Die Szene von damals stand ihm deutlich vor Augen, und doch kam sie ihm unwirklich vor. Schon 45 war Adenauer ein alter Mann gewesen. Ein Mann, der sich in Nazi-Haft befunden hatte, gesundheitlich angeschlagen war. Damals hatte Gerber geglaubt, er würde noch drei, vier oder vielleicht auch fünf Jahre beim Wiederaufbau Deutschlands mithelfen können. Jetzt war es acht Jahre später, Adenauer lenkte als Kanzler die Geschicke Westdeutschlands und schien ans Aufhören nicht einmal zu denken. Sein stets konzentrierter Blick, die gerade Körperhaltung und auch die pointierte Sprechweise, alles an dem Mann wirkte energisch, wie mit Lebens- und Willenskraft aufgeladen. Das Einzige, was Adenauer aufhalten konnte, schien eine Abwahl am übernächsten Sonntag zu sein. In Gerbers Hand schien es zu liegen, genau das zu verhindern.

Selbst wenn sich Gerber nicht moralisch in der Pflicht gesehen hätte, wäre ihm der Wunsch des Bundeskanzlers doch Befehl gewesen. Einem Mann wie Adenauer schlug man nichts ab. Vielleicht war es sogar der beste Weg, Heinz Buchmanns Mörder zu finden. Wenn die Werwölfe tatsächlich ein Attentat auf Herbert Wehner unternahmen, mussten sie ihr Versteck verlassen.

Adenauer stand vom Tisch auf, trat ans Fenster und verschränkte die Hände auf dem Rücken. Er wirkte wie ein Herrscher, der hinunter auf sein Reich blickte. So ähnlich war es ja auch, dachte Gerber. Hätte man in Westdeutschland die Monarchie eingeführt, hätte dieser Mann gute Chancen auf den Thron gehabt.

«Es wirkt alles so friedlich da draußen», sagte der Kanzler und drehte sich zu seinen Gästen um. «Lassen wir die guten Leute schlafen und versuchen wir, diese ganze Affäre möglichst diskret über die Bühne zu bringen. Wenn etwas davon an die Öffentlichkeit dringt, wird es nicht gut sein. Nicht für unsere Politik, nicht für die anstehenden Wahlen und auch nicht für das Ansehen der Demokratie an sich. Sind wir uns da einig?»

«Ja, Herr Bundeskanzler», sagte Gerber.

Lehr schloss sich ihm an und erhob sich, nachdem er seine Papiere eingesammelt und in einer Aktentasche verstaut hatte. «Ich hätte mir für die letzten Tage meiner Amtszeit etwas anderes gewünscht als eine solche Affäre.»

«Arbeit schändet nicht, Herr Minister», erwiderte Adenauer.

«Natürlich nicht. Ich werde mich darum kümmern, dass Hauptkommissar Gerber morgen einen frühen Gesprächstermin bei Herbert Wehner bekommt.»

Adenauer nickte knapp. «Je eher, desto besser.»

Der Innenminister wandte sich an Gerber. «Meine Limousine müsste schon unten auf mich warten. Kann ich Sie mit zurück nach Bonn nehmen?»

«Lassen Se den jungen Mann noch ein bisschen hier», ging der Kanzler sofort dazwischen. «Ich habe noch etwas Wichtijes mit ihm zu besprechen.» Als er Lehrs fragenden Blick sah, fuhr er fort: «Eine persönliche Anjelejenheit.»

Die Verwunderung stand dem Minister deutlich ins Gesicht geschrieben. Nachdem sich Lehr verabschiedet hatte, deutete Adenauer auf die kleine Sitzgruppe rund um den Tisch.

«Nehmen wir doch noch einmal Platz. Die Anjelejenheit, um die es jeht, ist ein bisschen delikat.»

--

Der Fahrtwind blies ihm ins Gesicht und vertrieb jede Müdigkeit. Das Scheinwerferlicht riss aus der Dunkelheit ein Stück Landstraße nach dem anderen, das Sekunden später bereits Vergangenheit war. Die Bäume am Straßenrand waren ein Spalier vorbeihuschender Schatten. Mit jedem Kilometer wuchs seine Anspannung, aber das änderte nichts an seiner Entschlossenheit. Diesmal würde er Dietrich und Hannes beweisen, dass er ein ganzer Kerl war.

Als Hannes gestern Abend zurückgekommen war und erzählt hatte, wie reibungslos die Liquidierung von Borst abgelaufen war, hatte Dietrich ihn einen wahren Helden genannt. Udo wollte auch endlich ein Held sein. Deshalb hatte er die Horex genommen und sie vom Versteck weggeschoben, bis er außer Hörweite war.

Udo hatte den beiden anderen eine kurze Notiz dagelassen, um ihnen alles zu erklären. Vielleicht würden sie ihn erst verfluchen ob seiner Eigenmächtigkeit, aber wenn er mit einer Erfolgsmeldung zurückkehrte, wäre alles vergeben und vergessen. Mehr noch, dann würde Udo einer von ihnen sein, voll und ganz dazugehören. Sie würden staunen, wie er die Sache angepackt hatte. Nicht einmal eine Schusswaffe hatte er mitgenommen. Er war ohnehin ein lausiger Schütze. Seine Waffe war das Messer, ein IM42, das er verborgen unter seiner Lederjacke trug.

Wie oft hatte er sich gewünscht, schon im Krieg ein

Werwolf gewesen zu sein, aber damals war er noch zu jung gewesen. Sein Vater war nicht aus Finnland zurückgekehrt, und Udo hatte ihn lange Zeit für einen Helden gehalten, der für Führer, Volk und Vaterland gefallen war. Aber dann hatten seine Onkel, allesamt heimgekehrte Soldaten, immer wieder gegen Vater gestichelt. Schließlich hatte Udo erfahren, dass sein Vater von den eigenen Leuten hingerichtet worden war, wegen Feigheit vor dem Feind.

Eines Tages kehrte er vom Einholen zurück und musste mit ansehen, wie Onkel Hermann seine Mutter vergewaltigte. Bis Udo ihm ein Küchenmesser in die Seite rammte. Onkel Hermann war ein kräftiger Kerl, und er fauchte Udo an, zu verschwinden, sonst würde er die Polizei benachrichtigen. Eilig packte Udo mit Hilfe seiner Mutter ein paar Sachen zusammen und verließ Vossenbusch, einen kleinen Ort in der Nähe von Eschweiler. Ein halbes Jahr lang trieb er sich in den Wäldern und Dörfern am Nordhang der Eifel herum, lebte von Gelegenheitsarbeiten, Almosen und kleinen Diebstählen. Niemand suchte nach ihm. Offenbar hatte Onkel Hermann ihn nicht bei der Polizei angezeigt.

Als er eines Tages nach Vossenbusch zurückschlich, sah er, als er um eine Ecke zur Hauptstraße einbiegen wollte, Onkel Hermann und seine Mutter in festlicher Kleidung aus dem Standesamt kommen. Die anderen Onkel, Tanten, Verwandte und ein paar Bekannte der Familie beklatschten sie, und Onkel Hermann küsste Udos Mutter vor allen auf den Mund. Seine Mutter trug einen großen Blumenstrauß, und sie hatte einen dicken Babybauch. Die Bilder von der Vergewaltigung tauchten vor Udo auf. Dann drehte er sich um und rannte weg. Niemals wieder war er auch nur in die Nähe von Vossenbusch gekommen.

In Aachen kam er eher zufällig mit dem Bund Deutscher Jugend in Kontakt und fühlte sich dort auf Anhieb heimisch. Er wurde Mitglied im Technischen Dienst und landete schließlich in der Werwolfgruppe, die von Dietrich und Marion Haller angeführt wurde. Die anderen wollten ihn aufgrund seiner mangelnden Schießfähigkeiten wieder loswerden, aber Marion hatte einen Narren an ihm gefressen und nannte ihn ihren «kleinen Bruder».

Jetzt war er unterwegs, um ein vollwertiges Mitglied der Gruppe zu werden, um endlich auch zu töten. Um Marion zu rächen und um Dietrich den Wunsch zu erfüllen, den er Hannes gegenüber ausgesprochen hatte: «Ich wünschte, diese Hure von Journalistin wäre genauso tot wie Marion. Nur damit der Amerikaner weiß, wie es sich anfühlt.»

--

«Sajen Se mal, Herr Jerber, fühlen Se sich eijentlich mehr als Amerikaner oder als Deutscher?» Gerber gewöhnte sich allmählich daran, dass der Kanzler dauernd zwischen Mundart und Hochdeutsch hin- und herwechselte.

«Das ist eine Frage, die ich mir in den letzten Tagen oft gestellt habe», entgegnete Gerber.

«In den Tajen, seitdem Se wieder einen deutschen Pass haben, nicht wahr?»

«Ganz richtig, Herr Bundeskanzler.»

Die Ungewissheit darüber, welches Ziel Adenauer mit seinen Fragen verfolgte, ließ Gerber nervös werden. Instinktiv tastete er nach seinen Zigaretten, als ihm einfiel, was Blaschke ihm über Adenauers Abneigung gegen das Rauchen erzählt hatte.

Der Kanzler lächelte. «Sind Se durch meine Frajen verunsichert? Rauchen Se ruhig eine Zijarette, wenn Ihnen dat hilft.»

«Nein, schon gut. Ist nur so eine dumme Angewohnheit.»

«Wenn die Lust zum Laster wird, ist es nicht mehr weit zur Last», sagte der Kanzler, erhob sich und ging zur Tür. Er rief nach der Haushälterin, bei der er eine weitere Kanne Kaffee bestellte. «Doppelte Stärke, bitte. Jetzt, wo wir die Kaffeesteuer jesenkt haben, können wir uns dat ja leisten.»

Er hielt einen Monolog über die großen und kleinen Aufgaben, die er als Regierungschef zu bewältigen hatte. Zu den großen zählte er die Sicherheit des Landes vor Übergriffen der Sowjets, zu den kleinen die Erleichterungen im Alltag wie die Senkung der Kaffeesteuer. «Eins ist nicht denkbar ohne das andere. Geht es den Menschen im Alltag schlecht, haben se keinen Sinn für vielleicht auf den ersten Blick unpopuläre Maßnahmen in der Außenpolitik, besonders für solche, die viel Jeld kosten. Aber ohne solche Maßnahmen können wir nicht dafür sorgen, dass es den Menschen dauerhaft jut jeht. Verstehen Se, worauf ich hinauswill, Herr Jerber?»

«Offen gestanden, nein. Aber wie ich vorhin schon sagte, ich verstehe nichts von Politik.»

«Das tun viele Politiker auch nicht», sagte Adenauer. «Deshalb jibt es in der Politik ja so oft ein Kuddelmuddel. Manchmal handeln wir Politiker da nur aus Dummheit, manchmal aber auch unter Zwang, um etwas zu erreichen, das uns wichtig oder geradezu notwendig erscheint.»

Gerber trank einen Schluck Kaffee. «Unser Gespräch kann wohl noch lange dauern, Herr Bundeskanzler, es sei denn, Sie entschließen sich, mir geradeheraus zu sagen, worauf Sie hinauswollen.»

Adenauer stellte seine Tasse ab und blickte seinen Gast

an. «Se jefallen mir, Herr Jerber. Sajen Se dem ollen Bundeskanzler nur, wenn er Ihnen die Zeit stiehlt. Nicht so wie die janzen Nickemänner in Kabinett und Partei, die mir nur nach dem Mund reden. Also stelle ich Ihnen jetzt eine direkte Fraje: Wenn es zum Bruch käme zwischen Ihrem amerikanischen Geheimdienst und mir, auf wessen Seite würden Sie dann stehen?»

Adenauer hatte unerwartet ein schweres Geschoss abgefeuert, und das musste Gerber erst einmal verarbeiten.

«Ich bin von meinem Chef beim CIC, Colonel Anderson, zum BKA geschickt worden. Meinen Sie ihn, wenn Sie vom Geheimdienst sprechen?»

«So ist es. Ihr Colonel hat über mich eine Akte angelegt, mit der er mich – sagen wir mal, daran erinnert, dass ich die Interessen der Vereinigten Staaten nicht aus den Augen verliere.»

«Der Colonel erpresst Sie?»

«Das ist Ihre Wortwahl, nicht meine.»

Noch immer ungläubig, fragte Gerber: «Aber was kann Anderson über Sie in der Hand haben?»

«Nichts Persönliches, wenn Se das meinen. Keine heimliche Jeliebte oder so etwas. Aber wie Se wissen, ist die Bundesrepublik Deutschland längst kein souveräner Staat.»

«Die Hohen Kommissare, ja», sagte Gerber.

Die Alliierte Hohe Kommission für Deutschland war anfangs die wahre Regierung Westdeutschlands gewesen und übte jetzt ihre im Besatzungsstatut festgelegten Kontrollrechte aus. Zielstrebig führte die Regierung Adenauer das Land Schritt für Schritt in die Souveränität, aber das konnte nur gelingen, wenn die westlichen Siegermächte den guten Absichten der Besiegten weiterhin vertrauten.

Als habe er Gerbers Gedanken gelesen, sagte Adenauer:

«Hin zu einem souveränen Westdeutschland ist es ein langer, steiniger Weg. Ein Weg mit vielen Kompromissen auf beiden Seiten. In den Jahren meiner Amtszeit musste ich immer wieder geheime Zusatzerklärungen unterschreiben. Vieles davon hätte man, wäre es bekannt geworden, heftig kritisiert oder abgelehnt. Aber ich musste diese Erklärungen abgeben, um Befürchtungen auf alliierter Seite zu zerstreuen. Befürchtungen wie die, dass ein starkes, militärisch wieder aufgerüstetes Westdeutschland erneut zu einer Gefahr für die freie Welt werden könnte. Kurzum, Colonel Anderson hat sämtliche dieser Erklärungen in einer Akte gesammelt. Auch andere Dinge, wie das Wissen der Bundesregierung über die Verschleierungsaktionen in der Affäre BDJ und TD, sind in dieser Akte dokumentiert. Für den Fall, dass ich den Vereinigten Staaten nicht gefügig bin, droht Anderson mit einer Weitergabe an die Presse. Dann stünde ich als Verräter an den Interessen der Westdeutschen da und wäre politisch erledigt.»

Gerber hätte gern erwidert, so etwas könne er sich bei Hiram Anderson nicht vorstellen. Aber dann hätte er lügen müssen. Anderson war nie zimperlich gewesen, wenn es darum ging, seine Ziele zu erreichen. Druck auf den Bundeskanzler auszuüben – oder, um es direkt zu sagen, ihn zu erpressen –, das würde ihm kaum ein schlechtes Gewissen bereiten.

Eins aber verstand Gerber nicht. «Sie verfolgen doch dieselben Ziele wie die Amerikaner, Herr Bundeskanzler. Wozu sollte Anderson da eine Erpressung nötig haben?»

«Auch wenn ich an der Seite der Amerikaner stehe, weil es nach meiner Meinung der einzige Weg für ein freies Deutschland ist, würde ich meine Entscheidungen lieber freiwillig treffen als unter dem Druck des Colonels. Als das CIC Sie nach Bonn schickte, Herr Gerber, dachte ich erst, Sie sollten quasi als Andersons verlängerter Arm fungieren und mir auf die Finger sehen. Den Eindruck haben Sie zerstreut. Und jetzt frage ich mich, ob Sie mir die Last von der Seele nehmen können, die ständige Befürchtung, Anderson könne mit dieser Akte Schindluder treiben – und sei es auch nur aus Versehen.»

«Ich verstehe», sagte Gerber und nahm noch einen großen Schluck Kaffee. «Deshalb Ihre Frage, ob ich mich mehr als Amerikaner oder Deutscher fühle.»

«Ja, deshalb.»

«Meine ehrliche Antwort darauf ist: Ich weiß es nicht.»

Auch nach dieser Antwort blieb Adenauers Gesicht maskenhaft, und vergeblich suchte Gerber darin nach einer Spur von Enttäuschung.

«Ich wünsche Ihnen, dass Sie in nicht allzu ferner Zeit eine Entscheidung treffen können, wie auch immer sie ausfallen mag. Schon allein aus dem Grund, weil es Sie sonst zerreißen wird.» Abrupt erhob sich der Kanzler und reichte ihm die Hand. «Ich jehöre ins Bett. Mein Chauffeur wird Se unten an der Treppe erwarten und Se nach Bonn zurückfahren. Danke für Ihre Zeit und jute Nacht, Herr Jerber!»

Als Gerber die Stufen hinunterging, war jede Müdigkeit verflogen wie die Regenwolken. Verhältnismäßig unverblümt hatte der Kanzler ihn gebeten, Anderson die Akte Adenauer zu entwenden.

Es erschien unglaublich, aber der westdeutsche Bundeskanzler hatte ihn aufgefordert, Verrat an Colonel Anderson zu begehen, Verrat am Counter Intelligence Corps und damit Verrat an den Vereinigten Staaten von Amerika.

--

Vor ihm tauchte ein großer, dunkler Gebäudekomplex auf, und er fuhr langsamer. Im Schritttempo fuhr er auf das Gelände des Hospitals und stellte die Horex direkt vor dem Eingang ab.

Er nahm die ledergefasste Schutzbrille von seinen Augen. Den schweren Rucksack streifte er als Nächstes von seinem Rücken und hielt ihn in einer Hand, bevor er an die Tür trat und die Nachtklingel drückte. Ein alter Mann in Pförtneruniform öffnete und blickte ihn aus müden Augen an.

«Sie wünschen?»

«Ich will zu einer Patientin, Fräulein Eva Herden. Sie wurde gestern mit einer Schussverletzung eingeliefert.»

Der Pförtner zeigte mit seinem knochigen Finger auf ein Schild neben der Tür. «Da können Sie mal die Besuchszeiten lesen. Jetzt ist garantiert keine.»

«Ich komme extra aus Siegburg.» Udo hielt den Rucksack in die Höhe. «Onkel August schickt ihr diese Bücher, damit sie sich nicht langweilt. Die Eva, was meine Cousine ist, liest doch so gern.»

«Zeigen Sie mal.»

Udo überreichte ihm den Rucksack, und der Pförtner gab ihn sofort wieder zurück. «Der ist ja schwer wie ein Sack Ziegelsteine.»

«Bücher halt», sagte Udo mit einem entschuldigenden Lächeln.

«Ich schlepp mich doch nicht krumm. Die tragen Sie mal schön selbst auf die Station, junger Mann!»

«Natürlich. Wenn Sie mir sagen, wohin.»

Und schon war Udo im Gebäude. Das ging ja einfacher als gedacht. Am Eingang zur chirurgischen Station tischte er einer ältlichen Schwester dieselbe Geschichte auf und sagte: «Ich kann meine Cousine jetzt in der Nacht ja nicht besuchen. Aber soll ich die Bücher auf dem Gang neben ihrem Zimmer abstellen? Dann müssen Sie das schwere Paket nicht schleppen, Schwester.»

«Das ist nett, danke. Den Gang links runter und dann das letzte Zimmer auf der rechten Seite.»

Udo war ganz allein auf dem Gang, den die Schwester von ihrem Tisch aus nicht bis zum Ende einsehen konnte. Er stellte den Rucksack lautlos neben die Tür, zog sie leise auf und huschte hinein. Dann verschloss er die Tür wieder, lehnte sich mit dem Rücken dagegen und atmete tief durch.

Eine kleine Lampe an der Decke sorgte für ein schwaches Notlicht. Links neben ihm stand ein Schrank, und rechts war ein Waschbecken an der Wand befestigt. Links stand ein Bett längs an der Wand, es war leer. Rechts standen zwei Betten jeweils mit dem Kopfende zur Wand, beide belegt. Die beiden Patientinnen schienen zu schlafen, der Atem ging regelmäßig, manchmal von einem leichten Schnarchen unterbrochen.

Udo hob seine Lederjacke an und zog das IM42 aus der Scheide an seinem Gürtel. Seine Hand umschloss fest den hölzernen Griff, und zufrieden betrachtete er die knapp dreißig Zentimeter lange Klinge des Infanteriemessers, die der Kommunistenschlampe Eva Herden gleich den Tod bringen würde.

Er schlich zum ersten Bett. Blonde Haarsträhnen lugten zwischen Kissen und Bettdecke hervor. Er beugte sich tiefer über die Frau und blickte in ein verhärmtes Gesicht, vielleicht fünfzig Jahre alt. Das war sie nicht. Er suchte eine junge Frau mit einer Narbe auf der linken Wange, dort, wo auch Marions Narbe gewesen war.

Er wandte sich dem zweiten Bett zu, das am Fenster stand. Wieder erblickte er blonde Haare. Das Gesicht war jünger, und da zog sich auch eine Narbe vom Auge bis zum Kinn. Er hob den Dolch.

Ein schriller Schrei erfüllte das Krankenzimmer und ließ Udo erstarren. Die andere Frau war aufgewacht. Und der Schrei weckte auch die Journalistin. Sie sah ihn aus geweiteten Augen an, aber sie schrie nicht.

Der Blick erinnerte ihn an das schlimmste Erlebnis aus seiner Vergangenheit. Als er gesehen hatte, wie seine Mutter bäuchlings auf dem Küchentisch lag. Kittel und Rock waren nach oben geschoben, ihr Schlüpfer lag zerfetzt am Boden. Hinter ihr stand mit heruntergelassenen Hosen Onkel Hermann und stieß mit seinem schweren Leib wieder und wieder mit aller Kraft in sie hinein, heftig atmend und ein Grunzen ausstoßend, das eher nach einem Tier als nach einem Menschen klang. Mutter hatte ihr Gesicht auf der Tischplatte zur Seite gedreht und starrte ihren Sohn an, Tränen des Schmerzes und der Ohnmacht in den vor Angst geweiteten Augen.

Udo durfte nicht länger zögern. Die Frau hier war nicht seine Mutter. Sie war eine Feindin, eine dreckige Kommunistin.

--

Gerber sah dem Mercedes 300 hinterher, nachdem Adenauers Chauffeur ihn auf dem Gelände der Villa Selve abgesetzt hatte. Der Ford Taunus stand noch an der Stelle, wo Gerber ihn heute Morgen geparkt hatte.

Endlich zündete er sich eine Camel an und genoss die beruhigigende Wirkung des Nikotins. Sein ursprünglicher Plan war gewesen, sofort zur Pension zu fahren und Schlaf nachzuholen. Als er jetzt aber über den Rhein blickte, hinüber nach Beuel, setzte sich eine andere Idee in ihm fest. Mit dem Auto war es ein Katzensprung zu Eva. Eigentlich war es Unsinn. Er wusste, dass er sie jetzt nicht besuchen durfte, und er wollte sie auch nicht aus dem Schlaf reißen. Aber er hatte sie seit ihrer Einlieferung nicht mehr gesehen. Er konnte ihr zumindest eine Notiz bei der Stationsschwester hinterlassen, dann wusste Eva wenigstens, dass er an sie dachte.

Wenige Minuten später parkte er vor dem Krankenhaus. Er drückte auf die Nachtklingel, und der schon etwas greisenhaft wirkende Pförtner sah ihn feindselig an. «Ist hier heute Nacht eine Großveranstaltung, oder was?»

«Ich möchte etwas für eine Patientin abgeben, Fräulein Eva Herden.»

«Sind Sie auch ein Cousin?», fragte der Pförtner.

«Wie meinen Sie das?»

«Der junge Mann, der eben zu Fräulein Herden wollte, war ein Cousin von ihr. Er kam von Onkel August.»

«Cousin, Onkel? Soweit ich weiß, hat Fräulein Herden keine Familie mehr.» Tausend Gedanken schossen in Sekundenbruchteilen durch Gerbers Kopf. «Wo ist dieser Cousin jetzt?»

«Rauf zur Chirurgischen, wo Fräulein Herden liegt.»

«Wann war das?»

«Gerade eben, vor einer Minute oder so. Mit dem Motorrad da ist er gekommen. Wissen Sie, mein Sohn Richard hat auch eine Horex und …»

Gerber stieß den schwatzhaften Alten beiseite und rannte zu der Treppe, die zur Chirurgie führte. Oben lief er an der verdutzten Stationsschwester einfach vorbei.

Eva!

Er sah den Rucksack am Ende des Ganges, hörte die Schreie, war bei der Tür und stieß sie auf. Die Browning hatte er längst gezogen und hielt sie schussbereit in der Rechten.

Das Bett links war leer. Rechts saß eine schreiende Frau im Bett. Dahinter, am letzten Bett, stand mit dem Rücken zu Gerber ein Mann in einer Lederjacke, ein Messer mit langer Klinge in der Hand. Er zögerte keine Sekunde. Die Browning spuckte Feuer. Einmal, zweimal, dreimal, viermal. Jede Kugel traf, durchschlug die Lederjacke, fuhr in den Rücken des Mannes.

Der schlaksige Körper zuckte bei jedem Treffer, dann brach der Mann zusammen, und das Messer fiel klirrend zu Boden.

Er trat auf Evas Bett zu, die Browning noch in der Hand. Die andere Frau hörte nicht auf zu schreien. In der Zimmertür erschien die Stationsschwester und brachte keinen Ton über die Lippen. Gerber ging neben dem Mann mit der Lederjacke in die Knie und fühlte seinen Puls. Nichts, er war definitiv tot.

Gerber erhob sich, schob die Browning ins Holster und umfasste Evas Kopf behutsam mit beiden Händen. Er küsste sie auf die Stirn und auf den Mund. Anschließend hielt er ihren Kopf gegen seine Brust und hätte sie am liebsten nie wieder losgelassen.

// KAPITEL 26 //

Mittwoch, 26. August 1953

Elf Tage bis zur Wahl

Kurz nach Mitternacht war es mit der Nachtruhe im St.-Josef-Hospital endgültig vorbei. Polizeifahrzeuge mit Blaulicht standen vor der Klinik, und in der Chirurgischen Abteilung traten sich Kriminaltechniker, Polizisten und Angehörige der Sicherungsgruppe gegenseitig auf die Füße. Eva war in ein Einzelzimmer gebracht worden, vor dem ein Polizist Wache hielt. Man hatte ihr ein Beruhigungsmittel gespritzt, und sie schlief jetzt.

Dr. Krey stand neben dem Toten, und sein Blick pendelte zwischen dem Unbekannten und Gerber. «Allmählich werden Sie mir unheimlich, Herr Gerber. Immer rechtzeitig zur Stelle.»

«Bis auf Gerd Reschke, da kam ich zu spät.»

Krey schob den Homburger nach hinten, nahm die Brille ab und rieb über seine Augen. «Gleich vier Schüsse? War das wirklich nötig?»

«Ich musste sicherstellen, dass er nicht zustechen kann. Evas Leben war mir wichtiger als das Sparen von ein oder zwei Kugeln.»

Sattler, der bei ihnen stand, sagte: «Vielleicht hat Hauptkommissar Gerber sogar den Attentäter erledigt, der gestern in Allertal entkommen ist. Der Mann gestern ist auf einem

Motorrad geflohen, und vor der Klinik steht eine Horex. Laut Aussage des Pförtners ist der junge Mann damit gekommen. Angeblich aus Siegburg, aber darauf würde ich jetzt keine zwei Mark wetten.»

«Garantiert kam er woandersher», stimmte Gerber ihm zu. «Aber das ist jetzt zweitrangig. Wichtig ist, dass Eva hier nicht mehr sicher ist. Woher auch immer die Werwölfe wissen, dass sie hier liegt, sie könnten es jederzeit wieder versuchen.»

«Wir werden eine ständige Wache vor ihrem Zimmer aufstellen», schlug Krey vor.

Gerber war unzufrieden. «Eine ständige Wache ist gut, aber sie sollte auch verlegt werden. Ich schlage die Chirurgie in der Uniklinik vor.»

Krey sah ihn zweifelnd an. «Aber die Abteilung wurde bis gestern von Dr. Borst geleitet, offenbar ein Mitverschwörer.»

«Ebendeshalb», erwiderte Gerber. «Borst jedenfalls kann Eva nicht mehr verraten, dafür haben die Wölfe selbst gesorgt.»

«Was nicht ausschließt, dass sie noch weitere Verbündete oder Spione im Universitätsklinikum haben.»

«Stimmt, Herr Dr. Krey, aber die können sie überall haben.»

Krey nickte und unterdrückte ein Gähnen. «Sie haben mich überzeugt, Herr Gerber, ich werde alles Nötige sofort veranlassen. Fräulein Herden wird unverzüglich auf den Venusberg verlegt.»

--

Kurz nach Sonnenaufgang klingelte das Telefon in Gerbers Pension. Von Meibom, der persönliche Referent des Innenministers, teilte ihm mit, dass Herbert Wehner ihn in seiner Wohnung zu einem privaten Frühstück empfangen wolle.

«Wann?», fragte Gerber.

«Fräulein Burmester sagte, so früh wie möglich.»

«Wer ist jetzt wieder Fräulein Burmester?»

«Greta Burmester ist Herrn Wehners Stieftochter. Und seine Haushaltshilfe. Und Sekretärin.»

Zumindest konnte Gerber zwei Fliegen mit einer Klappe schlagen und Eva nach dem Frühstück mit Wehner einen Besuch abstatten. Wehner wohnte auf dem Venusberg, am Kiefernweg, nahe der Klinik.

Der Kiefernweg lag am Rand eines Wohngebiets, das auf dem Venusberg in den letzten Jahren kräftig angewachsen war und noch immer wuchs. Ein- und Mehrfamilienhäuser und auch ein paar prachtvolle Villen standen weit genug auseinander, um dem Grün genügend Raum zu geben, das scheinbar nahtlos in den südlich angrenzenden Wald überging. Die Adresse, die von Meibom ihm genannt hatte, gehörte zu Gerbers Überraschung nicht zu einer der weißen Villen, sondern zu einem Mietshaus, in dem mehrere Parteien lebten. Vor dem Haus stand eine dunkelgrüne Opel-Limousine mit geöffnetem Kofferraum.

Die Haustür stand offen, und beim Eintreten stieß Gerber mit einem kräftigen Mann zusammen, der einen schweren Koffer und eine bis zum Platzen gefüllte Aktentasche trug. «Entschuldigung, der Herr», murmelte der Mann im schlichten Straßenanzug und brachte das Gepäck zu dem Opel Olympia.

Nach kurzem Klingeln an der Wohnungstür mit dem Schild «Wehner» öffnete ihm eine Frau von ungefähr dreißig Jahren, die ein cremefarbenes Kleid, gemustert mit roten und blauen Tupfen, trug. Sie war recht groß und etwas stämmig gebaut. Das herbe Gesicht, das etwas Männliches an sich hatte, blickte ihm freundlich entgegen.

«Herr Gerber, nehme ich an?»

Er zeigte ihr seinen Dienstausweis. «Ganz recht, Fräulein Burmester.»

«Kommen Sie doch herein. Herbert hat schon mit dem Frühstück begonnen. Er muss gleich wieder los, weil er ja auf großer Wahlkampfreise ist. Sie haben Glück, ihn heute zu Hause anzutreffen.»

«Dann ist der Opel unten, der gerade gepackt wird, sein Wagen?»

«Ja. Herr Bock ist dabei, Herberts Sachen zu verstauen.»

«Ist dieser Herr Bock ein persönlicher Vertrauter Ihres Stiefvaters?»

«Nein, nur sein Fahrer. Günther Bock ist SPD-Mitglied und hat sich als gelernter Berufskraftfahrer auf den Posten des Chauffeurs für die Wahlkampfreise beworben.» Als sie Gerber durch die enge, aber ansprechend eingerichtete Wohnung führte, sagte sie halblaut: «Bitte sprechen Sie nicht zu laut, Herr Gerber. Meine Mutter ist leidend, und sie hat eine schwere Nacht hinter sich. Jetzt schläft sie endlich. Deshalb bin ich auch nach Bonn gekommen. Ich kümmere mich um sie und entlaste Herbert, soweit es in meinen Kräften steht.»

«Das ist sehr nett von Ihnen.»

«So? Ich halte es für eine Selbstverständlichkeit.»

Die junge Frau führte Gerber in ein helles Zimmer mit einem reichlich gedeckten Frühstückstisch. Überall standen bunte Blumen, und durch ein geöffnetes Fenster hörte man den Morgengesang der Vögel. Die freundlich-heitere Atmosphäre stand in einem starken Gegensatz zu dem verkniffenen Gesichtsausdruck des Mannes am Tisch, der den *General-Anzeiger* senkte und Gerber aus umwölkten Augen betrachtete.

«Verzeihen Sie, dass ich mit dem Frühstück nicht auf Sie

gewartet habe, mein Herr», sagte Herbert Wehner in einer langsamen, etwas abgehackt klingenden Sprechweise, die Gerber an den Innenminister erinnerte. «Aber im Gegensatz zu Ihnen habe ich einen Wahlkampf zu führen und zu gewinnen.»

«Da bin ich froh, dass ich im Gegensatz zu Ihnen nur ein paar skrupellose Mörder dingfest zu machen habe», erwiderte Gerber und blieb vor dem Tisch stehen.

Das Zucken der Mundwinkel in dem schiefen, nach rechts durchhängenden Gesicht Wehners sollte wohl ein Ausdruck der Erheiterung sein. «Dann setzen Sie sich mal und stärken Sie sich, bevor Sie unverrichteter Dinge wieder wegfahren, Herr Pinkerton.»

«Gerber», korrigierte er und sah dankbar zu, wie Fräulein Burmester ihm Kaffee einschenkte.

«Warum sollte ich unverrichteter Dinge wieder wegfahren, Herr Abgeordneter?», fragte Gerber.

«Der adelige Maikäfer vom Innenminister hat mir schon gesagt, was Sie wollen. Das will ich aber nicht. Ich kenne euch Leibwächter-Brüder doch genau. Nichts als zeitraubende Befehle. Ziehen Sie jeden Tag etwas anderes an! Gehen Sie nie zur selben Zeit aus dem Haus! Benutzen Sie nie denselben Weg wie am Tag zuvor! Und. Und. Und. Da wird man ja rammdösig im Kopf. Ich muss mich auf den Wahlkampf konzentrieren und nicht auf dummes Geschwätz.»

«Es ist kein dummes Geschwätz, Herr Abgeordneter. Nach unseren Informationen ist Ihr Leben in akuter Gefahr.»

«Erzählen Sie mehr darüber, Herr Gerber!» Die Aufforderung kam nicht von Wehner, sondern von seiner Stieftochter.

Gerber gab einen knappen Bericht über die Ereignisse. Er endete mit dem nächtlichen Anschlag im St.-Josef-Hospital.

Hin und wieder einen Schluck Kaffee trinkend, hatte Wehner ihm geduldig zugehört. Als Gerber fertig war, fragte er: «Was für ein Blatt?»

Gerber war verwirrt. «Wie?»

«Für welches Blatt schreibt diese Journalistin, die Sie in der Nacht gerettet haben?»

«Für den *Brennpunkt Bonn.*»

«Tatsächlich?» Wehner wirkte plötzlich amüsiert. «Einer von Adenauers Sicherungsgruppe rettet eine kommunistische Journalistin? Das ist wirklich nicht ohne Komik.»

«Wie meinen Sie das?»

«Es ist doch allgemein bekannt, dass sich jede Menge Kroppzeug aus der Nazi-Zeit in der Sicherungsgruppe tummelt. So wie im ganzen BKA. Waffen-SS, Wehrmacht, Gestapo. Bei welchem Verein haben Sie eigentlich gedient?»

«United States Army.»

Wehners Gesicht zuckte vor Überraschung, und er hielt eine Hand hinters Ohr. «Können Sie das wiederholen?»

Gerber tat ihm den Gefallen und erzählte ihm von der Emigration seiner Familie, ließ aber das CIC unerwähnt.

«Wie kommen Sie dann zur Sicherungsgruppe?», fragte Wehner.

«Ich wollte den Anteil des Kroppzeugs, der sich da tummelt, etwas reduzieren.»

«Das ist gut, das gefällt mir», sagte Wehner mit einem heftigen Nicken. «Trotzdem, dieses ganze üble Gemisch aus Werwölfen und Attentätern hat sich der Adenauer selbst eingebrockt. Er hätte die braune Bande vor Gericht stellen sollen, anstatt sie in hohe Ämter zu hieven.»

«Er wird seine Gründe gehabt haben. Vielleicht hatte er keine besseren Leute zur Verfügung.»

«Keine besseren als alte Nazis?», ächzte Wehner.

«Ich habe es gestern bereits dem Bundeskanzler gesagt, und ich sage es jetzt auch Ihnen: Politik ist nicht mein Geschäft.»

«Und ich sage Ihnen jetzt noch einmal, dass ich keinen Leibwächter benötige. Das kann ich gerade jetzt nicht gebrauchen, wo der Wahlkampf in seiner heißen Phase ist. Außerdem geht es meiner Frau nicht gut, Lotte hat es mit dem Herzen. Das wäre viel zu viel Aufregung für sie, wenn hier ein Sherlock Holmes für Arme seinen Schnüffelzinken überall reinsteckt.»

Wehner hatte sich richtiggehend in Rage geredet. Jetzt stand er auf und warf einen fast feindseligen Blick auf Gerber. «Sie gehen jetzt besser. Ich muss auch gleich los. Dafür sorgen, dass Adenauer mit seiner verqueren Idee von einem wiederaufgerüsteten Rumpfdeutschland, das der gesamten Sowjetarmee die Stirn bietet, den Wählern nicht die Sinne verwirrt.»

Fräulein Burmester brachte ihn zur Wohnungstür und sagte: «Es tut mir leid, Herr Gerber. Nehmen Sie es nicht persönlich. Wenn Herbert in den Wahlkampfmodus schaltet und gegen Adenauers Politik wettert, ist er einfach nicht mehr zu halten. Ich mache mir große Sorgen wegen dieses Attentats und wünschte mir, er hätte auf Sie gehört.»

«Wollen wenigstens Sie mir helfen, Fräulein Burmester?»

«Wenn ich kann.»

«Eine Liste aller Personen aus dem Umfeld Ihres Stiefvaters wäre hilfreich für eine Sicherheitsüberprüfung aus der Ferne. Ihr Stiefvater muss ja nichts davon erfahren.»

«Ja, die besorge ich Ihnen.»

«Gut. Und wenn Ihnen irgendetwas, egal was, verdächtig vorkommt, zögern Sie nicht, mich sofort zu kontaktieren.»

Auch das versprach sie ihm. Er verließ das Haus mit einem schlechten Gefühl, aber mehr konnte er im Augenblick nicht tun. Auf der Straße wischte Günther Bock mit einem Lappen über die Scheinwerfer des Opels und sah zufrieden aus. Der Wahlkampf konnte weitergehen.

--

«Guten Morgen, Herr Hauptkommissar», rief der große, schlanke Mann im weißen Arztkittel, der gerade aus Eva Herdens Krankenzimmer trat. «Ich hätte nicht gedacht, dass wir uns so bald wiedersehen.»

«Ich auch nicht, Dr. Gaffrey», antwortete Gerber, der nach dem wenig erfolgreichen Gespräch mit Herbert Wehner geradewegs zur Uniklinik gefahren war. «Zumal die Chirurgie gar nicht Ihre Abteilung ist. Oder wurden Sie strafversetzt?»

Sie schüttelten sich die Hände, und der vor dem Krankenzimmer wachende Polizist salutierte vor Gerber.

«Nein, ich bin nicht strafversetzt», sagte Gaffrey. «Aber nach dem tragischen Tod von Dr. Borst freut man sich auf der Chirurgischen über jede Unterstützung. Es wird mich also niemand hinauswerfen. Als ich hörte, dass Fräulein Herden hier liegt, bin ich gleich hergekommen, um nach ihr zu sehen. Damit sie nicht wieder einen Zusammenbruch erleidet.»

«Das ist sehr freundlich von Ihnen. Wie geht es ihr?»

«Natürlich ist ihr nicht gerade zum Bäumeausreißen zumute. Aber die Wunde verheilt gut, und was ihre Psyche betrifft, wäre eine kleine Aufgabe nicht schlecht.»

«Was meinen Sie?»

«Sie scheint mir ein bisschen viel zu grübeln, redet davon, wie viele Menschen in jüngster Zeit gewaltsam gestorben sind, während sie dabei war. Wenn wir nicht aufpassen, gibt sie sich noch die Schuld daran.»

«Aber das ist doch Unsinn. Den Anschlag, bei dem ihr Fotograf getötet wurde, konnte sie nicht vorausahnen. Sie konnte auch nichts für die Schießerei, in die wir vorgestern geraten sind. Und den Mann, der sie heute Nacht im St. Josef niederstechen wollte, hat sie auch nicht gerufen.»

«Der Mann, den Sie erschossen haben?»

«Ja. Hat Fräulein Herden das erzählt?»

«Hat sie. Nach ihren Worten haben Sie ihn regelrecht hingerichtet. Ein halbes Magazin sollen Sie auf ihn abgefeuert haben.»

«Ich bin Ihnen dankbar dafür, dass Sie sich so um Fräulein Herden kümmern, Herr Doktor», sagte Gerber mit einem scharfen Unterton. «Was das Heilen kranker Menschen betrifft, da sind Sie von uns beiden der unangefochtene Experte. Was allerdings Situationen wie den Anschlag auf Fräulein Herden angeht, dafür bin ich ausgebildet. Sie können meiner Urteilskraft vertrauen. Oder Sie lassen es bleiben, was mich auch nicht weiter kümmert.»

Der Oberarzt hob abwehrend beide Hände. «Nichts für ungut, und keine Feindschaft zwischen uns, bitte. Ich wollte Sie nur darauf vorbereiten, was Sie möglicherweise von Fräulein Herden zu hören bekommen. Wie ich eben schon angedeutet habe, eine Aufgabe, die sie ablenkt, wäre nicht schlecht.»

«Verstehe. Ich habe da auch schon was im Sinn.» Gerber zeigte auf die Zimmertür. «Darf ich jetzt zu ihr?»

Dr. Gaffrey nickte ihm zu und entfernte sich.

Gerber wandte sich an den Uniformierten; es war noch derselbe Mann, der bei Evas Einlieferung hier Posten bezogen hatte. «Irgendwelche besonderen Vorkommnisse?»

«Nein, Herr Hauptkommissar. Hier war alles ruhig.»

«Danke.»

Gerber klopfte, wartete ein paar Sekunden und betrat den

Raum. Erst in diesem Augenblick wurde ihm bewusst, dass er Eva nicht mal Blumen mitgebracht hatte. An diesem Morgen war alles so hektisch gewesen, dass er nicht eine Sekunde lang daran gedacht hatte.

Eva blickte ihn an, wirkte aber nicht erfreut über seinen Besuch.

«Guten Morgen, ich konnte leider nicht früher kommen. Ein Arbeitsfrühstück mit Wehner hat mich auf Trab gehalten.»

«Wie ist es gelaufen?»

«Enttäuschend.» Gerber zog sich einen Stuhl heran, setzte sich und berichtete Eva von seinem Gespräch mit Wehner. «Seine Meinung über Leibwächter scheint so unverrückbar wie der berühmte Fels in der Brandung.»

«Und jetzt?»

«Zumindest Wehners Stieftochter steht auf unserer Seite. Sie will eine Liste aller Personen aus seinem näheren Umfeld erstellen.» Er dachte an Dr. Gaffreys Bemerkung. «Magst du mir dabei helfen, die Leute zu überprüfen?»

«Von hier aus? Oder soll ich mich wieder selbst entlassen?»

«Das bitte nicht.»

Eva überlegte und sagte: «Ich könnte Berthold anrufen, damit er mir diesen jungen Mann schickt.»

«Ein junger Mann, der Hausbesuche bei dir macht? Ich weiß nicht, ob mich das so begeistert.»

«Er hat kürzlich als Volontär bei uns angefangen, Arne Keuck. Solange ich noch hier bin, brauche ich ohnehin jemanden, der mir beim Schreiben hilft. Ich kann Keuck sagen, ich benötigte Unterlagen zur Hintergrundrecherche. Was ja auch stimmt.»

«Klingt nach einem guten Plan. Ich melde mich, sobald ich die Liste habe. Was deinen Artikel angeht, hältst du da bitte Rücksprache mit mir?»

«Natürlich, mein Herr und Gebieter. Hoffentlich kommt Berthold nicht irgendwann darauf, dass sein Blatt vom BKA unterwandert ist.»

«Das würde ihn sicher gar nicht erfreuen», sagte Gerber spöttisch. «Ebenso wenig wie Moskau und Ost-Berlin.»

«Da, wo die Bösen sitzen, meinst du? Die Roten, die nur darauf warten, die Welt mit ihren Panzern zu überrollen? Während die Guten, die Friedensengel, im goldenen Westen mal eben einen jungen Mann niederschießen, einfach so?»

Während Eva sprach, war sie immer lauter geworden. Ihre Augen hatten sich geweitet, und sie starrte Gerber mit einem Blick an, in dem Befremden lag, vielleicht sogar Abscheu. Dr. Gaffrey hatte ihn auf so etwas vorbereitet, trotzdem schmerzte ihn dieser Blick.

«Wenn du schon dabei bist, Eva, vergiss die beiden nicht, die ich vorgestern in Allertal getötet habe.»

«Ich habe sie nicht vergessen, bestimmt nicht. Genauso wenig habe ich meine Familie vergessen, die im Bombenhagel der Westalliierten ausgelöscht wurde. Oder meinen Vater, den die Amerikaner auf Sizilien getötet haben.»

Innerlich aufgewühlt, blieb Gerber äußerlich ganz ruhig. Er hatte gelernt, die Ruhe zu bewahren, seine Gefühle zu beherrschen.

«Wenn du noch etwas brauchst, lass es mich wissen», sagte er. Dann verließ er grußlos das Krankenzimmer. Als er die Gänge des Uniklinikums durchquerte, nahm er seine Umgebung kaum wahr. Er dachte an seinen Vater und hörte wieder die Worte, die dieser an dem Tag zu ihm gesagt hatte, als Gerber Soldat geworden war.

«Ich bin unglaublich stolz auf dich, mein Sohn. Es ist bestimmt nicht einfach, gegen das Land in den Krieg zu ziehen, aus dem man stammt. Aber du tust das Richtige. Vergiss nur eins nicht: Der Beifall der Massen ist niemals von Dauer. Jetzt jubeln sie dir zu und werfen Blumensträuße, weil du für sie in den Kampf ziehst. Aber eines Tages, wenn der Krieg vorbei ist und die Medaillen verteilt sind, werden sie dir den Rücken zukehren. Sie wollen dann endlich Frieden haben, ein normales Leben, ihre Ruhe. An deinen Händen aber klebt das Blut, das du für sie vergossen hast, und daran mögen sie nicht erinnert werden. Mehr noch, wenn du sie daran erinnerst, werden sie es dir übelnehmen.»

// KAPITEL 27 //

Wie selbstverständlich schloss Gerber Evas Wagen auf. Wie es für ihn auch selbstverständlich gewesen war, dass sie einander liebten. Gerade dadurch, dass er Eva gerettet hatte, schien er sie verloren zu haben. Vielleicht war das zu einfach gedacht, zu geradlinig. Der Krieg hatte bei Eva tiefe Wunden hinterlassen, nicht nur in ihrem Gesicht. Die inneren Wunden waren wohl viel größer, und deshalb war ihre Beziehung vielleicht von vornherein zum Scheitern verurteilt gewesen. Niemand konnte aus seiner Haut heraus. Eva und er lebten in verschiedenen Welten.

Er blieb neben dem Ford stehen, steckte sich eine Zigarette an und versuchte, sich mit Evas Augen zu betrachten. Der Mann aus Amerika, der mit der Waffe so schnell bei der Hand war wie Gary Cooper oder Humphrey Bogart. Ein Mann, der Lust am Töten hatte? Ganz gewiss nicht. Aber er kannte auch keine Skrupel, seine Waffe einzusetzen, und das war es wohl, womit Eva sich nicht abfinden konnte. Er hatte schon zu viele sterben sehen, seinen Freund Jim Anderson oder die vielen Unschuldigen, die im Krieg von den Werwölfen ermordet worden waren. Es war sein Job, so etwas zu verhindern, und er kannte kein Mitleid mit Mördern. Je länger er darüber nachdachte, desto geringer schätzte er die Chance ein, Eva zurückgewinnen zu können. Er hatte einen Job zu erledigen, und der war offenbar mit ihren Überzeugungen nicht zu vereinbaren.

Gerber ließ den Venusberg hinter sich und fuhr in die Simrockstraße, um bei «Goldfisch»-Schindler Ersatz für die verschossene Munition zu holen – gegen ein von Gerber unterschriebenes Formular in dreifacher Ausfertigung und den Kommentar des verwunderten Verwaltungsamtmannes: «Was machen Sie mit den ganzen Patronen? Enten schießen am Rhein?»

Gerber informierte Sattler über den Besuch bei Wehner und fragte: «Gibt es neue Erkenntnisse über die Attentäter?»

«Leider nicht. Wenn Sie mal einen am Leben ließen, könnten wir ihn verhören.» Als er sah, wie sich Gerbers Gesicht verdunkelte, bemerkte Sattler, das er einen wunden Punkt getroffen hatte, und entschuldigte sich. «Ich hätte alles genauso gemacht, Kollege. Sie haben geschossen, um Leben zu retten. Alles korrekt.»

«Danke, Sattler. Das sieht nicht jeder so.»

«Wer hat sich beschwert?»

«Fräulein Herden. Ich war vorhin bei ihr.»

Fassungslosigkeit breitete sich auf dem Gesicht des Oberkommissars aus. «Aber ohne Ihr Eingreifen wäre sie jetzt tot.»

Gerber schüttelte die Gedanken an Eva ab und fragte: «Hat die Untersuchung des Motorrads etwas gebracht?»

«Die Horex weist starke Verschmutzungen auf. Es könnte die Maschine sein, mit der einer der Attentäter aus Allertal entkommen ist.»

«Muss aber nicht», ergänzte Gerber.

«Genau.»

Die Ellbogen auf dem Schreibtisch, stützte Gerber den Kopf mit beiden Händen und stieß einen langen Seufzer aus, in dem sich Ermüdung und Frustration vermischten. «Die Werwölfe reagieren verdammt schnell. Wir fahren zu Mandel, sie sind schon da. Bevor wir uns um Dr. Borst kümmern können, haben sie ihn schon umgelegt. Dann taucht einer von ihnen im St. Josef auf, um Fräulein Herden zu töten. Ich frage mich, wie sie es anstellen, immer so gut informiert zu sein.»

«Ein dichtes Netz von Sympathisanten und Informanten», schlug Sattler vor.

«Wahrscheinlich, aber es muss noch mehr dahinterstecken.»

«Was wollen Sie damit sagen?»

«Ist das nicht offensichtlich?»

Sattler blickte ihn an. «Sie haben nach der Sache am Rhein natürlich allen Grund, mir zu misstrauen, aber ich kann Ihnen nur aufrichtig versichern: Ich bin kein Verräter.»

«Ich glaube Ihnen, sonst würde ich das Thema nicht mit Ihnen erörtern. Der Verräter muss nicht aus unseren Reihen kommen, er könnte auch an höherer Stelle sitzen, zum Beispiel im Innenministerium.»

«Kein schlechter Gedanke», sagte Sattler nachdenklich. «Mir kommt da aber noch ein anderer.»

«Schießen Sie los!»

«Er wird Ihnen nicht gefallen.»

«Raus damit.»

«Haben Sie schon einmal gedacht, dass dieser Verräter auch eine Verräter*in* sein könnte?» Die Frage kam ungewohnt zögerlich über die Lippen des Oberkommissars.

«Warum so vorsichtig?», erwiderte Gerber. «Wollen Sie meine Gefühle schonen?»

«Ich weiß, dass Fräulein Herden Ihnen viel bedeutet.»

«Wenn Ihre Theorie richtig ist, hätten die Werwölfe letzte Nacht keinen Grund gehabt, sie zu ermorden.»

«Das haben sie auch nicht getan.»

«Sie meinen, der Attentäter sollte nur so tun, damit Eva Herden für mich weiterhin die beschützenswerte Unschuld bleibt? Dann hätte ich tatsächlich einen Unschuldigen erschossen, und sie würde mir jetzt gewissermaßen zu Recht Vorwürfe machen.»

Sattler setzte eine unglückliche Miene auf. «Es war nur so ein Gedanke.»

«Nein, nein, das ist ein guter Gedanke. Verfolgen wir ihn weiter. Dann wäre die Schussverletzung in Allertal ein absichtlicher Streifschuss gewesen, der Fräulein Herdens Glaubwürdigkeit uns gegenüber untermauern sollte. Und in Buchmanns Bungalow wäre tatsächlich Reschke das anvisierte Opfer gewesen. Vielleicht, weil er über Eva Herden etwas herausgefunden hatte, was er nicht hätte herausfinden sollen.»

Sattler winkte ab. «Es war ein dummer Verdacht, lassen wir das.»

«Wir sollten alles erörtern, was auch nur entfernt in Betracht kommt. Ich habe heute gelernt, dass man vor überraschenden Wendungen niemals sicher ist.»

Die Vorstellung, Eva könne die ganze Zeit über ein falsches Spiel mit ihm getrieben haben, erschien ihm absurd. Andererseits hatte er sich, wie er heute erfahren hatte, schon einmal in ihr getäuscht. Aber wenn sie es wirklich darauf abgesehen hätte, ihn auszuhorchen, wäre es dumm von ihr gewesen, mit Gerber Schluss zu machen. Nein, Gerber glaubte nicht, dass Eva eine Verräterin war.

«Vielleicht sollte ich noch einmal mit den Mandels sprechen», sagte er.

«Soll ich mitkommen?», fragte Sattler.

«Nein, Sie machen besser hier weiter. Einer muss die Fäden in der Hand halten. Falls die Namensliste von Fräulein Burmester eintrifft, schicken Sie bitte sofort eine Kopie per Kurier zu Eva Herden in die Uniklinik. Sie wird die Namen unabhängig von uns überprüfen.»

«Ich freue mich, dass Sie ihr weiterhin vertrauen. Sonst hätte ich mir noch Vorwürfe machen müssen.»

Achselzuckend erhob sich Gerber und verließ das kleine Büro.

--

Eine Stunde später fuhr Gerber durch Brauweiler, das er aus seiner Zeit beim CIC kannte. Die Mandels waren bei einem Cousin des Tierarztes untergekommen, einem Herrn Bertram, dem ein örtliches Bauunternehmen gehörte.

Der Weg führte Gerber an der ehemaligen Benediktinerabtei vorbei. In der Nazi-Zeit hatte die Kölner Gestapo in den Gebäuden der Abtei ein Gefängnis betrieben, in dem sowohl Konrad Adenauer als auch seine zweite Frau Auguste, genannt Gussie, zeitweise eingesessen hatten. Die Spätfolgen eines von Frau Adenauer in der Haft unternommenen Suizidversuches hatten sie im Jahr 1948 das Leben gekostet.

Das Gespräch, das der Bundeskanzler am vergangenen Abend mit Gerber geführt hatte, drängte sich ihm in den Sinn. Er hatte sich noch keine abschließende Meinung über die Bitte gebildet, die Adenauer kaum verhohlen an ihn herangetragen hatte. Zu viel anderes war auf ihn eingeströmt.

Er passierte die alte Abtei, lenkte den Ford zu einer leuchtend gelben Villa, vor der ein VW Käfer der Polizei stand. Er hielt hinter dem Streifenwagen an und ging zur Beifahrerseite. Beide Seitenfenster waren heruntergelassen, und der rechte Arm des Beifahrers hing lässig heraus. Die Tschakos der beiden Polizisten lagen auf der Rückbank, und die Hemdkragen waren unvorschriftsmäßig weit aufgeknöpft. Es sah nicht so aus, als erfüllten die beiden ihren Dienst mit berstender Begeisterung.

«Guten Tag, die Herren», grüßte Gerber freundlich. «Ich nehme an, Sie sind der Schutz für die Mandels.»

Der Mann auf dem Beifahrersitz blinzelte ihn müde an und bekam die Zähne kaum auseinander. «Wer sind Se? Und wat woll'n Se?»

«Hauptkommissar Gerber, Bundeskriminalamt.» Er zeigte seinen Ausweis und beobachtete, wie die beiden abgeschlafften Körper innerlich Haltung annahmen. «Ich möchte Herrn Bertrams Gästen einen Besuch abstatten und wollte vermeiden, dass Sie unnötig in Alarm geraten.»

«Jawoll», bellte der Beifahrer. «Soll'n wer Se begleiten?»

«Nicht nötig. Bleiben Sie auf Posten und halten Sie die Augen weiterhin offen.»

«Jawoll, Herr Hauptkommissar.»

Als Gerber auf die Villa zuging, überlegte er, wie sich die beiden Uniformierten wohl bei einem Überfall der Werwölfe verhalten würden. Er beschloss, dass er seine Phantasie nicht überstrapazieren wollte, und betätigte die Klingel neben der großen Eingangstür. Das hübsche Dienstmädchen, das ihm öffnete, wollte erst nichts von Gästen wissen. Gerber zeigte erneut seinen Ausweis vor. Das noch immer zweifelnde Mädchen sah zu dem Streifenwagen hinüber. Erst als der Mann auf dem Beifahrersitz winkte und ihr zunickte, ließ sie Gerber eintreten. Offenbar waren die beiden Kollegen doch nicht so unnütz.

«Der Herr Doktor und seine Gattin sind im Westflügel untergebracht», verkündete das Mädchen, und es sollte wohl beeindruckend klingen.

So groß wirkte die Villa eigentlich nicht, aber Gerber sagte nichts weiter dazu. Der Tierarzt und seine Frau empfingen ihn in einem teuer eingerichteten Wohnzimmer, das von dem Dienstmädchen wohl als «Salon» bezeichnet worden wäre.

Gerber berichtete ohne Umschweife von dem Anschlag auf Eva.

Frau Mandel, die nicht am ersten Likör dieses noch verhältnismäßig jungen Tages zu nippen schien, krallte sich erschrocken am Arm ihres Mannes fest. «Hört das denn niemals auf? Warum kann die Polizei diese Brut nicht endlich festnehmen? Oder erschießen! Sie haben das mit dem Mörder im Krankenhaus ganz richtig gemacht, Herr Gerber.»

«Darüber sind die Meinungen geteilt. Gerade dadurch, dass die Werwölfe in vielen kleinen Gruppen operieren, die sich in verstreuten Verstecken aufhalten, ist ihnen schlecht beizukommen. Gibt es keine zentrale Figur, bei der alle Fäden zusammenlaufen?»

«Sie sprechen von dem Leitwolf?», vergewisserte sich Dr. Mandel und goss etwas Milch in seinen Kaffee. «Aus meiner Sicht ist das Dietrich Haller. Er hat das Charisma eines Anführers und auch …»

«Die nötige Skrupellosigkeit?», half Gerber aus.

«Ja, so kann man es nennen.»

«Wie halten die einzelnen Gruppen untereinander Kontakt?»

«Ich kann es Ihnen beim besten Willen nicht sagen.»

«Aber Sie waren einer der führenden Funktionäre des Technischen Dienstes.»

«Ich glaube, Dietrich Haller und seine Leute haben schnell gemerkt, dass ich mit dem, was sie trieben und planten, nicht einverstanden war. Ich war da recht bald außen vor, und darüber war ich nicht einmal unglücklich.»

«Sie können meinem Mann keine Vorwürfe machen», brach es aus Frau Mandel hervor. «Schließlich haben die Amerikaner die Organisation unterstützt. Darüber redet niemand. Fragen Sie doch den amerikanischen Geheimdienst!»

«Ich bin nicht hergekommen, um Ihnen Vorwürfe zu machen. Ich bin hier, weil ich Ihre Hilfe benötige. Mich beschäftigt die Frage, ob dieser Dietrich Haller wirklich der oberste Anführer der Wölfe Deutschlands ist. Oder ist er letztlich nur ein ausführendes Organ, ein Mittel zum Zweck, gesteuert von jemand anderem?»

«An wen denken Sie?», fragte Dr. Mandel. «An einen ehemaligen Funktionär wie mich?»

«Zum Beispiel. Das wäre doch nicht abwegig. Vielleicht jemand mit politischen Ambitionen. Gibt es so jemanden in den Reihen Ihrer ehemaligen Mitfunktionäre, Dr. Mandel?»

«Wir alle sind nicht für diese uns aufgedrückte Demokratie gewesen, für das System Adenauer, sonst hätten wir uns nicht im BDJ zusammengefunden. Aber das ist Vergangenheit, und unsere Organisation ist in alle Winde zerstreut.»

«Können Sie sich denn an gar keine Verbindung der Wölfe zu jemandem an höherer Stelle erinnern?»

Mandel trank wieder von seinem Kaffee und dachte konzentriert nach. Schließlich sagte er: «Wir hatten im vergangenen Herbst eine Versammlung mit den wichtigsten Gruppenführern, darunter auch Dietrich Haller. Es war das einzige Mal, dass ich ihn persönlich getroffen habe, ihn und seine Schwester. Mir ist ein seltsamer Satz, den er sagte, in Erinnerung geblieben, auch wenn ich mir keinen rechten Reim darauf machen konnte.»

«Was hat er gesagt?», fragte Gerber gespannt.

«Es ging in dem Gespräch darum, dass wir zwar ein geschlossener Kreis seien, aber doch Unterstützung von außen benötigten, materieller und gesinnungsmäßiger Art. Daraufhin lachte Dietrich Haller nur und sagte, die besten Bande seien immer die Blutsbande.»

Auf der Rückfahrt nach Bonn dachte Gerber unentwegt darüber nach. Hatte Haller wirklich nur auf seine Schwester angespielt?

// KAPITEL 28 //

Auf dem ausgedörrten Rasen der Villa Selve wartete ein Taxi. Gerber stellte den Ford neben dem schwarzen Mercedes ab und sah eine Frau in einem leichten, mit Tupfen gemusterten Kleid aus dem Dienstgebäude kommen. Sie trug einen breitkrempigen Sonnenhut und eine Sonnenbrille, und erst, als sie ihm zuwinkte, erkannte er Wehners Stieftochter.

Greta Burmester blieb lächelnd vor ihm stehen. «Da sehen wir uns doch noch, Herr Gerber. Ich dachte schon, ich hätte Sie verpasst. Ihr Kollege sagte mir, Sie seien gar nicht in Bonn. Eigentlich hatte ich vor, Sie zum Mittagessen einzuladen. Vielleicht in etwas entspannterer Atmosphäre als beim Frühstück mit Herbert. Als kleine Wiedergutmachung.»

«Deshalb sind Sie eigens hergekommen, Fräulein Burmester?»

«Nicht nur. Ich habe Ihrem Kollegen die versprochene Namensliste gebracht. Und eine Liste der Wahlkampftermine, die Herbert noch vor sich hat, mit Angaben dazu, wo er übernachtet.»

«Da haben Sie sich wirklich beeilt.»

«Arbeit schändet nicht.»

«Aber die Trägheit entehrt uns», führte Gerber das Zitat zu Ende.

Die junge Frau zog die Sonnenbrille ein Stück nach unten und blickte ihn über den Brillenrand erstaunt an. «Sie haben Hesiod gelesen?»

«Ein Polizist mit klassischer Bildung», sagte Gerber mit

leichter Ironie. «Haben Sie nicht geglaubt, dass es so etwas gibt?»

«Ich vielleicht schon», sagte sie vorsichtig.

«Aber Ihr Stiefvater nicht, nehme ich an.»

«Nun ja, für ihn sind Sie …» Sie genierte sich und biss sich auf die Unterlippe.

«Sprechen Sie es nur aus. Ich kann mir gut vorstellen, dass er keine Lobeshymnen auf mich gesungen hat.»

Sie räusperte sich. «Herbert nannte Sie einen von Lehrs Bluthunden und auch Adenauers Wadenbeißer.»

«Bei einem Mann wie Ihrem Stiefvater nehme ich das als Kompliment. Er scheint Leibwächter wirklich nicht zu mögen.»

«Das stimmt wohl. Er hat da einschlägige Erfahrungen gemacht.»

Gemeinsam gingen sie durch die Grünanlagen der Villa Selve zum nahen Rhein. Die Lokale am Ufer waren gut besucht von Abgeordneten, Staatssekretären und anderen Ministerialbeamten. Nach einigem Suchen fanden sie einen Außentisch für zwei Personen in einem Fischrestaurant. Gerber bestellte einen Heringssalat, dessen Hauptzutaten Matjes und Kalbshaxe waren.

«Sie sind aber experimentierfreudig, Herr Gerber. In Kiel, wo ich zuletzt gearbeitet habe, hätte man einen Heringssalat, der zum Teil aus Kalbshaxe besteht, skeptisch beäugt.»

Er blickte zum Fluss, der beständig gegen die Uferbefestigung schwappte. «Wer weiß, was heutzutage so alles im Rhein schwimmt.»

Fräulein Burmester hätte sich vor Lachen fast verschluckt. «Sie sind ja nicht nur ein Polizist mit Bildung, sondern auch noch Komiker.»

Er genoss das Geplänkel mit Wehners Stieftochter, die

Unbeschwertheit, die ihn in ihrer Gegenwart überfiel. Auch wenn der Gedanke, dass er am liebsten mit Eva hier gesessen hätte, ihn nicht losließ.

Auch sie schien es zu genießen. Sie erzählte freimütig aus ihrem Leben. Nachdem ihr leiblicher Vater von der Gestapo ermordet worden war, war ihre Mutter mit Greta und deren Bruder nach Schweden geflohen. Dort traf die kleine Familie auf Herbert Wehner, den Gretas Mutter 1944 heiratete. Sie war Wehners zweite Frau. Greta hatte zuletzt in Kiel als Sozialfürsorgerin gearbeitet, aber die Herzkrankheit ihrer Mutter hatte sie nach Bonn kommen lassen.

«Hier bin ich auch eine Art Sozialfürsorgerin und betreue meine Eltern.»

«Aber haben Sie dann noch ein eigenes Leben?», fragte Gerber.

«Was ich hier tue, ist wichtig», drückte sie sich vor einer konkreten Antwort. «Wie steht es mit Ihnen, haben Sie ein eigenes Leben?»

«Seit ungefähr zehn Jahren nicht mehr», antwortete er nach kurzem Überlegen. «Seit ich Soldat geworden bin.» Er sagte das in einem lockeren Ton, der nicht verraten sollte, wie sehr ihn die Erkenntnis traf.

Greta Burmester ließ sich nichts vormachen. «Sie sagen das auf eine Art, als seien Sie immer noch Soldat.»

«So fühle ich mich jedenfalls.»

Sie winkte der Bedienung, um die Rechnung kommen zu lassen. «Vielleicht haben wir beide Grund, eingehend über unsere Zukunft nachzudenken.»

Auf dem Rückweg durch den Park der Villa Selve erkundigte er sich endlich nach der starken Abneigung ihres Stiefvaters gegen Leibwächter.

«Herbert musste in den zurückliegenden Jahrzehnten ständig auf der Hut sein. Als Landtagsabgeordneter der KPD in Sachsen musste er vor Hitlers Schergen fliehen. In Moskau musste er aufpassen, dass er nicht unter die Räder von Stalins großer Säuberungsmaschine geriet. Als er dann hinter schwedischen Gardinen saß», sie lachte leise bei ihrem Wortspiel, «hat die KPD ihn verfolgt und ihn aus der Partei ausgeschlossen, weil er sich dem Parteiauftrag entzogen habe. Auch jetzt, als SPD-Genosse, hat er es immer wieder mit Anfeindungen zu tun. Er ist es wohl einfach leid, dass sein Leben von Aufpassern eingeschränkt wird. Vielleicht haben die vielen Bedrohungen und Gefahren, die hinter ihm liegen, auch dazu geführt, dass er sich für unverwundbar hält.»

«Aber er ist es nicht. Ein Treffer aus einem der Wehrmachtskarabiner, mit denen die Werwölfe so gern schießen, und sein Gehirn ist Apfelmus.»

Sie wirkte pikiert. «Das ist eine recht drastische Darstellung.»

«Ich wollte Sie nicht schockieren, aber Ihnen deutlich machen, dass wir hier nicht Cowboy und Indianer spielen.»

--

Nachdem er Greta Burmester vor dem Mietshaus am Kiefernweg abgesetzt hatte, fuhr er auf dem Rückweg am Uniklinikum vorbei.

War es eine gute Idee, Eva einen zweiten Besuch an diesem Tag abzustatten? Möglicherweise war es für beide besser, wenn sie erst einmal auf Abstand zueinander gingen.

Er drückte das Gaspedal durch und ließ die Klinik hinter sich zurück.

Im Dienstgebäude der Villa Selve berichtete Gerber Sattler

von seinem Besuch in Brauweiler. «Was halten Sie von diesem Gerede über Blutsbande?»

Der Kriminaloberkommissar rauchte den winzigen Rest einer Chesterfield, eingeklemmt zwischen Daumen und Zeigefinger auf, um möglichst wenig Tabak an den Aschenbecher zu verschwenden. Während die Rauchwolke noch über dem kantigen Kopf schwebte, verzog er das Gesicht zu einer unzufriedenen Grimasse. «Ich schließe mich Ihrer Ansicht an, das kann alles und nichts bedeuten. Je länger man über diesen Begriff nachdenkt, desto konfuser wird man. Vielleicht hat Mandel diese mysteriösen Blutsbande nur in den Raum gestellt, um Sie loszuwerden. Oder er will uns auf eine falsche Fährte locken.»

«Sie glauben, er macht noch immer gemeinsame Sache mit den Wölfen Deutschlands? Immerhin wollten die ihn eiskalt umbringen.»

«Vielleicht will er sich auch nur aus der Schusslinie ziehen, indem er uns keine weiteren Informationen gibt.»

«Ich weiß nicht.» Gerber griff nach seiner Emailletasse und trank den letzten Schluck des mittlerweile kalten Kaffees. «Mandel ist nicht dumm. Jetzt, wo die Werwölfe seine Witterung aufgenommen haben, ist es sein ureigenstes Interesse, dass wir die Organisation so schnell wie möglich zerschlagen. Das sollte er eigentlich wissen. Geben Sie mir mal die Liste.»

Sattler reichte ihm eine Kopie. «Die Kollegen Senft und Liepelt sitzen auch schon dran. Erschrecken Sie nicht, es sind an die hundert Namen. Ich weiß nicht einmal, ob ich so viele Leute kenne.»

Gerber überflog die Liste, die nicht alphabetisch aufgebaut war, sondern nach Berufsgruppen. Da gab es Parteifreunde und Parteiangestellte, aber auch den Schneider und die Tabakwarenverkäuferin sowie den Chauffeur Bock, dem er an diesem Morgen begegnet war. Er machte sich daran, die Leute in diverse Kategorien wie «verdächtig» und «gefährlich» einzuteilen und ihnen innerhalb dieser Kategorien eine Reihenfolge zuzuweisen. Es war schwieriger und langwieriger als gedacht und nicht so erhellend, wie er es sich gewünscht hätte.

«Was sollen wir tun?», fragte Sattler, als Gerber ihn darauf ansprach. «Bei der SPD einmarschieren und die Leute dazu vernehmen, wer etwas gegen Wehner haben könnte? Solange die ganze Aktion mehr oder minder im Geheimen stattfinden soll, ist das schlecht möglich.»

«Was ist schlecht möglich?», fragte Krey, der in der Bürotür aufgetaucht war. «Gibt es Probleme, meine Herren?»

Er nahm auf dem Besucherstuhl Platz und hängte den Homburger über einen Wandhaken, der eigentlich das Foto des Innenministers hielt.

«Oberkommissar Sattler hat leider recht», sagte Gerber. «Solange nichts von dieser Werwolfgeschichte an die Öffentlichkeit dringen darf und deshalb auch unsere Ermittlungen nur verdeckt stattfinden können, sind wir in unseren Möglichkeiten extrem eingeschränkt.»

«Ich sehe das Problem, aber ich kann es nicht ändern.» Der Kriminaloberrat rieb über seine gebogene Nase, auf der die große Hornbrille saß. «Ich *darf* es nicht ändern. Der Innenminister hat strikte Anweisung gegeben, dass die ganze Affäre keinen Einfluss auf die Bundestagswahl haben darf.»

«Sobald eine Kugel den Abgeordneten Wehner in einen Haufen kalten Fleisches verwandelt, wird sich das nicht länger vermeiden lassen», sagte Sattler gallig. «Oder glaubt der Innenminister, das könne man dann auch unter den Teppich kehren?»

Ein nervöses Zucken zeigte sich in Kreys Gesicht. «Daran möchte ich gar nicht erst denken. Es ist Ihre Aufgabe, das zu verhindern – unter allen Umständen!»

«Nur nicht unter dem Umstand, dass es an die Öffentlichkeit dringt.» In Gerbers Worten schwang unverhohlener Sarkasmus mit. «Ich bin für jeden Hinweis dankbar, wie uns das gelingen soll.»

Krey hatte keine Antwort darauf. Er zog eine goldene Taschenuhr hervor und blickte irritiert auf das Ziffernblatt. «Was, es geht schon auf sechs Uhr zu? Wir haben um sieben Gäste, und ich habe meiner Frau versprochen, pünktlich zu sein.»

«Das schaffen Sie mit dem Wagen doch locker», meinte Sattler.

«Mein Wagen ist leider gerade in der Werkstatt.»

Gerber erhob sich. «Ich fahre Sie gern, Herr Doktor. Vielleicht wird unterwegs mein Gehirn durchgepustet, und ich komme auf eine zündende Idee.»

Kurz darauf saßen Gerber und Krey im Ford Taunus.

«Ist der Wagen eigentlich eine Dauerleihgabe von Fräulein Herden an die Sicherungsgruppe?», fragte Krey mit leichtem Amüsement.

«Leihgabe, ja. An die Sicherungsgruppe, wohl kaum. Eher an mich. Aber nicht auf Dauer.»

«Nanu, Sie werden sich doch nicht einander entfremdet haben. Oder ist die Frage zu intimer Natur?»

«In Fräulein Herdens Augen klebt an meinen Händen zu viel Blut.»

Krey sah ihn forschend an. «Und?»

«Nichts und. Soll ich etwa umschulen auf Landschaftsgärtner?»

«Jedenfalls nicht, bevor Sie die Werwolfbande zerschlagen haben», sagte Krey mit Nachdruck.

Nach kurzer Fahrt erreichten sie Kreys Domizil, eine nette Villa in Vilich mit gepflegtem Vorgarten. Gerber hatte kaum angehalten, da trat auch schon eine dunkelhaarige, schlanke Frau in einem schlichten, aber eleganten Kleid aus der Haustür, an jeder Hand ein Kind. Ein Junge und ein Mädchen, beide im Vorschulalter.

«Meine Waltraud und unsere Kinder, Manfred und Inge», sagte Krey nicht ohne Stolz. «Das Leben hat es wirklich gut mit mir gemeint und mir ein zweites Mal zugelächelt. Meine erste Frau und unser Sohn sind im Sommer 43 bei der Bombardierung Hamburgs gestorben.»

Die Kinder liefen ihrem Vater entgegen, und er umarmte beide herzlich.

Gerber betrachtete die Frau, gepflegt und gut frisiert, eine grazile Schönheit. Für einen Augenblick erschien es ihm, als hätte er das schmale Gesicht unter den dunklen Locken schon einmal gesehen. Er verwarf den Gedanken wieder und wendete den Wagen.

// KAPITEL 29 //

Donnerstag, 27. August 1953

Zehn Tage bis zur Wahl

Der Uniformierte, der vor Evas Krankenzimmer Wache hielt, war Gerber unbekannt. Eva saß aufrecht im Bett, vor sich, neben sich auf dem Nachttisch und auf einem Servierwagen mit drei Etagen jede Menge Unterlagen. Auch das Telefon, das neben den Unterlagen auf dem Nachttisch stand, war neu. Der Raum glich eher einem chaotischen Büro als einem Krankenzimmer.

«Die Büroarbeit vom Bett aus erledigen, vielleicht ein Arbeitsmodell für die Zukunft», sagte Gerber und bemühte sich um einen fröhlichen Ton. Diesmal hatte er an einen Blumenstrauß gedacht, rote Rosen und weiße Lilien, aber er wusste nicht, wo er sie ablegen sollte.

«Auf dem Gang muss ein Schrank mit Vasen stehen», sagte Eva. «Du kannst die Blumen irgendwo draußen abstellen, hier im Zimmer stören sie mich nur.»

Als er den Strauß in eine passende Vase gestellt und mit Wasser versorgt hatte, sah Gerber eine junge Krankenschwester auf dem Gang. Rasch ging er zu ihr und fragte: «Gibt es hier eine Patientin ohne Angehörige?»

Die Schwester musste nicht lange überlegen. «Die alte Frau Wendsche zwei Zimmer weiter.»

Gerber reichte ihr die Vase mit dem Blumenstrauß. «Geben Sie Frau Wendsche bitte diesen Strauß mit den besten Genesungswünschen der Klinikleitung und der Stadt Bonn.»

«J-ja, sehr gern», sagte die Schwester leicht verwirrt.

«Vielen Dank.»

Er kehrte zu Eva zurück, die weiterhin mit den Papieren beschäftigt war.

«Hast du schon etwas entdeckt?»

«Bis jetzt nicht. Aber keine Sorge, ich werde mich schon melden, sobald mir etwas auffällt. Immerhin hat mir dein Vorgesetzter das Telefon hier spendiert.»

«Krey?»

«Derselbe.»

«Der Mann denkt mit. Er hätte sich wahrscheinlich bis vor kurzem nicht träumen lassen, dass er die Star-Journalistin eines Kommunistenblatts bei ihren Recherchen unterstützt.»

«Ist das so? Ich habe den Eindruck, im Augenblick arbeite ich für die Sicherungsgruppe und nicht für den *Brennpunkt Bonn*. Manchmal denke ich, ich habe mich da in etwas reinziehen lassen, dessen Ausmaße mir vorher nicht klar waren.»

Gerber bemerkte, wie sich ihre Züge immer mehr verhärteten.

«Du hast dich von *mir* da reinziehen lassen, meinst du das, Eva?»

«Das ist nicht ganz so verkehrt, oder? Plötzlich sitzt du in meinem Auto, liegst in meinem Bett, triffst meine Entscheidungen.»

Gerber schluckte seine Verärgerung hinunter. «Melde dich, wenn du auf eine Spur stößt oder wenn du etwas brauchst. Beruflich, meine ich.»

Grußlos verließ er das Zimmer. Ihm war fast unbegreiflich,

wie sich Evas Einstellung zu ihm so abrupt geändert hatte. War vielleicht auch der Pervitin-Entzug daran schuld?

Auf dem Weg zurück in die Innenstadt kurbelte er das Seitenfenster nach unten und atmete tief durch. In diesem Moment wünschte er sich, niemals nach Bonn gekommen zu sein. Wäre er zu June nach Harvard gegangen, wäre ihm vieles erspart geblieben.

--

Müller stürzte Gerber geradezu aus seinem Kabuff entgegen. Er fuchtelte mit den Armen, als seien sie außer Kontrolle geraten, und rief: «Da sind Sie ja endlich, Herr Hauptkommissar. Wo haben Sie nur gesteckt?»

«Ich war in der Mittagspause.»

«Sie sollen sich melden, und das sofort, so schnell wie möglich. Eigentlich sollten Sie schon da sein, hat er gesagt.»

«Wer?»

«Der Anrufer, ein Mr. Belden, Sekretär des amerikanischen Hohen Kommissars. Er erwartet Sie zu einem dringenden Gespräch.»

«Wer?»

«Na, Mr. Conant, der Hohe Kommissar der Vereinigten Staaten!»

--

Gerber hatte keine Ahnung, was James Bryant Conant, der höchste Vertreter der USA in der Bundesrepublik Deutschland, von ihm wollte.

Er durchfuhr Bad Godesberg in gerader Linie auf einer

Straße, die alle paar Kilometer ihren Namen wechselte. Bald sah er den Straßenposten der amerikanischen Militärpolizei, bestehend aus einer Handvoll Männer und einem offenen Jeep, und dahinter den großen Gebäudekomplex, der als Schloss Deichmannsaue bekannt war. Der ehemalige Sommersitz der Kölner Bankiersfamilie Deichmann, das eigentliche Schloss, war um einen gewaltigen Anbau erweitert worden, der rein gar nichts mit Schloss- oder Rheinromantik zu tun haben wollte. In diesem funktionalen Klotz mit unzähligen Fenstern arbeitete der Verwaltungsapparat der Hohen Kommission.

Er zeigte einem Lieutenant durch das geöffnete Fahrerfenster seinen Dienstausweis. «Mir wurde gesagt, Mr. Conant erwarte mich.»

«Haben Sie eine schriftliche Einladung, Sir?» Der pockennarbige Lieutenant in der Uniform der Militärpolizei fragte das mit ausdrucksloser Stimme und sah Gerber mit genauso ausdruckslosem Gesicht an.

«Nein, Lieutenant. Ein Mr. Belden, angeblich Sekretär des Hohen Kommissars, hat auf meiner Dienststelle angerufen.»

Schlich sich ein Anflug von Misstrauen in das ausdruckslose Gesicht?

«Warten Sie bitte, Sir!»

Mit Gerbers Ausweis in der Hand trat der Offizier an den Jeep und bediente das Funkgerät, das hinter dem Beifahrersitz aufragte. Gefühlt dauerte es ewig, bis der Lieutenant wieder zu ihm trat und ihm seinen Ausweis aushändigte.

«Tragen Sie eine Dienstwaffe bei sich, Sir?»

«Ja.»

Der Lieutenant streckte die Hand aus. «Wenn ich bitten dürfte?»

Gerber zog die Browning aus dem Schulterholster und händigte sie dem Militärpolizisten aus.

«Danke, Sir. Kennen Sie den Weg?» Als Gerber verneinte, sagte der Lieutenant: «Dann fahren Sie mir bitte nach.»

Der Offizier schwang sich auf den Fahrersitz des Jeeps, wendete den Wagen mit einem geübten Manöver und fuhr voraus. Ihr Ziel war nicht der moderne Verwaltungskomplex, sondern das Schloss, wo sie an einem Nebeneingang hielten. Mehrere Fahrzeuge parkten hier, teilweise mit einer zivilen Lackierung und teilweise mit Militäranstrich. Einer der Wagen im Olivgrün der US Army war ein wuchtiger Pontiac, und bei dessen Anblick stieg eine Ahnung über den Grund seines Hierseins in Gerber hoch.

«Ihre Waffe können Sie später bei mir abholen, Sir», rief der Lieutenant und brauste schon wieder davon.

Ein untersetzter, fast kahlköpfiger Mann in einem Anzug, der gewiss nicht von der Stange stammte, kam eine kleine Treppe herunter und blieb vor Gerber stehen. «Anthony Belden, Sekretär des Hohen Kommissars der Vereinigten Staaten», stellte er sich mit einem Lächeln vor und reichte Gerber die Hand. «Vielen Dank, dass Sie Mr. Conants Bitte um einen Besuch so schnell gefolgt sind.»

«Mir war nicht ganz klar, ob es eine Bitte oder ein Befehl ist.»

Belden ignorierte die Bemerkung. «Folgen Sie mir, bitte.»

Sie gingen die kleine Treppe hoch, und ein Posten der Militärpolizei nahm Haltung an, als sie an ihm vorbei das Schloss betraten. Im Innern eilten Männer und Frauen geschäftig hin und her, einige in Uniform, andere in Zivil. Während Gerber dem Sekretär durch das Gewirr von Gängen und Treppen folgte, kratzte er sein Wissen über den Hohen Kommissar zusammen.

James Bryant Conant, der das Amt erst im Februar übernommen hatte, war eigentlich Wissenschaftler und hatte in Harvard einen Lehrstuhl für Chemie gehabt. Er war einer der entscheidenden Männer hinter dem Manhattan-Projekt gewesen, das zur Entwicklung der amerikanischen Atombombe geführt hatte. Nicht nur der Bau, auch der Einsatz der Atombombe gegen Japan war von ihm unterstützt worden. Nach dem Krieg hatte er sich als strikter Antikommunist dafür ausgesprochen, keine Kommunisten als Lehrkräfte an die amerikanischen Universitäten zu berufen. In dem herrschenden politischen Klima war er auf seinem jetzigen Posten zweifellos der richtige Mann.

Belden führte Gerber bis zu einer Doppelflügeltür, neben der ein weiterer Militärpolizist Wache hielt. Der Sekretär klopfte kurz an, wartete ein freundliches «Herein» ab und führte Gerber in einen großen Raum mit Blick auf den Rhein, in dem zwei Männer in ledergepolsterten Stühlen an einem großen Besprechungstisch saßen.

«Hauptkommissar Gerber von der Sicherungsgruppe», stellte Belden den Gast vor, bevor er den Raum verließ und die Tür hinter sich schloss.

Die beiden Männer am Tisch erhoben sich und traten Gerber zur Begrüßung entgegen. Einer, sechzig Jahre alt, groß und von der Schlaksigkeit eines James Stewart, trug Zivil: einen dezent gestreiften Dreiteiler, der sich mit Beldens Anzug mehr als messen konnte. Der Mann mit dem sorgfältig gescheitelten Haar blickte Gerber durch die runden Gläser seiner Brille an und streckte ihm seine große, feingliedrige Hand entgegen. Er hatte einen nicht übertriebenen, aber festen Händedruck.

«Conant. Ich bin hier der Hausherr und freue mich, Sie

begrüßen zu dürfen. Was sage ich am besten zu Ihnen, Hauptkommissar oder Captain Gerber?»

Während Gerber die Hand des Hohen Kommissars schüttelte, gab der andere Mann die Antwort: «Captain ist in unserem Kreis wohl angemessener. Schließlich ist sein Posten beim BKA nur ein vorübergehender.» Der Mann in Uniform, Colonel Hiram C. Anderson, gab ihm ebenfalls die Hand. «Bist du gar nicht erstaunt, mich hier in Bonn zu sehen, Phil?»

«Nicht, seitdem ich Ihren Pontiac draußen gesehen habe, Sir.»

Der Hohe Kommissar bat Gerber an den Tisch.

«Der deutsche Innenminister hat Colonel Anderson über das geplante Attentat auf den Abgeordneten Wehner informiert», sagte Conant, dessen freundlich dreinblickendes Gesicht leicht über das ernste Thema hinwegtäuschen mochte. «Der Colonel hat sich daraufhin an mich gewandt, und das war richtig. Sie, Captain, haben auch schon mit Dr. Adenauer und Dr. Lehr über die Angelegenheit gesprochen, wie ich höre.»

Gerber bestätigte das und erläuterte Conant und Anderson die Befürchtung, ein Attentat auf Wehner könne die große Zustimmung für Adenauer und seine CDU, die derzeit in der westdeutschen Bevölkerung herrschte, zunichtemachen. «Beide großen Parteien, CDU und SPD, fürchten die Verwerfungen, die ein Bekanntwerden dieser Affäre auslösen könnte.»

«Warum die SPD, die ohnehin in den Umfragen hinten liegt?», fragte Anderson.

«Weniger Stimmen für die CDU bedeuten nicht automatisch mehr für die SPD», erläuterte Conant. «Es ist hier in der Bundesrepublik nicht wie bei uns in den Staaten, wo sich zwei große Parteien den Kuchen teilen. Die Westdeutschen haben mehrere kleine Parteien mit teils recht extremen Ansichten.

Als Juniorpartner und Mehrheitsbringer in einer Regierungskoalition sind die kleinen Parteien den großen willkommen, aber niemand aus der CDU oder der SPD hat ein Interesse daran, dass Juniorpartner zu Seniorpartnern werden. Und um es deutlich zu sagen, die Vereinigten Staaten auch nicht. Adenauer steht im ständigen Gespräch mit uns und fährt einen Kurs, der Westdeutschland zu einem verlässlichen Partner für uns macht, hoffentlich bald auch in militärischer Hinsicht. Ich hege die Hoffnung, dass der Bundeskanzler auch nach den Wahlen auf diesem Kurs bleibt.»

«Das wird er, Sir, so viel kann ich Ihnen versichern», sagte Anderson.

Unter anderen Umständen hätte sich Gerber gewundert, woher der CIC-Chef diese Sicherheit nahm. Aber sein Vier-Augen-Gespräch mit Kanzler Adenauer hatte ihm diesbezüglich eine ganz neue Sicht eröffnet. Vielleicht hätte er als CIC-Agent stolz auf die Macht sein sollen, die sein Vorgesetzter über Adenauer hatte, aber er konnte es nicht. Er fragte sich, ob der Hohe Kommissar von der Akte Adenauer wusste, konnte es sich aber nicht recht vorstellen. Die Bedeutung eines Geheimdienstchefs lag nicht zuletzt darin begründet, dass niemand außer ihm selbst wusste, über welche Informationen er verfügte.

Conant wandte sich an Gerber. «Welche Garantien können Sie für das Leben des Abgeordneten Wehner geben, Captain?»

«Überhaupt keine.» Gerber antwortete vollkommen sachlich, obwohl ihm angesichts der naiven Frage fast die Spucke wegblieb.

«Aber Sie leiten doch die Ermittlungen in diesem Fall und die Sicherheitsmaßnahmen.» Conants irritierter Blick wanderte von Gerber zu Anderson. «Oder wurde ich da falsch informiert?»

Anderson wiederum sah Gerber an und forderte ihn mit einem strengen Blick auf zu antworten.

«Sie sind richtig informiert, Sir, aber leider gibt es keine Sicherheitsmaßnahmen.» Gerber fasste in knappen Worten sein Gespräch mit Herbert Wehner zusammen.

Conant brauchte ein paar Sekunden, um das zu verdauen. «Wenn ich Sie richtig verstehe, verweigert sich Mr. Wehner allen Sicherheitsmaßnahmen und fährt auf seiner Wahlkampftour munter kreuz und quer durchs Land.»

«Ich hätte es nicht treffender ausdrücken können, Sir.»

«Was können Sie da noch tun?»

Gerber berichtete von Wehners hilfsbereiter Stieftochter und der von ihr erstellten Liste. «Wir arbeiten mit Hochdruck daran, aus dieser Liste den möglichen Attentäter herauszufiltern, vorausgesetzt, er befindet sich unter den aufgeführten Personen.»

Anderson räusperte sich auffällig laut. «Stimmt es, dass eine Journalistin von diesem kommunistischen Schmierblatt, *Blickpunkt Bonn* heißt es wohl, in die Ermittlungsarbeit involviert ist?»

«Ja, Sir. Das Blatt heißt allerdings *Brennpunkt Bonn*, und Eva Herden ist die beste Rechercheurin, die ich kenne. Es wäre dumm, auf ihre Mitarbeit zu verzichten.»

«Nicht unter Geheimhaltungsgesichtspunkten», widersprach Anderson. «Immerhin steht auch das Ansehen der Vereinigten Staaten auf dem Spiel. Es darf in der Öffentlichkeit kein großes Thema werden, dass die möglichen Attentäter von uns unterstützt wurden.»

«Mit Geld, Waffen und militärischer Ausbildung im Partisanenkampf», präzisierte Gerber.

Der Hohe Kommissar ergriff das Wort: «Das war gewiss eine

unglückliche Entscheidung, die wir in dieser Form nicht noch einmal treffen würden. Trotzdem hat der Colonel recht, der Mantel des Schweigens sollte über dieser Affäre ausgebreitet bleiben. Wie sehr können Sie dieser Journalistin vertrauen, Captain?»

Gerber dachte an Eva und ihr Verhalten ihm gegenüber in den letzten beiden Tagen, bevor er mit fester Stimme antwortete: «Ich würde ihr mein Leben anvertrauen.»

Conant tauschte einen Blick mit Anderson. «Das muss uns wohl als Versicherung reichen, oder? Drücken wir also Captain Gerber die Daumen, dass er die Angelegenheit möglichst effektiv und unauffällig zu Ende bringt, damit er endlich in die Staaten zurückkehren und sein neues Leben beginnen kann.»

«Sir?», fragte Gerber, über die letzte Bemerkung etwas verwirrt.

«Na, auf Sie wartet doch ein Lehrauftrag in Harvard.»

«Falls der noch auf mich wartet.»

«Das kann ich Ihnen garantieren», sagte Conant. «Immerhin bin ich der Präsident der Harvard-Universität, wenn auch nur noch für einen kurzen Zeitraum. Im September lasse ich mich ablösen, aber auch als Präsident emeritus werde ich dort noch Einfluss haben. Colonel Anderson hat noch eine gute Nachricht für Sie.»

«Richtig.» Anderson zog einen Briefumschlag hervor und schob ihn Gerber zu. «Ein Brief von June. Sie hat am Telefon gesagt, dass sie dich sehr vermisst.»

«Danke, Sir.» Gerber steckte den Brief ein, auf dem in Junes schwungvoll-verspielter Schrift einfach nur «Für Phil» stand.

Gerber verabschiedete sich von Conant und Anderson, die offenbar noch etwas miteinander zu besprechen hatten. Er fühlte sich fast wie betäubt, als Anthony Belden ihn zurück zum Parkplatz begleitete. Gerber hielt kurz bei dem Straßenposten und nahm die Browning wieder an sich. Er war längst auf dem Rückweg nach Bonn, aber das unwirkliche Gefühl blieb. Er hatte den Eindruck, im Schloss Deichmannsaue einem Puppentheater beigewohnt zu haben. Nur: Hatte er im Publikum gesessen, oder war er die Marionette?

// KAPITEL 30 //

Freitag, 28. August 1953

Neun Tage bis zur Wahl

Sie hatten einen Namen. Gerber hielt vor dem hellbraun verputzten Mietshaus, in dem ein gewisser Edwin Schreiber leben sollte. Gerbers schweigsamer Kollege Senft überprüfte auf dem Beifahrersitz ein weiteres Mal seine Browning.

In der Burbacher Straße herrschte der übliche Vormittagsverkehr. Auf der gegenüberliegenden Straßenseite wurde der Lieferwagen einer Großwäscherei beladen. Vor ihnen fuhr ein Schrottsammler mit einem alten Opel-Pritschenwagen, der wohl schon in der Wehrmacht seinen Dienst versehen hatte, von Haus zu Haus.

Edwin Schreiber war nicht nur Mitglied in der SPD, sondern er arbeitete auch als festangestellter Büroleiter in der «Baracke», wie man die Parteizentrale nannte. In der Zeit des Wahlkampfs fungierte er als Fahrdienstleiter und organisierte die Fahrzeuge und die Fahrer für Wahlkampfreisen und auswärtige Termine. Er war es auch gewesen, der jenen Günther Bock, dem Gerber vor zwei Tagen kurz begegnet war, als Herbert Wehners Chauffeur eingeteilt hatte. Heute war Edwin Schreiber nicht in der Baracke erschienen. Und obwohl er über einen privaten Telefonanschluss verfügte, ging er nicht an den Apparat.

Greta Burmester hatte bei einem Besuch in der Baracke von

Schreibers Abwesenheit erfahren und daraufhin sofort Gerber angerufen. «Herr Schreiber steht nicht auf meiner Liste, an ihn hatte ich gar nicht gedacht. Aber ich denke, Sie sollten es wissen, Herr Gerber.»

Gerber probierte erfolglos sämtliche Klingeln, bis endlich Schritte im Treppenhaus ertönten. Ein einarmiger Mann öffnete die Tür und starrte sie an. «Ja, was wünschen Sie?»

Gerber zeigte seine Dienstmarke vor und drängte sich an dem Einarmigen vorbei. «Wir wollen zu Herrn Schreiber.»

«Er wohnt im zweiten Stock», sagte Senft.

Sie erklommen die Treppe und atmeten eine Mischung aus Bohnerwachs und abgestandenem Zigarrenrauch ein. Ihnen folgte der Einarmige, den vermutlich die Neugier antrieb.

«Was wollen Sie denn von Herrn Schreiber?», fragte er, ohne eine Antwort zu erhalten.

Im zweiten Stock angekommen, forderte Gerber den Mann auf zurückzubleiben. Als er sah, wie die beiden BKA-Beamten ihre Waffen zogen, nahm er die Warnung ernst.

Es gab auf dem Gang keine Klingeln. Also klopfte Gerber kräftig gegen Schreibers Wohnungstür und rief mehrmals dessen Namen. Dabei drückte er sich mit dem Rücken an die Wand neben der Tür, so wie es Kommissar Senft auf der anderen Seite tat.

Als nach wiederholtem Klopfen noch immer keine Reaktion erfolgte, sagte Gerber: «So kommen wir nicht weiter. Wir haben hier jetzt genug Zeit vertrödelt.»

Ein starker Tritt in Höhe des Schlosses, ein splitterndes Geräusch, und die Tür sprang auf.

Gerber trat mit gezogener Waffe in einen kleinen Flur. Leer. Er öffnete die Zimmertür zur Linken. Das enge Badezimmer dahinter war ebenfalls leer.

Hinter der nächsten Tür verbarg sich das Schlafzimmer, und schon beim ersten Blick hinein stieß Gerber einen leisen Fluch aus. Er ahnte sofort, was sich hier ereignet hatte.

«Was ist los?», fragte Senft, der noch auf dem Flur stand.

«Sehen Sie es sich selbst an», sagte Gerber nur und trat näher an das zerwühlte Bett, neben dem die Nachttischlampe brannte.

Gerber befühlte den Mittdreißiger im Pyjama, zweifellos Edwin Schreiber, an verschiedenen Körperstellen von den Schultern bis zu den Füßen. Die Leichenstarre war vollständig ausgeprägt. Offenbar lag der Tote seit der Nacht hier. Die Pyjamahose war nach unten gestreift, das Glied lag frei.

Mehrere Zeitschriften mit einem roten Titelbalken und der weißen Aufschrift *Yank – The Army Weekly* lagen auf dem Nachttisch oder zerstreut im Bett. Schreiber hatte sie wahrscheinlich von einem GI gekauft oder eingetauscht. Diese fünf Cent teuren Magazine waren im Krieg für die amerikanischen Soldaten gedruckt worden. Jedes Heft enthielt neben diversen Artikeln das mehr oder minder freizügige Pin-up-Foto einer mehr oder minder berühmten jungen Frau. Genau diese Fotoseiten waren bei den im Bett liegenden Heften aufgeschlagen. Als es ihn erwischt hatte, hatte sich Schreiber wohl gerade an Ingrid Bergman erfreut, die sich mit verknoteter Bluse über dem nackten Bauch im Stroh rekelte.

Senft war neben Gerber getreten, hatte die Situation erfasst und brummte beim Anblick des Bergman-Fotos: «Wenigstens war die letzte Frau, mit der er sich vergnügt hat, keins dieser billigen Dinger.»

«Sie haben Sorgen», erwiderte Gerber. «Sagen Sie mir lieber, was wir in unserem Bericht als Todesursache angeben sollen.»

«Überanstrengung bei der Hausarbeit», schlug Senft vor.

«Sie ging ihm nicht so leicht von der Hand. Ein Junggesellen-schicksal.»

--

Gerber sprach lieber von einem «häuslichen Unfall», als er eine Stunde später Fräulein Burmester anrief und ihr von Schreibers Tod berichtete.

«Ist er von der Leiter gefallen?»

«In der Art, ja», sagte Gerber, um sich einen Vortrag über die Gefährlichkeit von Pin-up-Fotos zu ersparen.

Anschließend rief er Eva in der Uniklinik an, weil er sich und ihr eine persönliche Begegnung ersparen wollte. Das Gespräch verlief kühl und distanziert. Dass sie sich nicht siezten, war auch schon alles, was sie sich an Vertrautheit erlaubten.

Der kuriose Vorfall um Edwin Schreiber und seine geheime Leidenschaft war nicht der einzige Fehlalarm, der die Männer der Sicherungsgruppe in Atem hielt.

Sattler und Liepelt rückten aus, weil sie in dem Milch- und Käselieferanten der Wehners einen lange gesuchten Waffenschieber erkannt zu haben glaubten. Der Verdacht erwies sich als unbegründet, es war eine bloße Namensgleichheit.

Gerber und Senft mussten noch einmal losfahren, um mit einer Sekretärin aus der SPD-Baracke zu sprechen, deren Bruder Mitglied im BDJ gewesen war. Als sie sich im persönlichen Gespräch von den politischen Ansichten ihres Bruders distanzierte, machte das auf Gerber einen glaubhaften Eindruck.

Am Abend dieses Tages hatte Gerber das Gefühl, viel getan zu haben, nur leider nichts Zielführendes in Bezug auf das geplante Attentat. Den wiederholt auftauchenden Gedanken, dass der Anschlag vielleicht längst abgeblasen worden war oder dass die Wölfe Deutschlands sich ein neues Ziel gesucht hatten, verwarf er schnell wieder. Er und seine Kollegen mussten mit dem arbeiten, was sie hatten. Wilde Spekulationen halfen ihnen nicht weiter.

Als er kurz vor Mitternacht mit nacktem Oberkörper auf seinem Bett lag und zum dritten oder vierten Mal die letzte Zigarette dieses Tages rauchte, griff er nach dem Briefumschlag, den Colonel Anderson ihm am Vortag überreicht hatte. Er hatte Junes langen Brief gestern schon gelesen, aber er nahm ihn sich noch einmal vor und las aufmerksam Satz für Satz. Der Brief war in einem sehr einfühlsamen Ton geschrieben. June entschuldigte sich für ihr Verhalten, gab sich selbst die Schuld an ihrem Zerwürfnis und bat ihn um Verzeihung. Sie sehne sich jede Stunde des Tages und, wie sie eigens betonte, auch der Nacht nach ihm und könne es kaum erwarten, ihn wiederzusehen. Ihr größter Wunsch sei es, sich mit ihm zu versöhnen, und aus diesem Grund wolle sie in der nächsten Woche nach Deutschland kommen.

Falls sie erwartet hatte, er würde bei dieser Mitteilung vor Freude explodieren, hatte sie sich getäuscht. So viele Dinge gingen ihm derzeit durch den Kopf, und jetzt sollte er sich auch noch um June kümmern? Wahrscheinlich, sehr wahrscheinlich sogar tat er ihr unrecht, wenn er in ihr nichts anderes sah als einen Klotz am Bein. Schließlich, und auch darauf wies June in ihrem Brief hin, hatten sie so manchen schönen Augenblick miteinander erlebt.

Er zog das Foto, das sie ihm mitgesandt hatte, aus dem Umschlag. Eine neue Aufnahme, die sie eigens für ihn hatte machen lassen, wie sie auf der Rückseite des Fotos schrieb. Es zeigte June in einem leichten Sommerkleid, die sich lächelnd zum Betrachter vorbeugte und ihm zuwinkte. Es erinnerte ihn an Ingrid Bergmans Pin-up-Pose. Die Bilder der beiden begannen vor seinem inneren Auge zu einem einzigen zu verschmelzen.

Gerber drückte die Zigarette in den kleinen Aschenbecher auf seinem Nachttisch und schaltete die Lampe aus. Während er mit hinter dem Kopf verschränkten Händen dalag und auf den Schlaf wartete, verblassten die Bilder von June und Ingrid Bergman. Sie wurden verdrängt von dem Bild einer anderen Frau, die ihn anlächelte: Eva.

// KAPITEL 31 //

Samstag, 29. August 1953

Acht Tage bis zur Wahl

«Eva?»

Es ging auf Mittag zu, und Gerber saß mit dem vierten oder fünften Kaffee des Tages an seinem Schreibtisch, als Müller den Anruf von Eva zu ihm durchstellte. Er meldete sich in einem ehrlich erfreuten Ton.

«Ich habe ihn», sagte Eva ohne Begrüßung.

«Unseren Attentäter?», fragte Gerber wie elektrisiert.

«Oder den Mann, der Wehner in die Falle locken soll.»

«Wer?», fragte er nur. Seine Stimme hörte sich in seinen eigenen Ohren rau und kratzig an.

«Günther Bock.»

«Wehners Fahrer? Aber Fräulein Burmester hält ihn für ein treues SPD-Mitglied, für vertrauenswürdig.»

«Bevor Bock ein treues SPD-Mitglied wurde, war er ein treues Mitglied der Deutschen Reichspartei. Du weißt schon, die fordern die Wiederherstellung des Deutschen Reiches in den Mindestgrenzen von 1937.» Eva hörte sich an, als müsse sie sich jeden Augenblick übergeben. «Quasi alles zurück auf Anfang. Dann dauert es auch nicht mehr lange, bis wieder die Panzer der großdeutschen Wehrmacht über die Grenzen rollen, um diese noch ein bisschen weiter zu verschieben.» Ihre

Abscheu vor dieser Vorstellung troff mit jedem Wort aus dem Telefonhörer.

«Woher weißt du ...»

«Es geht noch weiter», unterbrach ihn Eva. «Günther Bock ist tatsächlich ausgebildeter Kraftfahrer. Nicht angegeben hat er allerdings, dass er seine Fahrkünste bei der Waffen-SS erworben hat als Kraftfahrer in der Panzerdivision ‹Frundsberg›. Letzter bekannter Dienstrang: SS-Oberscharführer. Seine Einheit hat sich 45 bei Bad Schandau an der Elbe den Amerikanern ergeben. Ich konnte bis jetzt nicht herausfinden, ob Bock auch in Kriegsgefangenschaft gegangen ist oder ob er sich abgesetzt hat. Das ist auf jeden Fall nicht die Karriere, die man von einem treuen SPD-Mitglied erwartet.»

«Ganz bestimmt nicht.» Gerbers Mund fühlte sich jetzt trocken an, und er spülte ihn mit dem inzwischen reichlich kalten Restkaffee aus seiner Emailletasse aus. «Aber wie konnte er mit diesem Lebenslauf überhaupt in die SPD kommen? Die sind doch nicht so verrückt und geben ihr Parteibuch einem Kerl, der kurz vorher noch bei der Deutschen Reichspartei mitmarschiert ist.»

«Es ist so einfach, dass du es nicht glauben wirst. Fast schon genial einfach. Bock heißt eigentlich Back. Vermutlich hat er ein bisschen in seinen Papieren rumgemalt, und schon war er ein anderer Mensch.»

Gerber stieß einen anerkennenden Pfiff aus. «Plötzlich war die Weste sauber, und die SPD konnte den Bock zum Fahrer machen.»

«Schön, dass du dir deinen Humor bewahrt hast.»

«Wie bist du eigentlich darauf gekommen, Eva?»

«Aus purer Verzweiflung. Nachdem ich die ganze lange Namensliste, die dein Fräulein Burmester zusammengestellt hat, ergebnislos durchgegangen bin, habe ich wieder bei A angefangen und habe es mit leichten Namensvariationen versucht. Und Volltreffer!»

«Du bist ein Goldschatz!», entfuhr es Gerber, bevor ihm bewusst wurde, dass diese Bemerkung beim augenblicklichen Stand ihrer Beziehung höchst unangemessen war.

Er räusperte sich und wollte nach der Liste mit Wehners Wahlkampfauftritten greifen, da hörte er schon Eva sagen: «Herbert Wehner hatte seine letzte Wahlkampfveranstaltung des gestrigen Tages in Wuppertal. Übernachtung im Hotel Heimwerth.»

«Also ging die Tour vermutlich heute Morgen weiter. Mit dem falschen Bock am Steuer.»

«Richtig.»

«Wohin?»

«Wehner bleibt in unserer Gegend. Der nächste Auftritt in Bergisch Gladbach ist», Eva schaute wohl auf die Uhr, «oh, schon seit einer halben Stunde beendet. Vielleicht isst Wehner dort noch zu Mittag. Ansonsten befindet er sich schon auf dem Weg nach Troisdorf. Dort ist für drei Uhr nachmittags eine Rede auf dem Marktplatz geplant. Die letzte Veranstaltung des heutigen Tages findet um sieben in Koblenz statt. Wehner wird dann in seiner Bonner Wohnung übernachten, bevor es morgen früh wieder losgeht.»

«Wo hatte er seinen Auftritt in Bergisch Gladbach?»

«Er sprach vor der Belegschaft einer Papierfabrik.»

Als Eva das sagte, hatte Gerber den Namen bereits auf seiner eigenen Liste entdeckt. «Danke, Eva. Ich rufe da sofort an. Vielleicht haben wir Glück, und er ist noch dort. Wir bleiben in Kontakt.»

Er bat Müller, ihm eine Telefonverbindung zu der Papierfabrik herzustellen. In der Zwischenzeit unterrichtete er Sattler.

Müller klingelte durch. «Die Verbindung nach Bergisch Gladbach steht, Herr Gerber. Zu einer Frau Hartlieb, Sekretärin, soweit ich verstanden habe.»

«Hauptkommissar Gerber, Bundeskriminalamt», meldete er sich und kam ohne Umschweife zur Sache. «Es ist dringend. Ist Herr Wehner noch bei Ihnen?»

«Nein, leider nicht. Wir hatten ein Mittagessen für ihn vorbereitet, aber dann wollte er schnell weiter.»

«Warum?»

«Irgendetwas mit einem Stau wegen Bauarbeiten auf der ursprünglichen Strecke.»

Als Nächstes rief Gerber bei Greta Burmester an und fragte sie, ob sie heute schon etwas von ihrem Stiefvater gehört habe.

«Das ist aber lustig, dass Sie sich melden. Erst vor ein paar Minuten hat Herbert aus Bergisch Gladbach angerufen und mir gesagt, ich solle in Troisdorf Bescheid geben. Es könne sein, dass er etwas verspätet dort eintrifft. Wegen eines Autobahnstaus will Herr Bock über Land fahren.»

«Welche Strecke genau?»

«Das weiß ich nicht. Aber warum …»

«Bock ist höchstwahrscheinlich der Mann, den wir suchen. Falls Ihr Stiefvater sich noch einmal meldet, warnen Sie ihn. Aber Bock darf nicht merken, dass wir es wissen.»

Fräulein Burmester lagen wohl tausend Fragen auf der Zunge, aber Gerber beendete das Gespräch und unterrichtete Sattler von der geänderten Fahrtroute.

Sattler kramte hastig eine Karte des Umlands aus einer Schublade, breitete sie auf seinem Schreibtisch aus und tippte auf zwei Punkte. «Hier ist Bergisch Gladbach und hier Troisdorf. Eigentlich nur ein Katzensprung. Wenn Bock nicht die Autobahn nimmt, fährt er wahrscheinlich hier lang.» Sein Zeigefinger durchquerte zwei grün markierte Gebiete. «Königsforst und Wahner Heide. Eine Menge Natur und sonst nicht viel, ideal für einen Hinterhalt.»

Gerber zeigte auf die Karte. «Vermutlich schlagen die Wölfe im Königsforst zu. Im Wald können sie leichter untertauchen als in der Heide.»

«Sie haben recht.»

«Ich breche sofort zum Hubschrauberlandeplatz auf. Rufen Sie dort an und alarmieren Sie die Flugbereitschaft. Ich melde mich, sobald ich dort bin. Und lösen Sie Großalarm aus für alle Polizeikräfte zwischen Bonn und Bergisch Gladbach.»

--

«Autobahnbauarbeiten mitten im heißen Wahlkampf, das ist doch eine Idiotie reinsten Wassers», schimpfte Herbert Wehner auf der Rückbank der Opel-Limousine, als sie zum wiederholten Mal durch ein tiefes Schlagloch fuhren. Er legte die Zettel mit der Rede für Troisdorf neben sich auf die dicke Aktentasche. «Na, ich denke, für die Marktplatzrede muss ich mich nicht weiter vorbereiten. Es wird derselbe Marktplatz wie überall sein, dieselben Leute, also auch dieselbe Rede.»

«Vermutlich, Herr Wehner, höchst vermutlich.»

Bei Bocks Antwort ging Wehner durch den Kopf, dass sein Fahrer, obwohl er ein Parteimitglied war, das unter SPD-Genossen übliche «Du» ihm gegenüber vermied. Wehner legte keinen Wert auf das «Sie», aber es war ihm auch nicht unrecht. Es war schlichtweg ein Ausdruck des Respekts. Wenn man tage- und wochenlang miteinander unterwegs war auf der Ochsentour, die sich Wahlkampfreise nannte, war etwas gegenseitiger Respekt mitunter ganz wohltuend. Wenn er genauer darüber nachdachte, wusste er gar nicht viel über seinen Fahrer. Und es war ihm auch egal. Bock machte seine Arbeit, und er selbst machte seine Arbeit. Beide ergänzten einander, und das reichte in seinen Augen vollkommen aus.

Wehner hätte nicht annähernd zu sagen vermocht, auf wie vielen Marktplätzen er schon gesprochen hatte. Grußworte von der örtlichen Parteispitze, dann die Rede, Applaus und ein paar Pfiffe, noch ein paar Hände schütteln, und weiter ging es. Nächster Marktplatz, nächste Rede.

Wehner stopfte sich eine Pfeife, entzündete sie und blickte aus den Seitenfenstern. Rechts Bäume, links Bäume und immer wieder Schlaglöcher. Den heftigen Erschütterungen zum Trotz machte sich Müdigkeit in ihm breit. Er freute sich schon darauf, heute im eigenen Heim zu übernachten. Das war schon was anderes als die Quälerei im letzten Hotel. Eine unbequeme, durchgelegene Matratze und irgendwelche Hotelgäste, die unter seinem Fenster gestanden und endlos gequasselt hatten. Bei dem dummen Geschwätz war er sich vorgekommen wie in einer Bundestagsdebatte. Heute würde er gewiss einen ruhigeren Schlaf finden, und er würde abends in Gesellschaft von Lotte und Greta sein. Was für eine angenehme Aussicht!

Er dachte ein Jahr zurück. Ein Sommer wie aus einer anderen Welt, nicht zu vergleichen mit diesem hier. Ein schöner Sommer, zumindest eine gewisse Zeit lang, bis der große SPD-Vorsitzende Kurt Schumacher gestorben war. Wehner wollte mit Lotte für ein paar Tage in die Eifel, ausspannen. Kurz zuvor hatte er seinen Führerschein gemacht, und sie hatten ihr erstes Auto gekauft, einen Borgward. Vielleicht hätte er das Fahren erst noch mehr üben sollen, dann wären sie nicht im Straßengraben gelandet. Schließlich aber konnten sie darüber lachen.

Im Straßengraben würden sie heute ganz sicher nicht landen, dafür würde der erfahrene Günther Bock schon sorgen. Aber es rumpelte immer stärker. Wehner, dessen Lider schwer geworden waren, riss die Augen auf und stellte fest, dass sie jetzt auf einem recht schmalen, unbefestigten Waldweg fuhren.

Er nahm die Pfeife aus dem Mund und beugte sich vor. «Was für eine seltsame Straße ist das, Herr Bock?»

«Nur eine kleine Abkürzung, Herr Wehner. Vertrauen Sie mir, ich weiß genau, was ich tue.»

--

Ein paar Autofahrer schimpften wild gestikulierend oder zeigten ihm einen Vogel, als Gerber sie mitten in der Stadt mit hoher Geschwindigkeit überholte. Er glaubte nicht an einen Fehlalarm. Alles passte zusammen. Kein Zweifel, heute war *der* Tag. Tag X. Er dachte jetzt nicht mehr an Eva oder June, an Bundeskanzler Adenauer oder Hochkommissar Conant, an Innenminister Lehr oder Colonel Anderson, jetzt zählte nur noch das Leben von Herbert Wehner. Um das zu retten, musste er schnell sein, sehr schnell.

Sein Ziel befand sich in der Nähe des Innenministeriums, wo gerade ein neuer Hubschrauberlandeplatz entstand. Die belgische Fluggesellschaft Sabena plante, einen Hubschrauber-Linienflug mit Sikorsky-Großhelikoptern von Brüssel über Lüttich, Maastricht und Köln bis nach Bonn einzurichten. Noch wurde fleißig gebaut, aber ein Teil des Geländes war bereits fertig, und dort stand der Polizeihubschrauber.

Der Pilot des kleinen Helikopters, eine zweisitzige Bell 47, ließ den Motor an, sobald Gerber aufs Gelände fuhr und die Lichthupe betätigte. Er parkte den Wagen neben der Polizeibaracke und lief eilig hinein. Drinnen saß ein uniformierter Kollege eingeklemmt zwischen Funkgerät, Telefon und Kartenmaterial, den Telefonhörer in der Hand.

«KHK Gerber? Ich habe Ihren Kollegen Sattler in der Leitung.»

Gerber nahm ihm den Hörer ab.

«Bis jetzt hat Wehner sich nicht wieder gemeldet», sagte Sattler. «Und der Stau ist ein Märchen.»

Er bedankte sich bei Sattler und lief hinaus aufs Flugfeld, wo die Rotoren des Helikopters bereits ohrenbetäubend knatterten. In gebückter Haltung lief er unter den Rotorblättern durch und kletterte ins Cockpit.

«Nördlicher Königsforst, grüne Opel-Limousine auf dem Weg nach Süden», brüllte er zu dem Piloten, um den Höllenlärm zu übertönen, und schloss gleichzeitig die Einstiegsluke. «Es geht ...»

«... um Leben und Tod, ich weiß», gab der Pilot zurück. «Anschnallen, bitte!»

Kaum war Gerber der Aufforderung nachgekommen, hob der Polizeihubschrauber auch schon ab. Der Landeplatz unter ihnen wurde kleiner, die Baracke und der rote Ford daneben sahen aus wie Spielzeugmodelle, und vom angrenzenden Sommerbad winkten ihnen unzählige Badegäste fröhlich zu. Niemand von ihnen konnte ahnen, was gerade auf dem Spiel stand.

// KAPITEL 32 //

Hin und wieder trafen einen unangenehme Erkenntnisse, die man nicht wahrhaben wollte und die man trotzdem nicht verdrängen konnte. Das waren Schockmomente im Leben, und ein solcher Schockmoment überfiel gerade Herbert Wehner.

Der Waldweg war so schmal geworden, dass tiefhängende Äste gegen den Wagen peitschten, wenn Bock auch nur wenige Zentimeter von der Mitte des Weges abwich. Niemand, der auch nur über einen Funken Verstand verfügte, konnte glauben, dass dies eine Abkürzung auf dem Weg nach Troisdorf war. Wehner bildete sich ein, eine gehörige Portion Verstand abbekommen zu haben. Nur hatte er ihn zu spät eingesetzt.

Das Frühstück mit dem Mann von der Sicherungsgruppe vor drei Tagen stand ihm deutlich vor Augen. Wie hatte er noch geheißen, Färber? Nein, Gerber. Er hatte noch nicht einmal einen schlechten Eindruck von dem Mann gehabt. Vermutlich war dieser Gerber ein kompetenter Polizist, aber Wehner hatte eine strikte Abneigung gegen Fremde, die über sein Leben verfügen wollten. Sicherheitsmaßnahmen, die sich aller Wahrscheinlichkeit nach als vollkommen unnötig erweisen würden, hätten ihn zu sehr eingeschränkt. Also hatte er den Vorstoß des Polizisten abgeblockt, ohne großartig darüber nachzudenken. Jetzt und hier, auf diesem einsamen Waldweg, erkannte er seinen Hochmut.

Der Schock der Erkenntnis hatte Wehner gepackt, versetzte ihn aber nicht in Panik. Er hatte schon mehr als einmal um sein Leben fürchten müssen. Die Nazis hatten ihn bedroht, dann die Kommunisten. Er musste das tun, was er immer getan hatte, wenn er in Gefahr gewesen war: einen Ausweg suchen.

Er nahm die Pfeife aus dem Mund, stieß den Rauch aus und sagte: «Halten Sie mal an, Herr Bock.»

«Wieso?», erwiderte der Fahrer und traf keine Anstalten, Wehners Bitte zu folgen.

«Weil ich etwas Dringendes zu erledigen habe», raunzte Wehner und schob die Pfeife wieder zwischen seine Lippen. «Muss ich das erst deutlicher beschreiben?»

«Ach so.» Bock zögerte kurz. «Da kommt gleich eine Lichtung», sagte er dann, «auf der geht es besser. Da steht sogar eine Hütte, hinter der man – na ja, Sie wissen schon.» Bock steuerte den Opel weiter über den unebenen Waldweg.

«Hören Sie, Mann, es ist wirklich dringend!», herrschte Wehner ihn an. «Bleiben Sie sofort stehen!»

«Nur keine Aufregung, wir sind gleich bei der Lichtung.»

Wehners Gedanken rasten und landeten bei dem Unfall vor einem Jahr, bei dem er sich und Lotte mit dem Borgward in den Straßengraben befördert hatte.

«Sie sind ein sturer Bock!» Bei diesen Worten packte Wehner mit beiden Händen seine schwere Aktentasche und schlug sie dem Fahrer auf den Hinterkopf. Der stöhnte auf und verriss das Lenkrad. Der Opel Olympia schlingerte nach links, durchbrach mit einem prasselnden Geräusch das Unterholz und krachte gegen einen Baum.

Wehner wurde auf der Rückbank zur Seite geworfen. Sein Kopf stieß hart gegen das linke Fenster, und die Pfeife entglitt seinen Lippen. Ein stechender Schmerz ging von seinem Hinterkopf aus und fraß sich durch seinen Schädel. Er fühlte sich benommen, und er spürte, wie Übelkeit in ihm hochstieg, aber er kämpfte dagegen an.

Bock lag zusammengekrümmt über dem Lenkrad und stöhnte leise. Sonst war es vollkommen still. Der Motor war abgesoffen.

Wehner musste jetzt handeln. Er kippte die Lehne des Beifahrersitzes nach vorn, stieß die Tür auf, zwängte sich aus dem Wagen und lief einfach in den Wald hinein. Er hatte nicht die geringste Ahnung, wo er sich befand oder in welche Richtung er lief. Das alles spielte jetzt keine Rolle. Er wusste nur eins: Er musste weg von Günther Bock, weg von der Gefahr.

Vor ihm spritzte der Waldboden auf, und dann hörte er auch schon den Knall. Er hätte damit rechnen müssen, dass der Fahrer bewaffnet war.

«Das war nur ein Warnschuss», hörte er hinter sich die Stimme des Fahrers. «Bleiben Sie stehen, oder der nächste Schuss trifft!»

Wehner wusste, dass er es vermasselt hatte. Bock war jünger und schneller als er. Entmutigt blieb er stehen und drehte sich um.

In zehn Metern Entfernung stand Bock im Schatten einer mächtigen Buche und zielte mit einer Pistole, die er in beiden Händen hielt, auf ihn. Er grinste Wehner an.

«Das war ein wirklich guter Versuch, Herr Wehner. Hätte ich Ihnen gar nicht zugetraut. Jetzt gehen wir aber zum Wagen zurück, ja?»

--

«Ein Schuss!», rief Hannes Griehl und blickte sich in alle Richtungen um, als erwarte er, der Schütze würde jeden Augenblick auf die Lichtung stürmen. «Das war ein Schuss!»

«Wir haben es alle gehört», sagte Dietrich Haller und

brachte seine MP 40 in Anschlag. «Verteilt euch, Männer, Deckung!»

Er warf sich unter den blauen Büssing-Lastwagen mit der weißen Aufschrift «COLONIA FILM». Ein Einfall, auf den er besonders stolz war. Passender hätte die Tarnung nicht sein können.

Hannes, mit einer amerikanischen Maschinenpistole bewaffnet, zog sich in das Blockhaus zurück, das kaum mehr war als ein überdachter Unterschlupf. Neben ihm tauchte einer von den Neuen, bewaffnet mit einem Karabiner, ins Dunkel der Hütte ein. Der zweite Neuling kauerte mit einem Scharfschützengewehr bewaffnet am Rand der Lichtung hinter einer alten Eiche, die ihre armdicken Wurzeln weit ausstreckte. Der dritte Neuzugang hatte sich neben dem Stativ mit der Filmkamera in eine Mulde geworfen, die Mauser-Pistole im Anschlag.

Nach dem plötzlichen Verschwinden von Udo Hengsch hatte Dietrich seine Gruppe stark aufstocken müssen. Wie Udos nächtliches Unterfangen ausgegangen war, hatten sie aus der Zeitung erfahren. Der Bericht über einen angeblich Irren, der im St.-Josef-Hospital Amok gelaufen war, hatte, wohl mit voller Absicht, nur vage Andeutungen enthalten. Offenbar hatte Udo versucht, die Kommunistenschlampe Eva Herden zu erstechen, war aber vorher von einem «bewaffneten Wachmann», wie es geheißen hatte, niedergeschossen worden. Dietrich hätte einen Batzen Geld darauf gewettet, dass es wieder der Amerikaner gewesen war. Dieser Mann, der sein eigenes Land verraten und für den Feind gekämpft hatte, und diese Kommunistin schienen zusammenzuhalten wie Pech und Schwefel.

Dietrich würde mit ihm abrechnen, sobald die «Operation Funk» erfolgreich beendet war; so hatten sie das Unternehmen genannt, weil Herbert Wehner in seiner Kommunistenzeit den Decknamen «Kurt Funk» verwendet hatte. Dietrich hasste den Amerikaner schon seit 1945, seit sich Marion im Kampf gegen ihn die schreckliche Narbe zugezogen hatte. Allein dafür hatte der Verräter den Tod verdient. Jetzt aber, nachdem der Amerikaner Marion getötet hatte, war sein Tod ein stärkerer Antrieb für Dietrich als alles andere.

Marion war der einzige Mensch gewesen, der ihm das Gefühl von Geborgenheit gegeben hatte. Schon als Kinder hatten sie füreinander die Hand ins Feuer gelegt. Manche hatten sie für Zwillinge gehalten, weil sie sich so ähnlich waren und so ähnlich sahen. Das stimmte nicht. Marion war ein Jahr nach Dietrich zur Welt gekommen. Ihre Eltern, stramme Nationalsozialisten, hatten ihnen früh beigebracht, dass sie Adolf Hitler blind zu folgen hatten. Die ganze Familie hatte den Führer so verehrt, wie die Christen Jesus verehrten. Nur wurden Hitler keine Albernheiten wie das Laufen über Wasser nachgesagt. Jesus war für Dietrich und Marion nur eine Sagengestalt, der wahre und einzige Erlöser war für sie Adolf Hitler gewesen.

Umso schlimmer der Schock, als alles zusammenbrach: die Fronten, das Reich, die Heimat. Ihr Vater Maximilian, Panzerkommandant in der SS-Panzerdivision «Das Reich», war 1944 bei den Abwehrkämpfen in der Normandie gefallen. Kurz nachdem sie die Todesnachricht erhalten hatte, hatte sich ihre Mutter das Leben genommen. In der Badewanne hatte sie sich die Pulsadern aufgeschnitten, vor sich ein Tischchen mit den Fotografien der beiden Männer, die ihr alles bedeutet hatten. Eine zeigte SS-Hauptsturmführer

Maximilian Haller in Uniform, das andere den Führer. Dieses Erlebnis hatte Dietrich und Marion noch enger zusammengeschweißt.

Als die Feinde von allen Seiten ins deutsche Heimatland einfielen, war es für beide eine leichte Entscheidung gewesen, in den Untergrund zu gehen und der Organisation Werwolf beizutreten. Es gab zwar einige vom Führer und vom Endsieg überzeugte Mädchen, die der Organisation verbunden waren, aber Marion, die wie ein Mann in ihren Reihen kämpfte, war in Dietrichs Augen einzigartig gewesen. Er hatte sie bewundert, verehrt und geliebt – Letzteres nicht nur wie eine Schwester.

Für Dietrich hatte es nie eine andere Frau gegeben als Marion. In der Nacht nach dem Tod ihrer Mutter hatten sie sich zum ersten Mal körperlich vereinigt, im Ehebett ihrer Eltern. Zwei Menschen, die miteinander verschmolzen, die dachten, fühlten und handelten wie ein einziger. Dabei hatten sie sich geschworen, einander ein Leben lang ebenso treu zu sein, wie es ihre Eltern gewesen waren. Und sie wollten die Ideale ihrer Eltern weitertragen.

Diesen Schwur zu halten und den Kampf gegen die Feinde Deutschlands fortzusetzen, war ihnen nicht immer leichtgefallen. Der Führer hatte sein Leben geopfert, und das Reich hatte kapituliert. Die Jahre nach dem Zusammenbruch waren schwer gewesen. Sie hatten es geschafft, einen harten Kern der Werwölfe zusammenzuhalten und ihm neue Kämpfer einzuverleiben, um den Kampf gegen alle Verräter ihrer Ideale fortzusetzen.

Verräter wie dieser Wehner, der ein Anarchist gewesen war, ein Kommunist und der jetzt als einer der schärfsten Einpeitscher der Sozialdemokraten einer ihrer erfolgreichsten und gefährlichsten Männer war, ein wahres Sturmgeschütz der SPD. Sein Tod, vor laufender Kamera eindrucksvoll in Szene gesetzt, würde die Menschen aufrütteln und sie zum Nachdenken bringen.

Motorgeräusch drang an seine Ohren, und alle fünf Werwölfe blickten zu dem Waldweg. Die grüne Karosserie einer Opel-Limousine kam zwischen den Bäumen hervor. Dietrich kroch unter dem Lastwagen hervor.

«Sie sind es. Macht euch bereit, Männer!»

--

Apathisch hockte Wehner auf der Rückbank und dachte nicht mehr daran, seinem Verhängnis zu entkommen. Bock hatte ihm mit einem Stück Seil aus dem Kofferraum die Hände auf dem Rücken zusammengebunden.

«Da sind wir, Herr Wehner», durchbrach Bock seine Schweigsamkeit in einem Tonfall, als habe er seinen – inzwischen unfreiwilligen – Fahrgast an das gewünschte Ziel gebracht.

Eine weite Lichtung mit einer einfach gebauten Blockhütte und einem großen Lastwagen. Der Lkw hatte die Aufschrift einer Filmfirma, und auf der Lichtung war eine Kamera wie aus einem Filmstudio aufgebaut. Wehner war verwirrt, aber nicht minder besorgt. Die jungen Männer, die Overalls oder Latzhosen und Arbeitshemden trugen, waren allesamt bewaffnet, und er glaubte keinen Augenblick, dass es sich dabei um Filmrequisiten handelte.

Der Opel hielt an, und Bock stieß die Fahrertür auf. «Ich bringe euch den Hauptdarsteller. Wie soll euer Streifen eigentlich heißen?»

«Der Volksschädling», sagte ein schlanker Mann, der eine

Maschinenpistole trug. «Was ist passiert? Wir haben einen Schuss gehört.»

«Hat versucht zu türmen.» Bock stieg aus und zog Wehner von der Rückbank. «Ein SPD-Abgeordneter, ordentlich übergeben.» Er sprach in einem betont militärischen Ton, die ganze Sache schien ihm wirklich Spaß zu machen.

«Wir legen gleich los», entschied der schlanke Mann mit der Maschinenpistole. «Die Sonne scheint, das Licht ist gut, drehen wir unseren kleinen Film!»

Sie brachten Wehner zum Waldrand, wo eine alte Eiche ein paar ihrer kräftigen Äste in die Lichtung hineinragen ließ. Unter einem dieser Äste stand eine Holzkiste, und über der hing ein Seil, das in einer Schlinge endete. Jetzt wusste Wehner, wie er sterben solle. Aufgehängt wie ein erbärmlicher Verbrecher.

Hatten die Mörder erwartet, dass ihn der Anblick einschüchtern würde? Dass er in Panik ausbrach? Seltsam, aber das Gegenteil war der Fall. Nun, da er sein Ende kannte, breitete sich eine innere Ruhe in ihm aus. Es gab so vieles, das er gern noch getan und erlebt hätte. So viele Fragen, auf die er keine Antwort mehr erhalten würde. Aber das alles war nicht zu ändern, also war es zwecklos, sich dagegen zu sträuben.

Er wollte in seinen letzten Augenblicken lieber an etwas Schönes denken. Seine geliebte Lotte war plötzlich vor ihm und lächelte ihm aufmunternd zu. Er war ihr dankbar für die schönen Stunden, die sie miteinander verbracht hatten. Und er war Greta dankbar, die sich aufopferungsvoll um ihre kranke Mutter kümmern würde. Der Gedanke, dass Lotte mit ihrer Erkrankung und ihren Sorgen nicht allein zurückblieb, war überaus tröstlich für ihn.

Einer der Werwölfe warf einen kleinen Stromgenerator an,

den man mitten auf die Lichtung gestellt hatte. Eine Rauchwolke stieg in den Himmel, Benzingeruch breitete sich aus. Ein anderer überprüfte die Stromverbindung zur Filmkamera.

«Ist aber ganz schön laut, der Generator», fand Bock.

«Macht nichts, ist ja kein Tonfilm.» Der Anführer zog eine schwarze Henkersmaske über seinen Kopf. «Wie weit bist du?»

«Kamera läuft!», antwortete der Kameramann.

Ein anderer Mann reichte dem Maskierten ein Pappschild. Darauf stand in fetten Druckbuchstaben: «VOLKSSCHÄDLING».

Der Maskierte hielt das Schild für eine Großaufnahme vor die Kamera, dann hängte er es Wehner um den Hals.

«Steig auf die Kiste!»

Als Wehner zögerte, zielte der Maskierte mit seiner Maschinenpistole auf ihn und wiederholte seinen Befehl. Widerstrebend gehorchte Wehner.

«Gut so. Jetzt leg dir die Schlinge um den Hals!»

«Das kann ich nicht», sagte Wehner.

«Wieso nicht?»

«Weil meine Hände auf den Rücken gefesselt sind.»

Der Anführer griff unter seine Jacke und zog ein Kampfmesser hervor. Er trat hinter Wehner und durchschnitt die Fessel. «Jetzt!»

«Warum soll ich euch bei eurer schmutzigen Arbeit auch noch helfen?», fragte Wehner mit Blick auf die Schlinge, die neben seinem Kopf hing. «Wenn ihr mich schon tötet, könnt ihr auch selbst Hand anlegen.»

Der Anführer griff nach der Schlinge und legte sie um Wehners Hals. «Bringen wir es zu Ende.» Dann bückte sich der Maskierte, um die Kiste unter Wehners Füßen wegzustoßen.

Im selben Augenblick wurde das Knattern des Generators

lauter, um mit einem Knall ganz zu verstummen. Aus dem Gerät stieg eine mächtige grauschwarze Wolke auf.

Der Anführer hielt mitten in der Bewegung inne. «Was war das?»

Ein Mann lief zu dem Generator. «Das Ding ist aus.»

«Ist es kaputt?», fragte der Maskierte.

Der Mann am Generator schraubte einen Verschluss auf und steckte einen dünnen Zweig hinein. Als er den Zweig wieder herauszog, rief er: «Nicht kaputt, einfach nur leer. Wir hätten vorher Benzin einfüllen müssen.»

«Das darf nicht wahr sein, du Amateur!», erwiderte der Anführer. «Los, füll das Ding schon auf!»

Der andere ging zum hinteren Teil des Lastwagens, winkte einem Kameraden und kletterte auf die Pritsche, wo er unter der Abdeckplane verschwand. Als sein Oberkörper wieder sichtbar wurde, reichte er dem herbeigerufenen Mann einen Kanister. Er sprang wieder vom Lkw herunter, und beide Männer gingen zu dem Generator.

Sämtliche Blicke waren auf die beiden gerichtet, und trotz der ernsten Lage kam sich Wehner vor wie bestellt und nicht abgeholt. Fast so, als würde er hier seine Zeit vertrödeln.

«Wer nicht will, der hat schon», brummte er fast unhörbar, während er erst die Schlinge und dann das Pappschild über seinen Kopf schob. Er stieg von der Kiste, ließ das Schild auf den Boden gleiten und lief schnurstracks in den Wald hinein.

// KAPITEL 33 //

Unentwegt suchte Gerber mit dem Fernglas den Wald ab, während der Pilot den Hubschrauber über den Königsforst steuerte. Gerber sah scheinbar endlose Grünflächen, durchzogen von einem spärlichen Netz aus Straßen und Wegen.

Als er das Fernglas kurz absetzte, um seine angestrengten Augen zu massieren, bemerkte er etwas. Sofort riss er den Feldstecher wieder an die Augen. Da sah er es: Eine grauschwarze Rauchwolke breitete sich über den Baumkronen aus.

Er tippte dem Hubschrauberpiloten auf die Schulter und deutete auf die Rauchwolke, die jetzt auch mit bloßem Auge gut zu erkennen war. Augenblicklich flog der Polizeihubschrauber eine enge Kurve. Gespannt behielt Gerber die Stelle durch das Fernglas im Auge, bis er eine große Lichtung erkannte. Er sah eine Blockhütte, einen blauen Lkw und einen grünen Pkw, dazwischen mehrere Personen. Für einen Moment konzentrierte er sich ganz auf den Pkw.

Ja, es war ein Opel Olympia.

«Wir haben sie!», rief Gerber in Richtung des Piloten. «Funkmeldung!»

Der Pilot griff zum Funkmikrophon. «Hummel zwo an alle Kräfte. Festlegung Einsatzziel.» Er blickte kurz auf seine Karte, die er auf den Knien ausgebreitet hatte, und gab die Koordinaten durch. «Ich wiederhole …»

Gerber konnte fünf, nein, sechs Gestalten ausmachen, einer davon offenbar maskiert. Der maskierte Mann richtete jetzt eine Maschinenpistole auf den anfliegenden Hubschrauber. Alle anderen auf der Lichtung taten es ihm nach und zielten mit ihren Waffen auf die Bell 47.

Der Pilot hatte die Gefahr längst erkannt, brachte den Hubschrauber in Schräglage und flog in einem rasanten Manöver aus der Schusslinie. Auf der Lichtung spuckten Maschinenpistolen, Gewehre und Pistolen Feuer, aber der Hubschrauber wurde von keiner einzigen Kugel getroffen.

«Wir müssen auf die Verstärkung warten!», rief der Pilot.

Gerber schüttelte energisch den Kopf. Wehner war nicht unter den Männern gewesen. Waren sie zu spät gekommen? Hatten die Werwölfe ihr Opfer bereits ermordet? Er wusste es nicht, aber klar war: Wehner hielt sich nicht auf der Lichtung auf. Dieser Umstand war eine Grundvoraussetzung für das, was er vorhatte.

Gerber deutete auf die Leuchtpistole, die in einer Halterung neben der für das Fernglas steckte. «Geladen?»

«Nein, zu gefährlich.» Der Pilot zeigte auf ein Fach schräg hinter der Pistole. «Hier!»

Das Fach enthielt mehrere der großen, zylinderförmigen Patronen. Gerber steckte das Fernglas zurück in die Halterung, nahm die Signalpistole heraus und lud sie.

«Und jetzt?», fragte der verwirrte Pilot.

«Schaffen Sie einen Anflug, der den Kerlen kein sicheres Ziel bietet?»

«Das schon. Trotzdem könnten sie uns leicht erwischen.»

«Nur einen Versuch», bat Gerber und erläuterte hastig sein Vorhaben.

«Sie sind komplett verrückt!», rief der Pilot.

«Sie auch?», fragte Gerber.

Ein verwegenes Lächeln erschien auf dem Gesicht des Piloten, und die Bell 47 schwenkte erneut herum. Im Anflug auf die Lichtung wagte er ein tollkühnes Manöver, wie es nur jemandem gelingen konnte, der den Hubschrauber beherrschte, als wäre er ein Teil seines Körpers. Er nutzte die Wendigkeit der leichten Maschine, um durch ständige kleine Kurskorrekturen dem Abwehrfeuer zu entgehen, das ihnen von der Lichtung entgegenschlug. Aber je näher sie der Lichtung kamen, desto riskanter wurde das Spiel. Eine Kugel prallte funkensprühend von den Landekufen der Bell ab. Eine zweite durchschlug das Plexiglas des Cockpits über ihren Köpfen.

«Jetzt!», rief der Pilot. Ein neuer Treffer ins Cockpit ließ ihn zusammenzucken, und ein kaum unterdrücktes Stöhnen kam über seine Lippen.

«Getroffen?», fragte Gerber besorgt.

«Links, das Bein», antwortete der Pilot unter Schmerzen.

Die Bell 47 stand still in der Luft, und Gerber riss die Tür an seiner Seite auf. Der Lärm der Schüsse mischte sich in das Knattern der Rotorblätter. Eine Kugel sirrte knapp an Gerbers Kopf vorbei, doch er ließ sich davon nicht irritieren. Ihm war bewusst, dass er mit dieser Aktion, genauso wie der Pilot, sein Leben aufs Spiel setzte. Er zielte mit beiden Händen durch die geöffnete Tür, nicht lange, aber sorgfältig. Er hatte nur einen Schuss, denn zum Nachladen der Signalpistole würden ihm die Werwölfe keine Zeit lassen.

Gerber schoss und traf sein Ziel – den umgestürzten Kanister neben dem Generator. Offenbar war man gerade beim Befüllen gewesen. Jetzt lag der Kanister flach am Boden, und ein Teil des Inhalts war ausgelaufen. Als die Leuchtrakete einschlug, entzündete sich das Benzin augenblicklich, und der Kanister explodierte.

Feuer, Rauch und durch die Explosion umgerissene Männer. Das war das Bild, als die Bell 47 sich wieder in Bewegung setzte, bis sie sich knapp oberhalb des Lastwagens befand. Gerber hatte seinen Gurt bereits gelöst und sprang. Die Abdeckplane des Lkws fing ihn auf. Er blieb flach liegen, während der Helikopter wieder in den Himmel stieg. Gerber zog liegend die Browning und ließ seinen Blick über die Lichtung schweifen. Ein großes Feuer, ähnlich einem gigantischen Lagerfeuer, brannte auf dem Platz. Zuckende Flammen, die sich mit dunklem Rauch vermischten, leckten gierig an allem, was halbwegs brennbar erschien. Die enorme Hitze verschonte auch Gerber nicht und trieb ihm den Schweiß auf die Stirn. Die meisten Werwölfe schienen durch die Explosion außer Gefecht gesetzt, lagen da unten entweder verletzt oder tot. Nach Herbert Wehner suchte er weiterhin vergebens.

Ein Mann, der verkrümmt auf dem Boden gelegen hatte, kam gerade stöhnend auf die Knie und blickte sich um. Gerber kannte das fleischige Gesicht mit dem buschigen Oberlippenbart. Günther Back. Der ehemalige SS-Oberscharführer erstarrte, als er Gerber auf dem Lkw erblickte, und reagierte dann sehr schnell. Er hob eine Pistole vom Boden auf und eröffnete das Feuer. Zu tief gezielt, die Kugel fuhr unter Gerber durch die Segeltuchplane.

Gerber schoss zurück und traf den anderen in die rechte Seite. Back stöhnte auf und ließ seine Waffe fallen. Der Kopf sank auf seine Brust, und er sackte in sich zusammen.

Erneut zählte Gerber die gefallenen Gegner. Einer fehlte. Der Maskierte mit der Maschinenpistole, den er beim ersten Anflug auf die Lichtung so deutlich gesehen hatte.

--

Die Explosion des Benzinkanisters hatte Dietrich Haller kaum in Mitleidenschaft gezogen. Etwas Hartes, ein aufgewirbelter Stein oder ein abgerissenes Metallteil des Stromgenerators, war gegen seine Stirn geflogen. Aber es war nicht weiter schlimm. Ein kurzes Aufwallen von Übelkeit, und nach ein, zwei Sekunden hatte er sich wieder in der Gewalt. Doch seine Maschinenpistole war nicht mehr funktionsfähig. Etwas war gegen den Verschluss geprallt und hatte ihn zerstört.

Also hieß es Mann gegen Mann, wie er es sich schon lange gewünscht hatte: Er wollte dem Amerikaner direkt in die Augen sehen, wenn er ihn tötete.

Während des kurzen Feuergefechts zwischen dem Amerikaner und Back war Dietrich um den Lkw gehuscht, um sich dem Gegner von hinten zu nähern. Er zog sein Kampfmesser, klemmte es mit der Klinge zwischen die Zähne und kletterte an dem Wagen hoch. Die Vorfreude auf das Zusammentreffen versetzte ihn fast in einen Rausch.

--

Eine heftige Erschütterung der Abdeckplane alarmierte Gerber, und er blickte über seine Schulter. Hinter ihm schwang sich der Maskierte auf die Plane. Mit dem Messer zwischen den Zähnen wirkte er wie einem Piratenfilm entsprungen. Der Maskierte griff mit der Rechten nach dem Messer und warf sich auf Gerber. Der drehte sich blitzschnell herum und schoss, aber die starken Erschütterungen der Plane machten ein sicheres Zielen unmöglich, und die Kugel ging eine Handbreit an dem Angreifer vorbei. Auch der verfehlte sein Ziel, und die lange Messerklinge schlitzte das Segeltuch auf.

Der Maskierte warf sich herum und landete auf Gerbers rechtem Arm. Seine Browning rutschte ihm aus der Hand und fiel auf den Boden. Einen erneuten Messerstoß blockte Gerber ab, indem er das Handgelenk des Angreifers mit der linken Hand umklammerte.

Sie rangen miteinander. Gerber konnte seine Rechte wieder benutzen und riss dem anderen die Maske vom Kopf. Als er das schmale, vor Wut verzerrte Gesicht sah, erstarrte er für einen Sekundenbruchteil.

«Haller!», stieß er hervor.

«Sie kennen mich. Dann wissen Sie auch, wer Sie jetzt töten wird!»

Gerber nutzte den Redefluss seines Gegners, der sich auf ihn geschwungen hatte. Ruckartig zog er die Knie an und katapultierte Haller über sich und den Lkw hinaus. In dessen Augen blitzte Erstaunen auf, aber er reagierte geistesgegenwärtig, krallte die linke Hand in Gerbers Jackett und zog ihn mit sich. Beide rutschten von der Plane und schlugen unsanft auf dem Boden auf. Gerber hatte noch Glück, weil er auf Haller zu liegen kam und dieser Gerbers Sturz unfreiwillig abfederte.

Ein mühsamer Laut, halb Stöhnen und halb Keuchen, entrang sich Hallers Kehle, und ein Blutfaden rann aus seinem Mundwinkel. Gerber erkannte den Grund: Der Werwolf war in sein eigenes Messer gefallen, das tief in seine linke Seite eingedrungen war.

Plötzlich lächelte Haller, aber es war ein böses, kaltes Lächeln.

Mit einer Geschwindigkeit, die Gerber dem Verwundeten nicht zugetraut hätte, führte er die rechte Hand zum Mund.

In der Hand lag eine amerikanische Eierhandgranate, wegen ihrer Form «Ananas» genannt. Mit den Zähnen zog Haller den Sicherungsstift heraus. Gleichzeitig lockerte er den Griff der rechten Hand und ließ den Sicherungshebel los. Die Granate war scharf. Maximal vier Sekunden, und die TNT-Ladung würde beide Männer in Stücke reißen.

Gerber wollte aufspringen, aber noch immer hatte sich Hallers Linke in seinem Jackett verkrallt.

Haller spuckte Blut, als er mit allem Hass, zu dem ein Mensch fähig war, herauspresste: «Stirb!»

Aber nichts geschah. Ungläubig starrte Haller auf die Granate in seiner Hand.

Gerber nutzte den Moment. Mit aller Kraft rammte er seine rechte Faust in Hallers Gesicht, ein Mal, zwei Mal. Haller gurgelte dumpf, als würde er an seinem eigenen Blut ertrinken. Ein heftiger Ruck, und Gerber war frei.

Katzengleich sprang er auf und rannte um sein Leben. Er hielt auf den Waldrand zu, wo ein zur Schlinge geformtes Seil von einer Eiche herabhing. Es sah aus wie die Kulisse zu einem Lynchmord aus einem Western. Als dieser Gedanke ihm durch den Kopf schoss, spürte er in seinem Rücken die Druckwelle und hörte die Explosion. Er fiel am Waldrand zu Boden. Irgendetwas war offenbar mit dem Zünder der Handgranate nicht in Ordnung gewesen.

Allmählich kam er zu Atem, richtete sich halb auf und sah auf die Lichtung mit Flammen, Rauch, Trümmern und Toten. Ein wüstes Schlachtfeld. Er war dem Massaker entkommen. Mehr noch, er hatte Jims Tod gerächt und auch den Mord an Heinz Buchmann.

Gerber fuhr zusammen, als jemand hinter ihn trat und eine Hand auf seine Schulter legte. Ein schwerer Mann in den

Vierzigern mit irgendwie schiefem Gesicht, reichlich derangiert.

«Ich habe die Sirenen gehört und bin umgekehrt», sagte Herbert Wehner. «Sieht so aus, als hätten die Guten knapp gewonnen.»

Gerber verstand ihn schlecht, ihm klingelten noch die Ohren von der Explosion.

«Was für Sirenen?», brachte er mühsam hervor.

Wehner zeigte auf die Polizeifahrzeuge, die in diesem Moment auf die Lichtung fuhren, ein VW Käfer mit eingeschaltetem Blaulicht und dahinter drei offene Hanomag-Mannschaftstransporter. Die Uniformierten, bewaffnet mit Maschinenpistolen und Karabinern, sprangen von den Transportwagen und blickten sich suchend um.

«Die kommen zu spät, die Trachtenträger», ächzte Wehner.

Gerber blickte ihn forschend an. «Wie geht es Ihnen?»

Wehner brachte ein schiefes Lächeln zustande. «Noch einmal davongekommen, würde ich sagen. Nur mit kleineren Blessuren, da kann man nicht meckern. Und wie geht es Ihnen?»

Gerber sah wieder auf die Lichtung. «Wenn ich mir das hier so ansehe, kann ich auch nicht meckern.»

«Ihr Jackett hat ziemlich gelitten.»

Gerber winkte ab. «Das bin ich schon gewohnt. Ich werde die Dinger demnächst abonnieren.»

Wehner streckte die Hand in seine Richtung aus.

«Danke. Sie haben mir das Leben gerettet.»

Gerber ergriff die Hand, sagte aber: «Sie haben mich gar nicht gebraucht.» Er blickte zu der Schlinge. «Sie hatten sich doch schon selbst abgeseilt.»

«Wären Sie hier nicht mit dem Elan einer ganzen Panzerdivision eingeschwebt, hätte mich die Meute ganz sicher erwischt. Ich bin ein Redenschwinger und kein Leistungssportler.»

«Ja.» Gerber nickte. Er fühlte in sich noch immer die große Zufriedenheit, die sich mit großer Erschöpfung paarte. «Vor allem aber sind Sie ein lebendiger Redenschwinger.»

Wehner blickte auf das Pappschild, das neben der Holzkiste auf dem Waldboden lag. «Besser das als ein toter Filmstar.»

// KAPITEL 34 //

Sonntag, 30. August 1953

Sieben Tage bis zur Wahl

«Unser sonntäglicher Lunch wird noch eine richtige Tradition, mein Junge. Ich freue mich, dass du deine Mission erfolgreich beendet hast. Natürlich auch, weil es bedeutet, dass ich den richtigen Mann nach Bonn geschickt habe. Die ganze Sache war wohl nicht ganz einfach, du siehst etwas lädiert aus.» Colonel Anderson blickte besorgt drein.

«Nur ein paar äußerliche Blessuren. Sieht so aus, als hätte ich mehr Glück als Verstand gehabt.»

«Das Glück ist mit den Tüchtigen, Phil. Greif zu und stärke dich, Brodie hat sich mächtig ins Zeug gelegt.»

Gerber verspürte tatsächlich einen Bärenhunger, und Staff Sergeant Brodies Eier mit Speck waren jetzt genau das Richtige. Gestern hatte er fast nichts zu sich genommen. Kaum war er verarztet und nach Bonn zurückgebracht worden, hatte Krey einen ausführlichen Bericht von ihm haben wollen. Dann hatte auch noch Colonel Anderson angerufen und ihm mitgeteilt, dass er ihn heute zum Lunch in Frankfurt erwarte. Gerber hatte sich geduscht und war danach erschöpft ins Bett gefallen. Aber sein Schlaf war nicht ruhig gewesen. Ein Rudel wilder, blutrünstiger Wölfe war durch seine Träume gestreift, und immer wieder hatte er Jims Gesicht vor sich gesehen.

«Auch wenn es sich pathetisch anhört», sagte er nach einem belebenden Schluck Kaffee, «aber ich hoffe, Jims Seele ist jetzt erlöst.» Er berichtete Anderson, der jedes Detail wissen wollte, von seinem Kampf mit Dietrich Haller.

«Das ist ein passender Tod für ihn, und er hat noch Glück gehabt. Hätte ich ihn lebendig in die Hände bekommen, hätte ich ihm die Eingeweide einzeln herausgerissen.» Der Colonel sah Gerber in die Augen. «Ich danke dir, dass du das Schwein zur Strecke gebracht hast, auch in Jims Namen. Du hast die Wölfe Deutschlands zerschlagen und hast Wehner gerettet. Dafür hast du eine Belohnung verdient!» Anderson sprach wie ein stolzer Vater, der für seine braven Kinder den Weihnachtsmann spielt. «Da trifft es sich doch, dass June morgen hier ankommt. Sie freut sich sehr auf euer Wiedersehen.»

Gerber dachte an Junes Brief mit dem Foto, und er dachte an Eva. Hätte er sich auf June gefreut, wenn es Eva nicht gegeben hätte? War das plötzliche Abklingen von Evas Gefühlen für ihn ein Grund, sich auf June zu freuen? Wenn er auch versuchte, jeden Gedanken an Eva auszuschalten, er konnte sich trotzdem keine Zukunft mit June vorstellen. Innerlich hatte er einen Schlussstrich unter seine CIC-Vergangenheit gezogen und damit auch unter Hiram Anderson und seine Tochter.

«June und ich, wir haben wohl einiges zu bereden», sagte er schließlich ausweichend.

«Ja, sicher.» Anderson nickte bekräftigend. «Erst einmal feiern wir aber den erfolgreichen Abschluss deiner Mission. Vielleicht könnt ihr dann in ein paar Tagen gemeinsam zurück in die Staaten fliegen. Harvard, du weißt schon. Aber zurück zur Feier. Unser lieber Sergeant Brodie gibt übermorgen mit seiner Combo ein großes Wohltätigkeitskonzert im Fun Spot. Der Erlös geht zugunsten unseres CIC-Witwenfonds. Also,

Dienstagabend um sechs findest du dich gestriegelt und gebügelt hier ein und bringst einen Blumenstrauß für June mit. Das ist ein Befehl, verstanden?»

«Verstanden, Sir. Aber ich denke nicht, dass ich mit June zurück in die Staaten fliegen werde.»

«Wieso nicht?», brummte Anderson. Die Stirn unter dem weißen Bürstenhaarschnitt legte sich in Falten. «Du hast Conant doch gehört, der Job in Harvard wartet auf dich.»

«Mein Auftrag in Bonn ist noch nicht erledigt. Günther Back und zwei Werwölfe haben überlebt, und vielleicht wird das Ergebnis der Verhöre weitere Werwolfgruppen auffliegen lassen. Außerdem will ich den Hintermann erwischen.»

«Was für einen Hintermann?»

«Jemand muss die Aktionen der Werwölfe gesteuert haben. Jemand, der Zugang zu internen Informationen hat. Jemand, der gewusst hat, dass Heinz Buchmann den untergetauchten Kerschke auszuquetschen versucht. Sonst hätte sich Dietrich Haller nicht an der richtigen Stelle auf die Lauer legen können, um Buchmann zu ermorden. Sie sehen also, Sir, den großen Fisch haben wir noch nicht an der Angel.»

Andersons Gesicht umwölkte sich. «Tu das nicht, Phil! Ich kann mir nicht vorstellen, dass es zu etwas Gutem führt. Du hast die Pläne dieser Splittergruppe vereitelt. Und das ohne großes Aufsehen. Die Wahlen können stattfinden wie geplant. Alles ist gut. Wirbel bloß keinen neuen Staub auf, das liegt nicht im Interesse der Vereinigten Staaten. Du hast Conant doch gehört.»

«Ich bin Polizist, ich kann den Kopf einer Mörderbande nicht entkommen lassen!»

«Verbau dir nicht deine Zukunft, Junge, denk auch an June!» Andersons Stimme schien durch die ganze Villa zu dröhnen.

«Wenn du nicht freiwillig nachgibst, muss ich dir befehlen, die Sache ruhen zu lassen.»

«Mit welchem Recht?»

«Ich bin dein Vorgesetzter, schon vergessen?»

«Sie waren mein Vorgesetzter beim CIC, Sir. Jetzt bin ich beim BKA.»

Der Colonel ließ ein ungläubiges Brummen hören. «Deine Versetzung zum BKA ist nur vorübergehend.»

«Davon steht nichts in meinen Papieren. Außerdem ist meine Dienstzeit in der US Army ohnehin abgelaufen.»

Ein Zucken zeigte sich in Andersons kantigem Gesicht, als müsse er viel Kraft aufbringen, um sich zu beherrschen. «Willst du etwa in diesem … diesem Westdeutschland bleiben und ein Leben als Schnüffler führen?»

«Das ist genau das, worüber ich mir in letzter Zeit viele Gedanken gemacht habe.»

Andersons Faust krachte auf den Tisch, ließ Gläser und Besteck klirren. «Das würde June niemals mitmachen. Hast du auch daran gedacht?»

«Ja», sagte Gerber ruhig. «June ist ja auch eine Anderson, im Gegensatz zu mir.»

«Was willst du damit sagen? Habe ich dich nicht wie einen Sohn behandelt?»

«Doch. Wie den Ersatzsohn, auf den Sie nach Jims Tod zurückgreifen konnten – oder notgedrungen mussten. Bei June ist es ähnlich. Manches Mal habe ich mich gefragt, ob ich wirklich ihr Verlobter bin oder nur eine Art Ersatzbruder.»

«Ich hatte nicht den Eindruck, dass ihr wie Geschwister miteinander umgegangen seid.»

Gerber zuckte mit den Schultern. «Die letzten Jahre, die Jahre nach dem Krieg, waren für mich wie ein fremdes Leben, das ich geführt habe, weil ich glaubte, es Ihrer Familie schuldig zu sein. Meinem toten Freund, Jim, den ich nicht retten konnte. Um ihn zu ersetzen. Ihnen und June fühlte ich mich aus demselben Grund verpflichtet. Aber irgendwann ist jede Schuld abgetragen.»

Wortlos stand der Colonel auf, trat hinaus auf die Terrasse und steckte sich eine Zigarre an. Die Hände auf dem Rücken verschränkt, stand er kerzengerade da und rührte sich nicht von der Stelle.

Gerber blieb auf seinem Platz sitzen und trank von seinem Orangensaft. Die Auseinandersetzung mit Anderson hatte seine Kehle ausgetrocknet. Er hatte keine Schuldgefühle. Es war an der Zeit gewesen, dem Colonel reinen Wein einzuschenken.

Der kehrte in den Salon zurück und nahm die Zigarre aus dem Mund, setzte sich aber nicht wieder hin. «Unsere sonntäglichen Treffen zum Lunch scheinen unter keinem guten Stern zu stehen. Ich weiß nicht recht, woran es liegt. Reden wir zu viel miteinander oder zu wenig? Lass uns das alles überdenken, Phil! Du kommst am Dienstag wie verabredet, und Junes Anwesenheit wird hoffentlich einen besänftigenden Einfluss auf uns beide ausüben. Abgemacht?»

Gerber erhob sich. «Abgemacht», erwiderte er zögerlich.

--

Eigentlich hatte Gerber vorgehabt, Eva über die jüngsten Ereignisse zu unterrichten, und er wollte nach Johannes Fritsch sehen. So hieß der Hubschrauberpilot, der gemeinsam mit Gerber sein Leben gewagt hatte. Fritsch hatte den Hubschrauber nach seiner Verwundung, einem Steckschuss im linken Oberschenkel, nach Bonn zurückgeflogen und lag jetzt ebenfalls in der Chirurgie. Aber kurz vor Bonn entschied sich Gerber um und blieb auf der Autobahn. Das Wiedersehen mit Eva konnte er durchaus abwarten, zumal jetzt noch mehr Blut an seinen Händen klebte, wie sie es wohl ausgedrückt hätte. Je länger er über das Gespräch mit Colonel Anderson nachdachte, desto mehr verfestigte sich in ihm die Ansicht, dass etwas anderes wichtiger war.

Also fuhr er weiter, ließ erst Bonn und dann Köln hinter sich und bog schließlich in Richtung Düsseldorf ab. Am Stadtrand hielt er an einer Polizeiwache, um sich nach dem Weg zu erkundigen. Der Wachhabende beäugte ihn erst skeptisch, bis Gerber seinen BKA-Ausweis vorzeigte. «Ich gehöre zur Sicherungsgruppe.»

Das runde Gesicht des Wachhabenden hellte sich schlagartig auf, und er zeigte Gerber auf einem Stadtplan, wie er zu fahren hatte. Als Gerber den Ford schließlich vor der Villa mit dem hübschen Vorgarten anhielt, musste er erneut seinen Ausweis zücken.

«In Ordnung», sagte der Polizist und nickte ihm zu.

Gerber ging an bunten Blumenbeeten vorbei zur Haustür und läutete.

Ein Dienstmädchen öffnete ihm und sagte, ohne ihn zu Wort kommen zu lassen: «Die Herrschaften sitzen gerade an der Kaffeetafel. Darf ich etwas ausrichten?»

«Hauptkommissar Gerber von der Sicherungsgruppe. Ich möchte den Herrn Minister sprechen.»

«Ich werde dem Herrn Minister sagen, dass Sie sich später telefonisch melden werden.»

«Nein. Sie werden ihm sagen, dass ich hier stehe und dass es dringend ist!»

«Gedulden Sie sich bitte einen Augenblick, Herr Gebhart.»

«Gerber!»

Sie verschwand im Innern, nicht ohne die Haustür wieder zu schließen. Fast rechnete er damit, dass sie ihn einfach hier stehen ließ. Dann kam sie aber doch zurück und sagte mit verkniffener Miene: «Der Herr Minister lässt bitten.»

Gerber trat ein. Robert Lehr, der einen tadellos sitzenden Dreiteiler trug, kam ihm schon auf dem Gang entgegen und streckte seine Hand aus.

«Herr Gerber, meinen persönlichen Glückwunsch zu Ihrem gestrigen Erfolg!»

«Es tut mir leid, wenn ich Sie und Ihre Gattin beim Kaffeetrinken störe.»

«Macht nichts, ich bin ja bald jeden Tag zu Hause. Kommen Sie mit in mein Arbeitszimmer, da sind wir ungestört.»

Eine sonntäglich fein angezogene Frau um die siebzig, deren Goldschmuck ein kleines Vermögen wert sein musste, trat aus einer Tür. «Was soll das, Robert? Vielleicht hat dein Gast auch Appetit auf ein Stück Torte.»

Lehr schüttelte seinen rundlichen Kopf. «Der Herr Kommissar ist dienstlich hier, mein Schatz.» Er räusperte sich. «Das ist Herr Hauptkommissar Gerber von der Sicherungsgruppe. Darf ich vorstellen, meine liebe Frau Aenne.»

Gerber gab ihr die Hand und verbeugte sich leicht. «Sehr erfreut, Frau Minister. Ich bin auch gleich wieder fort.»

«Weil Sie im Dienst sind?», fragte Frau Lehr.

«Wie meinen Sie?»

«Robert sagte, Sie seien dienstlich hier. Hat man bei der Polizei im Dienst keinen Appetit?»

«Ähm …»

«Mögen Sie Schokoladen-Buttercremetorte, selbst gebacken?»

Sein Gesicht hellte sich auf. «Sehr. Meine Mutter hat sie oft gemacht, früher.»

«Lebt Ihre Frau Mutter nicht mehr?»

«Doch, zum Glück, aber meine Familie lebt in den Vereinigten Staaten.»

«Wie interessant.» Sie stemmte die Hände in die Hüften und warf ihrem Mann einen strengen Blick zu. «Sag selbst, Robert, soll der nette, junge Herr hier erst in die Staaten fliegen müssen, um mal wieder eine selbst gebackene Schokoladen-Buttercremetorte zu essen?»

Der Bundesinnenminister zauberte ein Lächeln auf sein Gesicht. «Du hast ja vollkommen recht, mein Schatz. Ich bin ein schlechter Gastgeber.»

Eine Minute später saß Gerber mit dem Minister und seiner Frau am Kaffeetisch und musste der Dame des Hauses jede Menge Fragen zu seiner Familie und zum Leben in den Vereinigten Staaten beantworten. Erst nachdem er drei Tassen Kaffee und zwei Stücke Torte zu sich genommen hatte, war Frau Lehr bereit, die Kaffeetafel aufzuheben.

Lehr bat ihn in sein Arbeitszimmer, und dort fragte Gerber: «Haben Sie heute schon mit Colonel Anderson telefoniert, Herr Minister?»

«Aus welchem Grund? Ich habe erst gestern mit ihm gesprochen.»

Gerber berichtete von seiner Unterredung und sagte: «Vielleicht versucht der Colonel, Einfluss auf Sie zu nehmen. Damit eine weitere Untersuchung in der Angelegenheit verhindert wird. Oder sogar, damit Sie meine Entlassung aus dem BKA bewirken.»

Lehr blickte ihn lange an, bevor er fragte: «Möchten Sie wirklich in Deutschland bleiben, bei der Sicherungsgruppe?»

«Ja, ich habe entschieden, dass hier mein Platz ist.»

«So manch ein Deutscher würde sonst was dafür geben, in den USA zu leben.»

«Deutschland ist meine Heimat. Ist es jetzt wieder.» Gerber überlegte. «Vielleicht sollte ich es besser so ausdrücken: Deutschland könnte wieder meine Heimat werden, wenn Demokratie und Rechtsstaatlichkeit von Dauer sind. Beim BKA könnte ich einiges dafür tun, um diesem Land dabei zu helfen.»

«Ich bewundere Ihren Enthusiasmus und Ihre Opferbereitschaft», sagte Lehr ohne jede Ironie. «In den Vereinigten Staaten könnten Sie sich ins gemachte Nest setzen.»

«Ich glaube, gerade das möchte ich nicht. Es gäbe mir das Gefühl, mein Leben wäre schon vorüber. Hier in Deutschland ist das anders.»

Ein zufriedener Ausdruck trat auf das rosige Gesicht des Ministers. «Wenn Sie so fest entschlossen sind, sich in eine ungewisse Zukunft zu stürzen, Herr Gerber, will ich Sie nicht davon abhalten. Leider kann ich nicht mehr sonderlich viel für Sie tun. Auch wenn es die CDU bei den Wahlen wieder in die Regierung schafft, werde ich, wie Sie wissen, nicht mehr dabei sein. Voraussichtlich im Oktober werde ich mein Amt an meinen Nachfolger übergeben. In einem persönlichen Brief werde ich ihm von Ihren Qualitäten und Erfolgen berichten, und bis dahin werde ich meine Hand über Sie halten.»

«Das ist mehr, als ich erhofft habe», sagte Gerber und erhob sich, um sich zu verabschieden.

Auch Lehr stand auf. «Ich bringe Sie noch zur Tür.»

Lehr hatte die Haustür schon geöffnet, als er Gerber mit einem ernsten Blick bedachte. «Den ganzen Quatsch, den ich im Ministerium gesagt habe, über meinen wohlverdienten Ruhestand und wie ich mich darauf freue, können Sie, im Vertrauen gesagt, vergessen. Ich hätte gern weitergemacht, aber mir fehlt die Unterstützung der Partei. Offiziell wollen sie einen Jüngeren für das Amt. Ich bin siebzig, na und? Adenauer ist sieben Jahre älter als ich, und er wird weitermachen. Die Wahrheit ist: Ich habe zu oft meinen eigenen Kopf durchgesetzt, und das verschafft einem niemals Freunde. Bei Ihnen erkenne ich dieselbe Veranlagung. Passen Sie also gut auf sich auf.» Er legte eine Hand auf Gerbers Schulter.

«Kann der Bundeskanzler nichts für Sie tun?»

«Der Bundeskanzler.» Lehr stieß einen tiefen Seufzer aus. «Er hat Sie ganz schön beeindruckt, nicht wahr?»

«Ja, er ist ein beeindruckender Mann.»

«Zweifellos, sonst wäre er nicht Bundeskanzler. Aber auch er ist ein Mann, der konsequent seine Ziele verfolgt, nur geht er es anders an als wir beide. Er geht nicht mit dem Kopf durch die Wand, sondern er spielt mit den Menschen. Nehmen Sie zum Beispiel mich. Adenauer erzählt überall, er hätte alles Mögliche versucht, damit ich wieder ins Kabinett komme, aber es habe sich halt nichts machen lassen.»

«Und das glauben Sie ihm nicht, Herr Minister?»

«Ein Mann mit seiner Macht sollte das nicht erreichen können? Adenauer *ist* die CDU.» Lehr beugte sich zu Gerber vor und sagte leise: «Auch wenn Sie sich ihm verbunden fühlen, sollten Sie immer vorsichtig sein, junger Freund. Hüten Sie sich vor seinen Adenauereien!»

// KAPITEL 35 //

Montag, 31. August 1953

Sechs Tage bis zur Wahl

Gerber frühstückte in Ruhe und lauschte den Rundfunknachrichten. Sie brachten einen Bericht über ein Polizeimanöver im Königsforst, das am Samstag zur großen Zufriedenheit aller Beteiligten durchgeführt worden sei und gezeigt habe, wie gut das Zusammenspiel zwischen Luft- und Bodeneinheiten funktioniere.

«Das kann man sagen», brummte Gerber zufrieden, leerte seine Kaffeetasse und verließ den Frühstücksraum.

Er fuhr zur Villa Selve, wo ihm Sattler und die anderen Kollegen zu seinem Einsatz am Samstag gratulierten.

«Hat Wehner alles gut verkraftet?», fragte Gerber.

«Am Samstag hat er keine Termine mehr wahrgenommen», antwortete Sattler. «Hat sich zu Hause erholt. Sonntag ist er dann ganz normal wieder auf Wahlkampftour, natürlich mit einem anderen Fahrer.»

«Sind die überlebenden Werwölfe schon verhört worden?»

«Noch nicht», antwortete Sattler und fügte nach einer kurzen Pause hinzu: «Der Chauffeur wird auch nicht mehr vernommen werden. Er ist vergangene Nacht seinen Verletzungen erlegen.»

--

Evas Zimmer wurde weiterhin bewacht, und Gerber war froh darüber. Noch immer musste es einige dieser Wölfe Deutschlands in ihren Verstecken geben, und sie waren gefährlich, solange er ihren Anführer nicht ausgeschaltet hatte.

Das Zimmer sah so aus wie bei seinem letzten Besuch: Ein Telefon stand auf dem Nachttisch, und überall waren Unterlagen und Notizen verstreut. Eva, die einen Pyjama trug, saß aufrecht im Bett und beugte sich konzentriert über ihre Notizen. Ein Bleistift ging zwischen den Fingern ihrer rechten Hand auf Wanderung, als würde sie gar nichts davon bemerken. Bevor der Drang, sie einfach in die Arme zu nehmen und zu küssen, übermächtig wurde, stellte er die kleine Tasche ab, die er bei sich trug, und wünschte ihr einen guten Morgen.

Sie blickte ihn kurz an. «Na endlich, wo warst du denn? Ich hatte schon gestern mit dir gerechnet. Aus den Augen, aus dem Sinn, wie? Zum Recherchieren war ich gut genug, aber der Herr Hauptkommissar ist sich offenbar zu fein, mich über das Ergebnis zu unterrichten. Einem Kollegen von dir, Müller, der mich gestern besucht hatte, musste ich mühsam ein paar Bröckchen aus der Nase ziehen. Ihr habt Wehner also retten können. Und diesen SPD-Chauffeur mit SS-Vergangenheit habt ihr auch erwischt?»

«Das haben wir, aber er ist letzte Nacht verstorben.»

Er suchte nach einer Sitzgelegenheit, aber nicht nur beide Besucherstühle waren mit Akten und Büchern vollgepackt, jetzt hatte die Papierflut auch das zweite Bett erreicht. «Woran arbeitest du jetzt?»

«Wo ich schon die ganzen Unterlagen hier habe, will ich mir von einigen Leuten ein umfassenderes Bild machen. Außerdem bereite ich ein paar Artikel vor, damit Berthold weiß, wofür er mich bezahlt. Aber lenk nicht ab, Philipp, ich wüsste ganz gern Näheres über dein großes Abenteuer.» Sie schlug mit der flachen Hand vor sich aufs Bett. «Setz dich doch.»

«Es ist eine recht blutige Geschichte», sagte er und nahm vorsichtig Platz. «Und eine, über die du, Journalistin hin oder her, Stillschweigen bewahren musst.»

«Klar doch. Das hat mir euer Herr Müller gestern auch schon gesagt.»

Gerber erzählte seine Geschichte, ohne dass Eva ihn ein einziges Mal unterbrach, und sagte zum Abschluss: «Und das alles hat sich niemals ereignet. Letzten Samstag fand im Königsforst nur ein großes Polizeimanöver statt.»

Er stand auf und nahm seine Tasche.

«Was ist eigentlich mit meinem Autoschlüssel?», ergriff Eva das Wort. «Wenn ich richtig gehört habe, soll ich morgen entlassen werden. Der Arzt bei der Visite heute meinte, Büroarbeit könne ich auch zu Hause erledigen.»

«Da hat er recht.» Er zog den Autoschlüssel hervor und legte ihn auf den Nachttisch. «Vielen Dank für treue Dienste. Ich habe gestern Abend aufgetankt. Hat auf jeden Fall Spaß gemacht.»

--

Johannes Fritsch, der Hubschrauberpilot, war recht munter, als Gerber ihn besuchte. Verständlich, denn er hatte Besuch von seiner Verlobten, einem fröhlichen, sommersprossigen Mädchen. Als Gerber den Inhalt seiner Tasche – Kekse, Schokolade, Traubensaft und ein Spieleset, mit dem man Schach, Dame und Mühle spielen konnte – auf einen kleinen Tisch neben dem Bett gestellt hatte, sagte Fritsch mit leuchtenden Augen: «Danke, das ist ja wie an Weihnachten. Übrigens, spielen Sie Schach?»

«Leidenschaftlich, wenn auch nicht mit besonderer Finesse.»

«Dann hätte ich glatt eine Chance zu gewinnen. Ich werde wohl noch etwas länger hier liegen. Kommen Sie doch mal auf eine Partie vorbei.»

Gerber versprach es und verließ die Klinik. Fast wäre er zu dem roten Ford Taunus gegangen, mit dem er so vertraut geworden war.

«Mach's gut», sagte er in Richtung des Wagens und schlug den Weg zur Bushaltestelle ein.

--

Nachdem er «Goldfisch»-Schindler schon wieder Ersatzmunition abgeschwatzt hatte, ging Gerber den kurzen Weg zur Joachimstraße. Krey empfing ihn in seinem Büro und lobte nochmals seinen Einsatz am Samstag. Allmählich konnte Gerber es nicht mehr hören. Aber er nutzte Kreys gute Stimmung, um zu fragen, ob er sich den kommenden Tag freinehmen könne.

«Sie haben ein wenig Urlaub mehr als verdient. Nehmen Sie doch gleich die ganze restliche Woche frei.»

«Eine gute Idee», sagte Gerber. «Einverstanden und vielen Dank.»

Dann berichtete er, dass Eva am kommenden Tag entlassen werden solle. «Ich möchte Sie bitten, ihren Polizeischutz einstweilen bestehen zu lassen.»

Krey rückte seine Brille zurecht. «Befürchten Sie wirklich eine Racheaktion der Wölfe? Ich denke, nach dem Fiasko, das die Verschwörer dank Ihnen erlebt haben, haben die Übriggebliebenen jetzt andere Sorgen.»

«Vermutlich, aber sicher ist sicher. Außerdem haben wir

Fräulein Herden einiges zu verdanken. Ohne sie wäre Wehner jetzt vermutlich tot.»

«Natürlich. Ich werde die Bonner Polizei bitten, dass eine Wache in Zivil unauffällig vor ihrem Haus postiert wird. Was meinen Sie, für wie lange?»

«Am besten so lange, bis ich den Anführer der Wölfe unschädlich gemacht habe.»

Krey warf ihm einen langen, staunenden Blick zu. «Da haben Sie sich aber viel vorgenommen, Herr Gerber. Haben Sie einen bestimmten Verdacht?»

«Nein, aber das wird sich hoffentlich ändern.»

«Na, Sie haben ja Zeit. Wie ich von oben gehört habe, werden Sie der Sicherungsgruppe erhalten bleiben. Keine Lust zur Rückkehr in die Vereinigten Staaten, zu Cowboys und Indianern?»

«Die reiten nur noch im Kino. Westdeutschland ist viel aufregender als der Wilde Westen.»

// KAPITEL 36 //

Dienstag, 1. September 1953

Fünf Tage bis zur Wahl

Zum dritten Mal innerhalb von zehn Tagen legte Gerber die Autobahnstrecke nach Frankfurt zurück, diesmal in einem gemieteten Opel Kapitän. Absichtlich hatte er ein Fahrzeug gewählt, mit dem ihn niemand in Verbindung brachte. Unterwegs in geheimer Mission, dachte er. Einer Mission, die er sich selbst auferlegt hatte. Obwohl – war es nicht eigentlich Konrad Adenauer gewesen?

Er war rechtzeitig aufgebrochen und eineinhalb Stunden vor der Zeit in Frankfurt. An einer Tankstelle hielt er an, ließ den Tank vollmachen und ging in eine Telefonzelle. Er wurde durchgestellt, und Hiram Andersons unverkennbar raue Stimme meldete sich mit einem knappen «Hallo?».

«Phil hier, Sir», sagte Gerber mit zerknirschter Stimme. «Ich bin noch auf der Autobahn und werde mich leider verspäten. Ein Unfall hat einen Stau verursacht. Fahren Sie mit June ruhig vor, ich komme dann auf direktem Weg zum Fun Spot.»

«Meinst du, du schaffst es bis neunzehn Uhr zu Brodies Auftritt?»

«Auf jeden Fall, Sir.»

«Gut. Möchtest du noch mit June sprechen? Sie ist oben.»

Gerber zögerte kurz, sagte dann aber: «Nicht nötig, ich sehe sie ja später. Grüßen Sie June von mir.»

Er beendete das Gespräch und setzte sich mit einer Flasche eisgekühlter Afri-Cola und der aktuellen *Frankfurter Rundschau* wieder in den Wagen. Er wollte nicht zu früh am Mozartplatz sein, um nicht entdeckt zu werden. Aus demselben Grund hatte er sich dagegen entschieden, die Zeit in einem Lokal zu überbrücken. Aus seiner CIC-Zeit kannten ihn zu viele Leute in Frankfurt.

Gegen fünf Uhr nachmittags traf er am Mozartplatz ein, eine Stunde vor der Zeit. Er parkte so weit von Colonel Andersons Villa entfernt, dass sie eben noch in seinem Blickfeld lag. Das Westinghouse-M3-Fernglas, das er schon bei der Army benutzt hatte, lag griffbereit unter der Zeitung. Er setzte es an die Augen, nahm die Feinjustierung vor und sah jetzt deutlich den Eingang zur Villa und den davor parkenden Pontiac. Jetzt hieß es warten. Er legte das M3 wieder neben sich, lehnte sich zurück und zündete sich eine Camel an.

--

Um fünf nach sechs verließen die Andersons das Haus und gingen zu dem olivgrünen Pontiac. Der Colonel trug seine Ausgehuniform, June einen leichten Sommermantel, den sie nicht geschlossen hatte. Unter dem Mantel blitzte ein enganliegendes Abendkleid auf. Jedes Mal, wenn Gerber sie sah, hatte sie sich etwas mehr von einem hübschen jungen Mädchen zu einer attraktiven Frau entwickelt. Der Mann, dem sie das Jawort geben würde, hatte eine gute Wahl getroffen. Er musste sich nur darüber klar sein, dass auch ein Schwiegervater namens Hiram C. Anderson dazugehörte. Wie erwartet, setzte sich der Colonel selbst hinter das Lenkrad des Pontiacs, und sie fuhren in Richtung Börsenplatz davon.

Er nahm die schmale Aktentasche, die hinter dem Rücksitz stand, und stieg aus. In seinem Anzug und mit der Tasche sah er aus wie ein aus dem Büro heimkehrender Geschäftsmann. Er schlenderte quer über die Straße und ließ sich auch Zeit, als er Andersons Grundstück betrat. Jeder, der ihn zufällig sah, sollte glauben, er halte sich rechtmäßig hier auf. Riskant wurde es erst, als er nicht mehr in Richtung Haustür ging, sondern die Terrasse auf der Rückseite ansteuerte. Vor der Terrassentür stellte er die Aktentasche ab, nahm erst die dünnen Lederhandschuhe heraus, die er sich überstreifte, und anschließend einen großen Schraubendreher. Es war fast zu leicht: Keine dreißig Sekunden später hatte er die Tür aufgehebelt und stand im Salon. Die Glastür zog er behutsam hinter sich zu.

Mit schnellen Schritten durchquerte er den Salon, schob die geschlossene Schiebetür zur Bibliothek ein Stück weit auf und zwängte sich hindurch. Vor dem Gemälde, das Washingtons nächtliche Überquerung des fast zugefrorenen Delaware zeigte, blieb er stehen, und für einen Sekundenbruchteil lief ein eisiger Schauer über seinen Rücken. General Washington hatte damals alles auf eine Karte gesetzt bei einem Unternehmen, das ihm einen großen Sieg, aber auch den Untergang bringen konnte. Ähnlich fühlte er sich jetzt.

«Keine Zweifel!», hämmerte er sich ein und begann mit der Arbeit. Er nahm das Gemälde vom Haken und stellte es auf dem Teppich ab.

Vor ihm glänzte bläulich der Stahl des in die Wand eingelassenen Safes. Der Royce-Wilson DS war ihm aus der Zeit seiner Agentenausbildung vertraut. Dinge, die man nie vergaß. Und er kannte die Nummer. Seine Gedanken wanderten zu dem

Sonntag zurück, als Hiram Anderson einen Anruf von General Swift erhalten und seinen Safe geöffnet hatte. Gerber hatte im Salon gewartet und durch die nicht ganz geschlossene Schiebetür alles mit angehört. Zur Vorbereitung auf dieses Unternehmen hatte er die Zahlenkombination aus der Erinnerung heraus auf einen Zettel geschrieben. Jetzt rief er sie noch einmal aus seinem Gedächtnis ab und verglich das Ergebnis mit den Ziffern auf dem Zettel. Beides stimmte zu seiner Erleichterung überein. Denn der Royce-Wilson DS hatte eine Besonderheit: Ein Fehler genügte, und das Schloss war für volle fünf Stunden gesperrt. Zeit, die er nicht hatte.

Er atmete tief durch und legte seine behandschuhten Finger auf den Drehknopf des Zahlenschlosses. Zügig, aber ohne Hast stellte er mit dem Knopf die verschiedenen Zahlen ein und brachte ihn anschließend in die Entriegelungsposition. Ein metallisches «Klack» ertönte, und die Tür sprang eine halbe Handbreit auf.

Der Safe war randvoll, und er sah die Unterlagen sorgfältig durch. Eine Akte, deren Deckel mit einem fetten «A» versehen war, enthielt das, was er suchte. Er ließ sie in seiner Aktentasche verschwinden und sah auch die restlichen Unterlagen durch. Er nahm noch zwei weitere Akten mit, die ihm interessant erschienen, mit den Aufschriften «BDJ» und «BKA».

--

Gerber verstaute die Aktentasche im Kofferraum und hätte sich vernünftigerweise sofort auf den Rückweg nach Bonn machen sollen. Aber stattdessen fuhr er zum Börsenplatz. Er war der Ansicht, dass er das dem Colonel und June schuldig war.

Nachdem er endlich einen Parkplatz gefunden hatte, stieß er am Eingang zum Fun Spot auf einen uniformierten Portier, der ihn abweisen wollte. «Wir sind für heute Abend voll besetzt, mein Herr.»

«Ich sitze am Tisch von Colonel Anderson.»

Gerber stieg ein paar Stufen, auf denen ein dicker, die Schritte dämpfender Läufer lag, nach unten, ging an der Garderobe vorbei und betrat einen großen Raum, der etwa zwanzig Tische und eine Bühne beherbergte. Am Rand der Bühne stand ein Klavier, auf dem ein Schwarzer eine Instrumentalversion von *As Time Goes By* spielte. Zwischen den Tischen eilten Kellner hin und her, um die Bestellungen entgegenzunehmen.

June und ihr Vater saßen an einem Tisch unmittelbar vor der Bühne und tranken Champagner. Der Colonel warf einen verdrießlichen Blick auf seine Armbanduhr und sagte etwas zu June, die in ihrem flaschengrünen Abendkleid bezaubernd aussah. Gerber kannte das Kleid nicht. Vermutlich hatte June es eigens für diesen Abend gekauft, für ihr Wiedersehen, für ihn. Sie blickte durch den Saal. Als sie ihn sah, leuchteten ihre Augen auf, und ein glückliches Strahlen legte sich auf ihr Gesicht. Gerber bahnte sich einen Weg zwischen den Tischen hindurch, und June erhob sich, um ihn zu begrüßen.

Hiram Anderson blieb sitzen und sagte laut: «Da bist du ja endlich, Phil. Gerade noch rechtzeitig.»

June legte ihre Arme um seinen Hals, und ihr samtiger Rosenduft hüllte ihn ein. «Oh Phil, wie schön, dass du gekommen bist. Ich habe mich so nach dir gesehnt. Ich hoffe, du kannst mir verzeihen. Ich war so dumm, als ich einfach abgerauscht bin.»

Gerber blieb stocksteif stehen, ohne sie zu umarmen. «Du musst dich für nichts entschuldigen, June, und du warst auch nicht dumm. Im Gegenteil, du hast viel eher als ich erkannt, dass unsere Beziehung keine Zukunft hat.»

Sie nahm die Arme von seinem Hals und trat einen kleinen Schritt zurück. Ihr Lächeln erstarb und wich einer Mischung aus Irritation und Unglauben. «Was willst du damit sagen, Phil?»

Er zog die beiden Briefe, die er heute Vormittag geschrieben hatte, aus dem Jackett und reichte June einen der Umschläge. «Hier steht alles drin. Lies es bitte in Ruhe.»

Den zweiten Brief legte er vor dem Colonel auf die blütenweiße Tischdecke. «Der ist für Sie, Sir. Damit Sie für Ihre Akten etwas Schriftliches haben. Eine von mir unterschriebene Erklärung, dass ich in Deutschland bleibe, beim Bundeskriminalamt. Ach ja, Sie können Mr. Conant sagen, dass er den Posten in Harvard anderweitig besetzen kann.»

Hiram Anderson sah aus, als hätte er gerade einen Krieg verloren. Aber als eingefleischter Soldat schlug er schnell zurück. Mit einem Ruck erhob er sich, und die Konsterniertheit in seinem Blick verwandelte sich in Zorn. «Damit kommst du nicht durch! Wir haben dich zum BKA geschickt, um für uns zu arbeiten, nicht für die Krauts!» Er sprach so laut, dass er die Blicke der Menschen an den umstehenden Tischen auf sich zog. «Ich werde Lehr anrufen. Dann stehst du schneller auf der Straße, als du dich umsehen kannst!»

«Tun Sie, was Sie nicht lassen können, Sir. Ich bin Ihnen aufrichtig dankbar für das, was Sie in der Vergangenheit für mich getan haben. Doch ab jetzt stehe ich auf eigenen Füßen.»

Gerber wandte sich um und ging in Richtung Ausgang. Als er den Saal verließ, verklangen die letzten Takte von *As Time Goes By.*

--

Drei Stunden später empfing ihn Adenauers Haushälterin mit einem verkniffenen Gesicht ob der späten Stunde. Sie führte ihn in das Arbeitszimmer mit dem großen Fenster und schien nicht wirklich erfreut, als er ihre Frage nach einem Kaffee mit einem «Ja, sehr gern» beantwortete.

«Dann bringen Se mir auch noch einen», sagte Konrad Adenauer, der in einem Sessel saß und im Schein einer Stehlampe Papiere studierte, die er jetzt vor sich auf den Tisch legte. «Die Reden für morjen», sagte er zu Gerber und bot ihm einen Platz an. «Der Wahlkampf kann einen wirklich mürbe machen. Mein Mund ist schon janz trocken. Übrijens, meine Gratulation dazu, wie Sie die Sache mit Wehner jedeichselt haben. Männer wie Sie können wir jut jebrauchen.»

Gerber setzte sich und stellte seine Aktentasche neben sich ab. «Das hoffe ich, Herr Bundeskanzler. Ich habe mich nämlich entschieden, in Deutschland zu bleiben, beim Bundeskriminalamt, wenn es möglich ist.»

«Was sagt das CIC dazu?»

«Colonel Anderson wird mir wohl jeden Stein in den Weg legen, den er findet.»

«Das ist nicht gut», sagte Adenauer leise und sprach jetzt fast Hochdeutsch. «Anderson kann sehr unangenehm werden.»

«Er wird erst recht unangenehm werden, wenn er bemerkt, dass ich heimlich seinen Safe geöffnet habe.» Gerber zog die Akte mit dem fetten «A» aus der Tasche und legte sie vor Adenauer auf den Tisch. «Das ist für Sie, Herr Bundeskanzler.»

Adenauer hob erstaunt die Brauen, sagte aber kein Wort. Er schlug die Akte auf und blätterte eine ganze Weile darin, während die Haushälterin den Kaffee servierte. Als sie wieder gegangen war, schlug Adenauer die Akte zu und sah ihn äußerst zufrieden an.

«Es ist wohl besser, wenn ich Sie nach den näheren Umständen gar nicht erst frage.»

«Das denke ich auch, Herr Bundeskanzler.»

«Auf jeden Fall stehe ich tief in Ihrer Schuld. Jetzt kann ich gegenüber dem Colonel freier agieren.»

Gerber stellte seine Tasse ab und deutete auf die Akte. «Möglicherweise gibt es Kopien.»

«Die jetzt aber nicht mehr so gefährlich sind. Spielen die Amerikaner solche Kopien in die Hände der Presse, um Druck auf mich auszuüben, kann ich mit der Akte hier kontern. Ein Beleg dafür, dass das CIC versucht hat, den deutschen Kanzler zu erpressen, dürfte nicht so gut ankommen, weder in der deutschen noch in der internationalen Öffentlichkeit.»

Gerber dachte über Adenauers Argumentation nach und sagte: «Sie haben wohl recht. Beim Schach würde man von einem Doppelpatt sprechen. Etwas, das in der Praxis allerdings nicht vorkommt.»

Adenauer legte eine Hand auf die Papiere. «Dann hoffen wir mal, dass ein Benutzen dieser Akte in der Praxis auch nicht vorkommt.»

Gerber hatte den Kanzler lange genug aufgehalten. Er trank seinen Kaffee aus, griff nach der Aktentasche und stand auf. «Jedenfalls haben Sie jetzt die Antwort auf Ihre Frage, Herr Bundeskanzler.»

Adenauer blickte ihn fragend an.

«Ob ich mich mehr als Amerikaner oder Deutscher fühle.»

// KAPITEL 37 //

Donnerstag, 3. September 1953

Drei Tage bis zur Wahl

Der Mischwald war dicht und hielt die Mittagssonne weitgehend ab. Hin und wieder musste Gerber ein paar penetrante Insekten verscheuchen, ansonsten war alles ruhig. Er blickte durch das Unterholz auf den Platz, zu dem die unbefestigte Straße führte. Der Platz wiederum endete abrupt an der Abbruchkante einer nicht länger genutzten Kiesgrube. Kein Mensch außer ihm trieb sich hier herum. Ein idealer Ort für das Treffen, nur wenige Kilometer von seiner Unterkunft entfernt. Den Opel Kapitän hatte er ein paar hundert Meter entfernt auf einem Lagerplatz für gefälltes Holz abgestellt.

Nach dem Besuch beim Bundeskanzler war Gerber nicht nach Bonn zurückgefahren. Er hatte Frau Stenitzer erzählt, er werde ein paar Tage in Süddeutschland unterwegs sein. Vor seiner Fahrt nach Frankfurt hatte er sich in einem abgelegenen Landhotel östlich von Beuel ein Zimmer genommen. Das Zimmer wie auch den Mietwagen hatte er unter dem Namen Martin Winter, Handelsreisender aus Stuttgart, gebucht. Ein Aliasname aus seiner Zeit beim CIC, für den er gültige Papiere besaß.

Den gesamten gestrigen Tag hatte er damit verbracht, sorgfältig die beiden Akten zu studieren, die er zusätzlich zur Akte

Adenauer aus Colonel Andersons Safe entwendet hatte. Im Wesentlichen waren es Personalunterlagen, immer wieder ergänzt durch Anmerkungen in Andersons militärisch akkurater Handschrift. Gerber hatte sich jede Menge Notizen dazu gemacht, hatte Querverbindungen gezogen und alle möglichen und auch fast unmöglichen Theorien aufgestellt. Irgendwann war er nicht mehr weitergekommen. Er war an einem Punkt angelangt, an dem er Hilfe von jemandem brauchte, der für ihn ein paar externe Recherchen anstellte. Natürlich hatte er zuerst an Eva gedacht, aber er musste damit rechnen, dass das CIC sie überwachte.

Also hatte er gestern Abend von einer Telefonzelle in Beuel Erwin Sattler angerufen und um Hilfe gebeten. Er glaubte, Sattler vertrauen zu können. Bald würde er wissen, ob er richtiglag.

Motorengeräusch legte sich über das entfernte Hämmern eines Spechts, und er sah auf der Zufahrtsstraße undeutlich die schwarzen Umrisse eines Fahrzeugs. Automatisch tastete er über die linke Seite des Sommerjacketts, um sich zu vergewissern, dass die Browning im Schulterholster saß. Ein Mercedes 170 löste sich aus dem Schatten der Bäume, rollte auf den freien Platz und blieb in der Mitte stehen. Es gab nur einen Insassen, der jetzt die Fahrertür aufstieß und ausstieg. Ein kräftig gebauter Mann mit der Figur eines Preisboxers. Er zog ein großes Taschentuch hervor und wischte über seine verschwitzte Stirn.

«Also, ich bin jetzt da!», rief Erwin Sattler laut. «Nur für den Fall, dass sich jemand im Unterholz versteckt und mir zusieht, wie ich mir in der prallen Sonne die Seele aus dem Leib schwitze.» Das vergoldete Feuerzeug blitzte in seiner Hand auf, als er sich eine Zigarette ansteckte.

Gerber verließ sein Versteck. «Danke fürs Kommen. Haben Sie für mich noch eine von den Chesterfields?»

Sattler hielt ihm die Packung hin und gab ihm auch Feuer, bevor er seinen Blick schweifen ließ. «Krey hat mir gesagt, Sie hätten ein paar Tage Urlaub. Ich an Ihrer Stelle wäre ja nach Köln gefahren und hätte in den Nachtclubs einen draufgemacht. Aber dieses Kiesloch im Wald ist auch ein schönes Ausflugsziel.»

«Ist Ihnen jemand gefolgt?»

«Nur die Sonne, die mich auf der ganzen Fahrt gegrillt hat.»

«Wie geht es mit der Jagd auf die Wölfe Deutschlands voran?»

«Geht so. Die beiden Überlebenden der großen Schlacht im Königsforst haben ein bisschen geplaudert, und wir konnten zwei Werwolfnester aufspüren. Leider ohne Erfolg. Die Meute hatte den Bau schon verlassen.»

«Sie sind gewarnt worden.» Für Gerber war es eine Feststellung, keine bloße Vermutung.

«Das denke ich auch.»

«Konnten die beiden Überlebenden keinen Hinweis auf den großen Unbekannten geben, auf den Hintermann der Verschwörung?»

«Sie kennen ihn nicht, sagen sie. Angeblich lief alles über Dietrich Haller. Vielleicht ist er der Einzige, der unseren Herrn X persönlich gekannt hat. Vielleicht auch seine Schwester.»

«Haben Sie besorgen können, worum ich Sie gebeten habe?»

Sattler zeigte mit dem Daumen zu dem Mercedes. «Ein ganzer Stapel Unterlagen, Kopien und Notizen. Ist alles in der Aktentasche auf dem Rücksitz. Ich konnte nicht alles allein abarbeiten, deshalb habe ich Fräulein Müller eingespannt. Keine Sorge, ich habe ihm eingeschärft, dass er gegenüber absolut jedem die Schnauze halten soll. Andernfalls würde ich ihn mehrmals zusammenfalten und im Rhein versenken. Für seine Mithilfe habe ich ihm versprochen, ihn nie wieder Fräulein zu nennen. Ich bereue das jetzt schon.»

«Und ich hoffe, er hält sich an sein Schweigegelübde», sagte Gerber, ein wenig verärgert darüber, dass noch jemand von der Angelegenheit wusste.

Sattler schien seine Gedanken zu erraten und sagte: «Müller weiß nicht, für wen er das Zeugs recherchiert hat. Und ich weiß, ehrlich gesagt, auch nicht, was Sie damit wollen. Oder vor wem Sie sich hier verstecken.»

«Ich sage nur so viel: Nehmen Sie sich vor dem CIC in Acht!»

Sattlers eigentlich breites Gesicht schien sich in die Länge zu ziehen und wurde zu einem großen Fragezeichen. «Was ist passiert, Cowboy? Haben Sie das Pferd des Sheriffs gestohlen?»

«So ungefähr.»

Der Oberkommissar nahm die Zigarette aus dem Mund, stieß einen Pfiff aus und sagte mit einem ironischen Unterton: «Dann ist es ja gut, dass ich gewarnt bin. Ich werde auch keine weiteren Fragen stellen, damit ich weder unter dem Einfluss von Drogen noch unter Anwendung der Folter etwas verraten kann.»

Gerber trat seine Chesterfield aus und holte die Aktentasche aus dem Wagen. Sie war erstaunlich schwer.

«Man merkt, dass Sie zu zweit daran gearbeitet haben, alle Achtung! Ich wünsche Ihnen eine gute Heimfahrt, Kollege.»

Bevor er ins Auto stieg, streckte Sattler seine Rechte zu einem kräftigen Händedruck aus. «Das Thema der Recherchen, die ich für Sie angestellt habe, lässt mich mehr als ahnen, worum es geht. Wenn Sie mit Ihrem Verdacht richtigliegen, ist das ein herber Schlag für die Sicherungsgruppe. Was auch immer Sie jetzt vorhaben mögen, ich wünsche Ihnen alles Glück dabei, Gerber. Und passen Sie auf sich auf!»

--

Es wurde ein langer Nachmittag, den Gerber in seinem Hotelzimmer verbrachte. Sattler und Müller hatten wirklich gute Arbeit geleistet, und jetzt konnte er das Puzzle zusammensetzen. Er konnte nicht behaupten, dass ihm das Ergebnis gefiel. Wichtig aber war: Er hatte nicht nur das Rätsel gelöst, er hatte jetzt auch einen Schlachtplan.

Da er erst am Abend in Aktion treten konnte, unternahm er einen langen Waldspaziergang. Die Abgeschiedenheit, die Ruhe und die Kühle des Waldes taten ihm gut und halfen ihm dabei, sich auf das Wesentliche zu konzentrieren.

Zum wiederholten Mal klopfte er seinen Plan ab. Es gab verschiedene Interessen zu berücksichtigen, auch die der Amerikaner. Die Vereinigten Staaten hatten ihn und seine Familie in einer schweren Zeit aufgenommen und ihnen ein neues Zuhause gegeben. Auch wenn er persönlich sich in letzter Konsequenz gegen die USA entschieden hatte, wollte er den Amerikanern keine unnötigen Unannehmlichkeiten bereiten. Falls sein Plan gelang, würde nichts an die Öffentlichkeit dringen. Die Interessen der USA und der BRD blieben gewahrt, und der Kopf jener verblendeten Ewiggestrigen, die sich zu den Wölfen Deutschlands zusammengeschlossen hatten, wäre unschädlich gemacht.

Er hatte sich wirklich viel vorgenommen, und die Aussicht darauf verdarb ihm den Appetit. Trotzdem ließ er sich im Hotelrestaurant zum Abendessen nieder. Er hatte seit dem Frühstück nichts mehr gegessen, und mit einem vollen Magen zog es sich besser in die Schlacht. Außerdem war es noch zu früh am Abend, um aufzubrechen. Also bestellte er bei der freundlich lächelnden Kellnerin das Wildgulasch mit Zwiebeln und Birnen.

// KAPITEL 38 //

Die Sonne war bereits untergegangen und in der Villa in Vilich brannte Licht. Die Garage neben dem Haus war geschlossen, weshalb er nicht erkennen konnte, ob der Hausherr schon daheim war. Vielleicht befand sich der Wagen aber auch noch in Reparatur.

Gerber parkte nicht weit vom Haus entfernt und ging über den mit sonderbar unregelmäßigen Steinen gepflasterten Fußweg zur Haustür. Auf sein Klingeln öffnete die Dame des Hauses, die ein schlichtes, aber elegantes Kleid trug. In seinen Gedanken ersetzte er die dunklen Locken über dem schmalen Gesicht durch blonde Haare. Ja, es kam hin, eindeutig.

«Sie wünschen?», fragte Waltraud Krey, die ungefähr zwanzig Jahre jünger war als ihr Mann.

«Gerber, Kriminalhauptkommissar. Ich arbeite in der Abteilung Ihres Gatten, Frau Kriminaloberrat. Ist er zu sprechen?»

«Ja, schon, aber konnten Sie mit ihm nicht im Büro reden?»

«Ich bin derzeit im Urlaub», sagte er in einem entschuldigenden Ton.

Sie konnte oder wollte einen leichten Seufzer nicht unterdrücken, der ihren Missmut über die abendliche Störung bekundete. «Ich werde ihm sagen, dass Sie hier sind.»

Keine Minute später trat Dr. Arnulf Krey an die Tür. Er trug einen grauen Dreiteiler mit Nadelstreifen und spiegelblank geputzte Schuhe.

«Was für eine Überraschung, Herr Gerber. Ist etwas passiert?»

«Ich habe ihn enttarnt.»

«Ihn?»

«Den Anführer der Wölfe Deutschlands, den großen Unbekannten, den Leitwolf.»

«Wirklich? Sie machen es spannend. Wollen wir drinnen weiterreden?»

«Ich möchte Ihre Familie nicht stören. Was halten Sie von einem kleinen Spaziergang?»

«Eine gute Idee. Ich bin gleich wieder bei Ihnen.»

Gerber wartete noch einmal eine Minute, und Krey kam mit seinem Homburger in der Hand zurück, den er draußen aufsetzte. Sie schlenderten durch einen gepflegten Park in Richtung der nahegelegenen Burg Lede. Unzählige Insekten schwirrten durch den Abend, und aus der Ferne erklang leise ein Gassenhauer aus dem vergangenen Jahr.

«Heraus mit der Sprache, Herr Gerber, wen halten Sie für den Oberbösewicht in dieser Geschichte?»

Gerber blieb stehen und blickte ihm ins Gesicht: «Sie natürlich, Krey. Was glauben Sie, warum ich zu Ihnen gekommen bin?»

«Genau das habe ich mir gedacht», sagte Krey vollkommen ruhig. Ein schneller Griff in sein Jackett, und er zielte mit einem kurzläufigen Revolver auf Gerber. «Haben Sie geglaubt, ich lasse mir von Ihnen Handschellen anlegen und mich abführen wie ein dummer Straßenschläger?»

«Nein. Das hatte ich auch niemals vor.»

«Sondern? Wollen Sie Geld von mir?»

«Falls Sie mich wirklich für korrupt halten, enttäuschen Sie mich», sagte Gerber und wandte sich langsam um, bis er Krey den Rücken zudrehte.

«Wo wollen Sie hin?»

«Zu der Parkbank da vorn. Keine Sorge. Sie können mir jederzeit in den Rücken schießen, falls ich versuche wegzulaufen.»

Gerber ging langsamen Schrittes zu der Bank, setzte sich, streckte seine Arme auf der Rückenlehne aus und schlug die Beine übereinander.

Krey blieb zwei Schritte vor ihm stehen. «Falls Sie irgendeinen Trick versuchen, können Sie sicher sein, dass ich sofort abdrücke.»

«Ich sehe es in Ihrem Gesicht.»

«Wie sind Sie auf mich gekommen, Gerber?»

«Mandels ominöse Bemerkung über die Blutsbande ist der Schlüssel. Erinnern Sie sich an vergangenen Mittwoch, als ich Sie nach Hause gefahren habe?»

«Natürlich.»

«Da habe ich Ihre Frau zum ersten Mal gesehen, und sie kam mir irgendwie bekannt vor, aber ich konnte mir keinen Reim darauf machen. Als sie mir eben die Tür geöffnet hat, habe ich sie mir mit blonden Haaren vorgestellt. Fast eine zweite Marion Haller, nur ohne Narbe.»

«Weiter!», verlangte Krey.

«Ich hatte Gelegenheit, Einblick in Colonel Andersons persönliche Unterlagen zu nehmen», formulierte es Gerber vorsichtig. «In Ihrer Biographie hat er bei Ihrer Frau einen handschriftlichen Zusatz gemacht: ‹geborene Haller›. Richard Haller, der Vater Ihrer Angetrauten, war ein fanatischer Nazi und diente bei den SS-Totenkopfverbänden. Sein Bruder Maximilian Haller, Panzerkommandant in der SS-Division ‹Das Reich› war der Vater von Dietrich und Marion Haller. Somit ist Ihre Waltraud die Cousine der beiden. Das sind die Blutsbande, von denen Mandel sprach.»

«Sprechen Sie lieber von Kerschke, so heißt der Verräter wirklich.»

«Das ist doch Jacke wie Hose. Sagen Sie mir lieber, ob Sie Ihre Frau gewählt haben, weil sie diesem zweifelhaften Nazi-Adel angehört.»

«Sicher. Durch Waltrauds Verbindungen konnte ich recht schnell eine schlagkräftige Organisation aufbauen. Dass die Amerikaner das Ganze auch noch durch Geld, Waffen und Ausbildungsmöglichkeiten unterstützen würden, davon hätte ich anfangs nicht zu träumen gewagt.»

«Was wollten Sie mit der Ermordung Herbert Wehners erreichen? Das hätte keinen wirklichen Einfluss auf die Bundestagswahlen gehabt. Vielleicht hätte es die SPD sogar gestärkt. Das kann doch nicht in Ihrem Sinn sein.»

«Wir haben nie daran gedacht, die Wahlen zu beeinflussen. Sie sollten lediglich dafür sorgen, dass die Hinrichtung des Volksschädlings Wehner genügend Aufmerksamkeit erregt. Aber es ging uns nicht um die Wähler der CDU und auch nicht um die der SPD.»

«Ich verstehe», sagte Gerber und fasste in Worten zusammen, was er sich in Gedanken bereits zurechtgelegt hatte: «Es ging Ihnen um die eigenen Anhänger, die tatsächlichen und die möglichen, die sich Ihrer Organisation anschließen könnten. Wehners Tod sollte ein Zeichen setzen für alle eingefleischten Nazis in diesem Land. Seht her, wir sind noch da, und wir machen mit allen kurzen Prozess, die nicht auf unserer Seite stehen. Dieser abartige Film, den Sie im Königsforst drehen wollten, sollte eine Art Werbefilm werden und neue Mitglieder für Ihre Wölfe rekrutieren.»

«Aber nach dem Fiasko, das wir dank Ihnen erlebt haben, müssen wir uns etwas anderes ausdenken.»

«Daraus wird wohl nichts mehr. Und die paar Figuren, die von Ihrer Organisation noch übrig sind, können froh sein, wenn sie nicht aufgespürt und wegen Mittäterschaft oder Mitwisserschaft bei einem versuchten Mord angeklagt werden.»

Krey zog die Stirn in Falten. «Sie reden immer so, als hätten Sie die Waffe in der Hand und nicht ich, Gerber.»

«Ich brauche keine Waffe. Meine Recherchen haben Wellen geschlagen. Wenn Sie mich töten, erreichen Sie damit nichts, vielleicht kaufen Sie sich ein wenig Zeit. Wozu wollen Sie diese Zeit nutzen? Um sich abzusetzen, über eine Rattenlinie nach Südamerika? Und dann? Ich sehe Sie schon mit den anderen Nazis dort alt werden und Sandkastenspiele anstellen über einen neuen Weltkrieg gegen den Kommunismus und alles, was nicht rein arisch ist. Alte Männer, die mit Zinnsoldaten einen Krieg führen, der nie kommen wird. Aus Ihrer Waltraud wird eine zweite Eva Braun, und Ihre Kinder gehen auf ein Internat, in dem jeden Morgen mit einem fröhlichen ‹Heil Hitler!› gegrüßt wird. Sieht so das Leben aus, von dem Sie träumen? Die Zukunft, die Sie sich für Ihre Kinder wünschen?»

Gerber bemerkte einen Anflug von Unsicherheit in Kreys Zügen, und die Hand mit dem Revolver schwankte kaum merklich.

«Bieten Sie mir etwas Besseres, Gerber?»

«Ihnen nicht, aber Ihrer Familie. Sie haben eine außerordentlich hohe Lebensversicherung abgeschlossen, die auch bei grob fahrlässig verursachten Unfällen zahlt. Damit wären Ihre Frau und Ihre Kinder finanziell abgesichert. Zumal Ihre Frau noch jung ist und, mit dem Geld aus der Versicherung, eine sehr gute Partie. Sie würde schnell einen neuen Mann finden.»

Der Himmel war wolkenlos. Mond und Sterne tauchten

den Park vor der alten Burg in ein schwaches, weißliches Licht. Hell genug für Gerber, um sein Gegenüber deutlich zu sehen. Krey wirkte nicht länger bloß verunsichert, sondern geradezu fassungslos.

«Woher kennen Sie die Bedingungen meines Versicherungsvertrags?», brachte Krey stockend hervor.

«Eine Kopie des Vertrags befindet sich in meinem Dossier über Sie.»

Dank der Kollegen Sattler und Müller, hätte Gerber hinzufügen können. Er unterließ es, um die beiden nicht zu verraten. Falls sich Krey entschied, Gerber zu erschießen, wären sie sonst in ernsthafter Gefahr.

«Ein Dossier über mich. Sie sind ja wirklich gründlich.»

Gerber lächelte kalt. «Ich nehme an, das würde nicht in Ihrer Beurteilung über meine Arbeit stehen, Herr Kriminaloberrat.»

«Wollen Sie wissen, was ich in Ihre Beurteilung geschrieben hätte, Gerber? ‹Nimmt seine Aufgabe zu ernst. Verbissen, ein echter Wadenbeißer. Ohne Rücksicht auf die Belange von Kollegen.›»

«Vor allem ohne Rücksicht auf die Belange von Verschwörern und Mördern», sagte Gerber. «Dafür aber nehme ich Rücksicht auf höhere Belange. Wenn ich Sie festnehme und wenn dann Anklage gegen Sie erhoben wird, sind die Sicherungsgruppe Bonn und das gesamte BKA in der Öffentlichkeit diskreditiert. Außerdem müssten die Amerikaner erklären, warum sie eine Mörderbande unterstützt haben. Fällt schlechtes Licht auf die Amerikaner, gerät auch Adenauers Politik der Westbindung unter Beschuss. Wie Sie sehen, Krey, hängt alles mit allem zusammen. Ich nehme also durchaus Rücksicht, sogar auf das Wohlergehen Ihrer Familie. Aber die Entscheidung liegt bei Ihnen. Sie können mich hier und jetzt erschießen, oder Sie können die Karten ausspielen, die Ihnen noch verblieben sind.»

Als Krey antwortete, vibrierte seine Stimme vor Anspannung, war kurz davor, sich zu überschlagen. «Handeln wie ein Ehrenmann, wollen Sie darauf hinaus?»

«Wenn Sie es so bezeichnen möchten. Ich erinnere mich an Ihre Worte über das Leben, das Ihnen ein zweites Mal zugelächelt habe. Wenn das Ihre wahren Gefühle für Ihre neue, zweite Familie sind, dann lassen Sie Waltraud und die Kinder nicht im Stich.» Gerber wurde lauter. «Handeln Sie dementsprechend, verdammt noch mal!»

«Ein Unfall, ja?»

«Da Sie in den kommenden vierundzwanzig Stunden kaum einen Herzanfall erleiden oder an den Masern sterben werden, sehe ich keine andere Möglichkeit. Oder Sie lassen sich ermorden.»

«Das müssten Sie schon übernehmen.»

«Keine Chance. Ich habe erst kürzlich den Vorwurf gehört, an meinen Händen klebe zu viel Blut.»

«Wenn ich auf Ihren Vorschlag eingehe, geht mein Tod trotzdem auf Ihr Konto, geben Sie sich da keinen Illusionen hin.» Als Gerber nichts erwiderte, fragte Krey: «Sie geben mir also vierundzwanzig Stunden?»

«Ja. Falls Sie es sich anders überlegen sollten, muss ich doch den leidigen Weg über eine Anklage gegen Sie gehen. Ein öffentlicher Prozess mit all dem dazugehörigen Medienrummel. Wollen Sie das Ihrer Familie wirklich antun?»

«Und die Versicherung. Was ist, wenn sie nicht zahlt?»

«Das lassen Sie meine Sorge sein. Ich werde mich darum kümmern. Sie haben mein Wort, Krey.»

Für eine kleine Ewigkeit stand Krey starr vor Gerber, sah

ihn an und blickte doch durch ihn hindurch. In dem Mann arbeitete es, und vermutlich suchte er verzweifelt nach einem Ausweg. Schließlich hatte er eine Entscheidung getroffen. Seine rechte Hand schob den Revolver zurück ins Jackett.

«Ich werde es tun», sagte er fast tonlos. «Noch diese Nacht.»

Krey wandte sich langsam um und ging den Weg zurück, den sie gekommen waren. Seine Haltung wirkte gebeugt, er hatte die für ihn typische Spannkraft verloren. Gerber blieb auf der Bank sitzen und sah dem anderen nach, bis die Dunkelheit ihn verschluckt hatte.

// KAPITEL 39 //

Gerber fühlte sich plötzlich einsam. Er stand von der Bank auf und schüttelte seine angespannten Glieder. Erst jetzt bemerkte er, dass sein Hemd am Rücken nass war. Die Gelassenheit und Selbstsicherheit, die er Krey vorgespielt hatte, fiel von ihm ab. Er war sich keineswegs sicher gewesen, wie Krey reagieren würde. Der Mann war für mehrere Morde verantwortlich, auch wenn er nicht persönlich Hand angelegt hatte. Er hätte wohl keine Skrupel gehabt, Gerber zu erschießen, wenn ihm das auch nur den geringsten Vorteil verschafft hätte.

Sein Blick fiel auf die Dächer der Burg Lede, die oberhalb der Baumwipfel zu sehen waren und die im Mondlicht geisterhaft schimmerten. Unwirkliche Relikte längst vergangener Zeiten. Hatte es hier in früheren Jahrhunderten jene Ehrenmänner gegeben, von denen Krey gesprochen hatte? Hatten sie ihre Händel mit Duellpistolen und Degen ausgetragen oder noch früher mit Schwertern und Streitäxten? Für sie wäre es wohl eine Beleidigung gewesen, dass ein Mann wie Krey sich mit ihnen verglich. Gerber verspürte nicht das geringste Mitleid mit ihm. Hätte er Kreys Pläne nicht durchkreuzt, wären noch mehr Menschen ermordet worden. Er hatte das äußere Erscheinungsbild und das Auftreten eines achtbaren Bürgers, aber in Wahrheit war Dr. Arnulf Krey nichts weiter als ein psychopathischer Mörder.

Gerber ging ihm langsam nach, zurück zur nächsten Straße und dann in Richtung von Kreys Villa. Er rauchte eine Camel und spürte, wie seine Anspannung langsam abklang. Schon von weitem sah er, dass bei den Kreys noch etliche Lichter brannten.

Weihte Krey seine Frau in alles ein, oder würde er sie vor vollendete Tatsachen stellen? Gerber tippte auf Ersteres. Als Cousine der mörderischen Geschwister Haller war Waltraud Krey vermutlich über die Machenschaften der Wölfe Deutschlands unterrichtet. Wie genau sie informiert war, wollte er gar nicht wissen. Er hatte nicht vor, Anschuldigungen wegen Mitwisserschaft gegen sie zu erheben. Wenn sich Krey selbst richtete und es somit kein Gerichtsverfahren gegen ihn geben, die Angelegenheit also von der Justiz gar nicht zur Kenntnis genommen werden würde, gäbe es auch keinen Weg, seine Frau vor Gericht zu stellen.

Er setzte sich in den Opel und zündete sich eine weitere Zigarette an. Es war gar nicht spät, aber er fühlte sich erschöpft. Der Versuch, sich keine weiteren Gedanken um Waltraud Krey zu machen, ließ ihn an die anderen Frauen in seinem Leben denken.

June, die ihm im Fun Spot gegenüberstand und ihn voller Enttäuschung und Unverständnis ansah.

Eva, deren Zuneigung sich in Abscheu verwandelt zu haben schien.

Dann sah er seine Mutter vor sich, in deren Augen Bitterkeit und Enttäuschung lagen. Und der Vorwurf, sie und die ganze Familie in Amerika zurückgelassen – im Stich gelassen – zu haben. Oder das, was noch von der Familie übrig war. Er hatte seinen Eltern noch nicht mitgeteilt, dass er nicht in die Staaten zurückkommen würde. Das war ein Telefongespräch, auf das er sich nicht freute.

Seine Schwester Lore trat an die Stelle ihrer Mutter und blickte ihn aus leeren Augen an, als wolle sie ihm zu verstehen geben, dass sie mit allem abgeschlossen hatte, auch mit ihm, und dass sie nichts mehr von ihm erwartete.

Vielleicht, und das war für ihn eine ebenso schlimme wie banale Erkenntnis, war es einfach so, dass er allen Frauen Unglück brachte.

Etwas tat sich bei Kreys Villa. Jemand hatte die Garage geöffnet. Es war Krey. Was hatte er vor? Hatte er im Haus hastig ein paar Sachen gepackt und wollte nun fliehen? Aber er trug keine Tasche und keinen Koffer bei sich. Nur seinen unvermeidlichen Homburger hatte er aufgesetzt.

Krey stieg ein, die Scheinwerfer gingen an, und die viertürige Limousine, ein Borgward Hansa, rollte rückwärts auf die Straße.

Gerber ließ den Kapitän an, schaltete das Licht aber noch nicht ein. Er wartete, bis Krey auf die Straße zurückgesetzt hatte und losgefahren war. Erst jetzt flammten die Scheinwerfer des Kapitäns auf, und Gerber folgte Krey in einem gerade noch vertretbaren Abstand. Die Fahrt ging nach Südwesten. Es war die Strecke, die Gerber gefahren war, als er Krey am vergangenen Mittwoch nach Hause gebracht hatte, nur in umgekehrter Richtung.

Sie fuhren durch Beuel, und Gerber war sich sehr sicher, dass Krey über die Rheinbrücke wollte. Sein Ziel musste in Bonn liegen. Unerklärlich war ihm, was Krey vorhatte. Lagerten in der Joachimstraße wichtige Dokumente, die er an sich bringen oder vernichten wollte?

Die Zufahrt zur fast vierhundert Meter langen Rheinbrücke lag vor ihnen. Das gewaltige Konstrukt aus Stahl und Beton gliederte sich in einen mittleren Bogen und zwei Halbbögen, der eine davon auf Beueler, der andere auf Bonner Seite. Die alte Rheinbrücke, ein Wahrzeichen Bonns, war im März 1945 von der Wehrmacht gesprengt worden, als hätte das den Vormarsch der Alliierten noch irgendwie verhindern können. Nach Jahren des Fährverkehrs hatte der Kölner Erzbischof die neue Rheinbrücke im November 1949 eingeweiht.

An diesem späten Donnerstagabend waren die Straßen fast leer. Deshalb war Gerber zunächst nicht verwundert, als der Borgward vor ihm mit hoher Geschwindigkeit auf die Brücke fuhr. Oder hatte Krey seinen Verfolger entdeckt und versuchte nun, ihn abzuhängen? Wenn es so war, hatte er sich verrechnet. Der Opel hatte etwas mehr PS unter der Motorhaube als der Borgward, und Gerber drückte das Gaspedal nach unten.

Auch er fuhr jetzt auf die Brücke und stellte fest, dass der Wagen vor ihm immer noch schneller wurde. Der Borgward raste mit mehr als einhundert Stundenkilometern über die Betondecke der Brücke.

Dann, in der Mitte der Brücke, scherte er unvermittelt nach rechts aus und durchschlug das Geländer. Für eine lange Sekunde flog Kreys Auto waagerecht durch die Luft, bevor die Schwerkraft ihren Tribut forderte und der Wagen in den Rhein stürzte. Gerber sah gerade noch das Heck des Borgwards versinken. Das war also Kreys Plan gewesen.

Ein schneller Blick in den Rückspiegel zeigte ihm, dass er alleine auf der Brücke war. Er trat aufs Gaspedal. Am anderen Ende bog er zwei Mal nach rechts ab und parkte den Kapitän in der Nähe des Ufers, um mit schnellen Schritten zum Fluss zu gehen. Er war nicht der Einzige, der auf der Promenade stand und zum Unglücksort hinübersah. Und immer mehr Leute stießen dazu. Sosehr sich Gerber auch bemühte, von dem Borgward war nichts mehr zu sehen.

«Der Karren is abjesoffen wie nichts», sagte ein älterer Mann mit Wollmütze und Angelrute. «Als hätte er Blei jeladen.»

Ein kleiner Schlepper mit tuckerndem Dieselmotor näherte sich der Unglücksstelle und umkreiste sie, was alle Blicke auf sich zog. Gerber nutzte die Gelegenheit, um sich zurückzuziehen. Als er wieder in seinem Wagen Platz nahm, stellte er sich den ertrunkenen Arnulf Krey vor, der jetzt in ähnlicher Haltung am Grund des Rheins am Steuer des Borgwards saß.

// EPILOG //

Donnerstag, 10. September 1953

Vier Tage nach der Wahl zum
2. Deutschen Bundestag

Kriminaloberrat Dr. Arnulf Krey, stellvertretender Leiter der Sicherungsgruppe Bonn, wurde mit allen Ehren auf dem Neuen Friedhof in Vilich-Rheindorf beigesetzt. Abgesehen von dem Ort und dem bewölkten Himmel erinnerte alles an die Bestattung von Kriminalhauptkommissar Heinz Buchmann drei Wochen zuvor auf dem Bonner Nordfriedhof. Und im Gegensatz zu Buchmanns Begräbnis waren diesmal nicht nur Kollegen und Offizielle erschienen, die ihre Reden hielten, sondern auch Angehörige des Verstorbenen, allen voran Waltraud Krey, die auch im Witwenschwarz eine gute Figur machte und an jeder Hand eines ihrer kleinen Kinder hielt. Weinte sie um ihren Mann? Falls ja, wurde es von dem schwarzen Gesichtsschleier verborgen.

Die Reden der Offiziellen auf beiden Beerdigungen waren fast austauschbar, und Gerbers Gedanken schweiften immer wieder ab. Kurz nach Kreys Tod, auf der Rückfahrt zu seinem Hotel, hatte er an einer Telefonzelle angehalten und sich mit dem Privatanschluss von Colonel Anderson verbinden lassen. Als sich June meldete, war er wie vom Donner gerührt gewesen.

«Was willst du?», hatte sie mit abweisender Stimme gefragt.

«Richte deinem Vater bitte etwas von mir aus: Die Vereinigten Staaten haben nichts weiter zu befürchten. Und der Colonel auch nicht.»

«Sonst noch was?»

«Nein. Leb wohl!»

Was hätte er ihr auch noch sagen können? Alles Private zwischen ihnen war gesagt. Dass er Colonel Anderson im Verdacht hatte, von Kreys Rolle in dieser Affäre gewusst oder die Wahrheit zumindest geahnt zu haben, würde June das Leben nur noch schwerer machen. Andersons handschriftlicher Vermerk, Kreys Frau sei eine geborene Haller, deutete darauf hin. Aber es war eben nur ein Verdacht, der sich nicht beweisen ließ. Gerber hatte es für besser gehalten, seinen Frieden mit dem CIC und dem Colonel zu machen.

Der tragische Unfalltod des treuen Staatsdieners Dr. Arnulf Krey war am Wahlsonntag bereits wieder von den Titelseiten der Zeitungen verschwunden.

Der Alte aus Rhöndorf, wie die Leute hier Konrad Adenauer ein klein wenig despektierlich, aber auch sehr liebevoll nannten, hatte es zum zweiten Mal geschafft. Die von ihm geführte Union aus CDU und CSU hatte im Vergleich zu den Wahlen vor vier Jahren noch zugelegt und kam auf über fünfundvierzig Prozent der Stimmen. Sein Gegenspieler Erich Ollenhauer hatte mit seiner SPD weniger als dreißig Prozent geholt. Es stand außer Zweifel, dass Adenauer aus den anstehenden Koalitionsverhandlungen als alter und neuer Bundeskanzler mit einer stabilen Mehrheit im Bundestag hervorgehen würde.

Gerber, der am Wahlsonntag nach Bonn zurückgekehrt war, hatte auch seine Stimme abgegeben. Eigentlich sogar zwei Stimmen, gab es doch bei dieser Wahl erstmals eine sogenannte Zweitstimme. Er hatte jedoch seine Zweifel, ob die Mehrheit der Bürger begriffen hatte, wie das Ding mit der Zweitstimme funktionierte. Bis es so weit war, würden wohl noch ein oder zwei Bundestagswahlen ins Land ziehen. Mit dem Ausgang der Wahl war er zufrieden.

Die Grabreden waren verklungen und ebenso die letzten Takte des scheinbar unvermeidlichen *Ich hatt' einen Kameraden.* Das Polizeiorchester hätte dieses Stück wahrscheinlich auch in Trance spielen können.

Um nicht aus der Reihe zu tanzen, schloss sich Gerber den Kollegen an, die anstanden, um der Witwe zu kondolieren. Als er vor ihr stand, ergriff sie seine ausgestreckte Hand nicht. Dafür lüftete sie ihren Schleier und starrte ihn an. In ihrem Gesicht fanden sich keine Tränen.

«Mein Mann sagte mir, ich kann auf Sie zählen, wenn ich Hilfe brauche.»

«Ja, das habe ich ihm versprochen.»

Ihr Blick wirkte eisig und unversöhnlich. «Ich hoffe, ich muss Sie niemals wiedersehen!» Nach diesen Worten ließ sie den Schleier wieder über ihr Gesicht fallen und wandte sich dem Nächsten in der Reihe zu.

Sattler gesellte sich zu ihm. «Ich habe zwar nicht gehört, was die junge Witwe zu Ihnen gesagt hat, aber ich glaube, es war nichts Erfreuliches.»

Sattler zündete sich eine Zigarette an und reichte die Packung Gerber, aber er lehnte ab. Er hatte an diesem wolkenverhangenen Vormittag zu rein gar nichts Lust, nicht einmal zum Rauchen.

«Leichenschmaus im Gasthaus, der nächste Punkt auf der Liste», brummte Sattler mit einem Blick auf die Angehörigen, die sich anschickten, den Friedhof zu verlassen. «Ich nehme an, Sie sind mal wieder nicht dabei.»

«Korrekt. Ich habe ohnehin keinen Appetit, und Kreys Witwe wird es in meiner Abwesenheit garantiert besser schmecken.»

«Na dann.»

Sattler verabschiedete sich mit einem knappen Nicken und ging auf den Kollegen Müller zu, der zu ihnen herübersah. Sattler redete kurz mit dem Jüngeren, und beide verließen den Friedhof, der sich zunehmend leerte. Schließlich war Gerber mit dem Verstorbenen allein, abgesehen von ein paar Friedhofsangestellten, die in einiger Entfernung herumlungerten und darauf warteten, das Grab zuzuschütten.

Er dachte an sein erstes ausführliches Gespräch mit Krey zurück und hörte wieder dessen Worte: «Sie wollen sich hier offenbar keine Freunde machen, Gerber. Überlegen Sie sich gut, auf welcher Seite Sie stehen wollen. Eine Lehre aus dem Krieg dürfte uns beiden klar sein: Zwischen den Fronten wird man zerrieben.»

«Du hast auf jeden Fall die falsche Seite gewählt», sagte Gerber leise zu dem Mann im Grab.

Er wandte sich ab, um diesen trübseligen Ort und damit hoffentlich auch seine eigene trübselige Stimmung hinter sich zu lassen. Ein heftiger Wind kam auf und riss etliche Blätter von den Bäumen, die unter der Trockenheit der vergangenen Wochen gelitten hatten. So heiß der Sommer gewesen war, so früh schien der Herbst kommen zu wollen. Sollte er den Sommer nur recht schnell vertreiben, Gerber würde ihn nicht vermissen.

Als er den Blick von den im Wind zitternden Baumkronen nahm, entdeckte er am Friedhofstor eine schlanke Gestalt. Ihr leichter Sommermantel flatterte im Wind, und sie hatte die Hände in den Taschen vergraben.

Eva.

Sie wirkte zerbrechlich und so einsam, wie er sich fühlte. Sie strich eine ihrer Locken, mit denen der Wind spielte, aus der Stirn und lächelte ihn an. «Hallo, Philipp. Ich freue mich ehrlich, dich zu sehen. Ich nehme an, hinter Kreys Tod steckt mehr, als die Öffentlichkeit weiß. Gibst du mir ein Interview?»

«Keine Interviews für die Presse.» Er zeigte dabei keine Regung und war sich unsicher darüber, was sie wirklich von ihm wollte.

«Und ganz besonders nicht für mich, wie?» Es klang nicht verstimmt oder herausfordernd, eher schüchtern.

«Ich habe nichts gegen dich, Eva. Habe ich niemals gehabt und werde ich niemals haben. Aber eins werde ich immer haben: Blut an meinen Händen. Unsichtbares Blut zwar, aber dafür lässt es sich auch nicht abwaschen.» Er hob beide Hände, mit den Innenseiten zu ihr. «Kann ich sonst etwas für dich tun?»

Entschlossen trat sie einen Schritt vor und umklammerte fest seinen rechten Arm. Ihre Nähe, ihre Wärme, ihr Duft, das alles fühlte sich gut und richtig an, und ihm wäre am liebsten gewesen, wenn sie ihn nie mehr losgelassen hätte. Andererseits verspürte er kein Verlangen danach, einer Illusion aufzusitzen.

«Sei mir nicht länger böse, Philipp, bitte! Ich weiß, dass ich ungerecht zu dir war. Dass ich Unfug geredet habe. Manchmal bin ich so, und es tut mir hinterher leid. Ich bin dann nicht ich selbst.»

«Nimmst du wieder dieses Zeug, Pervitin?»

Schuldbewusst senkte sie den Blick. «Ich brauche halt jemanden, der auf mich aufpasst.»

«Irgendjemand?»

«Nicht irgendjemand, sondern dich, Philipp!» Sie sah ihm

fest in die Augen. «Keine leichte Aufgabe, ich weiß, aber die suchst du ja auch nicht.»

Er musste lächeln. «Du kennst mich schon ganz gut, was?»

«Gut genug, dass ich dich für einen Gentleman halte, der eine alleinstehende Frau nach Hause fahren wird.»

«Du bist nicht mit deinem Wagen da?»

«Doch, aber du bist mit deinen Kollegen gekommen, wie ich vorhin gesehen habe. Mir macht beim Fahren noch die Hüfte hin und wieder Schwierigkeiten.» Sie zog ihren Autoschlüssel aus der Manteltasche. «Hier, fahr du unseren Wagen. Und zu Hause gibst du mir vielleicht ein klitzekleines Interview.»

«Keine Interviews», wiederholte er.

Sie küsste ihn auf die Wange und schmiegte sich an seine Schulter. «Darüber sprechen wir hinterher.»

// NACHWORT DES AUTORS //

(Für alle, die nach der Lektüre des Romans mehr über die Hintergründe wissen möchten oder die sich vor der Lektüre den Spaß verderben wollen.)

Die Ursprünge des amerikanischen Militärgeheimdienstes reichen bis in den Ersten Weltkrieg zurück, aber erst im Zweiten Weltkrieg erhielt er nach einer Umstrukturierung den Namen Counter Intelligence Corps (CIC). Während des Kriegs arbeitete das CIC sowohl innerhalb der USA (Spionage- und Sabotageabwehr) als auch auf den europäischen und pazifischen Kriegsschauplätzen. Hier leistete der Dienst Auswertungsarbeit taktischer Erkenntnisse und führte hinter der Front Spezialmissionen verschiedenster Art wie Abwehr, Aufklärung, Sabotage, Spionage und Unterstützung von Widerstandsgruppen durch. Besondere Auswahlkriterien für CIC-Agenten waren Fremdsprachenkenntnisse sowie ein beruflicher Hintergrund juristischer, polizeilicher oder ermittlungstechnischer Art. In CIC-Kreisen ging damals der Witz um, dort seien mehr akademische Grade als Agenten versammelt.

Für das CIC arbeitete zum Beispiel der spätere US-Außenminister und Friedensnobelpreisträger Henry Kissinger, der im April 1945 in Hannover an der Verhaftung mehrerer Gestapo-Beamter beteiligt war. Weitere CIC-Agenten waren die Schriftsteller J.D. Salinger (*Der Fänger im Roggen*) und Anthony

Hecht (Pulitzerpreisträger für Dichtung und Miterfinder des «doppelten Daktylus»), der Komponist Leroy Anderson (*Sleigh Ride*) oder der Schriftsteller und Filmemacher Ib Melchior (*Weltraumschiff MR-1 gibt keine Antwort*), der 1945 an der Aufbringung einer irregulären Kampftruppe beteiligt war, deren Angehörige sich als Werwölfe bezeichneten.

Die Organisation Werwolf, im September 1944 von Heinrich Himmler gegründet, war in erster Linie eine Propagandawaffe, um den vorrückenden Alliierten das Schreckgespenst einer unsichtbaren Gefahr vorzugaukeln, die in jedem Wald, hinter jedem Hügel, in jedem Dorf oder Gehöft lauern konnte. Die tatsächlich aufgestellten Werwolfeinheiten hatten keinen Wert auf dem Schlachtfeld, sondern dienten außer als Schreckgespenst für die Alliierten als Terrorinstrument der Nazis, um die eigene Bevölkerung auf Linie zu halten. Das Schicksal vieler dieser Werwolftrupps bleibt im Nebel der letzten Kriegsmonate verborgen.

Mit dem Technischen Dienst als Unterorganisation des Bundes Deutscher Jugend entstand wenige Jahre nach Kriegsende eine neue Partisanenorganisation, die, von den USA gefördert, im Fall einer sowjetischen Invasion Westdeutschlands den Krieg hinter den Linien führen sollte. Wie so viele Versuche der Vereinigten Staaten, in anderen Ländern mittels Geld, Waffen und Ausrüstung eine Untergrundarmee aufzubauen, lief auch dieser Plan aus dem Ruder. Einen umfassenden Überblick über die diesbezüglichen Bemühungen auf deutschem Boden geben Erich Schmidt-Eenboom und Ulrich Stoll in ihrem Buch *Die Partisanen der NATO – Stay-Behind-Organisationen in Deutschland 1946–1991.* Ein umfangreiches Kapitel dieses Werks beschäftigt sich mit der Affäre um den BDJ und den TD.

Herbert Wehners Name findet sich tatsächlich auf der TD-Liste mit den Personen, die im Fall X «kaltgestellt» werden sollten. Unklar bleibt, ob man diese Personen ermorden oder internieren wollte (was schlimm genug gewesen wäre).

Dass die USA in den frühen fünfziger Jahren in Westdeutschland so frei schalten und walten konnten, hängt zum einen mit der starken Anlehnung der Bundesrepublik an die Westalliierten, zum anderen mit der noch nicht vollends erlangten Souveränität des jungen Staates zusammen. Erst im Jahr 1955 mit dem Inkrafttreten der Pariser Verträge erlangte die Bundesrepublik ihre weitgehende Souveränität, und aus den Hohen Kommissaren wurden die Botschafter ihrer Länder. Die Amerikaner scheuten sich aber auch nicht, ihre Ziele in Westdeutschland notfalls mit Druck auf die Entscheidungsträger zu erreichen. *Der Spiegel* berichtete (Heft 22/2020), dass das CIC belastendes Material über die Zusammenarbeit des ersten Bundespräsidenten Theodor Heuss mit den Amerikanern in der Hinterhand hatte – für den Fall, dass man auf Heuss Einfluss nehmen müsse. Vor diesem Hintergrund erscheint mir die für den vorliegenden Roman erdachte «Akte Adenauer» nicht nur als möglich, sondern sogar als wahrscheinlich.

Über Konrad Adenauers Reaktivierung durch die Amerikaner im Frühjahr 1945 gibt es verschiedene Aussagen. In den großen Adenauer-Biographien, die sich auf die Schilderungen Adenauers oder seines Umfelds stützen, liest es sich wie ein gemütliches Kaffeekränzchen, zu dem Adenauer den Besuch amerikanischer Offiziere bereits erwartet habe. Meine Schilderung lehnt sich an die Aussage des CIC-Agenten Joseph Rosen an, wiedergegeben in dem Buch *America's Secret Army – The Untold Story of the Counter Intelligence Corps* von Ian Sayer und Douglas Botting.

Adenauer unterstrich seine Wichtigkeit für die Amerikaner später mit der Aussage, er habe «ganz oben auf der Weißen Liste» gestanden. Was er dabei zu erwähnen vergaß: Diese Liste mit für den Wiederaufbau Deutschlands wichtigen Persönlichkeiten war alphabetisch aufgebaut.

Während Konrad Adenauer (aus der Sicht des Autors verdienterweise) in der öffentlichen Wahrnehmung zu *dem* Politiker der frühen Bundesrepublik wurde, ist der 1956 verstorbene Robert Lehr, von 1950 bis 1953 Bundesminister des Innern, heute so gut wie vergessen. Obwohl er sich nicht nur als Abgeordneter und Minister für die Belange Deutschlands eingesetzt hat. Von 1947 bis 1956 war er der erste Präsident der Schutzgemeinschaft Deutscher Wald (SDW); nachdem die Alliierten im Zuge der Reparationsleistungen großflächig Wald abgeholzt und die auf Brennstoff angewiesenen Deutschen ein Übriges getan hatten, setzte sich Lehr mit der SDW für die Wiederaufforstung und den Erhalt des deutschen Waldes ein. Über Adenauers mangelndes Engagement für seinen Innenminister im Wahlkampf 1953 schwer enttäuscht, sprach Lehr seiner Witwe Aenne zufolge über die Winkelzüge des Kanzlers tatsächlich von «Adenauereien».

Greta Burmester verzichtete auf eine eigene Familie, um für ihre kranke Mutter Lotte und ihren Stiefvater Herbert Wehner zu sorgen. Nach dem Tod ihrer Mutter im Jahr 1979 wurde sie 1983 Wehners dritte Frau und pflegte ihn bis zu seinem Tod. Herbert Wehner soll ihr zufolge einmal über Greta, die ihren Führerschein machte und zur Chauffeurin ihres Stiefvaters wurde, gesagt haben: «Da kommt sie, meine Sicherungsgruppe.» (Zitiert nach einem Interview, das Greta Wehner im Jahr 2000 Klaus Bölling und Peter Gauweiler für die *Welt am Sonntag* gab.)

Die Sicherungsgruppe Bonn (SG Bonn), 1951 auf Wunsch Konrad Adenauers ins Leben gerufen, war in mancherlei Hinsicht ein ungewöhnlicher Annex des ebenfalls 1951 gegründeten Bundeskriminalamts (BKA). Mit dem Ziel, eine Art deutsches FBI zu werden, operierte das BKA von seinem Hauptsitz in Wiesbaden aus. Die zum Schutz hochrangiger Politiker gegründete SG Bonn war dagegen in ihrer Anfangszeit über das kleine, nach allen Seiten wachsende Bonn zersplittert, sodass es zu kuriosen Unterkünften wie dem hier geschilderten umgebauten Pferdestall der Villa Selve kam. Kurios war auch der Fahrzeugpark der jungen Sicherungsgruppe, der neben schweren Mercedes-Limousinen auch ein schnittiges Porsche-Cabrio umfasste, um dem gern rasenden Bundeskanzler den Weg zu bahnen. Ich habe mir erlaubt, diesen Fuhrpark um einen Reserve-Porsche aufzustocken, damit auch Kriminalhauptkommissar Heinz Buchmann ein bisschen rasen kann.

DANKSAGUNG

Auch wenn der Autor eines Romans – ich besonders – in den meisten Fällen ein Einzeltäter ist, stehen ihm zum Glück doch viele Personen mit Rat und Tat zur Seite. Manchmal schon bei den ersten Schritten. Ich hatte zwar schon den Zeitraum, in dem mein Werk spielen sollte, relativ eng eingekreist, aber meinem Agenten Markus Michalek von der AVA international ist es gelungen, mich thematisch auf die richtige Spur zu setzen. Nicht nur dafür gebührt ihm mein Dank, sondern auch für hilfreiche Anmerkungen bei der Entstehung und dafür, das Projekt zum bestmöglichen Verlag gebracht zu haben.

Die Rede ist von rororo. Ursprünglich ein Kürzel für *Rowohlt Rotations Romane*, ein verlegerisches Phänomen der ersten Nachkriegsjahre. Jener Zeit also, die ich in *Die Akte Adenauer* zum Leben zu erwecken versucht habe. Ich war geflasht und bin es noch immer. Mein Dank gebührt Sünje Redies, meiner Programmleiterin, die sich, als es ans Unterschreiben der Verträge ging, einer für mich aus familiären Gründen schwierigen Zeit, verständnisvoll und kooperativ gezeigt hat.

Ohne meine Lektorin Nina Grabe, die das Dossier für diesen Roman im Hause Rowohlt als Erste las und ihre Begeisterung Funken schlagen ließ, wäre alles nichts. Mit einer Engelsgeduld bot sie dem Autor immer wieder an, ihm mit Rat und Tat zur Seite zu stehen, nur um die Erfahrung zu machen, an einen stillen Tüftler geraten zu sein, der dem seltsamen Aberglauben nachhängt, man dürfe nicht zu viel über einen Roman sprechen, wenn man ihn noch schreiben will. Vielen Dank für Freundlichkeit, Beharrlichkeit und Geduld.

Ein wichtiger Ratgeber in allen Dingen rund ums Schreiben ist mein guter Freund Thomas Haufschild, das Sturmgeschütz des analytischen Denkens. Jederzeit ansprechbar, immer freundlich und engagiert bei der Sache, lässt er mich von den Jahrzehnten, die er schon in der Buchbranche tätig ist, profitieren. Danke, dass ich jederzeit anrufen durfte und darf.

Dank auch an Gerit Stenitzer aus Bonn, die mich mit freundschaftlicher Begeisterung unterstützt und mit Bonner Einsichten versorgt hat, sei es über Adenauers Rosen oder über *111 Orte im Siebengebirge, die man gesehen haben muss*, ein kenntnisreiches Buch von Ursula Gilbert und Michael Klein. «Frau Stenitzer» ist nicht nur Philipp Gerber eine stets uneigennützige Hilfe.

An Werner Möhring geht mein Dank für jene Literatur über Adenauer und Wehner, die oft nur glühende Verehrer des Abseitigen, zu denen ich Werner genauso zählen möchte wie mich selbst, ihr Eigen nennen.

Meiner lieben Frau Corinna danke ich sowohl für ihre unendliche Geduld, wenn ich in die langen Phasen der Schweigsamkeit versunken bin (die Sache mit dem «stillen Tüftler», ich erwähnte es bereits), als auch für ihren kompetenten Rat als erfahrene Schriftstellerin, nachdem plötzlich das fertige Werk vor ihr lag («lies mal, sag mal»). Ich habe niemals behauptet, einfach zu sein.

Ralf Langroth

DIE AKTE ADENAUER – Fragen an den Autor Ralf Langroth

Statt Berlin in den wilden Zwanzigern oder die bayerische Provinz haben Sie sich Bonn in den fünfziger Jahren für Ihre neue Thrillerreihe ausgesucht. Was fasziniert Sie daran?

Bonn in den fünfziger Jahren ist eine Stadt, wie man sie gegensätzlicher in der jüngeren deutschen Vergangenheit kaum findet. Einerseits das Kleinstädtische, um nicht zu sagen der Kleinstadtmief, rheinischer Frohsinn und Gemütlichkeit. Auf der anderen Seite die Hauptstadt der jungen Bundesrepublik mit ihren Politikern, Diplomaten, Verwaltungsbeamten, Journalisten und nicht zuletzt auch Spionen. Eine Stadt, die aus allen Nähten platzt, voller widerstreitender Interessen und gegeneinander Front machender Interessenvertreter. Einen besseren Schauplatz für spannende Geschichten kann ich mir kaum vorstellen.

In Ihrem Thriller «Die Akte Adenauer» wird ein in Deutschland geborener US-Amerikaner 1953 BKA-Kommissar. Wer ist dieser Philipp Gerber?

Einer, der noch einmal davongekommen ist. 1939, kurz vor Ausbruch des Zweiten Weltkriegs, als er mit Eltern und Geschwistern in die USA emigrierte. Im Krieg hat Philipp Gerber gegen die Nazis gekämpft, als Agent des amerikanischen Militärgeheimdienstes CIC. In dieser Funktion kehrt er nach Deutschland zurück, wo er das Kriegsende und die ersten Nachkriegsjahre erlebt. Aber hier kann er seinem bisher so eindeutigen politischen Kompass nicht mehr folgen. Die Ränkespiele zwischen Amerikanern und Sowjets, zwischen West- und Ostdeutschen, zwischen Kommunisten und Antikommunisten zwingen Gerber, einen neuen Weg zu gehen. Er findet ihn bei der Sicherungsgruppe Bonn, einer Unterabteilung des neu gegründeten Bundeskriminalamts.

Sie zeigen die junge Bonner Republik, die noch von der Hohen Alliierten Kommission kontrolliert wird, 1953, kurz vor der Bundestagswahl, und erzählen von den politischen Interessen der USA in der BRD. Welche waren das?

Nach Kriegsende hatte sich der Status des besiegten Deutschlands rapide gewandelt, vom Feind zum begehrten Verbündeten. Das galt für die Amerikaner wie auch für die Sowjets, die Ostdeutschland sowie einen Großteil Osteuropas fest im Griff hatten. Der Kalte Krieg – Ost gegen West – drohte jederzeit in einen heißen umzuschlagen, und Deutschland war für beide Seiten zum Aufmarschgebiet geworden. Die vor Ort stationierten amerikanischen Landstreitkräfte waren den sowjetischen deutlich unterlegen, was die Amerikaner durch politische Einflussnahme und geheimdienstliche Aktivitäten auszugleichen versuchten.

Wie stark war das BKA von ehemaligen SS-Leuten durchdrungen, und warum verhinderte man dies nicht?

Im BKA bildeten sich von der Gründung an starke rechte Seilschaften, was erst in späteren Jahrzehnten auch BKA-intern aufgearbeitet wurde. Im Dritten Reich war es das Bestreben der Machthaber gewesen, Polizei und SS miteinander zu verschmelzen. Himmler wurde 1936 zum «Reichsführer SS und Chef der deutschen Polizei» ernannt. Als man nach dem Krieg in der Bundesrepublik neue Polizeistrukturen aufbaute, wühlte man auf der Suche nach Personal fast automatisch im braunen Sumpf. Der Kampf gegen den Kommunismus, der diese Zeit prägte, ließ viele Verantwortliche allerdings nicht nur auf dem rechten Auge erblinden, sondern man nahm die Rekrutierung ehemaliger SS-Männer häufig billigend in Kauf oder förderte sie sogar. So konnten besagte Seilschaften auch im BKA entstehen.

Der Bund Deutscher Jugend und der Technische Dienst – was hat es mit diesen Organisationen auf sich?

Die Amerikaner finanzierten in Westdeutschland den Bund Deutscher Jugend (BDJ) als Gegenstück zur ostdeutschen Freien Deutschen Jugend (FDJ). War die FDJ ein kommunistischer Jugendverband, so stellte der BDJ ganz klar antikommunistische Propaganda in den Vordergrund. Die rechten Tendenzen des BDJ traten verstärkt in dessen geheimer Unterorganisation auf, dem Technischen Dienst. Hier wurde von den Amerikanern eine paramilitärische Kampftruppe aufgestellt, eine sogenannte Stay-Behind-Organisation, mit dem Ziel, feindliche Truppen hinter den Linien zu bekämpfen. Das Ganze führte zum Eklat, als öffentlich wurde, dass der Technische Dienst mit einer eigenen

Nachrichtenabteilung politisch missliebige Personen bespitzelte, darunter viele führende SPD-Mitglieder. Diese Affäre löst in meinem Roman den Strudel der Ereignisse aus, in den Philipp Gerber hineingezogen wird.

Neben Philipp Gerber ermittelt die unkonventionelle Eva Herden, die als Reporterin für das kommunistische Magazin *Brennpunkt Bonn* schreibt. Was war ihr Vorbild?

Mein fiktiver *Brennpunkt Bonn* hat kein reales Magazin zum Vorbild. Sowohl die Amerikaner als auch die Sowjets finanzierten Propagandablätter auf deutschem Boden. Der *Brennpunkt Bonn* steht in dem Ruf, ein solches sowjetfinanziertes Blatt zu sein. Eva Herden, die im Zweiten Weltkrieg ihre Familie verloren hat, ist eine strikte Gegnerin von Adenauers Politik der Westbindung, weil sie einen neuen Krieg befürchtet. Sie schreibt aus Überzeugung gegen diese Politik an und gerät mit Philipp Gerber trotz ihrer gemeinsamen Ermittlungen ein ums andere Mal aneinander.

Auch die Architektur in Ihrem Krimi hat es in sich: Schloss Deichmannsaue, der Petersberg oder die Villa Hammerschmidt. Haben Sie diese Orte vorab besucht?

Meine geplante Bonn-Reise ist leider durch die coronabedingten Beschränkungen torpediert worden. So musste ich auf die Erinnerungen an frühere Bonn-Besuche und auf hilfreiche Tipps aus dem Freundeskreis zurückgreifen. Und natürlich auf gute Literatur, die immer hilfreich ist.

Man fragt sich schon immer wieder: Warum Bonn? Warum wurde das beschauliche Städtchen Bonn und nicht Kassel oder Frankfurt die Hauptstadt der neuen Bundesrepublik?

Da Berlin als Hauptstadt Westdeutschlands nicht in Frage kam – die Stadt war geteilt und lag in der Sowjetzone –, wurden tatsächlich viele Begehrlichkeiten geweckt. Frankfurt am Main, das sich in der Tradition der Paulskirchenverfassung sah, Kassel, Stuttgart und Bonn. Auch der Oberbürgermeister von Koblenz warf seinen Hut in den Ring. Für Bonn sprach sich Konrad Adenauer aus, der ganz in der Nähe wohnte und seinen «Weg zur Arbeit» dadurch minimieren konnte. Als sich ein leichter Vorsprung für das von der SPD bevorzugte Frankfurt abzeichnete, ließ Adenauer, ganz der alte Fuchs, das Gerücht streuen, die SPD freue sich bereits über die sichere Niederlage der Konservativen. Das brachte die hessischen CDU-Abgeordneten, die für Frankfurt stimmen wollten, in Wallung, und sie änderten ihre Meinung. Der Kanzler bekam seinen Willen und die Hauptstadt vor seine Haustür.

Gerber hat schon 1945 eine Begegnung mit dem späteren Kanzler – und Adenauer erleben wir 1953 dann auch als sprechenden Charakter mit seinem rheinischen Dialekt. Wie viel echter Adenauer steckt in Ihrem «Alten»?

Hoffentlich die richtige Portion. Natürlich ist mein Adenauer ein Stück weit fiktionalisiert, aber ich wollte für den Roman einen lebendigen und nachvollziehbaren Charakter erschaffen. Keine abstrakte Figur wie den Jesus aus alten Bibelfilmen, von dem man nur Hände und Füße oder den Rücken sieht. Ich wollte auch zeigen, wie es einem Machtpolitiker, der Adenauer zweifellos war, gelingt, Menschen für sich zu begeistern.

Adenauer ist unter Historikern umstritten. War er Ihrer Meinung nach der richtige Mann für die junge Bundesrepublik Deutschland?

Ja, ohne Wenn und Aber. Bei allen moralisch fragwürdigen Entscheidungen war Adenauer der richtige Mann am richtigen Platz zur richtigen Zeit. Er sah sich der gewaltigen Aufgabe gegenüber, eine Trümmerwüste in ein wieder funktionierendes Land zu verwandeln, eine Lebensgrundlage für viele Millionen Menschen zu schaffen. Dabei kann man seine Hände leider nicht in Unschuld waschen, und das zeige ich auch in meinem Roman «Die Akte Adenauer».